ANTIPODES
série dirigée par Marc de Gouvenain

TERRES NOIRES, TERRES BLANCHES

DU MÊME AUTEUR

DERNIERS VERRES, Actes Sud, 2007.

Ouvrage traduit avec le soutien de l'Australia Council, Service de financement et conseil consultatif pour la promotion artistique du gouvernement fédéral d'Australie

Titre original :
The White Earth
Editeur original :
Allen et Unwin, Australie

ISBN 978-2-7427-7244-5

Andrew McGahan

TERRES NOIRES, TERRES BLANCHES

roman traduit de l'anglais (Australie)
par Céline Schwaller

ACTES SUD

Pour mes parents,
dont ceci n'est pas la biographie.

Ce livre est une œuvre de fiction. Si les Darling Downs sont décrites de façon assez réaliste, la partie nord de la région n'existe pas telle qu'elle apparaît ici. Le but de cette histoire n'est pas de tracer le portrait d'un lieu, d'un personnage ou d'un événement ayant existé.

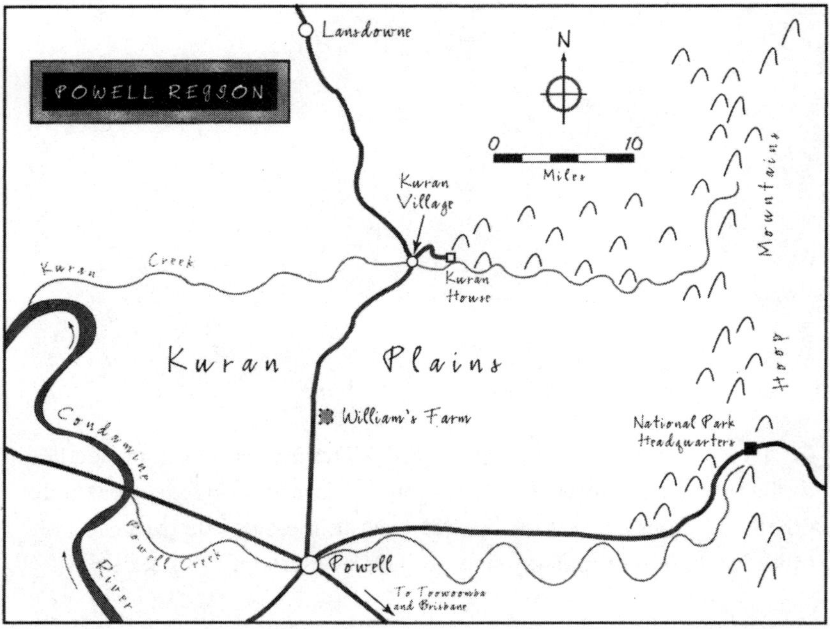

POWELL REGION	RÉGION DE POWELL
Kuran Plains	Plaines de Kuran
Kuran Village	Village de Kuran
Kuran House	Manoir de Kuran
Kuran Creek	Ruisseau de Kuran
William's Farm	Ferme de William
Condamine River	La Condamine
To Toowoomba and Brisbane	Vers Toowoomba et Brisbane
National Park Headquarters	Siège du parc national
Hoop Mountains	Les Hoops

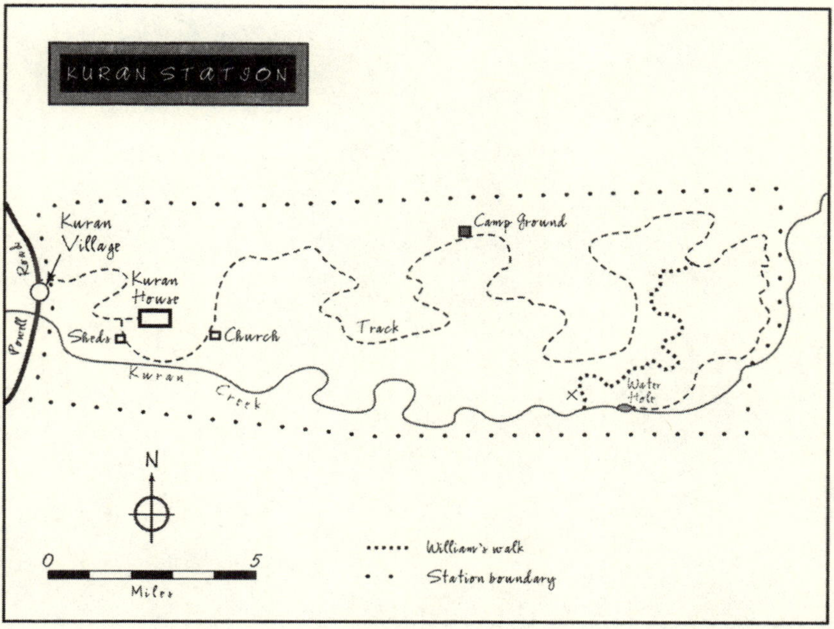

KURAN STATION	DOMAINE DE KURAN
Powell Road	Route de Powell
Kuran Village	Village de Kuran
Kuran House	Manoir de Kuran
Sheds	Remises
Church	Eglise
Track	Piste
Camp Ground	Aire de camping
Water Hole	Gour
Kuran Creek	Ruisseau de Kuran
William's walk	Itinéraire de William
Station boundary	Limite du domaine

PROLOGUE

Par un jour de printemps fin 1992, alors qu'il était à mi-chemin entre son huitième et son neuvième anniversaire, William se trouvait sur la galerie derrière sa maison quand il vit, énorme dans le ciel, le champignon d'une explosion nucléaire. Il le contempla, intrigué. Le haut du nuage était d'un noir sale, strié de volutes grises. Il s'enroulait en bouillonnant tandis qu'il s'élevait dans le bleu limpide de cette journée, jetant une ombre immense sur les collines au-delà. Mais il n'y avait aucun bruit, aucun grondement d'explosion. Un silence brûlant s'étendait sur les champs de blé, et l'air était parfaitement immobile. William ne dit rien, car il n'avait personne à qui parler : sa mère était au lit avec un mal de tête, et il savait qu'il ne valait mieux pas la réveiller. Il s'assit au bord de la galerie et regarda. Sans cesser de se dilater, le nuage se mit à dériver, poussé par une brise d'altitude. Il passa au-dessus de la maison tandis que de grandes traînées en arc de cercle jaillissaient du nuage principal, semblables à des queues de lents météorites. Au-dessous, de la cendre commençait à tomber, de petits flocons noirs tourbillonnant dans l'air. D'autres particules étaient plus grosses, des braises ratatinées et tordues, encore rougeoyantes au moment où elles touchaient le sol. William sentait bien l'odeur de brûlé… mais c'était une odeur agréable, une odeur familière. L'odeur de l'herbe, du blé, de la ferme elle-même.

Soudain, il entendit des moteurs. Une route de terre passait devant la maison puis traversait la propriété, et un pick-up quatre-quatre y filait à toute allure, laissant une traînée de poussière derrière lui. Une voiture le suivait de près. William ne connaissait aucun de ces deux véhicules. C'était étrange. Que faisaient des inconnus sur leurs terres ? En regardant les champs au loin, il vit quelque chose d'encore plus bizarre. Un tracteur – pas celui de son père – bondissait à travers champs, aussi vite qu'un tracteur était capable de rouler à sa connaissance. Et il y avait un autre quatre-quatre, au beau milieu des blés, là où il n'y avait aucune route, coupant une ligne droite à travers les cultures. L'exploitation était en effervescence. Le téléphone s'était mis à sonner et, à l'avant de la maison, on entendait d'autres voitures arriver, des portes claquer et des femmes crier. William se leva pour observer le nuage. Celui-ci se dissipait, s'éclaircissant jusqu'à devenir d'un orange brumeux. A sa base s'étirait une longue tige de fumée opaque qui descendait jusqu'au sol. Elle semblait atterrir quelque part à l'arrière de l'exploitation, où une brume planait autour d'un petit point sombre.

Des voix pressées s'élevaient dans le couloir. La mère de William et deux autres femmes – il les connaissait, c'étaient des voisines – déboulèrent sur la galerie. Elles s'arrêtèrent, les yeux écarquillés. Sa mère porta la main à sa bouche.

“Oh, mon Dieu ! dit-elle, Will…”

Et William sut qu'elle parlait de son père, pas de lui.

Cela dépassait tout ce qu'il avait pu vivre.

Plus tard, seulement, il comprendrait ce qui s'était passé, que le nuage n'était pas celui d'une bombe atomique, que celui-ci ne pouvait en aucun cas être aussi gros qu'un vrai champignon nucléaire, même s'il paraissait énorme et menaçant dans ses souvenirs. En fait, c'était la fumée d'un champ de blé de vingt-huit hectares – mûr et aussi sec que de l'amadou après le printemps le plus chaud qu'ils avaient connu depuis des années – en train de flamber. Et quelque part au milieu de ce champ se trouvait la moissonneuse qui avait déclenché l'incendie. Un gros engin rouge vif. Carbonisé. La boule de feu avait peut-être été provoquée par une défaillance électrique, ou encore un palier surchauffé, embrasant la paille accumulée sous le capot moteur. William ne le saurait jamais. Mais sur cette moissonneuse – ou peut-être à côté, sur le sol, car personne ne le lui avait jamais dit non plus – gisaient les restes de son conducteur. Un homme, sans doute asphyxié aussi gravement que brûlé. Mort, dans un cas comme dans l'autre. Personne n'aurait rien pu changer. Des dizaines de fermiers des propriétés alentour avaient vu la fumée et compris aussitôt de quoi il retournait ; ils avaient sauté dans leurs véhicules pour foncer tout droit à travers les plaines. Tous beaucoup trop tard.

Quand tout fut terminé, ils se rassemblèrent dans la cuisine et la salle à manger. Les hommes noirs de cendres et de fumée, les femmes affairées à préparer du thé ou à servir de l'eau fraîche et des verres de bière solennels. William déambulait parmi eux, conscient que quelque chose de terrible s'était produit, mais il se sentait absent, troublé par l'attention que les hommes et les femmes lui prodiguaient, et par leur compassion. Il surprenait des bribes de conversation. Des suggestions. Des propositions d'aide. De nourriture. D'argent. La police arriva puis s'en alla. Une ambulance arriva, chargea quelque chose pris dans la remise, puis s'en alla. Tous les hommes s'en allèrent aussi, de même que la plupart des femmes, ne laissant qu'un petit groupe réuni autour de sa mère. L'après-midi se changea lentement en soirée. William sortit sur la galerie arrière pour contempler l'étendue de leurs terres. Le ciel était clair à nouveau, comme si rien ne s'était passé.

Quand le soir eut entièrement fait place à la nuit, un dernier visiteur arriva, un vieil homme qui traînait la jambe. Il s'arrêta sur le seuil de la cuisine, grand et sinistre. Les femmes se turent.

"Veronica", dit-il.

La mère de William hocha la tête, hébétée. Elle fouilla la pièce des yeux pour trouver son fils. William alla la rejoindre, les yeux levés vers l'inconnu. L'homme ne sourit pas.

"William, voici ton oncle John", annonça sa mère.

William n'avait jamais entendu parler d'un oncle.

Il s'éclipsa pour aller se cacher dans sa chambre. De là, il pouvait entendre la discussion qui se tenait dans la cuisine. Les voix des femmes, surtout, mais parfois la voix de l'homme, aussi. Celle-ci était grave et sèche et, contrairement aux autres, elle n'était empreinte d'aucune compassion.

Plus tard, sa mère entra, s'assit sur son lit.

"A partir de maintenant, je vais avoir besoin de ton aide, Will, dit-elle. Tu vas devoir être fort.

— Je sais.

— Tu comprends ce qui s'est passé ?"

Il hocha la tête.

"J'ai regardé le feu."

Elle répéta ses paroles d'une voix lointaine.

"Tu as regardé le feu..." Ses mains étaient tordues l'une dans l'autre. Mais ensuite ses yeux s'étrécirent. "Comment ça, tu l'as regardé ?

— Depuis la galerie. J'ai vu monter le nuage.

— Tu étais dehors depuis le début ?"

Il hocha à nouveau la tête. Leva les yeux vers elle.

Soudain, elle frissonna. Elle leva la main et le gifla, lui assénant sur l'oreille droite une claque cuisante et douloureuse. Ensuite, elle se mit à pleurer.

"Petit idiot. Tu t'es contenté de regarder sans réagir ? Pourquoi est-ce que tu n'es pas venu me chercher ? Pourquoi est-ce que tu n'as rien fait ? Ton père..."

Et elle disparut.

William était assis sur son lit, l'oreille bourdonnante. Ce n'était pas la première fois que sa mère le frappait et, comme toujours, il savait qu'elle ne l'avait pas fait exprès, lui pardonnant au moment même où cela se produisait. C'était ainsi, voilà tout. Mais il finit par se mettre à pleurer, à cause de la douleur, et à cause de tout le reste. Enfin, il se recroquevilla pour chercher le sommeil. Il resta ainsi pendant des heures, tandis qu'à l'autre bout des champs calcinés la carcasse de la moissonneuse de son père achevait de se consumer sous les étoiles. Mais le bourdonnement dans son oreille refusait de s'en aller.

1

L'hiver 1993, sec et froid, était déjà là quand William et sa mère finirent par dire au revoir à leur ferme. Ils partaient vivre chez John McIvor, l'oncle de William.

"Ce n'est pas vraiment ton oncle, expliqua sa mère. C'est ton grand-oncle, du côté de ton père. Ça veut dire qu'il n'a aucune obligation envers toi et moi, mais qu'il fait ça par pure bonté d'âme. Alors, quand on arrivera là-bas, je veux que tu te tiennes comme il faut."

William comprenait. Ils dépendaient à présent de la charité.

Ce n'était pas une sensation entièrement nouvelle car ils avaient toujours été pauvres. Leur ferme se trouvait au milieu des plaines de Kuran, une région bien connue pour sa terre arable noire et fertile, mais, pour une raison inconnue, leur propre exploitation n'avait jamais été très rentable. Certes, les quelques dernières saisons avaient été mauvaises pour tout le monde. Il n'avait pas plu pendant deux années consécutives. Malgré tout, leurs cultures semblaient se flétrir ou mourir plus volontiers que celles des terres environnantes. William avait souvent entendu ses parents se disputer à ce propos, et à propos d'argent, et sa mère accusait parfois son père d'être un piètre fermier. Elle n'avait peut-être pas tort. Un bon fermier aurait-il laissé s'accumuler tant de poussière dans le compartiment moteur de sa moissonneuse qu'un incendie était inévitable ? Et un bon fermier aurait-il laissé expirer ses assurances, non seulement celle de sa moissonneuse, la machine la plus chère de la ferme, mais aussi son assurance-vie ?

Car, au moment où les cendres touchèrent le sol, sa femme et son enfant se retrouvèrent sans ressources. L'exploitation était criblée de dettes, et il était hors de question que la mère de William s'en occupe seule. Elle ne travaillait pas et n'avait jamais travaillé – il était admis que sa santé ne le lui permettait pas. Leur seule option consistait donc à céder la ferme à la banque. William pensait peut-être avoir le droit d'être en colère contre son père – sa mère semblait l'être en tout cas –, mais il ne l'était pas. Il ne lui en voulait même pas d'être mort. Cette colonne de fumée dans le ciel avait été un bûcher funéraire trop monumental, trop semblable à la main de Dieu dans les cieux pour que William lui en tienne rigueur. Et il ne voulait pas gâcher les souvenirs qu'il avait de son père en nourrissant de l'amertume. Ces souvenirs étaient trop rares et trop précieux – les images déjà décolorées d'un homme débraillé, dégingandé, au visage maigre mal rasé et au sourire toujours vaguement triste.

Et puis il y avait la moissonneuse funeste ; l'un des passe-temps favoris de William avait été de monter à bord avec son père pour regarder, perché dans la cabine, le blé succomber aux lames étincelantes du peigne. C'était un processus fascinant, les épis qui disparaissaient dans une frénésie de poussière et de feuilles sous le tambour rotatif, aspirés dans les entrailles de la machine qui grondait et tremblait de façon mystérieuse, jusqu'à ce que les grains nus se déversent par un bec dans la benne située derrière la cabine et qu'à l'arrière de la moissonneuse se déploie un éventail sale de chaume et de résidus. William ne concevait pas comment on pouvait manier un engin aussi complexe, et il admirait énormément son père d'y parvenir. Il était inutile de se souvenir que le blé qu'ils moissonnaient était toujours trop clairsemé, que la moissonneuse elle-même était trop vieille, toujours prête à tomber en panne, et que la poussière qui avait alimenté le feu s'était accumulée à l'intérieur du moteur pendant tout ce temps. Ce n'était pas non plus la peine de chercher à se représenter ce qui s'était passé ce jour-là. Il y avait tant à surveiller pendant qu'on moissonnait – la hauteur des lames, le niveau de grain dans la benne, la vitesse et la rotation d'une douzaine de pièces mécaniques différentes –

qu'un seul homme pouvait difficilement suivre les progrès de l'ensemble. Si William avait été dans la cabine avec lui, à regarder, peut-être… mais cet après-midi-là, il n'y était pas. Son père n'avait donc pas dû voir monter la première volute de fumée, puis les flammes qui grandissaient, voraces…

Penser à ces choses-là ne relevait pas du domaine de l'amour.

Sa mère, quant à elle, n'avait pas reçu la grâce d'une mort précoce et d'un martyre du feu, mais les sentiments de William à son égard avaient toujours été plus complexes. Elle était plus dure à aimer que son mari, plus dure physiquement aussi – une femme maigre anguleuse et osseuse, avec de longs cheveux bruns et fins. Si au plus profond de son père résidait une faiblesse essentielle, une vie de projets échafaudés mais jamais réalisés, William sentait au cœur de sa mère quelque chose de brisé et de fragile. Personne n'en parlait jamais, mais il s'était rendu compte depuis son plus jeune âge qu'elle était délicate, d'une façon particulière. Elle collectionnait les migraines, et la plupart du temps elle était apathique et épuisée. A d'autres moments, elle se montrait incroyablement irritable, et elle criait mollement après William quand celui-ci l'agaçait, lui assénant des gifles cuisantes. Elle s'enfermait ensuite dans la grande chambre pour pleurer. Elle avalait de nombreux comprimés et allait fréquemment chez le médecin. Elle avait disparu à plusieurs reprises jusqu'à huit jours de suite. Elle se reposait, disait le père de William, dans un endroit où les gens allaient quand ils avaient besoin de temps pour eux.

Mais quand William allait jouer avec les enfants des fermes voisines, il voyait bien que leurs mères étaient différentes. Elles débordaient d'énergie, se montraient gentilles et accueillantes, aidaient leurs enfants à faire leurs devoirs, se proposaient pour être déléguées des parents d'élèves ou servir à la cantine, et elles avaient préparé des sandwiches chaque fois que William arrivait. Sa mère ne faisait rien de tout cela : elle était toujours trop fatiguée, elle avait mal à la tête, ou elle se terrait dans sa chambre et William n'avait pas le droit de faire du bruit. Même s'il ne l'avouait pas, il avait honte d'elle, et il se sentait coupable d'éprouver une telle honte. Il savait que l'attitude de sa mère s'expliquait au moins en partie par le simple fait que la vie était plus difficile pour eux que pour les autres familles. Leur exploitation n'était pas aussi prospère, leur voiture pas aussi neuve, leur maison pas aussi jolie, et alors que ces choses ne semblaient pas affecter son père, elles rendaient sa mère malheureuse.

C'était leur maison qui la contrariait le plus. Toute petite et très vieille, c'était une bicoque de quatre pièces avec une galerie sur l'arrière et une annexe pour la cuisine accolée d'un côté. Elle reposait sur des pieux de bois profondément enfoncés dans le sol – mais jamais assez, car, dans les plaines, le socle rocheux s'étendait si loin sous la surface que les pilotis bougeaient sans cesse, voilant les planchers et les encadrements de portes. A l'intérieur, les pièces étaient exiguës et sombres, et il y faisait chaud en été, froid en hiver. Le père de William avait promis de leur construire une nouvelle maison un jour. Il y avait même au fond de la cour un tas de bois de charpente qui formait un grand carré semblable à un château. Mais William l'avait toujours vu à cet endroit, envahi par les mauvaises herbes. Sa mère harcelait son père à ce sujet, et William savait qu'elle désirait simplement une jolie maison pour sa famille, un endroit où elle pourrait inviter des gens et organiser des dîners sans se sentir gênée. La plupart de leurs voisins habitaient d'immenses maisons de briques récentes, construites sur des dalles de béton qui flottaient sur la terre noire tels des radeaux. C'était ce dont sa mère rêvait, mais son père n'était pas aussi convaincu.

"Ces dalles finiront par se fendre, insistait-il. Et toutes ces briques s'effondreront. Une maison en bois, c'est mieux. Elle ne ressemble peut-être pas à grand-chose, mais cette vieille baraque ne s'écroulera jamais." Il tendait ensuite la main pour caresser avec tendresse les cadres de portes gauchis, tandis que les manches de son chandail vert préféré pendaient, en lambeaux et effilochées aux coudes.

Pour William, la maison était simplement son foyer et le centre de son monde. La porte de derrière s'ouvrait sur une cour au sol brut et poussiéreux. Sa mère voulait une pelouse, mais son père s'intéressait beaucoup plus au coin qu'il avait clos par des cordes et qu'il cultivait comme potager. Chaque année, il plantait ambitieusement tomates, haricots, laitues, melons et courges, mais rien ne semblait jamais vraiment pousser. Le père de William accusait les oiseaux. Il leur tirait dessus avec une vieille 22 long rifle ou fabriquait des épouvantails, mais cela ne changeait rien. Il plantait également des arbres, des orangers et des citronniers dont William ne se rappelait pas avoir déjà vu mûrir les fruits. Il y avait aussi le poulailler, censé les approvisionner en viande pour le dîner et en œufs pour le petit-déjeuner. Mais les renards y avaient pénétré quelques années plus tôt et, depuis, les portes battaient dans le vide et le grillage était éventré. William n'avait qu'un seul souvenir de son père en train de tuer un poulet, la tête du volatile coincée entre deux clous sur la souche d'un vieil arbre jusqu'à ce que la hache s'abatte et que le corps sans tête ensanglanté se mette à sauter partout. Mais la tâche consistant à vider et plumer la volaille s'était avérée fastidieuse, et, après être resté une demi-heure assis sur l'escalier de derrière au milieu des plumes, son père avait perdu patience et la famille achetait désormais ses poulets au magasin.

Derrière le poulailler s'élevait la vieille remise de la ferme : grande, sombre et délabrée, entièrement construite en tôle ondulée, c'était un des endroits que William préférait explorer. Tous les véhicules de l'exploitation y étaient garés – le tracteur, la moissonneuse, le camion à grain, un antique Land Rover (un surplus de l'armée de la Seconde Guerre mondiale, prétendait son père) –, mais il y avait bien d'autres choses. D'énormes établis jonchés de toutes sortes d'outils et de pièces mécaniques. De vieux meubles, de vieux placards, des piles de vieux magazines et des livres. Des blocs de métal mystérieux, des tas de socs de charrue cassés, des pompes à air, du matériel de soudage, des jerricans d'essence, des bâches en toile goudronnée pliées. Tout cela éclairé de façon aléatoire, car des balles avaient perforé les cloisons en tôle de la remise, laissant passer des rais de lumière obliques qui illuminaient les grains de poussière en suspension dans l'air. Et, partout, il y avait des trous où pouvaient se nicher les rats et les souris

– un gibier inépuisable, surtout la nuit quand William les débusquait à l'aide d'une lampe électrique et que leurs mouvements faisaient bruire et couiner la remise tout entière, leurs petits yeux brillants l'observant depuis chaque recoin.

Dehors, derrière la remise, il y avait les silos à grain, deux immenses réservoirs en métal rouillé de dix mètres de haut. C'était là le meilleur endroit de tous, car des échelles grimpaient le long de leurs flancs, et quand William avait le courage de monter sur l'un ou l'autre, il pouvait s'asseoir sur le toit pointu et embrasser d'un seul regard toute leur exploitation qui s'étendait pareille à un édredon. Parfaitement plate, elle mesurait une superficie de deux cent soixante hectares exactement, et les champs avançaient jusqu'à l'arrière de la remise, alternativement dorés, verts, ou noirs lorsqu'ils étaient en jachère. Au-delà de leurs propres terres s'étendaient celles de leurs voisins, et, depuis là-haut, la vue s'étirait sur des kilomètres, englobant des dizaines d'exploitations, des centaines, lesquelles formaient un patchwork flou sous un ciel ininterrompu.

C'étaient les plaines de Kuran. Elles occupaient, William le savait, la partie nord d'une région plus grande connue sous le nom de Darling Downs. S'il regardait vers le sud depuis le sommet des silos, il apercevait sur l'horizon une tache floue qui indiquait la ville de Powell, avec ses dix mille habitants ; William prenait le car scolaire tous les jours pour s'y rendre. (A une heure de route après Powell, il y avait la ville de Toowoomba, la capitale des Downs. Et plus loin encore, derrière les montagnes en descendant sur la côte, s'étendait la métropole de Brisbane où il n'était jamais allé.) En attendant, s'il se tournait vers l'est, il pouvait voir, à une trentaine de kilomètres, les crêtes bleues et brumeuses des Hoops. Ces montagnes étaient une ramification de la cordillère Australienne, et il y avait là-haut un parc national, des forêts et des torrents d'eau fraîche. En se tournant encore, en direction du nord, il voyait d'autres plaines, puis de lointaines collines couvertes de broussailles où les Darling Downs s'arrêtaient, au pied d'une petite ville appelée Lansdowne. Et à l'ouest ? A l'ouest s'ouvrait un horizon qui semblait s'étendre à l'infini, vierge d'arbres, de villes ou de collines. Quelque part là-bas coulait une rivière connue sous le nom de la Condamine, et d'innombrables kilomètres plus loin s'étendaient l'Outback, le désert, et l'ensemble de l'Australie proprement dite.

Mais parfois, assis sur le toit du silo par un chaud et calme après-midi d'été, accablé par l'immense silence des plaines, William se tournait d'un point cardinal à un autre sans apercevoir une seule chose en mouvement : pas un oiseau dans l'air, pas une voiture sur la route de Powell, pas un tracteur dans les champs, pas le moindre signe lui disant que le monde vivait et bougeait au-delà des limites qu'il connaissait. Il n'y avait que lui, écrasé et minuscule sur son perchoir solitaire, hypnotisé par l'ampleur du paysage au point de plonger dans un épuisement léthargique.

A présent, il quittait tout cela.

La propriété de son oncle ne se trouvait qu'à une vingtaine de kilomètres de là, et pourtant elle semblait complètement différente de sa ferme. C'était immense, lui avait dit sa mère, au moins vingt fois plus grand que leur propre exploitation, et on y élevait du bétail sur les contreforts des Hoops. Cet élevage s'appelait le domaine de Kuran, et apparemment il était fier d'abriter une vaste demeure appelée le manoir de Kuran. Ils devaient s'estimer heureux, disait sa mère, qu'on leur offre un nouveau foyer aussi grandiose. Pourtant, cette idée inquiétait un peu William. Il devrait aller dans une nouvelle école. Et puis il y avait son oncle. William ne l'avait jamais revu, mais il se souvenait de cet homme qui boitait, du regard évaluateur qu'il avait jeté sur l'assemblée, et il se demandait à quoi allait ressembler la vie avec quelqu'un d'aussi sévère et d'aussi vieux.

Quand vint le temps de déménager, c'étaient les vacances scolaires. William aida de son mieux à l'emballage de leurs affaires, se sentant plus mitigé et hésitant chaque jour. Finalement, le dernier après-midi, il sortit faire ses adieux. La maison était devenue un endroit étranger, à demi dépouillée de ses meubles et jonchée de cartons, mais la ferme était pire. La banque avait déjà organisé des ventes et des enchères, et presque tout ce qui était transportable était parti. La remise était vide à l'exception des établis, des vieux placards et des magazines. Il n'y avait plus de grain dans les silos. Quelqu'un avait même emporté le tas de bois de charpente qui traînait dans l'arrière-cour. Dans les champs, il ne restait que le chaume de la dernière moisson de blé en train de pourrir et les étendues noires des jachères. Et quelque part à l'arrière de la propriété, un endroit où William n'était jamais retourné depuis l'incendie, il y avait un champ de cendre, un lieu étranger qui avait affligé l'ensemble de l'exploitation.

William se tourna vers l'est pour contempler les petits renflements des Hoops. Le temps était gris et froid, et des nuages de plomb s'étendaient comme un drap sur la chaîne de montagnes, mais il soufflait un vent sec, et il n'y avait aucun signe de pluie. Au nord-est, William apercevait une longue avancée de collines qui courait des montagnes jusque dans les plaines. La propriété de son oncle se trouvait quelque part sur ces contreforts, lui avait-on dit. Cela paraissait aussi loin que la Lune.

Attablée devant un dîner lugubre, sa mère tenta de sourire.

"Ça n'a pas été très drôle pour nous, hein, Will ?"

Il ne répondit pas.

"Ça va s'arranger, promit-elle, un peu désespérée. Je sais que c'est difficile à comprendre, mais s'installer chez ton oncle est ce qu'il y a de mieux pour nous, vraiment. Tu verras.

— Oui, Maman."

Il alla se coucher mais ne put trouver le sommeil. Il attendit que la maison devienne silencieuse, puis il sortit s'asseoir sur la galerie, enveloppé dans une couverture, contemplant le paysage comme le jour où son père était mort. Il faisait sombre sous les nuages. Quelques points lumineux indiquaient des fermes lointaines. Au sud, sur l'horizon, brillait une ligne de lumières scintillantes – la ville de Powell, assez lumineuse pour jeter un faible éclat orangé sur les nuages au-dessus. William se tourna et regarda en direction de la masse noire des collines et du domaine de son oncle. Il y avait là-haut une seule lumière visible. Il attendit, agrippé à sa couverture. La lumière était orange, pas blanche comme celle des fermes de la plaine.

Elle tremblotait de façon bizarre. Et elle semblait se déplacer. Il la regarda avec une réelle curiosité pendant un moment. Puis elle vacilla et s'éteignit, et, là-haut, tout replongea dans la nuit.

2

C'était un autre après-midi froid et couvert. Le camion des déménageurs sortit péniblement de l'allée, et William et sa mère le suivirent à bord de leur vieux break bleu. William était assis sur le siège passager, et le chauffage ne fonctionnait pas. Il oublia de jeter un dernier regard sur sa petite maison. Puis il songea qu'il ne s'était pas assis sur la banquette arrière de la voiture depuis la mort de son père et que, à présent, il ne s'y assiérait plus jamais.

Ils tournèrent sur la route qui reliait Powell et Lansdowne, et partirent vers le nord. Des points de repère familiers défilaient à côté d'eux : les maisons des voisins, la voie de garage d'une ligne de chemin de fer désaffectée, une série de vieux poteaux téléphoniques, tous penchés dans la terre meuble. Mais, au bout de quelques kilomètres à peine, William avait déjà quitté son territoire, car le centre de sa vie avait toujours été au sud en direction de Powell, jamais au nord. Ils arrivèrent donc bientôt à un carrefour au-delà duquel il était rarement allé. Tout près de là se dressaient des monticules de terre entourant une profonde tranchée remplie d'eau et de mauvaises herbes, des buttes recouvertes de végétation semblables à des tombes anciennes. Le père de William lui avait dit qu'il s'agissait seulement des restes d'un projet de drainage abandonné. Mais elles n'en demeuraient pas moins des formes sinistres sous le ciel gris, des sentinelles au-delà desquelles tout était étrange.

Ils poursuivirent leur route lentement, le camion de déménagement leur ouvrant la voie. Quelques kilomètres après le carrefour, la route se mettait à tourner et partait en direction du nord-est. Devant eux, la longue avancée de collines se rapprochait, s'étendant depuis les Hoops.

"Regarde", dit sa mère en tendant un doigt. C'était une piètre conductrice, et elle était recroquevillée derrière le volant. Avant l'incendie, elle ne conduisait presque jamais. "Là-haut, dans les arbres. On aperçoit le manoir de Kuran. Ce n'est pas si loin que ça. Ce sera comme si on n'avait pas déménagé, en fait."

William entraperçut des murs de pierre et un toit sombre ; puis plus rien. Il ne partageait pas l'avis de sa mère. Ils n'étaient dans la voiture que depuis un quart d'heure, mais, déjà, on aurait dit un pays différent. Ici, les fermes étaient plus pauvres, comme si la couche de terre noire devenait moins profonde au fur et à mesure qu'on approchait des collines, pareille à l'océan près d'une côte. La route sinuait doucement autour d'ondulations invisibles et, devant eux, la large pointe du massif émergeait des champs. Ils traversèrent un pont qui enjambait un ruisseau. Regardant en contrebas, William vit des blocs de roche et un filet d'eau sombre. Un panneau annonça "Kuran", et ils se retrouvèrent dans un petit village. Le long de l'unique rue se dressaient une école au milieu de sa cour de récréation, déserte pendant les vacances, puis une mairie à la façade de planches usée et une succession de petites boutiques dont la plupart des vitrines étaient vides. Tout au bout, il y avait une station d'essence, une remise en tôle avec des pompes devant. Il n'y avait pas âme qui vive, la demi-douzaine de maisons étaient barricadées contre le froid, et certaines semblaient aussi abandonnées que les magasins.

"On devra continuer d'aller faire nos courses à Powell ou à Lansdowne, dit sa mère en regardant autour d'elle. Mais l'école a l'air bien, tu ne trouves pas ?"

William ne répondit pas. L'école paraissait minuscule – une salle de classe unique perchée sur de hauts pilotis. Il restait plus d'une semaine avant le début du trimestre suivant, de toute façon. Devant eux, le camion tournait pour prendre une petite route, juste après la station-service. Cette nouvelle route grimpait en serpentant dans la colline, et des nids-de-poule piégeaient les roues de la voiture. Des gommiers épars attendaient au milieu d'une herbe morte, et quelques vaches broutaient derrière des barrières. Puis une entrée de pierre apparut, avec un portail en fer forgé grand ouvert coincé dans les broussailles. Ils franchirent la porte, secoués par la grille à bétail, derrière laquelle se dressaient les restes d'un bâtiment de pierre au toit effondré et dont seule la carcasse vide tenait encore debout.

"Ça devait être la loge", dit sa mère.

Les ruines disparurent derrière eux. Le chemin continuait de s'enrouler autour de la colline, et ils traversaient désormais le versant sud, dominant les plaines et la route qu'ils venaient d'emprunter. William aperçut l'échiquier des terres agricoles étendu sous les nuages, puis le paysage disparut derrière d'autres broussailles. Ils poursuivirent leur ascension. Enfin, ils débouchèrent sur une longue allée rectiligne bordée de pins sombres aux cimes hirsutes et en dents de scie, presque noires. Au bout de l'allée se dressait un haut mur de pierre percé par un portail en arc de cercle. Celui-ci était ouvert, mais le camion de déménagement s'arrêta, incapable d'aller plus loin. La mère de William hésita, puis elle continua et passa sous la voûte. Une frange de branches basses racla le pare-brise. Quand la voiture l'eut franchie, le manoir de Kuran apparut enfin.

Une gentilhommière, avait dit sa mère, mais William n'avait pas vraiment compris ce que cela pouvait vouloir dire. En regardant à présent le bâtiment, il songea d'abord avec étonnement aux châteaux et aux manoirs d'un pays comme l'Angleterre, aux demeures majestueuses des princes et des ducs. Même si, dès ce tout premier instant, William comprit que le manoir n'était pas tout à fait de cette ampleur, celui-ci restait néanmoins la plus grande demeure qu'il ait jamais vue, entièrement de grès ocre, avec deux hauts niveaux et un toit d'ardoises grises. De larges terrasses habillaient aussi bien l'étage que le rez-de-chaussée. Une allée circulaire avec une fontaine au centre menait au perron, une cascade de marches montant tour à tour jusqu'à la terrasse couverte et aux doubles portes de l'entrée principale qui paraissaient mesurer trois mètres de haut. De là, le manoir de Kuran s'étendait jusqu'à deux ailes perpendiculaires qui avançaient de part et d'autre, encadrant l'allée et la fontaine. Les yeux levés, William contemplait la pierre sculptée. Son oncle était-il riche ?

Ensuite, il regarda *vraiment*, et la réalité lui apparut. C'est le toit qu'il remarqua en premier : la ligne de faîte s'affaissait au milieu, et des dizaines de tuiles étaient fendues ou de guingois. Les chéneaux pendaient depuis l'avant-toit et, dessous, les hauts murs étaient couverts de vigne et de lierre maussades. La terrasse du haut était en ruine et, à l'ombre de l'auvent, William apercevait des fenêtres fermées par des volets ou brisées. La terrasse du bas était jonchée de bric-à-brac – caisses, tambours, rouleau de fil électrique, vélo démonté – et les marches du perron étaient fendues et affaissées. Des éclaboussures de peinture blanche tachaient les murs de grès ocre, et certaines fenêtres du rez-de-chaussée avaient des panneaux de contreplaqué en guise de vitres. Une autre fenêtre était condamnée par un climatiseur dont la grille était striée de rouille. L'une des portes principales pendait sur ses gonds, entrouverte, et, juste à côté, il y avait une unique chaise en métal entourée d'assiettes sales et d'une tasse à café, des objets qui semblaient là depuis des années.

La mère de William regardait à travers le pare-brise, les mains crispées sur le volant, une lueur de consternation dans les yeux. William considéra à nouveau le manoir, remarquant de nouveaux signes de décrépitude. La fontaine était envahie par la végétation, l'allée sillonnée de profondes traces de pneus, et le jardin était une jungle de mauvaises herbes.

"Tout va bien, dit sa mère d'une voix tremblante. Tout va bien." Elle avait plaqué un sourire sur ses lèvres. Ils descendirent de la voiture. Comme personne ne sortait du manoir pour les accueillir, ils restèrent plantés là, les yeux levés vers la bâtisse. "Ça… ça paraît peut-être un peu en ruine. Mais ce sera plus joli à l'intérieur. J'en suis sûre."

L'un des déménageurs appela la mère de William, lui demandant ce qu'il fallait faire du camion.

Après un aller-retour nerveux, son regard se posa sur William.

"Ton oncle a dit qu'ils étaient censés se garer derrière. Je ferais mieux d'aller leur montrer. Reste ici."

Elle retourna jusqu'au portail. William entendit le camion démarrer et contourner bruyamment le bâtiment pour aller se garer derrière. Puis le silence retomba, et il se retrouva seul.

Sa nouvelle demeure le regardait d'un air sévère.

William tourna le dos au manoir et s'éloigna de la voiture de quelques pas, le gravier crissant sous ses pieds. Les cailloux de l'allée étaient blancs, du moins l'avaient-ils été avant de se mélanger à de la terre et de l'herbe. Le jardin s'étendait devant lui. Certains indices montraient que celui-ci avait jadis été quelque chose de somptueux. William voyait des chemins serpenter entre les mauvaises herbes, dont certains étaient pavés de dalles en pierre brisées. On apercevait d'autres travaux de maçonnerie – des bordures de parterres de fleurs, un banc, une tonnelle dans un coin éloigné –, tous étouffés par la végétation ou à moitié ensevelis sous la terre. Des lampadaires ponctuaient le bord des allées, mais il n'y avait plus d'ampoule dans les douilles, et quelqu'un avait tendu une corde entre deux des poteaux où du linge pâle pendait tristement. De grands arbres hirsutes se découpaient tout autour. Et planté bizarrement tout au fond du jardin, à l'endroit où la colline disparaissait en contrebas, un plongeoir était perché sur ce qui avait dû être le bord d'une piscine.

Rien ne bougeait et personne ne venait. Dans le ciel, les nuages planaient, immobiles. L'air du jardin était vif, plus frais que dans la plaine, et il dégageait aussi un parfum différent. William était habitué à l'odeur sèche des céréales et du chaume, et au souffle poussiéreux de la terre noire. Cet endroit-ci sentait l'humidité, un mélange complexe de plantes, d'arbres et de mauvaises herbes, une odeur âcre de forêt avec un fond de bois pourri. Il remarqua qu'il y avait une haute perche en métal plantée à côté de l'allée. Un drapeau en lambeaux pendait mollement au sommet, imprimé d'un motif bleu et blanc méconnaissable. Une vague de solitude le balaya.

Il se tourna à nouveau vers le manoir. On aurait pu le croire désert. William marcha en direction du perron, se sentant rétrécir au fur et à mesure que le poids des murs augmentait de part et d'autre – un vertige de pierre. Il arriva devant la fontaine, regarda à l'intérieur. L'eau n'y avait pas coulé depuis des années, et le sable accumulé dans le bassin avait permis à l'herbe d'y prendre racine. Le pilier central semblait avoir jadis supporté une statue, mais la colonne était cassée net et seul demeurait ce moignon mystérieux d'où sortait un tuyau d'eau brisé.

"Hé, petit !"

William leva les yeux. Une vieille femme se tenait au sommet des marches.

"Tu dois être le neveu", dit-elle.

C'était une silhouette voûtée, enveloppée dans ce qui semblait être plusieurs couches de robes et de cardigans. La femme avait un visage sombre et aquilin, et des mèches grises en bataille s'échappaient d'un bonnet de laine perché sur sa tête.

"C'est ta mère qui m'envoie, dit-elle. Monte ici une minute."

William gravit les marches en silence. La vieille femme l'observait d'un œil perçant.

"Quel âge as-tu ? demanda-t-elle.

— Neuf ans."

Un grognement.

"Ta mère est avec ton oncle et les déménageurs." Elle l'examina de plus près. "Tu sais qui je suis ?"

William secoua la tête.

"Je suis la gouvernante de ton oncle. Je m'appelle Mme Griffith." Elle tourna lentement autour de lui en traînant les pieds, l'étudiant sous toutes les coutures. Ses pieds osseux étaient enfoncés dans des pantoufles élimées, et ses mains étaient tordues, recroquevillées sur elles-mêmes. Elle désigna une corbeille en plastique posée près de la porte d'entrée. "Bon, allez, prends ça. Tu vas m'aider à rentrer la lessive."

William la regarda sans comprendre.

"Allez ! commanda-t-elle en descendant l'escalier d'un air impatient. Ils ne veulent pas t'avoir dans les pattes pendant qu'ils transportent les meubles à l'intérieur."

William ramassa le panier et suivit la vieille femme tandis qu'elle traversait lentement le jardin désordonné jusqu'à la corde à linge. Il resta ensuite à côté d'elle, la corbeille serrée contre sa poitrine. La gouvernante levait péniblement les bras pour décrocher les vêtements qu'elle lâchait ensuite dans le panier, un à un : chemises grises, robes décolorées, sous-vêtements informes. Pendant un long moment elle ne dit rien, et William non plus. Il contemplait le manoir. Rien de tout cela ne correspondait à ses attentes. Une gouvernante ? Cela voulait-il dire que d'autres gens vivaient ici avec son oncle ? Pourtant, le vieil homme lui avait paru si solitaire en ce lointain après-midi de l'incendie. William voulait que sa mère revienne, mais, derrière le manoir, il entendait des bruits de déchargement, les voix des hommes, et elle devait être occupée là-bas.

La vieille femme le regardait. Soudain, elle pointa une épingle à linge en direction du manoir. "Ne t'approche pas de ces balcons. Ils sont dangereux. D'ailleurs, ne t'approche pas de l'étage non plus. C'est pas un endroit pour jouer."

D'autres vêtements tombèrent dans le panier.

Elle l'observa encore, du coin de l'œil.

"Tu ne le trouves pas terrible, j'imagine. Tu dois te dire que ton oncle ferait mieux d'y jeter quelques bâtons de dynamite et de l'achever." Elle se pencha vers lui, l'air revêche. "C'est le conseil qu'on lui a donné, tu sais, quand il a acheté cet endroit. L'agent a dit qu'il devrait faire sauter le manoir et en finir avant qu'il s'écroule et blesse quelqu'un. Il a proposé de s'en charger, avant même que ton oncle ait signé les papiers."

Toute la lessive avait été ôtée de la corde et s'empilait dans le panier. La gouvernante reprit sa lente traversée en direction du manoir, William traînant derrière elle.

"Mais ne t'y laisse pas prendre, poursuivit-elle. Il est là depuis cent trente ans, et il ne va pas s'écrouler de si tôt. Ces balcons sont en piteux état, mais ce n'est qu'une question de boiserie. La maçonnerie est saine. Il tiendra encore debout longtemps après qu'on sera tous morts et enterrés. Même toi, petit."

William parvint à poser une question.

"Est-ce que quelqu'un d'autre habite ici ?

— Et qui d'autre veux-tu qu'il y ait ?"

Ils grimpaient en direction de la terrasse. La vieille femme s'arrêta au sommet du perron, se tourna vers l'extérieur.

“Regarde là-bas”, commanda-t-elle.

Depuis cette hauteur, William voyait la majeure partie du jardin et, de fait, on devinait vaguement un motif dans la végétation, le fantôme d’un agencement symétrique mort depuis longtemps. Le jardin était ceint à droite et à gauche par des murs de pierre dont certaines parties étaient éboulées, délogées par des racines d’arbres, d’autres penchées de façon précaire. Juste devant, il y avait la piscine. William distinguait ses contours, parfaitement rectangulaires, l’éclat des carreaux terni par la poussière, le plongeoir, des rampes métalliques à un bout. Mais la piscine proprement dite était vide et devait l’être depuis un certain temps. Des plaques de tôle rouillée dépassaient du bassin, de même que le sommet de hauts buissons.

Derrière la piscine, le versant sud de la colline plongeait avant de s’éloigner, étonnamment abrupt. William apercevait de l’herbe brune, des gommiers et de vieux piquets. Et au pied de la colline s’étendaient les plaines, immédiatement plates. Au plus près, la terre était divisée de façon à former les carrés familiers de cultures, mais, si l’on regardait plus loin, les couleurs et les formes se mélangeaient, les champs et les fermes s’étendaient jusqu’à l’horizon. C’était un panorama beaucoup plus vaste que tout ce qu’il avait pu voir depuis son aire perchée au sommet des silos à grain. Il embrassait l’ensemble des plaines. A sa gauche avançait la ligne bleue des montagnes et, à sa droite, la terre s’étendait simplement à l’infini en direction de l’ouest.

“Tu vois ?” La voix de la vieille femme était assourdie par la contrariété. “Tu vois tout ça ? La moindre petite chose, tout ce que tu aperçois, tout ça appartenait autrefois aux gens qui ont construit cette maison. De nobles gens, cette famille. Tu imagines quelle époque ce devait être ?”

Elle le regardait à présent en secouant la tête.

“Bien sûr que non, dit-elle. Mais moi, je m’en souviens. Ton oncle aussi. Il est né ici. C’est quelque chose que vous ne devez pas oublier. Toi et ta mère.”

Elle tourna les talons et se faufila par la porte entrouverte. William attendit un moment, perplexe, avant de la suivre. Il cligna des yeux tandis qu’il s’habituait à la pénombre après la lumière vive de l'extérieur, discernant vaguement un long couloir sombre et un escalier qui montait. Puis un mouvement attira son regard, une porte à un bout du couloir qui se refermait brutalement avec un bang sonore.

"Ça y est, dit la gouvernante, le voilà qui retourne dans son bureau." Elle poussa du doigt le panier à linge que William tenait encore contre sa poitrine. "Ne t'avise pas de le déranger."

Et elle l'entraîna dans l'obscurité.

3

Le premier souvenir de John McIvor était une image de fumée.

Une image de fumée, et une odeur de viande grillée. Il était quelque part dehors. Un nuage gras dérivait dans un ciel bleu. Et il pleurait, le visage inondé de larmes. Sa mère le tenait dans ses bras, fermement, et avec effroi. Elle avait peur, et lui aussi… mais de quoi ? Les images étaient toujours insaisissables, à l'extrême limite de sa conscience, et derrière elles il n'y avait rien du tout.

Elles n'étaient pas importantes.

Ce qui était important, c'était le manoir de Kuran. C'était là qu'il avait grandi, et assurément là qu'il prévoyait de mourir. Mais ce n'était pas là qu'il était né, pas exactement. Sa naissance avait eu lieu dans l'une des maisonnettes situées derrière le manoir, où était logé le personnel. C'était en 1914. Son père, Daniel McIvor, était absent à ce moment-là, occupé à travailler quelque part dans les collines. Daniel était le régisseur du domaine de Kuran, un élevage comptant des douzaines d'employés, des milliers de moutons et de vaches, et plus de quarante mille hectares de pâturages à administrer.

Les véritables propriétaires de ces terres, cependant, étaient la famille White, une célèbre dynastie pastorale dont les origines se trouvaient dans la lointaine Angleterre. A la naissance de John, le patriarche était un certain Edward White, mais c'était le grand-père d'Edward qui avait amené la famille en Australie dans les années 1820. Aristocrates désargentés, les White avaient fait fortune dans les colonies du Sud, élevant des milliers de moutons en marge de la civilisation sur des terres qu'ils accaparaient et revendaient au fur et à mesure que les frontières du monde civilisé les rattrapaient. Mais les prairies de Kuran, leur plus grand et leur meilleur territoire, leur accomplissement suprême, étaient censées marquer la fin de leur errance. Quand ils prirent possession de ces terres en 1860, celles-ci s'étendaient sur plus de cent vingt mille hectares situés entre les Hoops à l'est et la Condamine à l'ouest, la jeune ville de Powell au sud et le camp de Lansdowne au nord. Un royaume à eux.

Toutefois, les White n'en étaient pas les premiers propriétaires. Avant eux, il y avait eu un autre squatter dénommé Heatherington. Ses agents, une poignée d'hommes solitaires jalonnant ce qui était alors une étendue sauvage inconnue, avaient déjà sillonné la région de Kuran dans les années 1840. Une poignée d'hommes solitaires… et, pourtant, ils s'inscrivaient dans le cadre d'une véritable ruée vers la terre, car après le marquage des premières concessions près de Warwick, à quelque cent cinquante kilomètres de là, il ne fallut que deux ou trois ans avant que toute la région des Darling Downs soit occupée par des squatters. Les moutons mirent un peu plus de temps à arriver, et les hommes capables de s'occuper des bêtes et de les tondre encore plus longtemps. Il n'y avait ni barrières ni routes, ni étables ni enclos, seulement les vastes plaines à perte de vue et des bergers éparpillés dans leurs cabanes, pour la plupart des ex-prisonniers, des hommes en libération conditionnelle, aussi seuls qu'on pouvait l'être en Australie à cette époque. Au cours de ses quinze premières années d'existence, le domaine de Kuran n'eut guère plus que des tentes et des cabanes à offrir en guise de logements. Il fallut attendre 1859 pour que Heatherington en personne arrive et que, perché sur une colline au cœur même du domaine, il conçoive les plans d'une résidence grandiose.

Il ne fut pas le seul. Les barons des moutons des Darling Downs (les Purs Mérinos, comme on les appelait) se battaient pour savoir qui construirait le plus grand manoir, et des maçons étaient à l'œuvre sur plus d'une douzaine de propriétés différentes. Mais Heatherington, avec l'un des plus grands domaines d'élevage à son nom, aspirait à posséder une demeure digne de son envergure, et cela le poussa irrémédiablement à présumer de ses forces. Même si la terre à proprement parler ne coûtait presque rien, créer un élevage à l'extrême limite du monde connu restait une entreprise onéreuse. Heatherington s'endetta de façon considérable pour commencer la construction de sa magnifique demeure, et il fit faillite avant que celle-ci soit à peine plus qu'une carcasse. Ses créanciers récupérèrent la propriété et le premier propriétaire du domaine de Kuran tomba dans l'oubli. C'est là que les White entrèrent en scène. Ils conservèrent la structure du bâtiment de Heatherington, la redessinèrent, l'agrandirent en lui ajoutant deux vastes ailes, l'entourèrent d'un beau jardin anglais classique, et le manoir de Kuran dressa enfin ses murs de grès ocre au-dessus des plaines.

C'était une consécration, "le joyau des Downs", comme le déclara un membre de la haute société, une merveille architecturale à la frontière de la civilisation. Pendant les vingt années suivantes, les White régnèrent en maîtres : ils formaient l'une des plus grandes familles de squatters des Darling Downs, et leur manoir était le centre politique et culturel de la région. Le village de Kuran, une communauté purement féodale, grandit au pied de la colline. Mais même à Powell, située sur la lointaine limite sud de la propriété, les White étaient tout-puissants. Ils possédaient de nombreux magasins et hôtels, et, surtout, le soutien des habitants. Il y avait à peine un millier d'électeurs inscrits dans toute la partie nord des Downs et, d'une manière ou d'une autre, la plupart d'entre eux dépendaient du domaine en ce qui concernait leurs revenus. Ce fut donc sans beaucoup d'efforts que les White se firent élire au parlement du Queensland. Ils y retrouvèrent leurs collègues de l'aristocratie terrienne avec lesquels ils formèrent une heureuse alliance qui, pendant plusieurs dizaines d'années, régna sur la colonie comme sur ses propres pâturages.

Cela ne devait pas durer. Vers la fin du siècle, les villes et les bourgs grandirent, se remplissant d'ouvriers et de commerçants qui ne devaient rien aux pastoralistes, et même dans l'Ouest, parmi les tondeurs et les mineurs, le mouvement travailliste était répandu. Des batailles éclatèrent et furent perdues au sein du Parlement. Les éditoriaux réclamaient à grands cris de la terre pour l'homme de la rue. Les loyers des terres en pâturage, insignifiants au début, grimpèrent encore. Et les Purs Mérinos, riches en terres mais pauvres en liquidités, n'avaient aucun moyen de survivre à une période difficile prolongée. La récession paralysante des années 1890 en balaya définitivement une grande partie. Le service du cadastre démantela leurs immenses domaines en lots plus petits qui furent achetés par des éleveurs plus modestes aux convictions politiques incertaines, ou en minuscules parcelles réquisitionnées par des francs-tenanciers de descendance irlandaise ou allemande. En 1901, au moment de la déclaration d'indépendance de l'Etat du Queensland, la plupart des grands domaines d'élevage avaient disparu, et les luxueuses gentilhommières étaient désertes.

Pourtant, Kuran survécut. L'extrême nord des Downs, très éloigné des villes et des principaux axes de transport, était la région la moins attractive pour le développement. Mais, surtout, les White se battirent avec ténacité pour conserver le domaine dans son intégralité. Edward, alors chef de famille, avait hérité de son siège au Parlement où il dirigeait un petit groupe croupion de pastoralistes. Quand une reprise de la terre devint inévitable et que des parcelles éloignées de Kuran furent réquisitionnées pour être vendues aux nouveaux venus, Edward parvint à manipuler le service du cadastre afin que la terre de première qualité lui revienne, soit par le biais d'un achat direct, soit par l'intermédiaire d'amis et d'agents. Et même les parcelles vendues à d'autres n'étaient pas nécessairement perdues pour toujours. Les petits éleveurs et les nouveaux colons – les *selectors* – avaient souvent des difficultés à vivre de leurs propriétés, et au bout de quelques années ils vendaient ou abandonnaient simplement leurs terres, après quoi Edward les récupérait. Cela coûtait une fortune, bien sûr, et même les White pouvaient difficilement se le permettre mais, l'un dans l'autre, au moment où John McIvor vit le jour, le domaine de Kuran conservait encore le tiers de sa superficie d'origine.

Le père de John était entré au service des White en 1902. Daniel, qui était déjà un homme d'âge mûr, avait exercé quantité de métiers d'un bout à l'autre du Queensland, mais il se révéla remarquablement compétent au sein du domaine d'élevage, et Edward le promut rapidement. En tant que régisseur, les tâches de Daniel dépassaient la simple gestion de l'exploitation. Il avait également des responsabilités lors des campagnes électorales : rassembler tous les employés du domaine pour les transporter jusqu'à Powell le jour du scrutin, distribuer gratuitement de la bière et de la nourriture aux habitants, délivrer des encouragements plus musclés aux électeurs capricieux si nécessaire, huer les candidats rivaux dans la rue ou les acheter discrètement le cas échéant. Daniel était tout aussi indispensable dans l'éventail de moyens déployés pour garder la plus grande partie des plaines de Kuran sous le contrôle des White. Il servait de prête-nom lors des ventes de terrain et en diligentait d'autres. Il intimidait les acheteurs éventuels. Et quand les gens étaient assez audacieux pour s'entêter à acheter des terres du domaine de Kuran, Daniel et ses hommes pouvaient aller jusqu'à brûler des barrières, des récoltes et des remises pour chasser les nouveaux arrivants. Il avait partout la réputation d'être un homme “dur”, et les gens savaient qu'il portait un pistolet sur lui en permanence.

Pourtant, après une dizaine d'années passées à Kuran, Daniel comprit, peut-être même mieux qu'Edward, que l'élevage courait à la crise. Le prix de la laine fluctuait dangereusement, il y avait des problèmes avec les tondeurs, des grèves, le coût des transports était élevé, et des maladies décimaient les troupeaux. La seule maintenance du manoir était ruineuse. Et le gouvernement rouspétait sans arrêt à propos de l'étendue des terres en pâturage et du besoin de libérer certains terrains exploitables. Kuran étant devenu le plus grand domaine des Downs, il constituait une cible évidente. Les habitants de Powell en particulier menaient campagne en faveur d'une réforme agraire. Sans une formidable présence au Parlement et une main de fer sur l'élevage proprement dit, tout risquait de partir en fumée. Et Edward devenait vieux. S'il mourait, qui allait lui succéder ?

Certes, il y avait bien un héritier à la fortune des White, un fils adulte prénommé Malcolm. Pourtant, Edward et Daniel voyaient tous deux Malcolm tel qu'il était : faible, indulgent, un homme incapable de tenir les rênes. De toute façon, Malcolm ne voulait pas s'occuper du domaine. Il avait passé à Brisbane et Sydney une jeunesse dissipée et tumultueuse qui embarrassait son père. Pour finir, il s'était vu rapatrier chez lui pour y faire pénitence, étant entendu qu'il serait financièrement entretenu à la seule et unique condition qu'il vive au manoir. Vouant à son père un respect teinté de crainte, Malcolm accepta à contrecœur, mais personne n'espérait qu'il apprît un jour à gérer l'entreprise familiale. Sa seule contribution utile fut de se marier et d'offrir à son père une extension à la dynastie. Mais son unique enfant était une fille, Elizabeth, née en 1912. Et une fille n'était pas ce dont les White avaient besoin.

Pourtant, sa naissance fit germer une idée dans la tête de Daniel McIvor. Célibataire depuis toujours, il se maria de façon soudaine. Il choisit une fille solitaire parmi le personnel du domaine, apparemment au hasard, et assurément sans aucune affection évidente. Un an plus tard, son fils John McIvor vit le jour. Un garçon, c'était tout ce qui importait. Car Daniel avait conçu un plan, et il osait en secret nourrir un immense espoir. Un fils à lui, un garçon qu'il pourrait éduquer de façon qu'il devienne aussi audacieux et capable que lui, qu'il connaisse de façon intime le fonctionnement du domaine… et la petite-fille d'Edward White, à qui tout devait finalement revenir. Quel arrangement pouvait être plus sensé que l'union de ces deux-là ? Le sang des McIvor donnerait à la famille White la vigueur qui lui manquait. Et, avec de la vigueur, la survie du domaine de Kuran pourrait être garantie.

Pour le jeune John McIvor, c'était la plus belle des perspectives. Son père n'en parlait jamais ouvertement, mais la chose était implicite dans chaque regard et chaque mot de Daniel. La graine était donc plantée, et John grandit avec l'intime conviction que le domaine de Kuran lui appartiendrait un jour. L'idée le gonflait d'orgueil, et, enfant, il apprit à connaître le moindre centimètre carré du domaine, chaque coin et crête, depuis le fin fond des plaines jusqu'au sommet des collines. Et, au fil des ans, il devint tout ce que son père avait souhaité : grand, beau et sûr de lui, vif, compétent et fort. Même Edward White était impressionné, et il félicitait Daniel d'avoir reçu un fils capable de marcher dans les pas de son père, peut-être même d'assumer un jour les responsabilités qui incombaient au poste de régisseur du domaine.

Pendant ce temps, la vie du manoir de Kuran et de la famille White se déroulait sous les yeux de John, familière et pourtant atrocement inaccessible. Le prisonnier Malcolm menait grand train. Sa femme était une beauté locale, la fille du maire de Powell, et puisqu'ils ne pouvaient eux-mêmes jouir de la vie mondaine en ville, ils en avaient créé leur propre imitation. Les réceptions du week-end étaient à la mode et, au manoir de Kuran, les chambres, la nourriture et la boisson ne manquaient jamais, si bien que des dizaines de personnes prenaient le chemin de l'ouest, franchissaient les montagnes et traversaient les plaines pour y assister. Les soirées de Malcolm ne défrayaient peut-être pas tout à fait la chronique des Darling Downs, mais elles étaient assurément exotiques et la liste des invités parfois infamante. Depuis Brisbane, le père de Malcolm se plaignait et le réprimandait, et, quand le vieil homme rentrait chez lui entre deux sessions parlementaires, Malcolm avait la sagesse de renvoyer ses amis chez eux. Mais sitôt Edward reparti…

John observait tout cela, caché derrière le mur du jardin. Les cocktails de l'après-midi, les femmes et les hommes vêtus de blanc qui se promenaient sur les pelouses ou flânaient paresseusement autour de la piscine tandis que des domestiques passaient sans cesse parmi eux avec des rafraîchissements et des collations. Ou le soir, quand le manoir brillait de mille feux, laissant échapper de la musique et des rires. John se glissait près des fenêtres et épiait l'intérieur des pièces où des danseurs se contorsionnaient devant des gramophones, où des hommes fumaient et criaient en jouant au billard, et où des repas gargantuesques s'étiraient sur la table de seize places. Et plus tard, quand tout était sombre et qu'il essayait de dormir dans la chambre de la maisonnette familiale, il entendait les cris perçants qui venaient des salles du haut, le bruit de courses précipitées et de portes qui claquent, ne sachant jamais si c'étaient des cris de peur, de plaisir ou de douleur.

Il savait pourtant que le manoir ne se résumait pas à des gens et des lumières, car celui-ci était le centre de quelque chose de plus grand : l'immense territoire que formait le domaine de Kuran. John avait vu les vastes plaines et les collines sombres, les hommes qui s'échinaient au travail pour maintenir l'élevage en vie. Ces hommes, leurs femmes et leurs familles, les habitants des villages et des villes, tous comptaient sur le manoir pour dispenser autorité, jugement et arbitrage – pas seulement des fêtes. Quand son heure viendrait, se jurait-il, il agirait avec plus de sérieux. La venue de cette heure dépendait d'Elizabeth, si bien que John la surveillait de près, envisageant leur avenir commun. Cependant, elle demeurait étrangement distante, une silhouette solitaire évoluant dans le manoir et le jardin. D'après ce qu'il savait, elle n'avait pas d'amis, et il lui semblait qu'elle aurait dû être heureuse de sa compagnie, de la présence d'un autre enfant qui était son égal. Mais le peu de fois où elle remarquait John, elle le traitait presque comme s'il n'était pas différent des autres enfants du personnel.

Il n'avait pas souvent la permission d'*entrer* dans le manoir, à part les rares occasions où il accompagnait son père, mais un après-midi, à la fin de l'été, Malcolm et sa femme s'étaient absentés pour aller à Powell. Le bâtiment somnolait sous un soleil agréable, vide et tentant, et John, alors âgé de onze ans, ne put résister à cette occasion de l'explorer seul. Se glissant par le portail de derrière, il traversa furtivement les pelouses dans l'air brumeux de pollen et le bourdonnement des insectes. Les portes d'entrée étaient ouvertes, comme toujours en été, et en un instant il fut à l'intérieur. Il n'y avait personne alentour. Il passa d'une pièce à une autre, s'émerveillant de la hauteur des plafonds, des hautes fenêtres qui diffusaient la lumière du soleil à travers leurs rideaux de dentelle, des cheminées assez grandes pour s'y tenir debout, des meubles dont le grain du bois brillait d'un éclat rouge et des parquets cirés au point d'étinceler. C'était plus beau que tout ce qu'il avait jamais vu, mais sa pièce préférée du rez-de-chaussée était le bureau d'Edward. C'était une salle immense située dans un coin de l'aile ouest, avec des ouvrages reliés en cuir tapissant les murs et une table de travail d'un mètre quatre-vingt de large. Des tentures en velours couvraient les fenêtres, et un arôme enivrant de whisky et de tabac flottait dans tous les coins. Son père travaillait parfois ici et John s'était souvent demandé ce qu'il ressentirait assis derrière ce bureau.

Dans l'entrée centrale, il y avait le majestueux escalier qui montait au premier étage, et c'est là que John n'était jamais allé. Il le gravit à pas de loup, à l'affût du moindre bruit, mais il n'en entendit aucun et arriva, en silence, au niveau supérieur. Celui-ci était encore plus aéré et plus spacieux. De hautes portes vitrées s'ouvraient sur la terrasse, inondant de lumière une longue galerie qui courait en direction des ailes est et ouest. S'aventurant du côté ouest, John passa devant une succession de portes et aperçut des chambres. L'un d'elles était peinte en rouge et noir, avec des paravents de papier blanc qui lui rappelèrent des images venues de Chine ou du Japon. Une autre avait des tentures multicolores et était décorée de statues grossièrement sculptées venant d'endroits tels que l'Afrique ou la Nouvelle-Guinée. Et les lits étaient gigantesques, avec leurs baldaquins mystérieux drapés de rideaux. C'était ici que les adultes rôdaient la nuit, quand ils jouaient dans leurs chambres magiques et poussaient des cris dans le noir.

Et puis, au bout du couloir, dans le coin droit de l'aile ouest, il arriva devant une dernière porte ouverte. Entièrement blanche, cette chambre brillait d'un éclat irréel dû aux fenêtres voûtées tendues de gaze ondoyante. La pièce paraissait presque vide, avec seulement un petit lit une place dans le coin. Assise devant l'une des fenêtres, dans un fauteuil en rotin à oreilles, se trouvait une fille brune menue, les genoux repliés sous le menton et le visage tourné de l'autre côté, plongée dans un livre. John se figea. Ce n'était qu'Elizabeth, et pourtant elle ne semblait pas plus réelle que la chambre qui l'entourait – un tableau ou une statue parfaitement immobile.

Elle sentit alors sa présence et se retourna, les sourcils froncés devant cette interruption. *Tu n'as rien à faire ici*, dit-elle. *Va-t'en.*

John resta pétrifié, avec un million de choses à dire en tête sans qu'aucune ne parvienne à sortir. Le froncement de sourcils s'accentua, et Elizabeth lui parut avoir dix ans de plus que lui, pas deux.

Va-t'en, j'ai dit.

Et John s'en alla, le visage en feu, courant dans le couloir.

Comment avait-elle réussi à l'effrayer à ce point, alors qu'il n'avait peur de rien ? Et comment était-il possible qu'ils soient ensemble un jour s'il n'était même pas capable de parler devant elle ? Mais, arrivé dehors, John avait recouvré ses esprits. Elle l'avait pris au dépourvu, alors qu'il était nerveux d'avoir enfreint les règles, c'est tout. Leur destin mutuel ne débuterait pas avant plusieurs années, ils avaient tout le temps, et il le lui démontrerait bientôt, quand il serait plus grand.

Mais le souvenir de cet après-midi persista. Et à compter de ce jour, chaque fois qu'il pensait à Elizabeth, il la revoyait dans cette posture distraite, encadrée de lumière, perdue dans ses pensées, et apparemment sans même avoir conscience qu'un garçon nommé John McIvor, son futur mari, existait.

4

Une semaine s'était écoulée depuis le déménagement, et William n'avait toujours pas vu son oncle.

"Ne va pas l'ennuyer", soupirait sa mère pour toute réponse à ses questions et en se massant la tête, signe familier indiquant qu'elle avait la migraine. Elle n'avait encore déballé que la moitié de leurs affaires, ne s'y attelant que par à-coups et avec mauvaise humeur. "Quand il voudra te voir, il t'appellera. Va jouer dehors."

William n'allait pas dehors. Il faisait trop froid. D'âpres couches de nuages dérivaient sans cesse dans le ciel, hauts et vides de pluie. Il restait donc à l'intérieur et explorait sa nouvelle demeure, fouillant les couloirs avec une appréhension grandissante dans le cœur, une odeur de moisi et de pourriture dans les narines.

Le manoir avait beau paraître décrépit de l'extérieur, l'intérieur était encore pire. C'était un enchevêtrement de pièces exiguës, de vestibules étroits et de culs-de-sac. Il ne donnait pas l'impression d'être habité ; au lieu de cela, il rappelait à William un hôtel en ruine. Il finit par conclure qu'il y avait eu jadis quatre appartements indépendants au rez-de-chaussée, une vieille subdivision transformée depuis en labyrinthe. Il n'y avait pas de pièce centrale, pas de cœur chaleureux tel qu'un salon unique ou une cuisine. A la place, il y avait quatre cuisines, toutes petites et sombres, dont trois étaient inutilisables. En fait, tout était en quatre exemplaires, un dédale de chambres, de salles de bains et de salons qui auraient pu abriter une douzaine de personnes ou plus. Tout ce qu'elles abritaient désormais était du bric-à-brac. William devait se frayer un chemin parmi des meubles en piteux état, des placards penchés, des cartons de vêtements moisis et des tas de journaux en décomposition. Tout semblait miteux et bon marché. Les murs étaient de fines cloisons de fibrociment tachées par l'âge et percées de trous béants, les tapis étaient usés jusqu'à la corde, et le lino des cuisines était retroussé dans les coins.

Pourtant, il voyait qu'il n'en avait pas toujours été ainsi : ici et là, William trouvait des signes indiquant que des pièces plus vastes et plus cossues avaient existé avant les appartements. Sous le lino décollé, on voyait de larges planches de bois au grain rougeoyant. A d'autres endroits, le fibrociment était tombé, révélant des panneaux sombres qui luisaient d'un éclat terne. Dans certains coins, on trouvait les restes de cheminées de pierre géantes dépossédées de leur manteau et dont le foyer était muré. Les fenêtres aussi, bien qu'elles aient été peintes ou dissimulées derrière des armoires, abritaient encore de hauts cadres en ogive. Mais c'étaient les plafonds qui donnaient véritablement une idée de l'échelle du manoir tel qu'il était à l'origine. Ces plafonds avaient beau être affaissés et délabrés, perdus sous les toiles d'araignées, ils s'élevaient encore loin au-dessus de tout le reste, décorés de moulures en plâtre, donnant aux petites pièces un air ridiculement étroit et haut. Souvent, les cloisons qui séparaient les appartements n'atteignaient même pas le plafond. Des fils pendaient tristement, terminés par des ampoules nues ; mais les supports auxquels ils étaient accrochés étaient massifs et, à une certaine époque, ils avaient dû supporter des lustres.

Jour après jour, William dressait la carte du manoir. Vu de dessus, celui-ci avait la forme d'un gigantesque H dont les barres verticales étaient formées par les ailes est et ouest. Les portes d'entrée étaient orientées au sud, situées au centre de la barre horizontale. Derrière elles se trouvait la version rétrécie de l'entrée d'origine, dominée par un escalier autrefois majestueux taillé dans un bois rouge sombre à présent éraflé et plein d'échardes. L'escalier revenait sur lui-même et, à l'entresol, une cloison avait été dressée, une horrible barrière blanche en fibrociment percée par une petite porte soigneusement verrouillée et cadenassée. Cette porte marquait une limite aux explorations de William car l'étage lui était interdit. Il était interdit à tout le monde, avait prévenu Mme Griffith d'un ton brusque en montrant la façon dont les plafonds du rez-de-chaussée s'affaissaient. Condamné car dangereux, surtout pour les petits garçons. Il y avait un autre escalier, découvrit William, dans chacune des deux ailes, des volées de marches étroites et raides. Mais ceux-là aussi étaient barrés.

William et sa mère occupaient l'appartement du fond de l'aile est, et il soupçonnait que toute cette partie du manoir avait été abandonnée depuis un certain temps. L'air sentait le renfermé, et il y avait des marques sur la moquette aux endroits où de grosses caisses, des armoires ainsi que d'autres objets impossibles à identifier étaient de toute évidence restés pendant des années. Malgré l'installation de leurs meubles familiers, l'endroit continuait de lui paraître sinistre et froid. Sa mère avait mis le canapé et la télévision dans le salon, et elle avait branché le petit radiateur électrique qu'elle avait apporté de chez eux ; mais l'air chaud se contentait de monter vers les hauts plafonds, et le froid intense du manoir persistait. La chambre de William se trouvait dans un coin au fond de l'appartement. Etroite, haute et sombre, ses fenêtres donnaient sur une jungle de lierre et de broussailles.

Mme Griffith était cantonnée dans la même aile, dans l'appartement de devant, et ses pièces privées étaient strictement interdites à William. Cependant, comme son appartement possédait la seule cuisine munie d'un poêle en état de marche, c'était là que les repas chauds étaient préparés. Contiguë à la cuisine de Mme Griffith, il y avait une salle à manger où William et sa mère prenaient leurs dîners en compagnie de la gouvernante. L'oncle de William n'y assistait jamais. Apparemment, son territoire était l'aile ouest, mais le vieil homme n'avait en fait pas émergé de son bureau depuis l'arrivée de William. Jour après jour, la porte demeurait obstinément fermée. On ne devait pas, expliqua-t-on à William, le déranger pendant son travail. Mais cela signifiait-il qu'il allait rester enfermé là-dedans éternellement ? Dormait-il aussi dans son bureau ? Car, si après avoir provisoirement exploré les appartements ouest

William avait découvert plusieurs chambres, aucune d'elles ne semblait habitée.

Il était certain d'une chose, cependant : il était le premier enfant à vivre au manoir depuis des années. Il n'y avait aucun jouet nulle part, rien de coloré ou d'amusant. Et quand il s'aventurait à l'extérieur dans le froid, le jardin ne valait pas mieux. Des ronces accrochées à lui, William déambulait dans les vestiges des allées géométriques. Il regardait à l'intérieur de la piscine. Le fond fissuré laissait apparaître de la terre, laquelle servait de base aux longues herbes et aux buissons qui étouffaient le béton. Le plongeoir en bois pourrissait sur ses ressorts. Derrière le manoir, William découvrit un parking en gravier. Etaient garés là la voiture de sa mère, un van aux pneus à plat et une vieille camionnette agricole. Attenante au mur arrière du bâtiment principal, il y avait une annexe qui avait dû être la cuisine d'origine, et un chemin la reliait aux maisonnettes du personnel alignées derrière le mur du jardin. Aucune de ces constructions en ruine et sans toit n'était habitable aujourd'hui, à l'exception de celle qui abritait le bois de chauffage. Et, derrière ces petites maisons, il n'y avait encore que de l'herbe, des arbres et des broussailles qui s'étendaient à perte de vue sous le ciel lugubre.

Dans d'autres circonstances, William aurait pu trouver cet environnement attrayant. S'il avait eu un ami avec qui l'explorer, peut-être, ou s'il était venu ici pour un weekend. Mais il était seul, et il n'était pas en visite, si bien que l'acte de découverte semblait dénué de sens. Il traînait dans les pièces sombres dont il enregistrait tous les détails en silence, mais sans avoir envie de fouiller dans les cartons ni de fureter dans les tas de vieux outils qu'il dénichait. Rien de tout cela ne lui appartenait ni ne le concernait. Ç'aurait été de la violation de domicile. Et même s'il pensait que les dépendances devaient grouiller de rats et de souris, il n'imaginait pas s'y rendre la nuit avec une lampe électrique pour tenter de les débusquer. La nuit, l'obscurité extérieure semblait impénétrable. Et, à l'intérieur, le manoir était encore pire que la journée. De nombreuses pièces n'avaient pas d'éclairage. Et même quand elles en avaient, naviguer entre elles signifiait braver les ombres qui rôdaient dans les couloirs et les recoins, et dans des appartements entièrement déserts. De plus, c'était la nuit que le froid s'insinuait le plus profondément, comme s'il coulait des murs.

William avait beau mettre des pulls les uns sur les autres, enfoncer un bonnet de laine sur ses oreilles et dormir sous plusieurs couches de couvertures, il ne ressentait jamais le genre de chaleur qu'il se rappelait avoir appréciée chez lui dans son lit. D'autres conforts manquaient aussi. La réception de la télévision était mauvaise, et toutes les émissions étaient brouillées par l'électricité statique. Les douches ne laissaient couler qu'un filet d'eau. Et les repas étaient sinistres, surtout le dîner. Le petit-déjeuner et le déjeuner étaient moins terribles : William et sa mère avaient apporté leur réfrigérateur, et ils pouvaient au moins se préparer du pain grillé ou des sandwiches dans leur propre cuisine. Mais, chaque soir, ils étaient forcés de retrouver Mme Griffith, et ils arrivaient tous les trois en zigzaguant depuis leur coin respectif pour se retrouver dans sa salle à manger. C'était une longue pièce étroite contenant une immense table qui touchait presque les murs et laissait à peine assez d'espace pour une série de chaises dépareillées. Il y avait un buffet à un bout, chargé de porcelaine jaunie et décoré de fleurs en plastique. La nappe était également en plastique, d'un blanc crémeux, et la salière, le poivrier et les bouteilles de sauce, posés toujours au même endroit, laissaient de légers cercles sales quand on les prenait.

Chaque soir, la gouvernante servait quatre repas. Elle posait le quatrième sur un plateau, puis, avec force marmonnements, elle partait en traînant les pieds en direction du bureau. A son retour, elle s'asseyait à un bout de la table, austère et silencieuse. Elle dînait comme si elle vivait encore seule, les yeux fixés devant elle. William et sa mère se faisaient face au centre de la table. Ils parlaient à peine, gênés par la présence inhibante de Mme Griffith, et on n'entendait que le tintement des couverts tandis qu'ils avalaient les rôtis et les ragoûts composant l'ordinaire de la gouvernante. Les repas n'étaient pas copieux, et ils étaient toujours à moitié froids, avec des légumes pâles drainés de leur couleur. Le dessert était habituellement constitué de fruits au sirop en conserve et de crème anglaise. Et, quand le dîner était terminé, les marmonnements de la vieille femme reprenaient tandis qu'elle allait chercher le plateau dans le bureau puis débarrassait la table et finissait par disparaître dans sa cuisine. Au début, la mère de William lui avait proposé son aide. Elle pouvait laver la vaisselle, ou cuisiner, William pouvait se charger d'emporter le plateau jusqu'au bureau afin de lui épargner ce long trajet. Mme Griffith avait refusé de son regard sévère. C'était son travail, avait-elle insisté, et sa cuisine. Elle préparait les repas pour John McIvor depuis plus de vingt ans, et elle n'allait pas s'arrêter maintenant.

Pour William, il était évident que la gouvernante les considérait comme des invités malvenus. Peut-être même les haïssait-elle. Etait-ce donc à cela qu'allait ressembler leur nouvelle vie : rester terrés dans un appartement qui sentait le renfermé cependant qu'une vieille femme en colère se dressait entre eux et quelque chose d'aussi simple que le fait de préparer leur propre dîner ? Etait-ce ce que la mort de son père signifiait vraiment ? Au cours de cette première semaine, William observa sa mère avec un certain malaise, attendant qu'elle dise quelque chose à propos de leur avenir. Mais elle ne disait jamais rien. Son humeur hésitait entre l'irritation due à ses maux de tête et une apathie somnolente. L'état du manoir, la façon médiocre dont on les accueillait, elle ne semblait rien remarquer. Le simple fait d'organiser son installation et celle de son fils avait peut-être épuisé ses réserves. Mais, de temps en temps, William apercevait une certaine expression sur son visage alors qu'elle regardait la désolation qui l'entourait. Dans ces moments-là, elle semblait soudain horrifiée, comme si un masque était tombé et qu'elle avait vu la réalité.

“Maman, demanda-t-il dans un de ces moments, est-ce qu'on va rester ici pour toujours ?”

Le déni embua aussitôt les yeux de sa mère.

“Pourquoi ? Qu'est-ce qui ne va pas ?”

William ne put que contempler les murs en guise de réponse.

“Et où est-ce qu'on irait ? insista-t-elle d'une voix devenue coupante, à la fois hystérique et sur la défensive. Où est-ce qu'on prendrait l'argent ?

— Je ne sais pas…

— J'ai fait tout ce que je pouvais, Will. Il va falloir t'en contenter. Il y a des choses que tu ne comprends pas, et je n'ai pas envie que tu gâches tout.

— Quelles choses ?

— Tout dépend de ton oncle."

Son oncle : le plus grand mystère de tous. La présence du vieil homme planait sur toute chose, mais lui-même demeurait caché, respecté et obéi sans jamais être vu. Parfois, alors qu'il déambulait dans les couloirs, William entendait sa voix à l'intérieur du bureau, forte et autoritaire, comme s'il parlait au téléphone. A d'autres moments, il percevait les cliquètements furieux d'une machine à écrire, ou un bruit différent impossible à identifier, semblable à celui d'une machine roulant avec un grincement métallique. Il entendait aussi une radio, dont le son était la plupart du temps assez fort, mais il n'y passait pas de musique, seulement des informations ou des débats aux voix indistinctes. William demanda à sa mère si c'était vraiment un travail aussi difficile de gérer un élevage comme le domaine de Kuran. Elle se contenta de secouer la tête.

"Pour ça, il a un régisseur. Ton oncle travaille sur d'autres choses en ce moment. Tu n'es pas encore vraiment assez grand pour qu'on t'explique."

Quoi qu'il en soit, William se retrouvait en train de rôder près du bureau, tendant l'oreille pour entendre ce qui se passait à l'intérieur et, même s'il redoutait de voir la porte s'ouvrir et son oncle sortir furieux, il continuait de l'espérer, ne fût-ce que pour résoudre cette énigme. Mais pourquoi, se demandait-il, se représentait-il son oncle en colère ? Il ne l'avait vu qu'une seule fois, après l'incendie, et le vieil homme n'avait rien dit de désagréable ce jour-là, n'avait rien fait de cruel. Il avait offert sa maison à une mère et son enfant sans foyer, ce qui était sans nul doute un acte de bonté. Pourtant, William pensait que cette haute silhouette claudicante devait être celle d'un homme colérique. Cela tenait peut-être juste au martèlement des touches de la machine à écrire. Ou peut-être au ton de sa mère quand elle parlait de son oncle, ou encore à la ténacité avec laquelle la gouvernante effectuait les tâches pour le servir. Aucune de ces choses ne suggérait la gentillesse.

De sorte que William se demandait s'il avait vraiment envie de faire sa connaissance, ou s'il valait mieux que le vieil homme demeure un fantôme, le capitaine maussade d'un très vieux navire dont il ne voyait jamais les passagers.

Vers la fin de la semaine, cependant, William découvrit plusieurs cartons empilés devant le bureau. Ils étaient bourrés de feuilles de papier, toutes fraîchement imprimées et dégageant une odeur d'encre. S'approchant aussi près qu'il l'osait, il vit que les feuilles étaient agrafées par petits paquets et couvertes de caractères serrés. Derrière la porte du bureau, la machine à écrire et l'autre engin s'étaient tus. A la place, on entendait des voix, pas la radio, mais deux personnes qui discutaient. A son grand étonnement, William s'aperçut que l'une d'elles était sa mère. Il n'entendait pas ce qu'elle disait à son oncle, mais il était certain d'avoir entendu son prénom. Il s'éloigna furtivement avant d'être découvert et, le lendemain, les cartons avaient disparu et l'aile ouest était silencieuse, comme si le vieil homme avait terminé ses travaux et se reposait enfin.

Les jours se traînaient ainsi. A la fin de chaque journée, William se retirait dans sa chambre qui n'avait pourtant rien d'un refuge, et il tentait de dormir. Ce n'était pas facile, avec l'énorme poids du manoir qui l'accablait de toutes parts. Parfois, un vent sec et froid soufflait à l'extérieur, mais, d'autres fois, il n'y avait qu'un silence sonore dans lequel le moindre son résonnait. Le craquement du bois, le bruissement des petits animaux dans les plantes grimpantes qui couraient autour de sa fenêtre, les meuglements du bétail très loin sur la colline. Et des pas, toujours des pas, étouffés, tandis que sa mère, ou Mme Griffith, ou peut-être même son oncle, se déplaçait sur les vieux planchers, au point que le manoir paraissait plein de pieds vagabonds et impatients. Il n'y avait qu'au-dessus de lui, à l'étage, où régnait un silence absolu. Rien ni personne ne bougeait là-haut, pas même des rats ou des opossums. William fixait le plafond invisible, songeant au poids de la maçonnerie et du bois suspendus au-dessus de lui, un tas pourri prêt à s'écrouler et à l'écraser dans son lit.

5

Deux jours avant la rentrée des classes, William fut convoqué dans le bureau. Sa mère l'accompagna. Elle semblait s'attendre à cette convocation.

“C'est important”, avertit-elle, et William se prépara à rencontrer enfin son oncle. Mais, au lieu de cela, un gros homme vêtu d'une veste déformée en velours côtelé l'attendait sur le seuil. Il avait le teint brouillé, et il tenait une sacoche noire à la main.

“Ah, dit l'inconnu en plissant ses yeux bouffis. Alors, voilà le petit.

— William, annonça sa mère, voici le Dr Moffat.”

Assez vieux, l'homme avait de fines mèches de cheveux lissées sur un crâne chauve brillant et rouge, et il portait de grosses bottes en caoutchouc sales. Il adressa un sourire cordial à William.

“Je suis le médecin de ton oncle. Il m'a demandé de t'examiner.”

William leva les yeux vers sa mère, perplexe.

“C'est une visite de routine, rien de plus. Fais simplement ce qu'il dit.

— C'est vrai, chantonna le médecin. Pas de quoi s'inquiéter.” Et il les invita à entrer dans le bureau.

La première chose que William remarqua fut le feu, et l'odeur de la fumée. Puis il fut frappé par la taille de la pièce. Celle-ci était aisément la plus grande qu'il ait vue dans le manoir, occupant un coin entier de l'aile. Un sentiment de légitimité l'envahit, car c'était ça, c'était à cela que le manoir était censé ressembler ; même le haut plafond semblait ici à l'échelle. En fait, en regardant de plus près,

William s'aperçut que le bureau, comme le reste du bâtiment, avait jadis été subdivisé en plusieurs pièces plus petites. Les cloisons avaient laissé de vilaines marques sur le sol. Mais, dans une tentative de restauration, les cloisons en fibrociment avaient été enlevées, la cheminée dégagée et le manteau réinstallé. Des fauteuils à oreilles en cuir étaient maintenant regroupés devant l'âtre. Il y avait de hautes fenêtres dans deux des murs, avec de profondes bibliothèques entre chaque, et, à l'autre bout de la pièce, trônait un énorme bureau sculpté, tout encombré de magazines et de documents, plus trois autres tables où étaient empilés de façon chaotique des boîtes, des journaux et de mystérieuses formes bombées sous des bâches en plastique.

La seule chose qui manquait était le vieil homme.

"Je pensais que John serait là, dit la mère de William.

— Il se repose. Ce bulletin le vide complètement. Ça n'a pas d'importance. Je connais les lieux." Le Dr Moffat s'affairait devant un petit meuble vitré contenant des bouteilles multicolores. Il se servit un verre de liquide doré puis s'installa à grand bruit dans l'un des fauteuils en cuir devant le feu. "Nous en avons discuté au téléphone, dit-il en jetant à William un regard bienveillant par-dessus le bord du verre. Un examen rapide."

William regarda sa mère.

"Mais je ne suis pas malade.

— Vas-y quand même. Ça ne prendra pas longtemps."

Déconcerté, William traversa la pièce. Le médecin but une grande gorgée puis posa les mains sur les épaules de William et l'attira près de lui, étudiant son visage. Lui retournant son regard, William aperçut les pores dilatés du nez du médecin et une barbe blanche naissante sur ses joues. L'homme sentait les vieux vêtements et l'alcool, et ses yeux bouffis étaient striés de rouge.

"Tu as quel âge, déjà ?

— Neuf ans."

Le médecin se tourna vers la mère de William.

"Est-ce qu'il a déjà eu quelque chose de grave ? Passé du temps à l'hôpital ? Eu des fractures ?

— Non.

— Hmm." Il leva un doigt boudiné. "Suis ça des yeux, Will."

Le doigt avança puis recula plusieurs fois. William le fixa. Cela lui donna mal aux yeux.

"Tiens-toi sur un pied. Le pied gauche."

William s'exécuta. Il eut du mal à garder l'équilibre.

"Touche ton nez avec l'index de ta main droite."

William se toucha le nez.

"Parfait. Bien. Maintenant, enlève tes vêtements un instant."

Quand William fut en sous-vêtements, le médecin se mit à le tâter partout, lui chatouillant les muscles. Un stéthoscope sortit de la sacoche noire et fut appliqué, glacial, sur son dos et sa poitrine. On lui frappa le genou à l'aide d'un petit marteau. Une main moite se glissa brièvement sous ses testicules au moment où on lui demanda de tousser. Le médecin fredonna et marmonna pendant tout l'examen.

"Bon, tu peux te rhabiller." Le Dr Moffat retourna à son verre un moment. Puis il s'adressa à la mère de William : "Eh bien, il me semble en parfaite santé.

— C'est ce que j'ai dit à son oncle. Il va bien."

Le médecin eut l'air songeur.

"Vous savez ce que veut John.

— Mais l'école ?

— Quelques mois d'absence n'ont guère d'importance à l'âge de Will.

— N'y a-t-il pas une loi qui rend l'école obligatoire ?

— Pas si vous avez un certificat médical. Je peux m'en occuper.

— Un certificat disant quoi ?"

Le Dr Moffat réfléchit encore.

"Que pensez-vous d'une mononucléose infectieuse ? Les enfants manquent toujours une année ici ou là à cause de ça."

William s'était rhabillé, et il avait écouté la discussion avec stupéfaction.

"J'ai un problème ?" demanda William à sa mère.

Elle soupira.

"Bien sûr que non. C'est juste… un arrangement.

— Tu vas être en vacances", ajouta le médecin. Il se servait un autre verre. "Jusqu'à la fin de l'année.

— Pourquoi ?

— Et pourquoi pas ? La plupart des enfants sauteraient sur l'occasion. Comme ça, tu auras du temps pour apprendre à connaître les lieux. Et ton oncle, aussi. Sans avoir à courir à l'école tous les jours. Ce sera amusant.

— Ah." William ne savait pas trop comment prendre cette nouvelle, seulement qu'il ne la comprenait pas. Puis il se souvint d'une chose. "Mon oreille. J'avais oublié. Parfois, elle me fait mal."

Sa mère lui jeta un regard.

"Tu ne m'en as jamais parlé."

William ne dit rien. C'était une douleur qui allait et venait, mais il n'en avait jamais parlé à sa mère car c'était l'oreille qu'elle avait giflée le soir de l'incendie.

Le Dr Moffat eut un large sourire.

"On ferait mieux d'y jeter un coup d'œil dans ce cas, non ?"

Il sortit de son sac un instrument muni d'un viseur pointu qu'il inséra dans l'oreille de William. William se crispa.

"Ça ne fait pas si mal que ça, non ?" Le médecin plissait des yeux dans le viseur, et l'odeur d'alcool était écœurante.

William s'arma de courage.

"Non.

— Eh bien… c'est un peu rouge et enflammé là-dedans." Il parlait à la mère de William. "C'est sans doute juste une petite otite, les gamins en ont tout le temps."

Mais, en parlant, il enfonça l'instrument un peu plus loin, et une douleur incroyable fusa soudain au plus profond de l'oreille de William, le faisant hoqueter et reculer.

"Oh là ! dit le médecin. Très bien. J'ai terminé."

L'oreille de William l'élançait, brûlante, et des points noirs dansaient devant ses yeux. Il avait besoin de s'asseoir. Il avait l'impression que quelqu'un lui avait percé le tympan avec une aiguille.

"Ça nécessite des antibiotiques ? entendit-il sa mère demander d'une voix qui lui parut étrangement loin.

— Gardez un œil là-dessus. Si jamais ça empire… Bon, je vais vous établir une ordonnance. Vous pourrez vous en servir quand vous voudrez."

William s'éloigna avec précaution et s'assit dans un fauteuil près du bureau. Pourquoi se sentait-il aussi étourdi ? Etait-ce ce qu'on ressentait quand on avait une otite ?

Le Dr Moffat rangeait sa sacoche.

“Je déposerai le certificat médical de Will à l’école au cours de la semaine prochaine. Je dois y passer de toute façon, pour y faire quelques vaccins.

— Je croyais que vous étiez à la retraite.

— Oh, je le suis. Mais je continue à faire des petites choses comme ça.

— Où se trouvait votre cabinet ?

— A Lansdowne. C’est là que j’ai rencontré John.

— Vous êtes membre de son organisation, n’est-ce pas ?

— Oh, oui. Depuis des années.”

Sa mère et le médecin continuèrent de discuter, mais l’attention de William s’égara. Il promena son regard sur les murs. De vieilles photographies y étaient accrochées, brunes et fanées sous leur verre. Le fait de se concentrer sur elles l’aidait à combattre son étourdissement. Des visages le fixaient depuis les cadres, des hommes et des femmes posant avec raideur devant l’objectif. Des gens qui avaient vécu longtemps plus tôt – William le devinait à leurs vêtements. Une photo montrait une scène de petit-déjeuner sur une terrasse ensoleillée, un mari, une femme et un enfant assis autour d’une table. Une autre montrait une foule disséminée sur une pelouse bien entretenue, des arbres décorés de banderoles derrière eux.

“… trois ou quatre cents membres maintenant.

— Et il gère tout ça tout seul ?

— Eh bien, il reçoit l’aide d’un comité. J’en suis membre. Mais il a toujours été le moteur.

— Et l’argent, il vient aussi de lui ?

— Il y a les cotisations, bien sûr, mais elles ne couvrent pas tout.

— Je m’en doute…”

La sensation de vertige ne disparaissait pas. William délaissa les photos pour se tourner vers une grande carte encadrée accrochée à côté d’elles. Le papier jauni semblait être devenu friable avec l’âge. William regarda des lignes et des frontières qui n’avaient aucune signification pour lui, jusqu’à ce qu’au bas de la carte, écrit d’une écriture tarabiscotée, il voie le mot “Powell”. Des repères commencèrent à se mettre en place. La Condamine serpentait du côté gauche de la carte. A droite, on voyait les Hoops.

Au niveau du centre du cadre courait la ligne d'un ruisseau, et à côté un petit dessin représentait un bâtiment avec la légende "Manoir et Village." Et, en travers du centre vide, en lettres si grosses qu'il ne les avait même pas remarquées au départ, s'étalaient les mots "DOMAINE DE KURAN".

"... cet élevage est plus prospère que la plupart, malgré la sécheresse qu'on connaît. John a de l'argent, ne vous inquiétez pas pour ça.

— Mais le manoir, il est tellement... Pourquoi est-ce qu'il le laisse dans cet état ?

— Ah ça... Il a bien restauré ce bureau quand il a emménagé, et il avait sans doute prévu de s'occuper du reste. Mais ensuite il y a eu cette histoire avec sa femme.

— J'ai seulement entendu des rumeurs..."

Une autre carte était accrochée à côté de la première, celle-ci sur du beau papier blanc. Elle montrait la même région, sauf qu'à présent la carte était couverte de traits. Des routes et des voies ferrées partaient dans toutes les directions, infailliblement droites, et entre elles s'étendait un réseau compact de lignes plus fines marquant des parcelles et des fermes numérotées de toutes les formes et de toutes les tailles. Le domaine de Kuran n'était qu'un point anonyme, mais une portion de terre autour du manoir avait été ombrée au crayon. Cette langue de terre longue et étroite avançait en direction des montagnes.

"... navré d'apprendre vos problèmes, bien sûr. Ça a dû être dur.

— Oui, en effet.

— Le feu, c'est terrible.

— Heureusement, on a pu venir ici.

— Eh bien, je sais qu'il s'intéresse beaucoup au petit."

La vue de William se brouilla et il eut l'impression qu'il allait vomir. Quand il recouvra une vision nette, il vit sur le mur une chose étonnante. Il avait cru que son aspect barbouillé était dû à l'âge, mais il comprenait à présent que la surface du mur avait été utilisée comme une toile géante. Les images représentées étaient voilées par des années de crasse et de fumée, mais il distingua la silhouette d'un cheval blanc, puis d'autres, les jambes tendues en plein galop. Les chevaux portaient des cavaliers fantomatiques vêtus de manteaux rouges décolorés. Un des hommes tenait un cor à ses lèvres. On apercevait une multitude de fragments de chiens. Et, dans le fond, on voyait des carrés de campagne verdoyante, des collines rebondies et des haies, ainsi que quelque chose évoquant les ruines d'un château. William comprit qu'il regardait un tableau représentant une chasse à courre. En Angleterre.

"… et vous ne pensez vraiment pas pouvoir vous en passer ?

— C'est trop dur, depuis l'incendie, entre William et tout le reste.

— Je comprends. Je vais vous rédiger une ordonnance.

— Je ne vous aurais pas demandé, d'habitude, je vais à la clinique de Powell, mais puisque vous êtes là…

— Bien sûr. Du Prothiaden, c'est ça ?

— Tryptanol."

William tourna la tête et regarda le mur derrière le bureau. Ses yeux mirent un moment à s'accommoder, comme s'il regardait une image en trois dimensions, puis il vit une autre peinture, aussi indistincte que la première. Il y avait des taches blanches qu'il prit pour d'autres chiens, mais non, cette fois-ci, il s'agissait d'un troupeau de moutons. Des chevaux broutaient de hautes herbes à proximité, leurs cavaliers se reposant tranquillement sur leur dos. Les couleurs étaient également différentes, brunes et voilées, et, à la place des collines et des châteaux, William discernait au fond le vague contour du manoir. Ce n'était plus l'Angleterre. Reléguée dans un coin de la fresque, décolorée au point d'être presque invisible, il y avait une série de formes que des yeux et des dents blanches permettaient d'identifier comme étant des personnages. Des Noirs, embusqués dans l'ombre, avec une expression indéchiffrable. Hostile ? Effrayée ?

Des fantômes. Il cligna des yeux et la vision disparut. Sa sensation de vertige aussi, et la douleur dans son oreille s'était calmée. Il se retourna avec l'impression de se réveiller d'un rêve. Le médecin griffonnait sur un bloc d'ordonnances. Il termina par un paraphe puis arracha deux feuilles de papier qu'il tendit à sa mère.

"Merci, dit-elle d'un ton étrangement fervent.

— Je vous en prie."

Le Dr Moffat jeta un regard joyeux à William. “Mononucléose infectieuse. C’est ce que tu as, c’est ce que je vais dire à ton oncle.

— Si quelqu’un d’autre te pose la question, ajouta sa mère, tu es trop malade pour aller à l’école.

— Mononucléose infectieuse”, répéta William histoire d’essayer ces mots. Il comprenait que rien de tout cela n’était vraiment la vérité. Mais, d’un autre côté, pourquoi s’était-il senti aussi étourdi ? Et comment était-il censé s’occuper pendant le reste de l’année s’il n’allait pas à l’école ?

Il vit ensuite que le Dr Moffat et sa mère contemplaient tous les deux le plafond.

“Vous allez monter le voir ?” demanda sa mère.

Le médecin secoua la tête et lâcha un rire gêné.

“Je n’aime pas trop monter là-haut. Ces planchers ne sont pas solides. Avec mon poids, je passerais sans doute au travers.

— Pourquoi est-ce qu’il reste là-haut ?

— Dieu seul le sait.”

6

Quand John McIvor atteignit l'âge de l'adolescence, il finit par comprendre une chose dérangeante : beaucoup de gens n'aimaient pas son père. Ce sentiment n'était pas avoué mais toujours présent, pas parmi le personnel du domaine, qui n'aurait jamais osé, mais parmi les gens qui se trouvaient en dehors de la sphère d'influence de Daniel. John le sentait chez certains des habitants de Powell, les plus âgés ou les plus riches – par exemple, les conseillers municipaux, les avocats de la région, le rédacteur en chef du journal –, et cela se traduisait par des choses aussi simples qu'une réticence dans leur conversation, ou une hésitation avant de lui serrer la main. Un léger dégoût. John n'avait aucune idée de ce que cela pouvait signifier. Il ne pouvait s'agir d'une question de classe sociale. Les origines de son père étaient assez modestes, mais elles étaient tout à fait respectables : il avait même été officier de police. Son fameux pistolet était un souvenir de cette époque.

Il ne s'agissait peut-être que de ressentiment. L'ombre du domaine de Kuran planait sur Powell depuis des décennies, dominant sa politique et freinant son accès à la terre, si bien que le régisseur du domaine devait sans aucun doute avoir des ennemis. De fait, ces derniers temps, même le siège d'Edward White au Parlement se voyait menacer. Edward était désormais un veuf aux cheveux gris, un vieil homme qui s'aventurait rarement au-delà de Brisbane. Les journaux l'appelaient “Le dernier des Purs Mérinos”, et ce n'était pas un titre honorifique. Edward passait pour être démodé. Les Darling Downs, disaient les journaux, avaient besoin de sang neuf, d'hommes plus jeunes attachés à un avenir plein de magasins animés et d'exploitations prospères où l'on cultiverait du blé et du coton, non aux reliques du passé des squatters qui monopolisaient des milliers d'hectares avec leurs moutons. Mais Daniel McIvor refusait depuis longtemps d'entendre de tels discours. Contrairement à Edward, il était toujours aussi vigoureux, et il arpentait les plaines à la manière d'un colosse.

De fait, son grand projet mûrissait. Depuis des années maintenant il tentait d'influencer Edward, présentant John comme le parti idéal pour Elizabeth. Au début, le vieil homme avait résisté. Sa petite-fille, après tout, pouvait sans doute trouver mieux que le fils de son régisseur. Mais Daniel lui exposa le problème de fond. Certes, Elizabeth pouvait épouser quelqu'un de son propre statut… mais pouvait-on garantir que sa nouvelle famille – peut-être des gens de la ville – choisirait de conserver une propriété déjà peu rentable et dont la situation allait sans doute empirer ? Et si Edward voulait lui trouver un mari issu d'une famille pastorale, où devait-il chercher ? Les autres dynasties des Darling Downs étaient encore plus mal en point que la sienne. Non, ce dont Kuran avait besoin, c'était de quelqu'un né sur place et passionnément dévoué à sa survie. Qui conviendrait mieux que John ? Au fil des ans, Daniel voyait qu'Edward, sans cesse plus affaibli, s'habituait à cette idée.

Quant à John, il quitta l'école à quatorze ans pour travailler à temps plein au sein de l'élevage et, à quinze ans, il était mûr pour endosser son rôle. Le reste du personnel le considérait déjà comme le successeur de son père, et les filles du village de Kuran faisaient connaître l'intérêt qu'elles lui portaient. Mais John ne s'intéressait pas à ces filles. Il était focalisé sur Elizabeth. Celle-ci passait désormais le plus clair de son temps dans une pension à Toowoomba, mais il l'observait de près pendant ses séjours chez elle. Il la trouvait belle, avec un côté réservé, et assurément il la désirait ; mais elle l'inquiétait aussi. Elle demeurait si hautaine. Il avait du mal à imaginer une réelle intimité entre eux. Cela était-il important ? Peut-être que non. En regardant ses propres parents, il ne voyait pas de grand amour entre le mari et sa femme. C'était le domaine qui comptait, pas l'intimité. Le principal rôle d'Elizabeth serait de lui remettre le titre de propriété. Et, en cela, John faisait confiance à son père. Après tout, Edward était presque persuadé, et Elizabeth se rangerait sans doute à l'avis de son grand-père.

Mais ensuite Edward White mourut.

Sa mort survint en 1929, pendant la campagne électorale pour le parlement du Queensland, laquelle ne se déroulait à vrai dire pas très bien. Edward était en lice face à un candidat beaucoup plus jeune du Parti travailliste, et si le vétéran White aimait à se décrire comme un grand vieillard des plaines, en réalité il était seulement vieux. Les critiques avaient uniformément attaqué son conservatisme et dénoncé ses intérêts personnels. Daniel McIvor était comme toujours aux côtés de son employeur, en dépit de quoi il ne pouvait pas faire grand-chose de plus. Un après-midi, le cortège électoral se mit en route pour la petite ville de Kogan, où Edward devait tenir un meeting. Peu de temps après avoir traversé la Condamine, le candidat, qui s'était montré somnolent et distrait toute la journée, fut pris de convulsions. Daniel fit arrêter la voiture, souleva Edward de la banquette arrière et, dans une tentative pour calmer la crise, l'allongea au bord de la route. Edward White expira dans les broussailles, à plusieurs kilomètres des frontières de son domaine adoré.

Il fut enterré dans le cimetière du domaine de Kuran, selon ses volontés, et ses obsèques furent un événement. Les gens pensaient que son trépas marquait la fin d'une époque. La petite église du domaine ne pouvant accueillir la foule, la cérémonie se déroula sous une grande tente entourée de chaises supplémentaires pour ceux qui ne tenaient pas dessous. Après l'office, une longue veillée de commémoration fut organisée dans les jardins du manoir, présidée par Malcolm. Ce fut la plus grande fête qu'il ait jamais organisée, mais il n'en tira aucune joie. Ce n'était pas qu'il pleurait son père. Sa mort était plutôt arrivée trop tard, car Malcolm n'était plus un jeune homme, et il n'était pas en bonne santé. Mais, à présent, au lieu de la liberté qu'il avait attendue toute sa vie, il s'aperçut qu'il était piégé d'une façon nouvelle et inattendue.

Des dispositions hâtives avaient été prises en coulisse, et une série de réunions houleuses s'était déroulée entre les alliés d'Edward au Parlement, son équipe politique et, bien sûr, Daniel McIvor. Contrairement aux autres personnes endeuillées, aucun d'eux ne considérait la mort du vieil homme comme marquant une fin, même si celle-ci représentait de toute évidence un handicap. Cependant, la cause pastorale devait continuer d'être défendue. Mais qui devait prendre la place d'Edward au scrutin ? Le comité s'accorda pour désigner Malcolm. Il était incompétent, certes, tout le monde l'admettait. Mais il portait le nom de la famille, c'était le fils du grand homme, et le domaine de Kuran était désormais à lui. Avec une campagne correctement gérée, il avait encore une chance de gagner. Malcolm, quant à lui, ne fut convié à aucune de ces discussions, et lorsqu'on lui apprit la décision, il refusa, horrifié. Ne se laissant pas décourager, Daniel s'enferma un soir avec lui dans le bureau et, après une nuit torride de persuasion, d'insultes et même (d'après la rumeur) de violence physique, Malcolm en sortit assagi et prêt à accepter la nomination.

Il annonça sa candidature au cours de la veillée de son père et reçut des acclamations tumultueuses, quoique surtout bien préparées. Ce fut d'ailleurs le seul grand moment de sa campagne. Malgré tout le talent des personnes qui lui rédigeaient ses discours, il était impossible de cacher l'ignorance quasi totale du candidat récalcitrant en matière de politique. Ensuite, son alcoolisme naissant s'aggrava sous l'effet du stress. Les gens riaient de son teint rougeaud, de sa voix flûtée, de sa démarche chaloupée. Les journaux se raillaient de lui en le décrivant comme le dernier fruit pourri d'un arbre aristocratique en décomposition. Ses adversaires se moquaient de lui et le qualifiaient d'idiot de la famille, prétendant qu'on aurait mieux fait de le laisser caché dans le grenier, où son père l'avait intelligemment gardé. Et, dans les rues de Powell, les bières gratuites et les intimidations de Daniel ne parvenaient plus à inverser la tendance. C'était une époque différente, une ambiance différente, et le résultat de l'élection était couru d'avance.

Pour Malcolm, ce fut la dernière et la pire d'une longue série d'humiliations. Il laissa le domaine aux mains de

Daniel et s'enfuit à Brisbane avec sa femme. Là-bas, il but à s'en ruiner la santé pendant un mois et mourut – épuisé, inconscient, crachant d'incessants filets de sang – dans sa chambre d'hôtel. Il avait cinquante et un ans, et laissait une note impayée de presque un millier de livres. Sa mort passa inaperçue. Son corps fut rapatrié à Kuran où il fut enterré dans la concession familiale en toute discrétion. Il n'y eut aucun besoin d'installer des tentes ou des sièges supplémentaires, et même la petite chapelle n'était pas tout à fait pleine. Le domaine de Kuran revint donc au dernier membre de la dynastie White. Elizabeth venait d'avoir dix-huit ans et, depuis qu'elle avait quitté l'école, elle n'avait guère eu le loisir de faire autre chose que d'enterrer son grand-père et d'assister au lent suicide de son père. Et durant tout ce temps, John McIvor lui avait à peine adressé la parole.

De fait, en l'espace de quelques mois déconcertants, le monde de John avait gravement été ébranlé. Le domaine de Kuran et ses propriétaires lui avaient toujours semblé aussi immuables que le lever et le coucher du soleil, mais il se réveillait à présent incertain de l'avenir de l'élevage. C'était la sombre année 1930, et l'économie de la région de Powell était en plein marasme. Les gens parlaient de dépression ; pis encore, d'après certains, que celle des années 1890. Des armées d'hommes erraient dans les plaines en quête de travail. Daniel n'en avait pas à offrir. Terré dans le bureau, il enrageait en voyant les dettes s'accumuler et le prix des matières premières s'effondrer. Il commença à parler de mesures draconiennes, de réduire les troupeaux, ainsi que les salaires et le personnel.

Pour John, la fragilité de l'avenir du domaine ne faisait que le rendre plus précieux à ses yeux. Il adorait la vaste étendue dorée des plaines et les collines qui avançaient régulièrement à l'est. Il adorait les troupeaux de vaches et de moutons qui s'écartaient paresseusement devant son cheval. Il adorait les journées passées à travailler en plein air avec les hommes, ou bivouaquer avec eux la nuit sous une voûte céleste impeccablement claire. Il aimait la violence qui régnait dans le hangar de tonte et la façon dont les balles de laine s'entassaient, tels de grands blocs de prospérité. Par-dessus tout, il adorait le manoir de Kuran.

Tellement solide, sûr, enraciné dans la terre. Le drame, c'était que depuis l'enterrement de Malcolm le grand bâtiment de pierre était resté vide. Sa femme et sa fille étaient retournées à Brisbane, de sorte que le domaine n'avait pas ce dont il avait le plus besoin : un cœur vivant et palpitant.

Six bons mois s'écoulèrent avant le retour d'Elizabeth, et, curieusement, elle vint seule. Le père de John fut aussitôt convoqué pour une entrevue avec elle. Sentant que le sort du domaine serait le sujet de la discussion, Daniel emmena John avec lui. Elizabeth les attendait derrière la table de travail du bureau. Elle paraissait plus âgée, beaucoup plus vieille que dans les souvenirs de John. Après tout, elle n'avait que dix-huit ans. Mais il voyait à présent une fille de haute stature au visage sérieux et au regard indéchiffrable assise avec raideur dans son fauteuil, et ce n'était plus vraiment une fille. C'était – et, pour la première fois, John le comprenait vraiment – la propriétaire du domaine de Kuran. Il n'y avait pas de grand-père pour lui donner des ordres, pas de père pour la gêner : Elizabeth était toute seule.

C'est à ce moment-là qu'elle aurait dû se tourner vers John et son père pour trouver du réconfort – John avait imaginé la scène avec précision – mais, au lieu de cela, son accueil fut froid. Daniel, cependant, ne semblait pas inquiet. Il se servit un verre, s'installa confortablement dans un fauteuil devant la cheminée vide et entra aussitôt dans le vif du sujet. Il avait envoyé à Elizabeth une multitude de rapports, elle connaissait la situation et toutes les mesures à prendre, alors voilà ce qu'il pensait…

Elizabeth l'interrompit. Elle avait une déclaration à faire.

Elle vendait le domaine.

Il s'agissait d'une simple affirmation, mais à cet instant-là John sentit le rêve de sa vie vaciller sur ses fondations.

La première réaction de Daniel fut une incrédulité totale. Mais de quoi parlait-elle, à la fin ? Personne n'allait vendre quoi que ce soit. Elizabeth se contenta pourtant de secouer la tête, et elle expliqua tout patiemment. Ses avocats étaient en pourparlers avec des représentants du gouvernement du Queensland et ils avaient négocié un accord. Elle avait accepté de céder la majeure partie des terres soumises au droit de pâture, en contrepartie de quoi le gouvernement lui accordait un bail perpétuel sur le manoir et les six mille hectares qui l'entouraient. Une fois les formalités administratives terminées, elle vendrait la propriété et retournerait vivre à Brisbane.

C'est à ce moment-là que la colère éclata, à ce moment-là que Daniel bondit de son fauteuil. Non mais pour qui se prenait-elle ? Il travaillait pour sa famille depuis presque trente ans, lui et lui seul avait maintenu Kuran en vie. Vendre le domaine ? C'était impossible ! Mais, en regardant Elizabeth, John vit qu'elle n'était ni impressionnée ni apeurée : la détermination n'avait jamais quitté ses yeux. Comment avait-il pu se tromper à ce point sur elle ? Comment avait-il jamais pu imaginer qu'elle aurait besoin de lui ou accepterait d'être placée sous sa tutelle ? Il avait le visage brûlant d'humiliation, et pourtant il ne dit rien.

Elizabeth leur montra une pile de dossiers. Tout était là, les contrats signés et les documents concernant le bail. Tout était arrangé. Elle n'était revenue que pour informer le personnel de sa décision et prendre des affaires personnelles. Elle enverrait chercher les meubles plus tard. Daniel secouait la tête, refusant d'entendre, refusant de croire qu'un membre de la famille White puisse le défier. S'attendait-elle vraiment à ce qu'il coopère ? Pour démanteler le domaine et disperser ses atouts, fiche en l'air le travail de sa vie ? Non, répondit Elizabeth. Cela ne le regardait absolument plus. Car, à compter de cette minute, elle mettait fin à son contrat de travail.

En entendant cela, une rage cataclysmique sembla se mettre à bouillir derrière le visage de Daniel... mais Elizabeth se contenta de le fixer du regard – une adolescente à la peau lisse qui attendait avec l'imperturbable certitude de la jeunesse. Quelque chose se brisa alors chez le régisseur. Cette fille l'avait viré. Elle en avait le droit. Il était inconcevable qu'elle en ait le *culot*. Mais elle l'avait fait. Toutes ses forces l'abandonnèrent, inutiles. Et, malgré son état de choc, John comprit qu'il était témoin d'un acte hautement personnel. Elizabeth détestait son père. Pourquoi, il l'ignorait, mais il voyait en elle le même dégoût pour Daniel McIvor qu'il avait vu dans tant d'autres regards, en plus flagrant et amplifié. Elle dit : *Vous n'avez jamais été qu'un employé, monsieur McIvor.* Pour la première fois de l'entrevue, son regard se posa brièvement sur John qui restait assis, l'air stupide, et il vit que son mépris l'incluait lui aussi. *Votre fils n'a jamais été qu'un employé. Peut-être l'avez-vous oublié.*

En l'espace de quelques minutes, tout fut terminé. John n'avait pas prononcé un seul mot de protestation tandis qu'on le dépossédait de son héritage. Au cours de ces derniers instants, il ne put que dévisager Elizabeth, et, malgré sa honte, une terrible admiration pour elle continuait de brûler en lui. Ensuite, son père lui saisit le bras et l'entraîna hors du bureau.

7

William fut tiré de son sommeil par une main sur son épaule et une voix murmurant son nom. Il ouvrit les yeux, à moitié endormi. Une silhouette était penchée au-dessus de son lit, et un visage se trouvait près du sien. Etait-ce un rêve ? Puis il se réveilla tout à fait et s'arc-bouta contre son oreiller.

"Chut !" siffla son oncle.

William le dévisagea, stupéfait. Le vieil homme était là : un visage osseux, anguleux, qui brillait d'un éclat inquiétant dans le rayon d'une lampe électrique. Il avait les cheveux en bataille et portait un pyjama froissé sous un vieux peignoir. On aurait dit un prophète venu du désert.

"Lève-toi. Vite."

La silhouette se retira. William sortit docilement de son lit et chercha ses chaussures. Il faisait froid, et un profond silence régnait sur le manoir. Le vieil homme attendait près de la porte, une ombre derrière la lampe électrique.

"Dehors", dit-il en montrant le chemin.

L'esprit embué, William avança en trébuchant dans des couloirs noirs d'encre. Ils arrivèrent enfin aux portes d'entrée, grandes ouvertes sur la nuit. Son oncle éteignit la lampe électrique. William s'arrêta sur le seuil, car tous les nuages avaient disparu et le ciel était d'une clarté incroyable, les étoiles flamboyantes. Mais son oncle était déjà parti de son pas claudicant, empruntant une allée qui traversait le jardin, son peignoir claquant dans l'obscurité. William se précipita après lui à pas prudents. Ils contournèrent la piscine, dont le fond fissuré se perdait dans l'ombre. Ils se retrouvèrent ensuite sur la plate-forme qui avançait depuis les murs du jardin, où la colline plongeait en contrebas. Au sud et à l'ouest s'étendaient les plaines, un drap de soie gris aussi uniforme qu'un océan. Powell n'était guère plus qu'un amas de têtes d'épingles sur l'horizon, reflétant les étoiles. Une légère brise balayait la colline, l'air était glacial, et le monde entier était endormi.

"Regarde", ordonna son oncle.

Le vieil homme contemplait le ciel, raide et immobile, le visage semblable à une tache pâle. William était à présent bien réveillé. Il observa les étoiles. Et soudain, alors qu'il avait les yeux levés, une traînée de feu verdâtre traversa le ciel avant de disparaître.

Il y eut une autre traînée dans le ciel et, peut-être une minute plus tard, une troisième. Pour William, elles semblaient à la fois proches et infiniment éloignées. Des étoiles filantes. Il en avait déjà vu, bien sûr, mais jamais autant à la fois, ni à une heure aussi solitaire. Etait-ce ce que son oncle faisait la nuit, il regardait le ciel ? Il se demanda s'il devait parler pour exprimer de l'émerveillement ou des remerciements. Mais le vieil homme semblait avoir oublié sa présence, si bien que William se contenta d'attendre, la tête renversée en arrière tandis que les scintillements spectraux apparaissaient et disparaissaient.

"Une fois, j'en ai vu une tomber."

Les mots prirent William au dépourvu. Le visage de son oncle était encore tourné vers le ciel.

"C'était là-bas dans les plaines, il y a des années, quand j'étais petit. Elle est tombée à moins de deux kilomètres de notre camp, un gros éclair et un coup de tonnerre. Quand on l'a cherchée le lendemain, tout ce qu'on a trouvé, c'est un cercle de poussière, comme un rond dans une mare, avec un petit trou au centre. On a eu beau creuser, on n'a rien trouvé. La terre noire l'avait engloutie. Elle est profonde, la couche de terre, là-bas. Dix, vingt, vingt-cinq mètres de profondeur. Personne ne sait exactement. Il y a un soubassement quelque part en dessous, mais dans ma jeunesse j'ai vu des maisons entières sombrer dans la terre et disparaître sans laisser de trace. Elles y sont peut-être encore, posées au fond, si on sait où chercher."

C'était une voix sèche et chaude qui roulait dans l'obscurité. William attendit, troublé et hésitant. Le vieil homme huma l'air.

"Il y a des choses étranges dans le monde. Un autre jour, on bivouaquait là-bas pendant une tempête et, au milieu de toute cette pluie et de ce vent, quelque chose d'énorme est passé près de nous. Les chevaux sont devenus fous et les tentes ont été emportées. Après, on a suivi une piste dans l'herbe, où la terre avait été mise à nu sur cent mètres de large. On l'a suivie pendant des kilomètres, dans une direction et dans une autre, et puis soudain il n'y eut plus rien : c'était remonté dans les nuages. La terre avait été creusée sur trente centimètres d'épaisseur, et le sol était tellement poli qu'il brillait presque. Cette tempête avait apposé sa signature dans le sol."

Il y eut une autre traînée dans le ciel et, pendant un instant, William aperçut le visage de son oncle, teinté d'un vert lumineux, étroit et sévère, avec des trous noirs à la place des yeux.

"Quand on passe assez de temps quelque part, on peut dire qu'on a tout vu." Le vieil homme inclina la tête vers le sud, une ombre devant les étoiles. "J'ai même vu la fumée, le jour où ton père est mort."

William déglutit, la bouche sèche.

"Et toi, Will, qu'est-ce que tu as vu ?"

William ne savait pas quoi répondre. Qu'avait-il vu ? Il songea à ce qu'il avait vécu à la ferme de ses parents… mais il n'y avait eu que des choses insignifiantes. Des petits tourbillons de poussière qui dansaient au-dessus des champs. Des stalactites qui pendaient aux gouttières du toit le matin en plein hiver. Des vols de corbeaux qui suivaient le tracteur pour picorer la terre fraîchement retournée. Mais il devinait que son oncle voulait autre chose. Quelque chose capable de rivaliser avec une nuit d'étoiles filantes, ou avec une tornade.

"Rien d'extraordinaire ?" demanda le vieil homme en baissant à présent les yeux vers William, la voix alerte et évaluatrice. "Pas d'inondation ou de sécheresse ? Pas de nuée de criquets ou d'invasion de souris dans les blés ?"

William secoua la tête et, dans le ciel, un météore fila avant de s'éteindre.

Son oncle indiqua d'un signe de tête l'horizon où, à l'est, des ombres arrondies formaient un mur devant les plaines.

"Tu es déjà allé dans les montagnes ?

— Oui, murmura William.

— Un jour, un vieil homme m'a raconté une histoire. Il disait qu'il avait été l'un des premiers à escalader ces collines. A l'époque, elles étaient couvertes d'une forêt épaisse et sombre, et, là-haut, il avait chassé un animal qu'il n'avait jamais vu avant. Il ne lui a pas donné de nom mais il a dit que lorsque cette créature criait dans le noir, les autres animaux, les oiseaux et les insectes, se taisaient tous. La bête laissait des empreintes de pas près des ruisseaux et dormait dans des grottes sous les falaises. Un soir où l'homme l'avait acculé dans un ravin, l'animal avait failli l'écraser en cherchant à sortir. Un truc énorme, hirsute et mouillé, d'après ce qu'il disait, et qui puait comme un vieux tas de boue. Et il avait une grosse tête avec des yeux blancs et fous. Il ne l'avait plus jamais revu. Il pensait que l'animal avait dû mourir quand les bûcherons avaient rasé la majeure partie de la forêt. Il se trouve que j'étais un de ces bûcherons. Une fois, j'ai vu des empreintes énormes près d'un ruisseau, comme si un éléphant avait piétiné le sol à cet endroit. Et j'ai vu des traces dans le sable d'une grotte, comme si quelque chose de gros y avait roulé. J'ai aussi entendu quelque chose, une nuit, qui écrasait les broussailles en marchant, et j'ai senti une odeur de boue alors qu'il n'y avait pas de boue à proximité."

Le visage ténébreux observa William une fois de plus.

"Tu t'es déjà aventuré dans la forêt ? Tu as déjà vu le terrible bunyip ?"

A nouveau, William ne put que secouer la tête. Et même s'il savait que les bunyips n'existaient pas, il n'entendit aucune trace d'humour dans la question de son oncle, seulement ce ton tranchant, évaluateur. William avait froid. Le vieil homme se tourna vers le haut de la colline sur laquelle se dressait le manoir. Un enchevêtrement d'arbres s'élevait au sommet parmi de l'herbe argentée, de hauts gommiers à la peau blanche et aux bras implorants.

"Tu ne trouveras aucun monstre ici, dans les contreforts des montagnes, dit-il. Mais j'ai déjà vu des meutes de chiens sauvages par ici, ainsi que des cadavres de moutons et de vaches, déchiquetés. Avant, ils descendaient jusqu'au manoir quand la nuit était claire comme ce soir, et ils hurlaient à la lune comme des loups ; il y avait toujours un gros chien devant et d'autres qui le suivaient. C'était un son horrible, et triste aussi. On en abattait autant qu'on pouvait. Et puis il y avait les chats sauvages, gros et méchants, qui feulaient dans la nuit, on aurait dit exactement le bruit d'un bébé qui pleure. Les gens qui l'ignoraient devenaient presque fous à force de fouiller la brousse à la recherche d'enfants abandonnés. Mais il n'y a jamais eu grand monde dans ces collines. Il n'y avait pas d'or à trouver ici, pas de bois à couper. Juste des broussailles et de l'herbe."

Il s'interrompit, prit une bouffée d'air froid.

"Je vais te dire quelque chose. Peut-être une douzaine de personnes ont possédé cette propriété avant moi. Cette terre est déboisée et sert de pâturage depuis près de cent cinquante ans. Il y a eu ici des vaches et des moutons, des chiens, des chats, des renards et des lièvres, ainsi qu'une centaine d'autres animaux importés. Des plantes étrangères aussi, des lantanas, des mûriers et pire. On pourrait croire qu'il ne reste rien de ce qu'il y avait ici avant leur arrivée. Mais j'arpente ce domaine d'un bout à l'autre depuis des années et des années. Et il y a encore des endroits où, à mon avis, personne n'a jamais posé le pied à part moi. Des endroits où rien n'a changé. Mais il faut avoir les bons yeux. Il faut être capable de voir. Ce n'est pas donné à tout le monde."

William détourna les yeux de la colline. Au loin, sur l'horizon sud, une lumière s'était détachée de la petite galaxie qu'était Powell et se dirigeait vers le nord, un véhicule qui roulait sur la route de Lansdowne. Il était encore très loin, mais la clarté de la nuit était telle que William distinguait les deux phares, ainsi qu'une rangée de lumières jaunes plus petites au-dessus. Un camion qui allait Dieu sait où, son conducteur courbé sur le volant, les yeux caves. William songea à son ancienne chambre, et au bruit des camions qui passaient sur la route tard dans la nuit, comme le tonnerre dans ses rêves.

"Ça fait combien de temps que tu es ici, maintenant ? demanda son oncle.

— Dix jours.

— C'est suffisant. Oublie ta petite ferme. Dis-moi ce que tu as vu *ici*."

William chercha désespérément une réponse. Il était en train de rater l'examen, quel qu'ait pu être celui-ci. Et il sentait à nouveau le sommeil le gagner, obstiné et irrésistible. "Le manoir, dit-il.

— Ah." Le vieil homme se tourna face au bâtiment : le toit cintré avachi devant le ciel, les murs couverts de lierre et noirs sous les étoiles. "Mme Griffith m'a dit que tu n'étais guère impressionné."

William perçut une note de moquerie.

"Elle a passé toute sa vie ici, tu sais. Depuis son enfance, alors qu'elle n'était pas plus vieille que toi maintenant. Elle travaillait ici comme domestique, avant. Les propriétaires et les régisseurs sont venus et repartis, mais pas elle, elle est restée. A la fin, en fait, il ne restait plus qu'elle. Pendant longtemps, elle a eu cet endroit pour elle toute seule. Si bien qu'elle n'aime pas beaucoup les intrus. Elle ne m'aime pas beaucoup non plus. Elle était furieuse quand j'ai emménagé. Je suis sûr qu'elle s'est juré de me survivre, juste pour pouvoir être seule ici à nouveau."

Soudain, il s'accroupit à côté de William.

"Mais avec toi, maintenant… Elle est inquiète à cause de toi. Elle ne peut pas survivre à un petit garçon." Le visage blanc resta suspendu près de lui un moment, une tache floue énigmatique. "Qu'en penses-tu ?"

William frissonna. Il ne comprenait même pas la question. Au-dessus de lui, les météores s'étaient éteints et les toutes premières lueurs de l'aube faisaient pâlir le ciel à l'est. Au loin, il entendait le ronronnement d'un moteur. C'était le camion qui s'enfonçait dans la nuit. C'était le son le plus désolé et le plus solitaire qu'on puisse imaginer.

"Le temps le dira, j'imagine." L'enthousiasme s'était estompé dans la voix du vieil homme. Il se redressa avec raideur. "Je t'ai retenu assez longtemps. Tu devrais retourner au lit."

Le sommeil balaya William aussitôt. Il suivit mollement son oncle tandis que celui-ci contournait à nouveau la piscine et traversait le jardin, l'entrée béante et noire attendant de les engloutir. L'intérieur semblait suffocant, presque chaud, et l'odeur de moisi et de pourriture assaillit les narines de William. Puis la voix de son oncle s'éleva, désincarnée dans le noir :

"Ne gaspille pas le temps que tu passes ici, Will. Tu ne me serviras à rien si tu te contentes de rester caché dans le manoir."

La lampe électrique s'alluma, éblouissante, et fut placée sans ménagement dans la main de William. Son oncle monta l'escalier en boitillant, la traîne de son peignoir projetant de grandes ombres ailées devant lui. Sur le palier, la petite porte ménagée dans la cloison était grande ouverte. Son oncle se pencha pour la franchir, puis il s'arrêta et jeta un coup d'œil au bas de l'escalier.

"Explore. Va voir ce qu'il y a à voir là-bas, dehors. Mais souviens-toi : tu ne dois jamais franchir cette porte. Il n'y a rien qui puisse t'intéresser là-haut."

Le vieil homme referma la porte derrière lui et, pendant un moment, William l'entendit monter plus haut de son pas lent. Ensuite, les bruits de pas s'estompèrent, et William n'eut plus qu'à retourner en titubant jusqu'à sa chambre.

8

Le lendemain matin, il était difficile de croire qu'il y avait eu des étoiles dans le ciel, à plus forte raison des traînées de feu. William regarda depuis la terrasse : le ciel était d'un bleu immaculé et le soleil d'hiver brillait, éclatant. Etait-il vraiment resté à côté du vieil homme, là-bas, près de la piscine, à parler dans le noir ? Tout semblait si différent à présent. Mais il y avait une chose dont il se souvenait clairement. Son oncle lui avait dit de ne pas se cacher dans le manoir. Et c'était vrai, le temps était venu de s'aventurer plus loin. La météo clémente l'exigeait, et le domaine entier attendait.

Il ne dit rien à sa mère. C'était inutile. Maintenant que les affaires étaient entièrement déballées, elle passait la plupart de ses après-midi sur le canapé, à regarder l'écran nébuleux de la télé ou à dormir, et il avait ordre de ne pas la déranger. Elle ne s'apercevrait même pas de son absence. En tout cas, elle paraissait moins irritable depuis la visite du médecin. Il attendit qu'elle aille s'allonger après le repas pour se glisser discrètement dans les couloirs. En chemin, il aperçut Mme Griffith qui franchissait une porte devant lui, silencieuse et vêtue de noir, et, pendant un instant, la nuit d'étoiles filantes lui revint en mémoire. Mais ensuite William passa les portes d'entrée et sortit dans la lumière du jour.

Il tourna à gauche depuis la terrasse, traversa le jardin et arriva devant le mur est. Les pierres s'étaient éboulées vers l'extérieur en plusieurs endroits, si bien qu'il les escalada pour sauter dans l'herbe qui poussait derrière. S'arrêtant un instant, il regarda le bosquet de gommiers au sommet de la colline. Il serait son premier objectif. Il se mit à monter à grandes enjambées, bien que l'herbe soit plus haute qu'elle n'y paraissait, formant des touffes brunes et cassantes qui lui arrivaient à la taille. Il songea tout à coup aux serpents. Et les vaches ? Il n'en voyait aucune, mais que se passerait-il s'il y avait des taureaux dans ces prés ? Le chargeraient-ils ? Il poursuivit en direction des arbres. Mais quand il y arriva il s'aperçut que ce qu'il avait pris pour le sommet de la colline n'était en fait qu'une proéminence secondaire. Derrière celle-ci s'élevait une autre crête, large et couverte d'herbe.

En se retournant, William s'aperçut qu'il était déjà assez haut. Le manoir se trouvait à présent en contrebas, et William avait une vue plongeante sur son toit concave. C'était une perspective horrible. Certaines cheminées s'étaient effondrées, éparpillant des briques sur les tuiles en ardoise, et par endroits il n'y avait même plus de tuiles, seulement des bouts de tôle maintenus à l'aide de cailloux. Sous ce couvre-chef en lambeaux, le manoir paraissait trapu et massif. Mais William voyait également une plus grande partie du versant qui plongeait en aval. A son pied serpentait la ligne d'un ruisseau, et blottie près du cours d'eau se trouvait une série disparate de granges, de silos et de parcs à bestiaux, le cœur de l'élevage. Un tracteur était garé dehors au soleil, et un homme en bleu de travail était à moitié plongé dans son moteur. Le bruit lointain de coups de marteau montait jusqu'à William.

Cette scène lui rappela un peu sa propre ferme, mais il ne pensait pas pouvoir descendre là-bas un jour pour demander à monter sur un tracteur, ou à explorer les granges ainsi qu'il le faisait jadis avec son père. Cela ne serait pas pareil. Pendant un moment, une froide sensation de deuil le balaya. Il tourna les talons et continua d'avancer dans l'herbe. Le haut de la colline s'aplatit, puis enfin plongea de l'autre côté, et devant lui apparut une petite vallée peu profonde. Derrière celle-ci, une deuxième colline s'élevait à l'est, plus large et plus grosse, et au-delà il en distingua d'autres qui se perdaient dans le lointain.

Le paysage semblait partout le même, des broussailles, des arbres et de l'herbe, et il était impossible de deviner sur combien de kilomètres il s'étendait, mais en contrebas

William aperçut une piste carrossable. Celle-ci serpentait autour de la colline sur laquelle il se tenait, puis montait en direction de l'est. Elle menait sans doute aux granges et aux parcs à bestiaux et, de là, devait s'enfoncer dans les profondeurs du domaine. Mais ce qui attira vraiment le regard de William, c'était un bâtiment blotti près de la route de l'autre côté de la vallée. Une église. Minuscule et blanche, avec un petit clocher. Et à côté de l'église, entouré d'une grille en fer, il y avait un cimetière.

Ça, c'était quelque chose ! William descendit péniblement la colline puis remonta de l'autre côté. En approchant de l'église, il vit que ses murs recouverts de planches étaient en fait d'un gris raboteux. Le bâtiment n'était qu'une ruine de plus. De l'herbe haute poussait autour des fondations, les cadres des fenêtres étaient vides, et le toit de tôle s'était effondré au fond, où les feuilles vertes de quelque plante dépassaient. William observa l'ensemble, déçu. Il n'était jamais entré dans une église mais il imaginait vaguement des bancs et des autels, des bougies, des statues et des prêtres en soutane. Il n'y aurait rien de tout cela ici. Les marches du perron étaient brisées, et les portes verrouillées à l'aide d'un cadenas.

William s'approcha du portail du cimetière et se glissa à l'intérieur. Il se rappelait un autre cimetière, à Powell, une étendue de pelouse verte où son père était enterré sous un rectangle de pierre noire. William voyait encore le cercueil descendre dans son trou, régulièrement et sans à-coups. Cet endroit était différent. Petit et très ancien, sa grille en fer était prise dans des broussailles, les pierres tombales à peine visibles au milieu des hautes herbes hirsutes. Il n'y avait que cinq tombes. Les deux premières se trouvaient côte à côte dans un coin, signalées par des stèles penchées où l'épitaphe usée n'était plus qu'une tache floue. La troisième tombe devait être plus récente. A l'écart, sa dalle était fendue et envahie par la végétation, mais le nom restait lisible sur la stèle. "Malcolm Jeremy White." Les dates gravées en dessous disaient que l'homme était mort en 1930, mais il n'y avait aucun autre message ou information le concernant.

Les deux dernières tombes étaient les plus imposantes, avec des colonnes et des angelots sculptés qui veillaient sur elles – sauf que les colonnes étaient cassées et que les angelots avaient été saccagés, leurs ailes arrachées, leurs visages sans expression privés de nez et de lèvres. Mais, ici aussi, les noms demeuraient visibles sur les stèles. La moins impressionnante des deux annonçait “Marjorie Ann White, Epouse bien-aimée d'Edward”. La plus grande disait simplement “Edward Thomas White, du domaine de Kuran”. William les considéra toutes les deux. Qui étaient tous ces White, et pourquoi étaient-ils les seuls à être enterrés ici ? Il vit un grand trou dans la terre, qui s'ouvrait sous les deux tombes. Celui-ci s'enfonçait en formant un tunnel coudé raviné par la pluie et les racines rampantes. Mais il était également lisse par endroits, comme si un animal y avait établi son terrier. William se souvint alors des chiens sauvages, des meutes dont lui avait parlé son oncle, qui hurlaient à la lune. Le cimetière ne lui paraissait plus être un endroit qu'il avait envie d'explorer. La journée demeurait claire et agréable, et le manoir n'était qu'à quelques minutes de marche derrière la colline, mais tout était trop calme, et il était tout seul.

Il délaissa les tombes, alla jusqu'aux marches effondrées de la petite église et les gravit prudemment. Il vit cette fois que le cadenas accroché aux portes était cassé et pendait au bout de sa chaîne. William poussa, une des portes s'entrouvrit légèrement, raclant le sol. Une autre poussée vigoureuse lui permit de se glisser à l'intérieur. Il se retrouva dans une petite pièce vide équipée de fenêtres étroites et au sol jonché de détritus. Du verre cassé craquait sous ses chaussures. Quelque chose décampa avec un bruit de griffes au-dessus de lui et, en levant les yeux, il s'aperçut qu'il n'y avait pas de plafond, seulement la charpente nue qui soutenait les plaques de tôle. Des oiseaux y avaient construit leurs nids. Il voyait des touffes de paille mélangée à de la boue dans les coins. Dessous, le sol était couvert de plumes et de fientes, et William sentit soudain son crâne le démanger à l'idée qu'il devait y avoir des poux.

Pourtant, des signes évidents indiquaient que des gens étaient venus ici. Des bouteilles de bière vides. Des cannettes de soda. Des mégots de cigarettes. Des morceaux de journaux et de magazines, et même ce qui ressemblait à un rouleau de papier-toilette moisi. Dans un coin, il y avait un barbecue rudimentaire confectionné à l'aide de briques et d'une plaque de tôle, avec un tas de cendre en dessous. Dans un autre coin gisait un vieux matelas, sale, aplati et taché. A côté, il y avait un pantalon de survêtement froissé et une sandale unique. Et ici et là, sur les murs, des graffitis irréguliers étaient gravés dans le bois, des initiales et des noms, des dates et des gros mots. Tout cela rappelait à William une remise vide qui se trouvait près de son école, à Powell, où les enfants plus grands allaient fumer et se bagarrer après la classe. Les enfants du village de Kuran avaient peut-être jadis fait la même chose ici, dans l'église. Mais tout, les cannettes, les bouteilles, le matelas, était couvert de poussière et de fientes d'oiseaux. Même les squatters avaient depuis longtemps déserté les lieux.

Au fond de l'église, le plancher s'était effondré et de l'herbe poussait dans un trou au milieu duquel, appuyé contre le mur du fond, émergeait un arbre. En poussant, ses branches avaient délogé les plaques de tôle du toit, laissant passer une lumière verte pommelée à travers une frange de feuillage. Mais, à l'intérieur de la chapelle proprement dite, l'arbre semblait mort, réduit à un enchevêtrement de branches dénudées qui s'étaient frayé un passage à travers le mur en quête de lumière. Une nouvelle fois, un animal décampa précipitamment dans le toit. Un oiseau, peut-être, ou un opossum. Ou un rat. Un frisson parcourut William. C'était pire que le cimetière. Tout serait-il pareil dans la propriété de son oncle : dégradé, délabré, déchiré par la lente poussée des branches et des racines ? Dans ce cas, quel était l'intérêt d'explorer quoi que ce soit ?

Il recula, sortit de l'église et retrouva le jour, laissant la porte ouverte. Mais l'après-midi ne paraissait plus lumineux et accueillant. William regarda autour de lui, inquiet et à présent impatient de rentrer. Il pouvait suivre la piste, mais ce serait le chemin le plus long, et puis il y avait le bosquet de gommiers sur la colline, son point de repère. William partit à travers les herbes. Mais, quand il atteignit les arbres, la perplexité s'empara de lui. Le terrain descendait jusqu'à une autre vallée peu profonde, et il ne voyait pas le manoir. Regardant autour de lui, il comprit qu'il y avait plusieurs groupes d'arbres et que son repère pouvait être n'importe lequel.

Il envisagea de redescendre jusqu'à la route mais se dit ensuite que le manoir devait simplement se trouver à l'ouest. Il marcha en direction du soleil pendant quelques minutes, mais il ne trouva que de l'herbe et d'autres arbres. Enfin, à son grand étonnement, il se retrouva sur le versant d'une colline orienté au nord, dominant un paysage vallonné qui lui était complètement inconnu. Sur les cartes accrochées dans le bureau de son oncle, le domaine ne semblait s'étendre que sur quelques kilomètres de large : pourquoi avait-il donc tant de mal à retrouver son chemin ? Il se remit en marche puis descendit dans un petit ravin dont le fond tapissé de broussailles était déjà hors de portée du soleil couchant. William s'arrêta, à présent sérieusement inquiet. Il ne pouvait tout de même pas être perdu ? Il avait marché à peine un quart d'heure pour atteindre l'église, au départ. Il rebroussa chemin une nouvelle fois et se dirigea vers le point le plus haut qu'il apercevait. Quand il y arriva, William ne vit aucun signe du manoir *ni* de l'église. Des larmes lui montèrent aux yeux. Et s'il était encore là à la tombée de la nuit ?

Il songea à nouveau aux chiens sauvages, et aux autres choses que son oncle lui avait racontées sur les collines, sur le fait que certaines parties restaient inexplorées. Le petit ravin sombre derrière lui était-il l'un de ces endroits ? William se lança dans la direction opposée. Devait-il appeler à l'aide ? Etait-il assez près du manoir pour que quelqu'un l'entende ? Ou s'en éloignait-il sans cesse ? Il trébucha alors sur quelque chose qui gisait dans l'herbe. Il tomba, les brins rêches lui égratignèrent le visage, et il aperçut quelque chose de blanc. En se relevant, il vit un os, une longue côte arrondie qui dépassait de la terre. Il se rendit compte qu'il y en avait d'autres. De la peau brune était encore collée sur certains, et tous rejoignaient une colonne vertébrale à demi enfouie. Le crâne gisait sur le côté, les mâchoires grandes ouvertes sur un dernier cri silencieux. Une colonie de fourmis picorait les lambeaux sombres qui se trouvaient à l'intérieur, et une très légère odeur de pourri flottait dans l'air.

Ce n'est qu'une vache, se dit-il, qu'une vache morte. Mais il était horrifié et, en larmes, il s'enfuit en trébuchant, incapable d'enrayer sa panique. Ces collines étaient un endroit affreux. Chez lui, dans les plaines, il pouvait tout voir, se perdre était impossible ; mais les collines étaient trompeuses, elles vous tendaient des pièges, vous égaraient et étaient pleines de choses mortes, de pierres tombales, d'arbres rampant sur des murs et d'orbites vides enfoncées dans des crânes. Pourquoi avait-il quitté le manoir ? Et puis, tout à coup, celui-ci se dressa devant lui. William le regarda bouche bée. Il avait bel et bien pris la mauvaise direction, car à présent il approchait du manoir par-derrière. Il voyait les ruines effondrées des dépendances et, plus loin, le toit familier en ardoises grises. Malgré son soulagement, le manoir semblait sinistre, froid et laid. William songea à l'intérieur de la chapelle, et il se dit que l'étage supérieur du manoir devait être pareil, sombre et sale, et que son oncle dormait sur un matelas taché dans une pièce délabrée.

Mais c'était désormais chez lui. Epuisé, il franchit les derniers mètres de prairie et passa par une brèche dans le mur de derrière. Tout ce qu'il voulait était la sécurité de sa propre chambre. Il traversa la terre rouge du parking puis contourna le manoir jusqu'au jardin de devant. Là, il s'arrêta net.

Son oncle était assis sur la terrasse.

Il pouvait être là pour attendre le retour de William ou sans raison particulière – un vieil homme regardant simplement le ciel de l'après-midi. Il ne ressemblait plus du tout au prophète échevelé de la nuit précédente. Il portait un pantalon et des chaussures de travail, ainsi qu'une chemise en flanelle aux manches retroussées qui révélaient les os noueux de ses avant-bras. On apercevait des touffes de poils blancs sur sa poitrine, et il serrait une tasse de thé dans ses mains. William hésita, sachant qu'en fin de compte il n'était pas tout à fait à l'abri chez lui.

Le vieil homme le regarda en face.

"Tu m'as l'air un peu crevé. Tu es allé jusqu'où ?"

William baissa les yeux, se sentant coupable sans trop savoir pourquoi.

"Le cimetière…

— Seulement le cimetière ?" Son oncle le regardait, les sourcils froncés. "Quelque chose t'a fait peur, on dirait ?"

William sentait qu'il avait les joues rouges. Pis encore, ses yeux restaient gonflés par les larmes. Oui… c'était évident pour tout le monde. Le petit garçon s'était perdu et s'était mis à pleurer.

"Hmm." Le vieil homme vida sa tasse, puis il étira sa jambe malade et se massa les muscles avant de se lever. "Bon, ça ne fait rien. On prendra un vrai départ demain."

William leva les yeux.

"Un départ ?

— Il est immense, ce domaine. J'aurais dû m'en douter. Ce n'est pas la peine que tu l'explores au hasard tout seul. On ira faire un tour en voiture demain, toi et moi, et je te montrerai l'ensemble de la propriété."

William cligna des yeux, troublé. Il sentait encore l'herbe lui irriter la peau, et il gardait dans les narines l'odeur de la chair collée aux os de la vache morte. Il détestait le domaine de Kuran, de bout en bout.

Mais le vieil homme souriait.

"Comme ça, au moins, on saura de quoi on parle."

9

Pour John McIvor, être banni du domaine de Kuran fut comme une amputation. Il était là, sain, jeune et plein d'espoir. Et le moment suivant on lui avait élagué un membre et son sang s'en écoulait, le laissant froid et hâve. Elizabeth White avait abattu une hache sur sa vie.

Les derniers jours passés au domaine étaient presque trop douloureux pour qu'il s'en souvienne. Le manoir fut dépouillé, le bétail vendu et la plupart des employés renvoyés. Après de rapides négociations, la propriété fut achetée par un consortium d'éleveurs venus de plusieurs Etats. Les McIvor se retrouvaient sans foyer. Le seul espoir de John reposait sur son père. Le domaine de Kuran était peut-être perdu pour toujours mais Daniel avait des économies, et ils pourraient peut-être acheter de la terre à eux quelque part ailleurs ? Ce serait un endroit plus modeste, sans aucun doute, mais la famille pouvait repartir de zéro, protégée cette fois-ci par son titre de propriété.

Au lieu de cela, son père encaissa la totalité de son argent, en emprunta plus, et acheta un hôtel à Powell. Le régisseur du domaine allait devenir patron de bistrot. John était sidéré. Que savait son père du milieu de l'hôtellerie ? Les vaches et les moutons, c'était ça leur vie. Mais son licenciement avait rendu Daniel amer et obstiné. Il ne se laisserait pas chasser, déclara-t-il. Pendant trente ans, il avait été la force vive cachée derrière le trône des White, l'homme le plus important de la région, et rien de tout cela n'allait changer. De fait, le Royal Hotel était l'un des plus somptueux bâtiments de Powell, un immeuble de deux étages à larges balcons bordés de fer forgé. Au début de l'année 1931, la vente fut effective, et la famille ouvrit les portes de l'établissement.

John, qui travaillait au bar, comprit que l'entreprise était condamnée dès le départ. Tenir un hôtel n'avait rien à voir avec l'industrie pastorale. Il n'y avait pas de réserve de richesses derrière un hôtel, pas de terre ou de bétail dans lesquels puiser pour affronter les périodes difficiles et faire patienter les banquiers. Un hôtel avait besoin de liquidités, d'un chiffre d'affaires régulier, et, pour cela, il fallait des clients. Mais personne ne venait au Royal. Il y avait des explications logiques à cela. La dépression faisait rage et Powell, qui recensait une population de seulement quatre mille habitants, comptait plus de vingt autres bars. Mais John, qui errait dans la ville inquiet et solitaire, voyait qu'il y avait une autre raison, plus laide, au manque de clientèle. En fait, Powell se réjouissait de la chute de Daniel McIvor. Maintenant qu'il s'était fait dépouiller de son pouvoir (et par une jeune fille, rien de moins !), les habitants l'avaient enfin à leur merci. Les vieux comptes se réglaient.

Mais il y avait autre chose. John le lisait sur les visages et surprenait des conversations aux coins des rues. Les murmures et les regards familiers, les insinuations à moitié saisies à propos de son père, s'étaient de nouveau imposés. Une tache sombre se cachait derrière tout cela, à la fois exaspérante et mystérieuse, et finalement indéfinissable, car comme toujours John ne voyait pas du tout quel pouvait être le fond du problème. Et il n'avait personne à qui demander car, en ville, on le traitait en paria tout autant que son père, comme le fils d'un homme stigmatisé. Pourtant, après quelques mois à peine de recettes médiocres et d'accumulation de dettes, il était capable de prévoir l'inévitable. Il implora son père de revendre l'hôtel, rapidement, avant de tout perdre. Ils pouvaient encore prendre un nouveau départ, du moment que c'était loin de Powell. Daniel se contenta de secouer la tête, une lueur de folie au fond des yeux. Powell lui était redevable, insistait-il. La région entière lui était redevable des choses qu'il avait accomplies. Il ne partirait jamais. Mais il buvait beaucoup plus qu'avant et, même dans le défi, il semblait désormais diminué, subitement vieilli.

John ne voyait personne d'autre vers qui se tourner. Sa mère avait toujours été pour lui une étrangère silencieuse et, de toute façon, elle n'avait aucune influence sur son mari. Et sa petite sœur, née en 1927, n'était qu'une enfant, une bouche de plus à nourrir. Dégoûté, John abandonna. Son père était peut-être tenté par l'autodestruction, mais il était inutile que son fils reste pour partager son humiliation. John avait presque dix-huit ans, et il était assez grand pour se prendre en charge. Il empaqueta ses quelques affaires et partit sur les routes poussiéreuses en direction de l'ouest pour chercher fortune.

Il pensait trouver un emploi dans un élevage de bétail ou de moutons. Mais les propriétés de l'Ouest s'avérèrent très différentes de Kuran. C'étaient de vastes étendues vides et calcinées où se dressaient des résidences basses et trapues, isolées au milieu des broussailles. John ne savait rien de cette terre aride, et les propriétaires comme les régisseurs se moquaient de lui quand il parlait de son expérience pastorale dans l'Est. Pour eux, en dépit de toute sa grandeur et de son passé, le domaine de Kuran n'était rien de plus qu'un passe-temps d'aristocrate. Leurs propres domaines étaient dix fois plus grands, et cinquante fois plus difficiles à gérer. De toute façon, personne n'embauchait. Et même quand il y avait du travail, il y avait toujours une vingtaine d'autres candidats. Les routes étaient saturées d'âmes vagabondes. C'était la même histoire parmi les ouvriers des chemins de fer, les conducteurs de bestiaux et les tondeurs. Quand il y avait du travail, celui-ci était donné aux hommes ayant une femme et des enfants à nourrir, pas à des gamins seuls.

Désenchanté, John poursuivit sa route, devenu un vagabond. Du fin fond de l'Ouest il traversa la région minière pour aller vers le nord, travaillant un jour par-ci par-là, puis vers l'est en direction des villes côtières situées au milieu des marécages de la mangrove. Pour finir, il prit la route du sud en direction de Brisbane. Mais, où qu'il aille, tout ce qu'il trouvait était des milliers de sans-emploi aussi désespérés que lui. C'était la première fois qu'il voyait l'Etat du Queensland, et la première fois qu'il comprenait à quel point il était seul. Il détestait les villes, avec leur foule et leur misère, il détestait les côtes, avec leur chaleur étouffante et leurs jungles tropicales, et l'immense vide de l'Ouest, nu et rouge, l'oppressait. Plus que tout, il abhorrait sa propre impuissance et sa pauvreté. Personne ne connaissait son nom. Personne ne comprenait les choses merveilleuses qu'on lui avait promises. Personne ne se souciait qu'on lui ait arraché ce trophée des mains de façon aussi cruelle.

Il fallut à John une année entière pour reconnaître qu'il avait commis une erreur et que son père, malgré sa folie, avait perçu un noyau de vérité. Le plus important était de rester dans sa propre région. Les plaines de Kuran étaient son foyer. Son nom ne lui rendrait peut-être là-bas aucun service, mais même le préjudice valait mieux que l'anonymat accablant. De Brisbane, il partit donc à l'ouest, traversa la Grande Cordillère jusqu'à Toowoomba, puis l'étendue des collines jusqu'au point où celles-ci se fondent dans la terre noire. L'horizon imprimait une courbe devant lui : John était de retour à Powell. La ville était dévastée par la dépression, mais il en avait vu une centaine d'autres en bien plus mauvais état, dont certaines avaient été frappées à mort. Powell survivrait. On ne pouvait pas en dire autant du Royal. L'hôtel était sale, négligé et vide. Son père était détruit par l'alcool. Sa mère était aussi impuissante que d'habitude, et le visage de sa sœur lui était presque inconnu. Il ne lui fallut qu'un regard sur les livres de comptes pour voir que tout l'argent était parti en fumée.

Il refusa donc de rester au Royal. L'important, c'était de se tenir à l'écart, de se faire son propre nom, de s'affranchir de son père. Il dormait sur les berges du ruisseau de Powell, parmi les tentes et les taudis qui avaient surgi à cet endroit. Il finit par se faire embaucher par un fermier pour aider au remplissage et au transport des sacs de blé pendant la moisson. C'était la première expérience de John dans les céréales. Le métier ne lui plut pas mais il vit que, si nécessaire, le blé pouvait être un moyen de parvenir à ses fins. Et surtout, la ferme, à quelques kilomètres au nord de Powell, était située sur l'ancienne limite sud du domaine de Kuran. John pouvait voir son ancienne maison de l'autre côté de la barrière, où seulement deux ans plus tôt des pâturages s'étendaient encore à perte de vue. A présent, la terre avait été arpentée et des parcelles délimitées par des bornes de cent trente ou deux cent soixante hectares. Ici et là, les nouveaux propriétaires s'étaient déjà installés, retournant l'herbe pour planter des cultures. Des cabanes avaient été construites, ainsi que des remises et des barrières. A certains endroits, la prairie continuait de pousser comme avant mais, aux yeux de John, les plaines semblaient désormais douloureusement mangées aux mites.

L'ironie, c'est qu'il restait encore des tas de parcelles bon marché disponibles. La dépression avait étouffé la demande. Tout ce qu'il lui fallait, songeait John, c'était un petit capital. Certes, il avait entendu dire que la plupart des fermiers ayant acheté des parcelles de Kuran étaient déjà ruinés. Apparemment, la terre se révélait moins fertile que prévu, et il y avait de mystérieuses étendues stériles qui laissaient perplexes les nouveaux arrivants. Mais John connaissait le moindre centimètre carré de cette terre, bonne ou mauvaise, depuis son plus jeune âge. Si jamais il devait choisir une parcelle là-bas, celle-ci se trouverait au bon endroit et ce serait un succès. Bien sûr, il ne disposait d'aucun capital. Pour finir, il levait toujours les yeux des plaines pour contempler les lointains contreforts qui avançaient depuis les montagnes, incapable de voir le manoir de Kuran mais sachant exactement où il se trouvait. Le désespoir familial montait alors en lui, ainsi que le désir et la colère.

Car le manoir était encore vide. Les nouveaux propriétaires avaient fait faillite quelques mois seulement après en avoir pris possession. La propriété était retournée à la banque, et il n'y avait pas eu d'autre acquéreur depuis. Des gardiens demeuraient dans les maisonnettes, mais le manoir proprement dit était entièrement fermé, et la nature commençait déjà à reprendre ses droits sur les jardins. A une pareille époque, apparemment, personne n'avait besoin d'un manoir. Pour John, c'était ce qu'il y avait de plus terrible. Il sentait presque la grande demeure l'appeler, géante et déserte. Cette idée le consumait. Le manoir aurait dû lui appartenir. Il devrait être à lui, maintenant encore. Si seulement il parvenait à rassembler assez d'argent pour le racheter. Quel moment ce serait, quelle revanche sur Elizabeth ! Mais c'était impossible. Son emploi au sein de la ferme céréalière prit fin avec la moisson et, une fois de plus, John se mit à arpenter les rues de Powell avec quelques sous en poche. D'où allait venir cette grande fortune ?

Début 1933, John travaillait dans une scierie aux abords de la ville. La paie était misérable, et c'était une vie monotone : transporter du bois, s'étouffer en avalant de la sciure et se blesser les mains jusqu'au sang avec des échardes. Puis, un après-midi d'été, alors qu'une poussière suffocante planait sur la scierie, John vit un petit groupe d'hommes approcher. Ils marchaient lentement sur la route qui descendait des Hoops, transportant un brancard rudimentaire sur lequel reposait une forme recouverte d'un drap. Des mouches bourdonnaient avidement autour de celle-ci, et un homme marchait à côté du brancard pour les chasser. Le groupe fit halte à l'ombre d'un arbre. La rumeur circula qu'il s'agissait de bûcherons, d'une équipe venant des montagnes, parmi toutes celles qui alimentaient la scierie. En général, les bûcherons ne venaient en ville que tous les quelques mois pour s'approvisionner, ou pour assiéger le bar d'un hôtel jusqu'à avoir dépensé tout leur argent. Mais ce jour-là un des bûcherons avait été écrasé par un arbre. Ses camarades l'avaient descendu pour chercher de l'aide médicale, mais il était mort avant d'arriver en ville. Sachant qu'il avait une femme et de la famille à Powell, ils avaient décidé de transporter son corps jusque chez lui.

John observa les hommes. Maigres et secs, ils avaient d'étranges visages pâles, des yeux méfiants, et des avant-bras particulièrement musclés. Même inactifs, ils dégageaient une profonde confiance en eux et paraissaient très différents des ouvriers de la scierie ou des milliers d'employés que John avait vus sur les routes. Ils vivaient au sommet des collines, là où même la dépression, semblait-il, ne les avait pas atteints. Il leur manquait désormais un homme. John sentit quelque chose remuer en lui. Il leva les yeux vers l'est en direction des Hoops. Les montagnes se détachaient, claires et hautes devant le ciel, une cascade de vert et de gris, une région d'air frais et de torrents brumeux à un millier de kilomètres de la chaleur et de la crasse.

John prit sa décision en une seconde. Il quitta la scierie pour se diriger vers l'endroit où les hommes attendaient avec le corps, à l'ombre de l'arbre.

10

La vieille camionnette ferraillait entre les pins de l'allée. C'était encore une belle matinée ensoleillée, et William était assis sur le siège passager, d'où il lançait des coups d'œil prudents à son oncle. L'habitacle sentait la terre et le diesel, et une odeur se dégageait des sièges. Toutes des odeurs agréables, et des sandwiches avaient été emballés en prévision de la visite du domaine… pourtant, William demeurait mal à l'aise. Une journée entière avec le vieil homme ! Pour le moment, sous le soleil et le bras accoudé à la portière, son oncle paraissait aussi inoffensif qu'un grand-père ordinaire. Mais William se souvenait du prophète, sévère et évaluateur, qu'il avait vu la nuit des étoiles filantes.

Sa mère avait insisté sur un point.

"Ecoute bien ce qu'il te dit aujourd'hui. Il ne fait pas ça juste pour le plaisir."

William attendait donc, sur le qui-vive, mais son oncle se contentait pour l'instant de siffler, l'air aimable. Ils sortirent de l'allée pour s'engager sur une route qui tournait vers le sud en descendant la colline, passèrent devant les remises et les silos qu'il avait vus la veille. Son oncle ne montra aucun intérêt pour ces bâtiments. Au bas de la descente, la route repartait en direction de l'est pour suivre le ruisseau. William regardait par-dessus le tableau de bord, tentant de voir s'il y avait de l'eau dans le canal.

Le vieil homme cessa de siffler.

"C'est le ruisseau de Kuran. Il prend sa source dans les montagnes et longe tout le versant sud des contreforts.

— Est-ce qu'on peut s'y baigner ?

— Eh bien… il n'y a plus que quelques flaques aujourd'hui, avec la sécheresse. Plus haut dans les collines, on peut trouver un peu d'eau vive, mais pas aussi bas."

La route décrivait une courbe et rejoignait la vallée suivante. On apercevait la chapelle et le cimetière sur l'autre versant. Ils étaient si proches, s'émerveilla William. Comment avait-il pu se perdre entre ici et le manoir ? Il se souvint alors des noms qu'il avait vus sur les pierres tombales.

"Qui étaient les White ?" demanda-t-il.

Son oncle fronça les sourcils.

"C'étaient les propriétaires du domaine, il y a longtemps.

— Les tombes sont toutes cassées."

Haussement d'épaules.

"Ça veut bien dire ce que ça veut dire, non ? Il y a des choses plus importantes à laisser derrière soi que des stèles." La camionnette passait devant le cimetière, et le vieil homme jeta un coup d'œil sur les tombes. "Je vais te dire une chose… quand mon heure viendra, je préférerais un feu de joie."

Ils atteignirent le sommet suivant. Des collines désordonnées s'étendaient devant eux, les contreforts se perdant au loin jusqu'à la ligne bleue des montagnes.

L'oncle de William se redressa avec enthousiasme derrière le volant.

"Bon, à partir d'ici, on entre dans le domaine d'élevage proprement dit. Il s'étend sur plus de quinze kilomètres de long depuis ce point, et sur quatre ou cinq kilomètres de large."

William regarda les collines massives dont les flancs bruns étaient couverts d'herbe et parsemés d'arbres. Il eut un bref souvenir de ce qu'il avait ressenti la veille, quand le paysage lui avait paru si déconcertant, alors qu'il n'était même pas allé au-delà du pré qui entourait le manoir !

Son oncle affichait un sourire entendu.

"La première chose à apprendre, c'est de toujours savoir exactement où on se trouve. Alors, il s'agit de ne pas se tromper. Ces collines forment le contrefort occidental des Hoops, et les Hoops elles-mêmes sont une avancée de la Grande Cordillère australienne. Imagine une carte de l'Australie. Imagine la côte est. La Grande

Cordillère s'étend d'un bout à l'autre. On se trouve à peu près à la moitié, du côté ouest de la cordillère, à un peu plus de cent cinquante kilomètres de Brisbane."

Ils descendaient à présent la colline pour entrer dans une autre petite vallée. La piste sillonnée d'ornières et envahie de végétation par endroits les ralentissait, mais de toute façon son oncle ne semblait pas pressé.

"C'est intéressant, cependant. Remonte quelques centaines de millions d'années en arrière. A l'endroit où on se trouve, il n'y avait que l'océan à cette époque-là. Le continent qui a fini par devenir l'Australie était complètement ailleurs : il dérivait quelque part entre l'équateur et le pôle Sud. Il n'avait même pas sa forme actuelle. Tu serais incapable d'y situer le domaine, tu n'arriverais même pas à trouver les collines ou les plaines. Rien de tout ça n'existait. Tu vois ce que je veux dire ? C'est une chose de savoir où se trouve un bout de terre. C'en est une autre de savoir d'où il vient."

Les yeux du vieil homme scrutaient l'horizon d'un air approbateur.

"De l'autre côté, en Australie-Occidentale… oui, là-bas, il y a vraiment de vieux terrains géologiques. Il y a des roches exposées à l'air libre depuis des millions et des millions d'années, et c'est aussi mort que la Lune. Mais ce terrain, il est assez jeune. La seule chose ancienne ici est le socle, là-bas sous les plaines. Il y a des millions d'années, c'était le fond d'une mer intérieure. Ensuite, le niveau de l'océan a baissé et il a laissé une plaine calcaire couverte de marais et de marécages. Ils ont fini par s'assécher, mais entre-temps, dans l'est, des volcans sont entrés en éruption, les montagnes se sont formées et les plaines ont été à nouveau englouties, sous la lave et la cendre cette fois. Au fil des siècles, la lave et la cendre se sont décomposées, et c'est de là que vient cette terre noire. Mais sais-tu pourquoi il n'y a pas d'arbres là-bas ?

— Non.

— La terre noire ne pourrait pas les supporter. Pas les gros, en tout cas. En période de sécheresse, elle se fissure et brise leurs racines, et, par temps humide, elle devient liquide et les arbres basculent. Si bien qu'il n'y a jamais eu que de l'herbe là-bas. Une plaine sans arbre. Et à cause de toute cette herbe, des gens sont venus. Avec des moutons. Et plus tard avec du blé. Tu as déjà entendu parler d'Allan Cunningham ? Il a été le premier Européen à poser les yeux sur cet endroit, en 1827. Il s'était frayé un chemin vers le nord depuis Sydney à travers les forêts et les chaînes de montagnes et, tout à coup, il a vu ce paysage de rase campagne. Parfait pour les pâtures. Il lui a donné le nom du gouverneur de la Nouvelle-Galles-du-Sud : le lieutenant-général Ralph Darling. Et nous y voici aujourd'hui."

William hocha la tête. Il savait que Cunningham était un explorateur célèbre – mais ce n'était que de l'histoire. Il était plus impressionné par le domaine qui s'étendait devant lui. Ils ne pouvaient pas avoir suivi la route sur plus d'un kilomètre et demi, mais le paysage lui paraissait déjà vaste et vide. De vieilles barrières longeaient la route et quelques vaches qui broutaient levaient la tête au passage de la camionnette, mais il n'y avait pas de bâtiments, pas de champs labourés, pas de poteaux télégraphiques ni de lignes électriques. Juste les collines et le ciel bleu au-dessus.

"Bien sûr, ce que Cunningham a vu n'était que la lisière sud des Downs. C'est à des kilomètres au sud d'ici, près de Warwick. Il n'a jamais vu les plaines de Kuran, ni les Hoops. Ce privilège a été réservé aux premiers colons. L'herbe était si haute qu'elle arrivait au garrot de leurs chevaux. Mais le long des contreforts, ici, tout était recouvert d'une forêt d'eucalyptus. Il leur a fallu des années pour la raser et la transformer en pâturages."

Ils ne l'avaient pas entièrement rasée, cependant. Il restait encore plein d'arbres sur les versants dégagés où poussait de l'herbe brune et raide, et où des vaches se reposaient à l'ombre. De hauts gommiers élégants aux troncs blancs et lisses, ou couverts d'une écorce grise qui s'écaillait en formant des bandes chevelues. Des arbres qui déployaient de larges voûtes de feuillage et dotés de gros troncs rouges comme du fer rouillé, des arbres courbés et tordus à l'écorce râpeuse et irrégulière. Il y avait également de petits ravins, avec des broussailles plus denses et d'horribles plantes rampantes enchevêtrées. William vit des corbeaux prendre leur envol à l'approche de la camionnette, entendit leur croassement rauque couvrir le bruit du moteur. Il aperçut un lièvre qui bondit hors de la route, effrayé. Et, à un moment, il sursauta en voyant trois wallabies surgir des herbes et s'éloigner à grands bonds. Mais, dans l'ensemble, les collines étaient un endroit ensommeillé et touffu, une terre ancienne qui paressait au soleil. Son oncle avait dit qu'elle était jeune, mais c'était impossible à croire.

"Il n'y a plus grand monde qui vient par ici, aujourd'hui, dit le vieil homme comme s'il lisait dans ses pensées. Seulement des vaches, et pas tant que ça, avec la sécheresse. On en a environ un quart de ce que nous aurions pendant une bonne saison. A la période où on rassemble les troupeaux, j'envoie des hommes ici à cheval ou à moto, mais sinon il n'y a aucune raison de venir dans le coin. Et c'est comme ça que je veux conserver cet endroit. Dans l'Ouest, certains domaines d'élevage accueillent des touristes. On y installe des aires de camping et de piquenique, et les gens se promènent partout. Mais pas sur mes terres. Je ne laisserai jamais ça arriver ici."

William entendit avec quelle fierté son oncle avait dit "mes terres". Il ne lui était jamais venu à l'esprit qu'il pouvait être fier de sa petite ferme, quand il était chez lui. Comment pouvait-on être fier de deux cent soixante hectares de poussière ? Mais le domaine était beaucoup plus que cela, une énorme masse de terre qui ondulait et se cabrait. Les collines étaient plus abruptes, et les crêtes de certaines étaient un amas de rochers éboulés. Les bords des ravins étaient plus escarpés, les broussailles qui poussaient à l'intérieur plus denses et plus sinistres. Ils entraient à présent dans une région à la fois plus sauvage et plus sombre. Le manoir et sa colline douce semblaient loin derrière ; il était facile d'imaginer des meutes de chiens sauvages en train de rôder ici, et des arbres centenaires se dresser dans des recoins oubliés. La seule construction moderne que vit William était une éolienne rouillée située au pied d'une grande côte, un réservoir d'eau attaché à son flanc, avec un abreuvoir pour les bêtes. Autour, l'herbe était piétinée, et de l'éolienne partait un étroit chemin en lacets qui montait dans la colline. Le sommet était à moitié caché par des arbres, mais en levant les yeux William crut voir – une vision vaguement dérangeante – un cercle de pierres émergeant de l'herbe.

"Au début, poursuivit son oncle, ces collines étaient un endroit isolé. La seule chose qu'il y avait ici était une vieille cabane de berger. Quand j'étais petit, j'entendais des histoires à propos de deux hommes qui vivaient ici, dans les années 1850, quand il n'y avait ni manoir ni rien. On racontait qu'ils étaient devenus fous à force de rester seuls. L'un d'eux avait tué l'autre à l'aide d'une hache. On n'avait retrouvé que des morceaux du corps. Les gens disaient que son ami l'avait mangé. J'ignore si c'est vrai. Mais la cabane était encore debout quand j'étais jeune. Et, crois-moi, cet endroit était bizarre. Aujourd'hui, il n'y a plus que quelques vieux piquets. Tu passerais à côté sans même les remarquer."

Et ils continuèrent, les paroles du vieil homme les emmenant de plus en plus loin dans les collines. Ils émergèrent enfin d'une vallée étroite, et l'oncle de William rétrograda pour passer en première.

"On y est presque, annonça-t-il. Notre première halte."

Ils gravissaient une colline escarpée. Un arbre solitaire courbé par des années de vent en marquait le sommet. Derrière, il semblait y avoir le vide.

La camionnette s'arrêta sous l'arbre en toussotant. En descendant de la voiture, William sentit qu'un vaste panorama s'étendait tout autour. L'air était frais et immobile, et ils étaient beaucoup plus haut qu'il ne s'y attendait. La première chose qu'il vit fut les Hoops. Elles avaient surgi de nulle part, immédiatement à l'est, et elles se dressaient en une succession de hautes crêtes, d'un bleu immaculé dans la lumière hivernale, culminant à mille mètres de hauteur. Depuis la ferme de son père, dans les plaines, ces mêmes montagnes étaient une vague ligne bleue sur l'horizon ; à présent, elles semblaient proches au point de pouvoir les toucher. William distinguait des arbres solitaires sur la crête de la chaîne centrale. D'épaisses forêts tapissaient les flancs des montagnes, mais dans les gorges ténébreuses rôdait une obscurité fascinante, avec des falaises de pierre pelées terminées par des éboulis, tandis qu'à d'autres endroits les pics usés et arrondis étaient uniquement recouverts d'herbe, semblables à d'énormes crânes chauves. Mais William comprit que la proximité était une illusion. L'arête principale se trouvait encore à plusieurs kilomètres. Entre eux, voyait-il à présent, se dressaient les avant-monts les plus hauts, une cascade accidentée rejetée par les montagnes et descendant en vagues successives jusqu'à lécher le pied de l'éminence sur laquelle il se trouvait.

"Voilà, tout est là." Les mains dans les poches, le vieil homme contemplait le monde. "Tout ce que le domaine de Kuran a jamais été. Quarante kilomètres du nord au sud en suivant le sommet de ces montagnes, ici, et une trentaine d'autres, là-bas, dans les plaines, jusqu'à la Condamine. Cent trente mille hectares en tout."

William se tourna lentement pour embrasser l'ensemble. Les Hoops formaient une grande courbe de part et d'autre, et les plaines venaient baigner les avant-monts, telle une mer jaune. Les contreforts dessinaient une lance de terre bossue qui avançait très loin dans cet océan. La pointe ouest de leur dernière colline, où se trouvait le manoir de Kuran, demeurait cachée. Et derrière se découpait un immense andain de terres agricoles qui se perdait dans le lointain, jusqu'à l'endroit où l'horizon formait un arc devant le ciel. William fit un tour sur lui-même et se tint à nouveau face aux montagnes. C'était ahurissant de penser que tout cela avait jadis formé un seul domaine.

Son oncle secouait la tête.

"C'était trop grand, bien sûr, même au début. Il était ridicule de croire que ça pouvait rester d'un seul tenant. Ils ont commencé à le morceler presque tout de suite. Les montagnes ont été abandonnées les premières. A l'époque où les White ont racheté le domaine, les frontières avaient été ramenées aux avant-monts. Il y avait déjà des bûcherons là-haut, et les habitants de Powell ont ensuite commencé à organiser des randonnées dans les montagnes. Plus tard, le gouvernement a transformé le tout en parc national."

William examinait les montagnes, cherchant des repères qu'il aurait pu remarquer lors de ses excursions là-bas avec ses parents, mais il ne les voyait pas sous le bon angle. Il ne voyait aucune trace de la route qui y montait depuis Powell, ni du petit village touristique et des aires de camping qui, il le savait, étaient blotties là-haut à côté du parc. Mais il se souvenait des randonnées guidées en compagnie des gardes forestiers, et d'avoir écouté leurs commentaires sur la forêt, tendant le cou pour apercevoir les sommets des arbres géants – les fameux pins bunya et, bien sûr, les pins hoop, qui avaient donné leur nom aux montagnes.

"On se fiche des montagnes, dit son oncle. Elles appartenaient à l'ancien domaine de Kuran et on ne les récupérera jamais. Aujourd'hui, il ne reste qu'un peu plus de cinq mille hectares, et c'est ce qui nous importe, à toi et moi. La terre sur laquelle on se tient. La terre que je possède."

William se tourna à nouveau vers l'ouest.

"Tu vois ?" Son oncle s'accroupit à côté de lui. "Ça n'a rien à voir avec la ferme dans laquelle tu as grandi. Ta ferme était une machine, une usine à faire pousser du blé. Ici, ce n'est pas du tout ça. C'est un bout de pays. Il ne s'agit pas seulement de têtes de bétail par hectare. Cet endroit est vivant de son plein droit. Il a une histoire. Il grandit et change en permanence. Il respire."

En regardant le visage du vieil homme, William y vit une chaleur qu'il n'aurait pu soupçonner. Celle-ci ne lui était pas destinée, elle était destinée au paysage, aux collines.

"Il lui arrive même de parler, aux bonnes personnes. Et c'est là tout le problème : trouver la bonne personne. A dire vrai, la terre doit appartenir à quelqu'un pour être réellement vivante. Elle a besoin d'un être humain qui l'entende, la voie et la comprenne parfaitement : d'où elle vient, où elle va. Sinon, ce n'est qu'un morceau de terre. Et quand je mourrai, je ne laisserai pas un trou dans un cimetière ni mon nom sur une pierre tombale. Voilà ce que je laisserai."

Il observait à présent William, le regard perçant.

"Tu comprends de quoi je parle ?"

William ne put supporter ce regard très longtemps. Il avait l'impression que le vieil homme voyait tout au fond de lui et n'y trouvait qu'un grand vide, un petit garçon qui ne comprenait rien. Il baissa les yeux.

Son oncle soupira, se releva.

"Enfin, dit-il au bout d'un moment, on ne peut pas aller plus à l'est. A partir d'ici, on va au sud."

William se tourna pour regarder en contrebas. Au pied de la colline, il y avait une rangée d'arbres tortueux qui indiquait un autre ruisseau, ou peut-être une autre partie de celui qui coulait devant le manoir. Une barrière longeait la berge la plus proche.

"Si tu traverses ce ruisseau, dit son oncle, tu te retrouves dans le parc national."

Quelque chose attira l'attention de William.

"Qu'est-ce que c'est ?" demanda-t-il en pointant un doigt.

Son oncle regarda en bas. De l'autre côté du ruisseau, à peine visible au milieu des arbres, on apercevait l'éclat rouge d'une tente. Oui, il y avait bien des hommes qui bougeaient là en bas.

"Finalement, tu as l'œil.

— Qui c'est ?" demanda William.

La chaleur avait disparu du visage du vieil homme, comme le soleil lors d'une éclipse.

"Je n'en sais rien. Mais on ne va pas tarder à le savoir."

11

Il y avait deux hommes à côté de la tente, et ils étaient accroupis au-dessus de ce qui semblait être une carte étalée par terre devant eux. Ils levèrent la tête en entendant la camionnette descendre la colline. Quand ils virent que le véhicule s'arrêtait près de la barrière, ils se levèrent et s'approchèrent de la rive opposée, puis, après un temps d'arrêt, entreprirent de traverser. Ils durent patauger un peu car, aussi près des montagnes, quelques centimètres d'eau coulaient encore dans le lit rocailleux du ruisseau.

William et son oncle descendirent de leur véhicule pour aller à leur rencontre.

"B'jour", dit le premier homme en levant un doigt tandis qu'il montait dans leur direction. Il était bronzé, mal rasé, et il portait, remarqua William avec intérêt, un uniforme décoloré de garde forestier.

Son oncle le salua à son tour, sur le qui-vive.

Le garde forestier indiqua du menton l'autre côté de la barrière.

"C'est votre propriété, pas vrai ?

— C'est exact.

— Ah, très bien." Il s'appuya contre un piquet et sortit une cigarette, jeta un bref coup d'œil à William en l'allumant puis reporta son attention sur le vieil homme. "C'est peut-être une chance qu'on soit tombés sur vous." Il tendit la main. "Je suis Ken Coates. Parcs nationaux. Et voici James. Il prépare une thèse, et je lui montre la région."

L'oncle de William leur serra la main. Le deuxième homme portait des vêtements ordinaires et paraissait beaucoup plus jeune que le premier, malgré une barbe broussailleuse. De l'autre côté du ruisseau, la tente formait une tache de couleur vive sous les arbres. Il semblait y avoir beaucoup de matériel tout autour, et le tas de cendre d'un feu de camp s'élevait à côté. Avec le ruisseau qui la traversait, c'était une agréable vallée ombragée, mais elle était loin des aires de camping installées dans le massif principal. Et William savait que la réglementation du parc national était stricte. On n'avait certainement pas le droit de camper n'importe où.

"Ouais, on est ici depuis hier soir, dit le garde forestier. Et il fait pas chaud, quand le soleil se couche. Alors, qu'est-ce que vous élevez par ici ? Du bétail ?

— Principalement." L'oncle de William ne semblait pas vouloir s'intéresser au bétail. "Vous êtes loin des montagnes."

Le garde pointa sa cigarette en direction de son compagnon.

"Le jeune fait des recherches, et j'ai été désigné comme guide." Il envoya sa cendre dans l'herbe. "C'est votre petit-fils ?

— Mon neveu. Quel genre de recherches ?"

Le jeune homme prit la parole :

"J'écris l'histoire des Hoops." Il regardait par-dessus la barrière. "C'est bien le domaine de Kuran, là ?"

L'oncle de William lui lança un regard évaluateur.

"Oui.

— C'est ce que je pensais. J'ai lu deux ou trois choses sur cet endroit. A l'époque où les montagnes faisaient partie du domaine. C'était sacrément gigantesque.

— Voilà où ça s'arrête, maintenant.

— Les premiers propriétaires... c'était une famille assez célèbre. Vous n'êtes pas un descendant, si ?

— Non.

— Tant pis. Je parie qu'ils auraient des histoires à nous raconter.

— Sans aucun doute.

— Ils ne semblent pas avoir laissé de documents personnels, c'est dommage. Est-ce qu'il reste quelqu'un de la famille dans la région ? Il faudrait que je vérifie.

— Pas à ma connaissance." Le vieil homme changea de position. "Je crois qu'ils sont partis dans les années 1930, longtemps avant que j'achète cet endroit."

Le jeune homme haussa les épaules.

“Ah, bon.

— Quelle sorte d’histoire, exactement ?

— Je m’intéresse surtout à l’époque antérieure à la colonisation. A l’occupation indigène, à l’importance des montagnes dans leur culture. J’ai passé pas mal de temps là-haut, où ils organisaient les grands corroborees, pour tenter de repérer les lieux exacts.”

Le garde affichait un sourire ironique.

“Le gamin m’a fait crapahuter dans tous les coins. On a cherché des cercles sacrés et grimpé au sommet des bunyas… mais tout ce qu’on a trouvé jusqu’ici, ce sont quelques vieilles cabanes de bûcherons.”

L’étudiant hocha la tête.

“A partir des années 1860, il y avait des équipes dans toutes les montagnes. On trouve encore des routes taillées par les bûcherons, et ces glissières qu’ils creusaient dans le flanc des montagnes pour faire rouler les rondins jusqu’en bas. Bien sûr, l’industrie déclinait déjà quand la Première Guerre mondiale a éclaté, et elle était quasiment éteinte au moment de la Seconde. Les pins bunya et les pins hoop, ainsi que les cèdres rouges, avaient tous été abattus à l’exception de quelques-uns qui subsistent dans le parc national, mais l’exploitation en était déjà interdite à l’époque.”

L’oncle de William ne disait rien.

Le garde forestier avait terminé sa cigarette. Il l’écrasa sur le piquet puis sortit une boîte à tabac de sa poche pour y ranger son mégot. Il lança un regard au vieil homme.

“Vous avez grandi dans le coin, non ?

— Surtout dans les plaines.

— Vous connaissez un peu les montagnes ?

— J’y suis déjà allé.”

L’étudiant intervint à nouveau.

“Alors, pour les pins bunya ? Vous avez une théorie ?”

L’oncle de William le dévisagea sans comprendre.

“Une théorie sur quoi ?

— Vous savez, les cicatrices. Sur les grands arbres anciens, ceux qui ont cent cinquante ou deux cents ans. Certains disent qu’elles ont été faites par les Aborigènes avec des haches de pierre, afin de tailler des prises de pied dans les troncs et leur permettre de grimper pour cueillir les amandes. D'autres pensent que ce sont des bêtises et qu'elles sont naturelles, qu'il s'agit seulement de marques laissées aux endroits où des branches sont tombées. Vous avez déjà entendu une de ces deux versions ?

— J'ai entendu les deux.

— Et pour les *balds* ? Des idées ?

— Non.

— Pas d'autres vieilles histoires ? Vous savez, des trucs qu'aurait pu vous raconter votre grand-père sur l'époque où il était jeune. Des faits étranges qui se seraient produits dans les montagnes, des gens tombés dans des ravins cachés, ce genre de chose."

Le vieil homme se contenta de secouer la tête. Il y eut un silence semblable à une punition. William se tenait à côté de lui, silencieux et intrigué. Il sentait que son oncle se montrait volontairement taciturne, mais il ne comprenait pas pourquoi. Et toutes les histoires qu'il lui avait racontées, alors ? Le vieil homme avait-il quelque chose contre ces hommes ? Il avait dit qu'il ne voulait pas de visiteurs ni de touristes sur ses terres, mais ces deux hommes n'avaient pas violé son territoire. Ils étaient dans le parc national. Et l'un d'eux était garde forestier.

"C'est quoi, les *balds* ?" demanda enfin William.

Le garde lui adressa un large sourire. Il se tourna et pointa un doigt en direction des montagnes.

"Tu vois ces endroits pelés sur certaines des collines les plus hautes, là où il n'y a que de l'herbe, pas d'arbres. On les appelle des *balds*. Personne ne sait pourquoi ils sont comme ça. Ils n'ont pas été dégagés par les bûcherons ni rien, et le sol n'a rien de particulier, mais pour une raison inconnue il n'y a jamais eu d'arbre à ces endroits-là, même s'il y a des bois tout autour.

— Ça a peut-être quelque chose à voir avec les habitants indigènes, expliqua l'étudiant. Ou pas. C'est une des choses que j'étudie.

— Tu es déjà allé dans ces montagnes, mon garçon ? demanda le garde à William.

— Quelques fois.

— Tu as déjà mangé une amande de bunya ?

— Non.

— C'est carrément divin. Faut les faire frire comme des pommes de terre. Ça te remplume en un rien de temps."

L'oncle de William avait observé un silence austère pendant tout cet échange.

"Il n'y a pas de *balds* par ici, dit-il. Ni de pins bunya.

— Non, répondit le garde forestier. On recherche autre chose, le long du ruisseau.

— Ah oui ?

— Des points d'eau, en fait", répondit l'étudiant.

Le vieil homme fronça les sourcils.

"De ce côté-ci de la chaîne de montagnes ?"

Le garde forestier soupira.

"Je sais, c'est ce que je lui ai dit. On n'est pas au bon endroit. Les seuls points d'eau dignes de ce nom se trouvent dans le bassin oriental.

— Il en est question dans les récits, pourtant, insista l'étudiant. Il est censé y avoir un gour assez grand de ce côté-ci, un point d'eau sur lequel on pouvait compter, même en période de sécheresse. Il était assez important, en termes culturels, apparemment, si bien qu'il peut y avoir des objets ou d'autres trouvailles significatives à proximité."

Le garde forestier observait le ruisseau.

"On a suivi tous les ruisseaux qui coulent en direction de l'ouest, d'un bout à l'autre des montagnes. On n'a rien trouvé jusqu'ici. C'est ce qu'on se demandait. Vous connaissez cette région. Vous ne pouvez rien nous dire ?"

L'oncle de William se passa une main sur le menton.

"Je n'ai jamais entendu parler d'un grand point d'eau de ce côté-ci. Et de toute façon il ne pourrait pas se trouver aussi bas. Vous devriez chercher plus haut.

— C'est ce qu'on a fait, répondit l'étudiant.

— Vous avez peut-être mal compris. Quelles sont vos sources ?

— Eh bien, il y a des lettres et des journaux intimes – de colons, de bûcherons, d'un explorateur à l'occasion. Et des vieilles cartes, même si on ne peut pas toujours s'y fier. En ce qui concerne les récits, je parle de trucs plus anciens, comme les légendes aborigènes. Des tribus venues de tout le sud-est du Queensland se rassemblaient ici pour la cueillette des amandes de bunya, si bien que les montagnes figurent dans les histoires de plusieurs groupes tribaux différents. Tous disparus aujourd'hui, mais j'ai parlé avec quelques vieillards dans des coins comme Cherbourg, et ils se rappellent une ou deux choses. Une partie de mon financement vient du conseil régional, en fait. Il existe d'assez bonnes études sur l'histoire aborigène dans la région des Darling Downs, mais rien de très précis sur les Hoops.

— Les Parcs nationaux le financent aussi, intervint le garde forestier. Il est question de construire un centre culturel aborigène dans le parc, si on parvient à recueillir assez d'informations."

Le jeune homme eut un sourire ironique.

"Peut-être plus que ça, une fois que ces nouvelles lois seront entrées en vigueur. Si on apporte suffisamment de preuves historiques, qui sait, le conseil régional pourrait revendiquer le parc. C'est une terre qui relève du domaine de la Couronne, après tout.

— Hmm." Le garde forestier ajusta sa casquette d'un air triste. "On verra." Il se tourna à nouveau vers l'oncle de William. "Alors, ce ruisseau, il finit par traverser votre propriété ?"

Le vieil homme hocha la tête.

"A un peu plus d'un kilomètre d'ici, il tourne à l'ouest et traverse la frontière.

— Ouais, on est allés jusque-là. Pas de point d'eau, j'imagine, sur votre partie ?

— Non.

— Il n'y aurait pas assez d'eau, j'imagine.

— La plupart du temps, c'est pratiquement à sec."

Le garde s'appuya sur le piquet pour se redresser.

"Bon, c'est fini, alors." Il lança un regard à l'étudiant. "On est bons pour retourner dans les collines.

— Très bien." Le jeune homme s'adressa à l'oncle de William : "Merci pour votre aide.

— Ouais, ajouta le garde forestier. C'est gentil de vous être arrêtés. Qu'est-ce qui vous amène par ici, d'ailleurs ? Vous avez perdu quelques bêtes ou quelque chose comme ça ?

— Je fais visiter au petit.

— Ah ! bien. C'est un joli coin de terre. Un peu sec, bien sûr.

— C'est l'époque qui veut ça."

Le garde inclina sa casquette, et les deux hommes s'en allèrent.

"Allons-y", dit l'oncle de William d'un ton froid.

Ils retournèrent vers la camionnette et montèrent à l'intérieur. William resta silencieux pendant que son oncle démarrait et longeait la barrière un moment. Enfin, la route s'éloignait du ruisseau et commençait à grimper sur le flanc d'une autre colline. A mi-hauteur, le vieil homme ralentit puis fit demi-tour, les roues tressautant sur le sol inégal. Il coupa le moteur. William regarda autour de lui avec curiosité.

"Pourquoi on s'est arrêtés ?

— Tais-toi une minute."

Son oncle regardait fixement à travers le pare-brise. Interdit, William regarda aussi. Ils étaient à nouveau face au ruisseau. Au loin, à travers les arbres, William apercevait la tache rouge de la tente et les hommes qui se déplaçaient autour. Son oncle les observait, les mains crispées sur le volant. William avait des questions plein la tête, mais de toute évidence son oncle n'était pas d'humeur à y répondre, et il attendit. Finalement, la tente fut démontée. Le garde forestier alla jusqu'au ruisseau où il trempa quelque chose dans l'eau. Remplissait-il une gourde ? Les deux hommes partirent ensuite en direction de l'est. Ils restèrent visibles un moment tandis qu'ils commençaient leur ascension, mais au bout de quelques minutes ils se perdirent dans les arbres.

L'oncle de William parut se détendre légèrement. Sans autre commentaire, il démarra la camionnette, fit demi-tour une fois de plus et continua de grimper. Ils arrivèrent au sommet de la colline et descendirent de l'autre côté. William vit à nouveau le ruisseau. Celui-ci coulait à présent vers l'ouest après avoir laissé le parc national derrière lui. Les berges étaient bordées de longues herbes brunes et d'arbres surplombants. La route les mena jusqu'au cours d'eau, et ils le longèrent sur un petit kilomètre. Ils arrivèrent ensuite sur une plate-forme de calcaire terminée par un à-pic. Il y avait là un banc en pierre qui paraissait aussi vieux que la roche, ombragé par les longues feuilles d'un saule.

"Terminus, dit son oncle. On va déjeuner."

Tandis que le vieil homme sortait les sandwiches et les rafraîchissements, William s'aventura sur la saillie rocheuse. Le ruisseau arrivait en serpentant sur sa gauche, son lit rocailleux encaissé entre des berges basses, son courant réduit à un maigre filet d'eau. En atteignant la plate-forme, il s'étendait pour former un petit bassin de quelque trente centimètres de profondeur avant de se déverser par un bec émoussé creusé dans la pierre. William regarda par-dessus le rebord, stupéfait. Car l'eau chutait brutalement, sur trois ou quatre mètres de hauteur, pour former un miracle. Blotti au milieu du versant sec de la colline, caché par des arbres et de hautes berges rocheuses, s'étendait un point d'eau. Celui-ci était long et large et, à en juger par la couleur sombre de l'eau, profond. Le banc de pierre avait été installé juste au bord de la plate-forme, et William s'y tenait accroupi, regardant en contrebas. Sur les bords du gour, il distinguait des rochers juste en dessous de la surface et des branches d'arbres spectrales tombées d'en haut. De l'autre côté, il devinait que le bassin devenait à nouveau moins profond avant de passer par-dessus un autre rebord de pierre et de rejoindre le cours sinueux du ruisseau. Mais au milieu, et directement en dessous de lui, à l'endroit où la cascade tombait depuis la plate-forme, l'eau était d'un noir d'encre et le fond invisible.

Debout à côté de lui, son oncle regardait l'étang, une émotion indéchiffrable dans les yeux. William leva son regard vers lui, troublé et intrigué.

"Eh bien, dit le vieil homme, tu voulais un endroit où nager."

12

Daniel McIvor mourut au cours de la deuxième année que John passa dans les montagnes. Le message arriva au camp forestier via une ligne de télégraphe humaine composée de conducteurs de bestiaux et de transporteurs de bois, et il disait à John que l'enterrement serait reporté jusqu'à son retour à Powell. John posa sa hache, descendit des montagnes, et fit du stop pour se rendre en ville. Il découvrit que sa mère et sa sœur avaient été expulsées de l'hôtel et qu'elles vivaient chez des cousins du côté maternel. Son père – officiellement en faillite – avait passé ses dernières semaines à l'Hôpital général de Powell où il avait succombé à une maladie du foie. La seule chose qu'il avait laissée à son fils était une malle remplie d'affaires personnelles. John en regarda brièvement le contenu, déconcerté par certains objets, après quoi il la ferma et l'entreposa dans une remise.

L'enterrement fut intime, ne regroupant que les proches parents et quelques-uns des anciens employés du domaine de Kuran. Il n'y avait aucun représentant de la famille White, ni message de condoléances. John était convaincu que si son père était mort seulement quelques années plus tôt, il aurait été enterré avec les honneurs dans le cimetière de Kuran, à côté des somptueuses tombes des White. Au lieu de quoi il avait une concession médiocre dans le cimetière de Powell. En regardant s'enfoncer le cercueil, John se demanda quel sentiment il aurait dû éprouver. Du chagrin ? Il n'en ressentait pas. Son père avait complètement échoué, et ses dernières années n'avaient fait que rendre cette honte publique. Mieux valait qu'il soit mort.

Quant à sa mère et sa sœur, en leur disant au revoir après l'enterrement, il n'avait aucune intention de les revoir un jour.

John fit du stop pour retourner dans les montagnes. S'il se sentait chez lui quelque part à présent, s'il existait un endroit comparable à un foyer dans son exil, c'était bien dans les Hoops, tout en haut, dans les camps forestiers avec ses camarades. Là, en pleine forêt, ils travaillaient du lever au coucher du soleil, débitaient et sciaient, non loin de leurs tentes montées dans des clairières aménagées au milieu des sous-bois. Et malgré les tiques, les sangsues et l'humidité, c'était une vie étrangement satisfaisante, qui suivait ses propres habitudes et ses propres lois. Les bûcherons étaient pour la plupart des hommes réservés, comme John. On aurait même pu les qualifier de solitaires, mais ils n'avaient rien de mesquin ni de vaincu. Ils se mesuraient aux arbres géants chaque jour. Même les conducteurs de bestiaux et les tondeurs du domaine de Kuran n'avaient pas autant impressionné John et, au sein de sa petite équipe, il avait l'irrépressible sentiment d'être accepté. Le garçon de jadis avait complètement disparu, c'était un homme adulte et fort, un égal parmi des hommes indépendants.

Au cours des années suivantes, son meilleur ami fut un collègue appelé Dudley Green. Ils avaient le même âge, mais alors que John était grand, brun et taciturne, Dudley était petit, châtain clair et souriant. C'était le second fils d'un cultivateur de blé – un de ces fermiers qui avaient acheté une parcelle des anciennes terres de Kuran. Mais comme le blé ne l'intéressait pas du tout, Dudley était parti mener sa propre vie. John et lui formaient un binôme, alternant les coups de hache ou travaillant à chaque bout des énormes scies. Au début, John avait trouvé la loquacité et la gaieté innée de son partenaire presque irritantes. Avec le temps, il vit ce que celles-ci cachaient : un esprit audacieux résolu à affronter un monde sinistre, tout aussi déterminé que John l'était lui-même. Dudley parlait plus que lui, il buvait plus, jurait plus et se bagarrait plus, mais chacun devinait chez l'autre la même résistance, et l'admirait.

C'était quelque chose de nouveau pour John. Jusque-là, il n'avait jamais eu d'ami proche, n'avait jamais partagé les souffrances de sa vie avec quiconque. Il se retrouva même en train de raconter à Dudley sa jeunesse passée au domaine de Kuran – ce qu'on lui avait promis, et ce qu'on lui avait enlevé. Et Dudley écouta, secouant la tête avec une compassion facile, mais aussi avec une indifférence plus éloquente que la commisération. Après tout, qu'y avait-il à dire ? Tout le monde avait connu des périodes difficiles avec la dépression – pourquoi John aurait-il dû être différent ? Au moins, il gagnait honnêtement sa vie tout seul maintenant, non ? Quelle autre réaction méritait donc cette grande tragédie qu'un vigoureux haussement d'épaules ? De fait, John sentit souffler en lui une brise stimulante. Son ami avait raison. Les événements de son enfance, la grande trahison... tout cela semblait si trivial lorsqu'on en parlait autour d'un feu de camp.

Pendant un moment, John cessa de se regarder le nombril et posa un regard neuf sur le monde. C'est à ce moment-là que les montagnes commencèrent à le fasciner. Malgré des années d'exploitation forestière, une grande partie de la région demeurait relativement vierge, surtout celle qui avait été déclarée parc national, et il s'agissait d'un endroit radicalement différent des plaines de sa jeunesse. En bas, c'était un monde plat et uniforme, un grand espace vide sous un ciel immense. Dans les montagnes, le ciel était quelque chose que l'on n'apercevait qu'entre les sommets des arbres, ou qu'on voyait comme une fine écharde bleue entre les collines. Il n'y avait pas d'horizon. Des nuages arrivaient subitement à n'importe quel moment, montant sous forme d'avalanches inversées et brumeuses ou fondant sur les sommets, leurs ventres sombres lourds de pluie. C'était un monde de senteurs. Pin et eucalyptus. Terre humide, feuilles pourries, feu de bois. C'était aussi un monde de couleurs, le vert étincelant des fougères et des plantes grimpantes dans les forêts tropicales, moucheté de soleil, le kaki poussiéreux de la brousse sur le bas des pentes, le rouge surprenant d'un perroquet, le rouge écarlate du bois fendu qui saignait, le bel éclat blanc d'une cascade.

Et plus que tout autre chose, c'était un monde de sons. Le rugissement du vent qui balayait les collines et faisait vrombir les arbres. Le pépiement des oiseaux, cristallin dans l'air des hauteurs. Le glouglou des ruisseaux et le bruit lointain de l'eau qui plongeait dans des failles. Les coups sourds des wallabies qui bondissaient dans les broussailles, les grattements des dindes sauvages qui s'attroupaient autour des camps. Et les échos. Il n'y avait pas d'écho dans les plaines. Mais les montagnes en étaient pleines, et les sons semblaient voyager sur des distances fantastiques. La forêt résonnait de lointains coups de hache, l'horloge régulière de l'acier qui frappait le bois ou le frottement affamé des scies. Les bœufs reniflaient et grognaient en travaillant au fond de ravins cachés, et les cris de leurs conducteurs montaient, ponctués par le claquement des fouets. Des camions gémissaient sur les pistes forestières en contrebas. Et, de temps à autre, on entendait le grondement sonore d'une chute précipitée puis le craquement signifiant qu'un autre arbre venait d'être abattu, et pendant un moment toute la chaîne de montagnes restait immobile, frappée de mutisme, tandis que l'écho se répercutait d'un bout à l'autre. John ne trouverait jamais aucun autre endroit où le son semblerait avoir autant de relief, être aussi net, et aussi évocateur.

C'était également un monde de secrets. Dans les plaines, tout était visible, et seule la courbe de la terre pouvait vous cacher. Dans les montagnes, la terre était repliée sur elle-même, cachottière, et pourtant elle révélait quelque chose de nouveau à presque chaque pas. De nouveaux panoramas, de nouvelles perspectives. Des ravins sombres où le soleil ne brillait jamais. Des falaises abruptes qui tombaient à pic sans prévenir juste sous vos pieds. Des rochers de granit empilés dans le lit des ruisseaux comme si des torrents s'étaient jadis engouffrés à cet endroit. Des grottes creusées dans les falaises par le vent et la pluie. De gigantesques figuiers étrangleurs aux troncs évidés semblables à des tentes. Des souches d'arbres morts gorgées d'eau, grouillant d'insectes aquatiques. Des champignons aux formes bizarres, qui se nourrissaient des branches pourries des arbres abattus. Des nappes de brouillard qui recouvraient les collines pendant des jours et envoyaient des volutes jusque sous la voûte de feuillage. L'étrange chaleur de la forêt tropicale en plein cœur de l'hiver. L'incroyable miracle de la neige sur les pics battus par les vents, d'autant plus étrange et impossible qu'elle était éphémère et fondait en quelques heures.

La beauté de l'ensemble lavait John à la manière d'une douche froide, mais c'étaient les mystères plus profonds des montagnes qui l'interpellaient le plus, et qui réveillaient une partie endormie de son âme. Tout d'abord, il y avait les *balds*, ici et là sur les sommets, des étendues d'herbe douce souvent jonchées de rochers et de pierres granitiques. Elles offraient les seules vues dégagées sur les plaines qui s'étendaient loin en dessous ; plus tard, on y construirait des belvédères pour les touristes, mais pour les premiers promeneurs qui parcouraient les montagnes, c'étaient des endroits étranges, balayés par le vent, inexplicables. Avaient-ils été créés longtemps plus tôt par les Aborigènes ? Les vieux de la vieille affirmaient le contraire, mais John, qui faisait le tour des clairières en tâtant le sol avec ses pieds, n'en était pas aussi sûr. Ces endroits n'avaient peut-être pas été créés par l'homme, mais quelque chose en eux parlait tout de même à l'homme.

Et puis il y avait les pins bunya. C'étaient de grands arbres droits terminés par un dôme conique et qui s'élevaient souvent loin au-dessus de la voûte de feuillage de la forêt. Pour les bûcherons, ils étaient la promesse de nombreux mètres cubes de bois, mais pour les Aborigènes, à l'origine, ils promettaient de la nourriture car ils portaient de grosses pommes de pin lisses qui constituaient un excellent repas. Ces "amandes" mûrissaient tous les trois ans, et les tribus aborigènes venaient alors de très loin, convergeant vers les montagnes pour se rassasier au cours d'un grand festival. Les bûcherons les imitaient, faisant rôtir les pommes de pin pour se repaître de ces amandes fondantes presque trop riches. Et chaque fois qu'ils tombaient sur l'un de ces pins monstrueux, ils voyaient, le long de son tronc et jusqu'à l'endroit où poussaient les cônes, une échelle de prises de pieds apparemment taillée à l'aide d'une hache de pierre, peut-être deux siècles plus tôt. Dans toutes les montagnes, il n'y avait aucun autre signe évident que des gens étaient venus ici avant les hommes blancs – pas d'habitation, de tas d'ordures ni de peinture rupestre. Il n'y avait que ces entailles sculptées dans les troncs d'arbres, et qui disparaissaient lentement.

Ce n'est pas que John se soit intéressé aux Aborigènes à proprement parler. Ils étaient partis, et ils n'allaient pas revenir. Mais quand il arpentait les collines et considérait tout ce qu'il voyait, les pins bunya et les sommets tapissés d'herbe, il avait l'impression que ces endroits dégageaient quelque chose que ces premiers habitants avaient dû percevoir en leur temps. Ils n'avaient peut-être pas créé ces clairières ; mais en sentant l'atmosphère de ces lieux, n'avaient-ils pas eux-mêmes placé les pierres ? De même, il y avait des grottes, certains affleurements rocheux et des cascades qui évoquaient pour lui une longue présence humaine. L'importance de cette présence humaine, il n'aurait pu la définir, mais elle était là. Il parlait avec des hommes qui avaient passé toute leur vie dans les Hoops. Ceux-ci prétendaient se souvenir des dernières tribus qui parcouraient les collines, et même avoir assisté aux derniers festivals des amandes de bunya. D'après ces vieillards, les Noirs n'avaient jamais habité dans les montagnes : ils croyaient que les plus hautes étaient hantées par des esprits. Si bien qu'ils n'y montaient qu'en plein jour, afin de récolter les pommes de pin, avant de se retirer sur les versants plus bas pour y organiser leurs festivals nocturnes.

John entendait la même histoire chaque fois qu'il posait la question, mais elle ne le satisfaisait pas. A vrai dire, il avait jusque-là considéré la terre uniquement comme une chose inanimée. Quand enfant il parcourait les plaines avec son père, il ne voyait ces immenses étendues d'herbe qu'en termes de moutons et de tonnes de laine. Il était venu dans les montagnes dans le même état d'esprit : il était bûcheron, et les Hoops étaient une réserve d'arbres, rien d'autre. Mais plus John passait de temps dans les collines, plus il semblait percevoir la terre qui l'entourait comme quelque chose de puissant en soi – il entendait en elle une voix, spécialement destinée à l'oreille humaine. Et pourtant cette sensation lui échappait à nouveau au moment même où il pensait l'avoir saisie. Il finit par se demander si cela n'était pas dû au fait que, même après plusieurs années, il demeurait dans ces montagnes un étranger. Il n'avait pas grandi ici, ni personne de sa famille. Peut-être fallait-il toute une vie pour s'imprégner d'une région ; peut-être même d'autres vies, celles de son père et de son grand-père.

Néanmoins, John était plus heureux dans les montagnes qu'il ne l'avait jamais été. Dudley et lui savaient pourtant parfaitement que l'industrie du bois des Hoops était en récession. Elle avait connu son heure de gloire deux générations plus tôt. Il y avait partout des vestiges de cette époque plus prospère, des cabanes, des éoliennes et des glissières qui tombaient toutes en ruine. A présent, il ne restait plus qu'une ou deux décennies d'exploitation forestière, et à une échelle de plus en plus limitée. L'avenir se trouvait dans le bétail qui broutait les versants du bas. John et Dudley discutaient de ces choses le soir, en attendant le sommeil, quand une obscurité veloutée baignait la forêt tropicale et que des papillons de nuit et d'autres insectes voletaient autour de leurs feux de camp. Quand ils auraient économisé assez, ils pourraient peut-être acheter une propriété dans les avant-monts. Elever des vaches à viande ou des vaches laitières. Et un jour, sans doute pas très lointain, quand les routes seraient meilleures, les touristes viendraient en masse visiter le parc national. Il y aurait alors d'autres opportunités. Des chambres d'hôtes. Des aires de camping. Des visites guidées. Et qui connaissait mieux les montagnes qu'eux ?

C'étaient d'agréables nuits de discussions et de rêves. Bizarrement, John ne pensait plus très souvent au domaine de Kuran. De temps en temps, il se retrouvait sur quelque hauteur, d'où il contemplait le vaste monde des plaines qui s'étirait à l'ouest. Là où il n'y avait eu jadis qu'une mer ininterrompue de hautes herbes se balançant dans le vent, John voyait désormais un patchwork de cultures et de routes. Il savait que sous ses yeux, invisibles, des hommes, des chevaux et des tracteurs travaillaient là en bas, et que les derniers vestiges des prairies vierges disparaissaient sous les charrues. Il était surpris de voir à quel point il s'en moquait. Regardant alors au nord, en direction du long éperon qui s'avançait dans les plaines, il se souvenait du manoir de Kuran et des collines qu'il avait explorées dans son enfance ; il se souvenait aussi du serment qu'il avait fait de tout récupérer un jour. Mais ce serment avait-il une véritable signification ? Après tout, un homme adulte pouvait-il demeurer éternellement lié à sa jeunesse ? Il humait ensuite l'air frais de la forêt, et pensait à un avenir où il resterait dans les montagnes jusqu'à la fin de ses jours, à bâtir sa propre vie, sans courir vainement après celle qui était passée.

13

“Ne tombe pas”, avertit le vieil homme.

William avançait le long de la saillie rocheuse au-dessus du point d’eau. De petits éclats de pierre dérangés par son passage glissèrent par-dessus bord et tombèrent dans le gour avec des bruits mats. Le ton de l’avertissement était sérieux, et William regarda par-dessus son épaule. Son oncle s’était installé sur le banc, à l’abri du saule, les sandwiches encore emballés à côté de lui.

“C’est profond. Et froid en hiver. Trop froid pour s’y baigner.

— Profond comment ?

— Personne ne le sait. Il n’y a peut-être pas de fond.”

William plissa les yeux.

“Vraiment ?

— Je venais nager ici quand j’étais petit. Et moi, je n’ai jamais réussi à toucher le fond. Oh, dans l’ensemble, ce n’est pas très profond. Mais la partie la plus profonde se trouve juste sous la cascade, et quand tu plonges à cet endroit, c’est très noir et très froid. Il y a un surplomb et une sorte de grotte qui s’enfonce en descendant. Tout au fond, dans un trou. Mais c’est gelé tout en dessous, et ça te ratatine les poumons…”

William regarda en bas. Une grande partie de l’étang reflétait le ciel, mais sous la saillie en surplomb les ténèbres régnaient.

“Il y a toujours de l’eau ici, poursuivit son oncle. Qu’il pleuve ou pas. Pendant une longue période de sécheresse, le ruisseau cesse de couler et la majeure partie de l’étang est asséchée, mais il n’est jamais complètement à sec. Il y a une source, au fond, dans la grotte. L'eau suinte des rochers. J'imagine qu'elle vient de quelque part sous les montagnes. C'est peut-être pour ça qu'elle est aussi froide."

William abandonna son exploration et fit demi-tour sur la saillie rocheuse.

"Ce n'est pas ce que ces hommes cherchaient ?" demanda-t-il.

Son oncle hocha la tête d'un air mesuré.

"Mais pourquoi est-ce que vous ne leur avez pas dit ?

— A ton avis, qu'est-ce qui se serait passé si je leur avais dit ?"

William haussa les épaules.

"Ils seraient venus le voir.

— Oui. Mais ils n'auraient pas été les derniers. Et c'est ça le problème. Pour le moment, à part toi et moi, presque personne ne connaît cet endroit. Bien sûr, à l'époque, le personnel du domaine venait pique-niquer ici. C'est à ce moment-là que ce banc a été installé. Mais c'était il y a longtemps, et ces gens sont morts et enterrés. C'est un secret maintenant, cet endroit."

William regarda le point d'eau. Un secret.

Le vieil homme commença à déballer les sandwiches.

"C'est mieux comme ça. Des endroits comme celui-ci ont besoin d'être protégés. Je ne laisse même pas le bétail venir dans cette partie de la propriété. Mais si j'avais dit à ces hommes que c'était ici, cet étudiant aurait écrit quelque chose dessus. Ensuite, des tas de gens auraient été au courant. Ils auraient voulu venir voir. D'autres auraient voulu venir s'y baigner l'été. Certains n'auraient même pas pris la peine de demander, ils se seraient simplement introduits dans la propriété."

William tenta de se rappeler ce que les deux hommes avaient dit. N'y avait-il pas une raison importante pour laquelle ils voulaient trouver ce point d'eau ?

"Ça pourrait même être pire, reprit son oncle. Le conseil du comté, le gouvernement ou quelqu'un d'autre pourrait essayer de nous prendre ce point d'eau. Cet étudiant pourrait dire qu'il est trop important pour qu'on le laisse à des particuliers. C'est le problème avec les gens comme lui. Ils fourrent leur nez dans les affaires de tout le monde.

Le conseil aurait peut-être envie d'ajouter cette parcelle au parc national. Ensuite, il y aurait des tables de pique-nique et des déchets partout."

William contemplait l'étang. Il était tellement immobile, et, avec ses hautes berges et les arbres qui le surplombaient, il paraissait si bien caché que personne ne semblait jamais y être venu avant.

"Je ne le dirai à personne, promit-il.

— Pas même à ta mère ?"

William n'avait pas pensé à cela.

"Je ne peux pas lui dire ?

— On verra. Peut-être qu'on l'emmènera ici un jour. Mais jusque-là il vaudrait peut-être mieux garder le secret. Des choses comme ça… c'est une affaire d'hommes."

William choisit un sandwich et ils mangèrent en silence pendant un moment.

Son oncle finit par reprendre la parole.

"Tu sais, ce point d'eau… c'est la source du plus grand fleuve d'Australie.

— C'est vrai ?

— Enfin, dans un sens. Prends le ruisseau. Il commence derrière nous, là-haut dans les montagnes. Mais il ne coule pas tout le temps. Ici, c'est la première source d'eau permanente, alors c'est ici que tout commence vraiment." Il indiqua du menton la berge opposée de l'étang, où l'eau passait par-dessus le bord du rocher pour s'éloigner en serpentant. "A partir d'ici, le ruisseau longe les contreforts, puis il bifurque à l'ouest pour traverser les plaines. Pour finir, il se jette dans la Condamine. Tu as déjà vu la Condamine, n'est-ce pas ?"

William hocha la tête d'un air dubitatif. La Condamine n'était qu'un cours d'eau peu profond et ensablé. Ce n'était certainement pas le plus grand fleuve du pays.

Son oncle sourit.

"Je sais. La Condamine n'est pas tellement grande. Mais elle coule jusqu'en Nouvelle-Galles-du-Sud et, au final, elle devient l'un des affluents du Darling. Et le Darling, ce n'est pas rien. Il est étroit et boueux, mais il est très long. Il traverse toute la partie occidentale de la Nouvelle-Galles-du-Sud. Des centaines de kilomètres. A travers le désert, pour une grande partie. Le Darling, les Darling

Downs – c'est bien sûr à la même personne qu'ils doivent leur nom."

Le vieil homme rêvassa un moment, mastiquant une autre bouchée de son sandwich.

"Avant, il y avait des bateaux à vapeur sur le Darling, quand il y avait assez d'eau. On pouvait aller en bateau depuis l'océan jusqu'au cœur de l'Australie. C'est comme ça qu'ils emportaient la laine des grands domaines d'élevage, avant l'apparition des trains et des camions. Quelquefois, le Darling débordait et inondait les plaines sur vingt ou trente kilomètres de large. Ces petits bateaux à vapeur se perdaient et ensuite, quand les eaux se retiraient, ils se retrouvaient coincés dans la boue, à quinze kilomètres du fleuve."

Il essuya des miettes de sa bouche.

"Quoi qu'il en soit, le Darling se jette dans le Murray, dans le sud, à la frontière avec l'Etat de Victoria. Le Murray, eh bien, il est déjà grand. Il prend sa source dans les Snowy Mountains. En fait, à eux deux, le Murray et le Darling arrosent presque la totalité des terres de l'Australie orientale. Après, ils se rejoignent pour continuer ensemble vers l'ouest, jusqu'en Australie du Sud. Ça représente déjà des milliers de kilomètres. Jusqu'à ce que, enfin, le fleuve se jette dans la mer. Tout en bas, près d'Adélaïde. A l'autre bout du pays. Bien sûr, le Murray n'a rien de comparable avec l'Amazone ou le Mississippi, ou avec le Nil. Ces fleuves sont encore plus longs, et ils charrient dix fois plus d'eau. Cent fois. Mais toi, tu es en Australie. C'est grand… mais c'est aussi *mince*. Des millions et des millions d'hectares de terre, mais le sol est en grande partie constitué de poussière, il ne pleut pas assez, les rivières manquent d'eau, et les montagnes sont si vieilles qu'elles sont presque entièrement usées."

Le vieil homme tendit une main vers le point d'eau.

"Bon, ce n'est peut-être pas la véritable source de la Condamine. Celle-ci se trouve près de Warwick. Mais la Condamine traverse la région en formant une grande courbe avant de continuer vers le sud, et ce ruisseau est l'affluent le plus au nord de cette courbe. Ça fait que toi et moi, on est assis exactement au sommet de tout le système Murray-Darling. Ces fleuves, ils gardent l'Australie en vie. Toute cette vitalité et cette richesse… la source de tout ça se trouve juste ici, dans ce petit étang."

William suivait des yeux le lit du ruisseau, un canal raviné au milieu des arbres. Il tenta de se le représenter poursuivant sa route sinueuse pour aller à la rencontre des grands fleuves, des déserts, des montagnes enneigées et des océans australs, mais il n'avait pas assez d'imagination.

"C'est le genre de chose que tu dois savoir à propos d'un morceau de terre, Will, si tu dois le posséder un jour. Tu dois savoir où il se situe. Tu n'achètes pas simplement quelques hectares et tu ne plantes pas une barrière en disant : Voilà. Chaque étendue de terre a son histoire. Tu dois écouter, et comprendre comment celle-ci est liée aux autres histoires. Des histoires qui finissent par concerner l'ensemble du pays."

William leva les yeux et s'aperçut que le vieil homme le regardait.

"Je t'ai déjà demandé quelles histoires tu pouvais me raconter à propos de ton ancienne ferme. N'y a-t-il pas quelque chose que ton père t'ait appris ?"

Son père ? William songea aux éclats de rire à table, aux moments où ils bricolaient tous les deux dans la remise, ou quand ils marchaient dans les blés pour chercher de l'orge sauvage, des navets ou d'autres plantes. Mais son oncle voulait quelque chose de grand et vaste, et le père de William ne lui avait jamais rien raconté de semblable. Il n'en avait pas eu le temps, avant de partir.

"Ce n'est pas à toi que j'adresse un reproche, dit son oncle. C'était ton père, le problème."

William baissa la tête, et il sentit la rancœur passer en lui tel un nuage dans le ciel.

"Sais-tu exactement quel est notre lien de parenté ? demanda le vieil homme.

— Je sais que vous n'êtes pas vraiment mon oncle.

— Exact. Je suis ton grand-oncle. J'avais une petite sœur, tu vois. Elle a grandi à Powell, elle s'est mariée et a eu un fils : ton père. Je ne l'ai rencontré qu'une fois, à l'enterrement de ma sœur. A cette époque, il était préposé au courrier pour le conseil municipal, et il venait d'épouser ta mère. Il n'avait pas deux sous en poche, le pauvre bougre. Je ne me doutais pas qu'il voulait devenir fermier. Mais qui il était, ce qu'il faisait, ce n'était pas mon problème." L'indifférence du vieil homme était glaçante. "Je suis sûr que c'était quelqu'un de bien. Mais le fait est qu'il n'avait aucun sentiment pour la terre. Et il ne savait assurément pas grand-chose sur la culture du blé. S'il m'en avait parlé avant, je lui aurais dit de ne jamais acheter cette parcelle.

— Pourquoi ?

— Cette terre n'a jamais valu grand-chose, voilà pourquoi. C'est une mauvaise parcelle. Il y en a quelques-unes, là-bas. A l'époque où ce n'était que des pâturages, on voyait assez vite que, même si les plaines semblent totalement plates, ce n'est pas du tout le cas. Quand il y a des inondations, par exemple, l'eau ne stagne pas. Elle coule, d'est en ouest. Et ce n'est pas seulement une grande étendue d'eau. Elle coule en formant des canaux ; certains terrains restent secs, d'autres sont engloutis sous trente centimètres d'eau. Les fermiers malins font expertiser leur terre par des professionnels, et ils organisent leurs champs en fonction des courbes de niveau. Ton père ne l'a pas fait, ni aucun de ceux qui ont possédé cet endroit avant lui. Si bien que cette exploitation avait perdu une grande partie de sa meilleure terre à cause de l'érosion. Mais ce n'était pas le principal problème. Le principal problème, c'était qu'il n'y avait pas beaucoup de bonne terre là-bas au départ."

William leva les yeux, incrédule. Pas beaucoup de terre ? C'était ridicule.

Son oncle leva la main.

"Je sais : comment est-ce qu'on peut ne pas avoir assez de terre quand celle-ci atteint vingt mètres de profondeur ? Mais elle n'est pas partout pareille. Il y a des endroits où elle est moins profonde, plus sablonneuse. Je ne sais pas d'où ça vient, mais quand ce n'était que des prairies, on repérait tout de suite les mauvaises parcelles. De grandes étendues jaunes qui mouraient les premières en été. Les moutons n'y allaient pas. Et aucun fermier n'aurait dû y aller non plus.

— Notre ferme se trouvait sur une de ces parcelles ?"

Le vieil homme hocha la tête.

"Quand ils ont divisé toute cette terre, ils ne se sont pas souciés de savoir quelles parties étaient bonnes et quelles parties ne l'étaient pas. Le cadastre l'a simplement découpée en carrés pour la vendre, sans se poser de question. La plupart des terres étaient bonnes, mais quelques-unes, comme celle de ton père… Des tas de familles y ont fait faillite.

— Alors, pourquoi est-ce que Papa l'a achetée ?

— C'est ce que j'essaie de te dire. Il n'y connaissait rien. Il n'était pas fermier. Mais, pour une raison que j'ignore, il voulait le devenir. Si bien qu'il s'est enterré sous les dettes pour réunir l'argent, puis il a cherché une propriété. Les banques aussi sont en cause, bien sûr. Elles prêtaient de l'argent à n'importe quel idiot, à l'époque.

— Mais si notre terre n'était pas bonne…

— Ton père ne s'en est pas rendu compte. C'était une année exceptionnelle quand il a entamé ses recherches. Précipitations idéales, temps idéal. Le blé se récoltait à plus de quatre tonnes l'hectare. Alors, quand il a trouvé ce morceau de terre à vendre en plein milieu des plaines de Kuran, la meilleure région agricole de l'Etat, ça lui a paru merveilleux, il n'arrivait pas à croire que le propriétaire ait voulu le vendre aussi peu cher… Tu vois ce que je veux dire ?"

William pensa au visage doux et souriant de son père, à la joie qu'il tirait de sa petite propriété, et à son incrédulité devant son échec.

"Pourquoi personne ne l'a prévenu ?

— Qui ? Le type qui vendait ? Les banques ? Pourquoi l'auraient-ils fait ?"

William sentit son visage brûler de honte.

"Pourquoi vous ne lui avez pas dit, vous ?

— Quand je l'ai appris, tout était signé et conclu. Tes parents, ils étaient condamnés dans cette ferme, incendie ou pas. Il y a des gens qui sont condamnés, c'est comme ça. Ton père, qui n'y connaissait rien, et ta mère… enfin, tu sais comment est ta mère."

William percevait les sous-entendus cachés derrière les paroles de son oncle. Mais personne n'était jamais censé dire quoi que ce soit à propos de l'état de santé de sa mère. Pas tout haut.

"Le problème, c'est que parfois les gens comme tes parents crèvent d'envie de posséder un morceau de terre, parce qu'ils n'ont jamais rien eu à eux avant, et ils pensent que quelques centaines d'hectares vont tout changer. Mais neuf fois sur dix c'est un désastre."

La honte de William finit par se transformer en colère. Comment son oncle pouvait-il parler de cette façon ?

"Et votre exploitation, elle rapporte de l'argent ?" demanda-t-il en cherchant à le blesser à son tour.

Le vieil homme rit.

"Elle rapporte de l'argent, mon garçon. Moi, je sais ce que je fais.

— Alors, pourquoi est-ce que vous ne faites pas réparer le manoir ?"

Un éclair passa dans les yeux de son oncle.

"Sans moi, ce manoir serait un tas de ruines !" Puis l'éclair s'évanouit, et il soupira. "Mais tu parles de millions de dollars, là, pour le réparer convenablement. Passé un temps, peut-être, j'aurais pu. J'en avais l'intention, en tout cas." Le vieil homme ressassa un souvenir plein de regrets, puis il le chassa d'un geste de la main. "J'aurais pu devenir riche il y a des années, si j'avais voulu. J'étais riche. Mais le fait d'acheter cet endroit n'a jamais été pour l'argent.

— C'était pour quoi, alors ?"

Son oncle tendit les bras vers les collines environnantes.

"C'était pour toutes les raisons dont je viens de te parler. Savoir où on se sent chez soi et être responsable de cet endroit. Je suis chez moi, ici. C'est ici que j'ai grandi. Mon père m'a tout appris sur cet endroit, et il a passé la plus grande partie de sa vie ici, lui aussi. Toi, en revanche…" Il s'interrompit pour regarder William à nouveau. "Tu ne sais rien parce que ton père ne savait rien. Mais l'important, c'est que tu es encore jeune. Tu peux encore apprendre, s'il y a quelqu'un pour t'instruire."

C'était ce regard inquisiteur, évaluateur, que William avait déjà senti. Mais il s'y ajoutait cette fois-ci comme une attente, un espoir.

"Je suis vieux, Will. Je n'ai pas de famille, pas d'enfants à élever. Que va devenir tout ça quand je serai parti ? Qu'arrivera-t-il au manoir, au domaine, à ce point d'eau ? Ces derniers temps, je me suis souvent posé la question. Ensuite, j'ai vu un incendie dans les plaines et j'ai découvert que j'avais un petit-neveu. Un garçon avec le sang des McIvor dans les veines. Un garçon qui aurait peut-être ce dont cet endroit a besoin."

A nouveau, William eut l'impression que son oncle voyait au plus profond de lui, tâtant son cœur en quête d'une qualité essentielle. Et, bien qu'il n'ait eu aucune idée de ce que le vieil homme cherchait, ni même si celle-ci se cachait en lui, il comprit enfin ce que son oncle lui offrait si jamais il la trouvait.

"Tu comprends ce que je dis, Will ? Tu comprends ce que je cherche ?

— Je crois, répondit-il.

— Tu crois ?" Le regard du vieil homme s'attarda un moment de plus puis se détourna, sévère et mécontent. "Tu crois..."

Le moment était passé. La journée semblait plus froide. Du vent agitait les arbres et ridait la surface du gour, et des feuilles tombaient en tournoyant pour atterrir sur l'eau noire.

Son oncle leva les yeux.

"Pas un nuage en vue, dit-il résigné. On ne verra pas plus d'eau dans l'étang cette année. Quand viendra l'été, il en restera à peine la moitié." Il secoua la tête. "Il est temps de rentrer."

Ils réunirent leurs affaires et retournèrent à la camionnette. William promena son regard sur les collines qui l'entouraient. C'était le même paysage, l'herbe, les broussailles et les barrières penchées, mais c'était comme si une nouvelle couleur s'était installée sur la propriété. Pour la première fois de sa vie, William se trouvait devant une terre qui un jour, d'une façon ou d'une autre, et aussi incroyable que cela puisse paraître, serait peut-être à lui.

"Je vais m'absenter une semaine ou deux, dit le vieil homme. Pour affaires. Tu veux savoir à quoi sert mon argent ? A des choses plus importantes que la réparation du manoir, voilà à quoi il sert. Mais réfléchis à ce que je t'ai dit. Et à mon retour, si tu es prêt, je te montrerai en quoi consiste mon véritable travail."

14

Le soir venu, en dépit de toutes les révélations de la journée, l'humeur de William s'était assombrie de façon étrange. Il s'aperçut qu'il pensait à son père. Des pensées froides, et cruelles. En l'espace d'un après-midi, son oncle lui avait montré tellement de choses. Mais durant toutes ses années d'enfance, son propre père ne lui avait jamais rien dit de la dérive des continents, ou des gens qui avaient vécu et qui étaient morts longtemps plus tôt, ni des rivières qui coulaient jusqu'à l'autre bout de la Terre. Son père aurait dû savoir ces choses, mais il ne les savait pas. Pis encore, il n'avait jamais pris William sur ses genoux, un doigt tendu vers les champs de blé, en promettant : Un jour, mon fils, tout ceci sera à toi.

Comme John McIvor venait de le faire.

Et puis il y avait sa mère. William lui avait parlé de son après-midi et de ce qu'il avait vu, mais il s'était aperçu qu'elle n'était pas vraiment intéressée par le domaine. Pas plus que par les collines, les arbres et l'herbe, ou les hommes du parc national. (Il ne mentionna pas le point d'eau.) C'est seulement lorsque avec hésitation il lui rapporta sa dernière conversation avec son oncle qu'une lueur d'intérêt brilla dans ses yeux.

"Raconte-moi exactement ce qu'il t'a dit, lui ordonna-t-elle.

— Il… il a dit qu'il ne savait pas ce que deviendrait le domaine après sa mort.

— Quoi d'autre ?

— Rien…" Car ce qui lui avait paru si certain la première fois qu'il l'avait entendu ne lui semblait plus aussi sûr lorsqu'il voulut le rapporter. Si bien qu'en guise d'affirmation il ne trouva qu'une question à poser. "Qu'est-ce qui va se passer, au juste ?"

Sa mère mordillait un ongle rongé. Ils étaient assis dans la pénombre de leur salon, où leur petit radiateur leur soufflait de l'air chaud sur les jambes. Elle n'avait pas quitté son peignoir depuis le matin, et ses cheveux emmêlés étaient ébouriffés par sa sieste sur le divan.

"Je ne sais pas, répondit-elle d'un ton tendu. Ton oncle m'a dit qu'on pouvait rester ici au moins jusqu'à Noël. Pour qu'il puisse apprendre à nous connaître. Apprendre à te connaître. Mais après... ça dépend.

— De quoi ?

— Tu te souviens que je t'ai demandé de faire tout ce que ton oncle te demanderait ?

— Je m'en souviens.

— Il y a une raison à ça. Parce que c'est vrai. Un jour – peut-être dans pas si longtemps –, ton oncle va mourir. C'est un vieil homme. Et il a besoin de quelqu'un à qui laisser tout ça." Elle fouilla en lui avec espoir puis finit par sourire en disant tout haut : "Ça pourrait être nous. Ça pourrait être toi."

C'était donc vrai. Il n'avait pas mal compris. Le grand trophée lui avait vraiment été offert. William se sentit vaguement déçu. Il comprit que c'était parce que la nouvelle ne représentait pas une surprise pour sa mère. En fait, elle paraissait l'attendre, et même perdre patience devant le temps que celle-ci mettait à arriver. Etait-elle au courant depuis le début ? Etait-ce la seule raison pour laquelle elle les avait emmenés au manoir : pour offrir William à son oncle ? Et, quoi qu'il en soit, était-ce une mauvaise chose ? Elle devait seulement vouloir ce qu'il y avait de mieux pour eux deux. Mais il se rappelait la façon dont son oncle avait parlé d'elle. *Les gens comme ça crèvent parfois d'envie de posséder un morceau de terre.* Cette remarque avait révélé sa mère sous un jour détestable. Et en la regardant à présent, en voyant son avidité, William éprouva un terrible sentiment de confirmation.

"Tu veux dire que si oncle John m'aime bien, on pourra rester ?"

Elle hocha la tête, tendant la main pour lui caresser la joue.

“Si tout se passe bien, on pourra rester pour toujours.” Ses doigts lui semblèrent chauds sur sa peau. “Qu’est-ce que tu en penses ? Tu te plais ici ?

— Je ne sais pas.

— C’est important de le savoir, Will.”

Sa main s’attarda sur lui, et il réprima l’envie de s’écarter. Elle le touchait rarement, mais à présent sa ferveur était dérangeante.

“Et toi, tu veux rester ? demanda-t-il.

— On n’a nulle part où aller, mon chéri. Ecoute, ça a été dur pour moi aussi. On n’a pas d’argent, je ne peux pas travailler, tu le sais. On n’aura jamais une autre maison à nous.”

William tourna la tête, les yeux dans le vague. Il sentait l’avenir osciller froidement devant lui, et le terrible poids de la responsabilité s’installer sur ses épaules.

Elle n’en avait pas terminé.

“Tu ne peux pas réagir comme un petit garçon sur ce coup-là. Je sais que tu n’aimes pas le manoir, mais là n’est pas la question. Tu crois qu’il me plaît, à moi ? Si ton oncle te le laissait, on pourrait faire ce qu’on veut. Cette propriété vaut beaucoup d’argent ; on pourrait la vendre et aller s’installer dans un joli endroit.” Elle semblait préoccupée maintenant, et lui caressait les cheveux. “Tout dépend de toi, mon ange. Ton oncle se fiche de moi. C’est toi qui l’intéresses. Tu comprends ?”

Il hocha la tête.

“Il va falloir que tu grandisses vite. Tu dois faire ça pour moi.

— Compte sur moi.”

Mais il fut soulagé quand elle finit par laisser retomber sa main.

Son oncle partit le lendemain, s’éloignant au volant de la camionnette. William n’avait aucune idée de l’endroit où il se rendait, mais au moins certaines choses étaient désormais plus claires. La façon dont son oncle avait surgi de nulle part après l’incendie, les conversations étouffées avec sa mère, la visite du médecin, l'invitation à venir observer les étoiles filantes. C'était pour cette unique raison : le vieil homme était seul au monde et avait besoin de quelqu'un pour lui succéder. Pourtant, William soupçonnait que c'était loin d'être aussi simple. Son oncle avait employé le mot "pourrait" : cela signifiait que le domaine n'était pas un cadeau qu'on se contenterait de lui donner. C'était quelque chose qu'il devrait gagner, et apparemment il avait jusqu'à Noël pour y parvenir. Et s'il échouait... Que se passerait-il alors ? Plus William y songeait, plus cela lui semblait accablant. Sa mère avait insisté sur le fait que tout reposait sur lui –, mais ce n'était pas sa faute si son père était mort et s'ils n'avaient nulle part où aller. Il s'agissait de problèmes d'adultes. Et c'était bien gentil de promettre de cesser d'être un enfant. Mais comment s'y prenait-on ?

Pendant les quelques jours suivants, William erra dans le manoir, rongé par le sentiment de ne pas être à la hauteur. Et le fait d'être soumis au regard méfiant de Mme Griffith ne l'aidait pas. A présent que son oncle était parti, la gouvernante patrouillait dans les couloirs avec une vigilance accrue, emmitouflée dans ses cardigans. Il n'y avait personne pour contester son autorité, c'était à nouveau *son* manoir, ainsi que ç'avait dû l'être des années plus tôt quand l'endroit avait été abandonné et qu'elle s'était retrouvée seule, une gardienne oubliée – avant que l'oncle de William vienne le lui voler. Et si elle n'appréciait pas la présence du vieil homme, que penserait-elle du fait que son neveu, qui n'était encore qu'un enfant, devienne son seigneur et maître ? Non... William pouvait le lire dans ses regards sévères et sa froide hostilité. Elle voulait qu'il s'en aille. Elle voulait que son oncle aussi s'en aille, ou meure. Et même alors le manoir ne serait jamais vraiment à elle. Mais elle y serait seule une fois de plus.

Les dîners étaient les moments les plus pénibles, quand William et sa mère devaient affronter la vieille femme autour de la toile cirée crasseuse. Les repas étaient pris en silence, comme toujours, mais William décelait à présent des tensions sous-jacentes, un tourbillon de motivations et de menaces secrètes. Puis, un soir, il dut finalement affronter seul Mme Griffith. Sa mère avait encore la migraine et n'avait aucun appétit. William n'avait pas faim non plus mais sa mère, étendue sur le canapé avec une serviette humide sur le front, avait repoussé ses objections de la main. Il s'était donc faufilé dans l'obscurité pour arriver à table, où la gouvernante attendait.

"Maman est malade", lui dit-il.

La vieille femme lança un coup d'œil furieux à la troisième assiette où de pâles tranches de rosbif attendaient à côté d'une purée de pommes de terre et de légumes.

"Et toi ?"

William s'assit à sa place, plus conscient que jamais du regard de la vieille femme. Ils mangèrent en silence pendant un moment. Mais pour une fois Mme Griffith ne put s'empêcher de parler.

"Ta mère est souvent *malade*, non ?"

William contempla sa nourriture.

"Vous n'êtes pas en bonne santé, tous les deux. Qu'est-ce que tu es censé avoir, déjà ?

— Une mononucléose infectieuse.

— Peuh !" Elle attaqua sa viande à l'aide de son couteau et de sa fourchette. "Ne crois pas que je ne suis pas au courant. Ou pour ces pilules que le Dr Moffat a données à ta mère. Je sais pour quoi elles sont."

William goûta la purée froide et lui trouva un goût de cendre.

"Elle a toujours été comme ça, même quand elle était jeune."

Il leva les yeux, surpris, et remarqua la méchanceté dans le sourire de la vieille femme.

"Oh, oui ! Je connaissais la famille de ta mère. Tout le monde les connaissait à Powell. De la racaille blanche, qui habitait dans une caravane. Remarque, je n'ai jamais rencontré ton grand-père. Un alcoolique, à ce qu'on disait. Et pire encore. La police le connaissait bien, je te le dis." Mme Griffith savourait un souvenir personnel. "Et Veronica… c'était une sale petite morveuse. Maigre comme un clou. Affamée, j'imagine. Elle a suivi les traces de son père. Elle voulait tellement ces jolies robes dans les magasins. Pas étonnant qu'il y ait eu des problèmes. Des vols ! Mais tout le monde voyait bien qu'elle avait un truc bizarre, même à l'époque. Elle a toujours été un peu dérangée, un peu…"

La gouvernante chercha un mot, et William contemplait à nouveau son assiette, pétrifié. *Folle*, elle allait dire que sa mère était *folle*.

La vieille femme haussa les épaules.

“Dieu seul sait comment elle a mis le grappin sur ton père. Il aurait pu trouver mieux. De toute façon, les filles comme elle, ça change jamais. Maintenant, elle s'est trouvé un autre homme, hein, avec un grand manoir sur une colline.”

C'en était assez. William repoussa son assiette.

“Tu n'as pas terminé, mon garçon.

— Je n'ai pas faim.

— Très bien. Tu peux t'en aller, dans ce cas.” Mais au moment où William se leva, elle l'attrapa par le bras pour le retenir. “Ça ne se passera pas comme ça, tu sais. Tu vas commettre une erreur. Et ton oncle verra quel genre d'enfant tu es, et de quel genre de famille tu viens.”

William dégagea son bras et s'enfuit dehors, dans la nuit.

Des mensonges, ce n'était que des mensonges. Cette horrible vieille sorcière, elle essayait de le blesser, c'est tout, pour le chasser en l'effrayant. Il leva les yeux vers le ciel où les étoiles flamboyaient, l'air glacial sur ses joues rougies. Sa colère reflua, remplacée par un sentiment pénétrant de solitude. Mensonges ou pas, cela n'avait aucune importance. Rien ne serait plus jamais pareil. La promesse tentante de son oncle… cela avait tout faussé. Les souvenirs de son père, les actes de sa mère, et maintenant la haine de la gouvernante qui s'affichait au grand jour. Et il lui restait plusieurs mois d'épreuves et de tests à subir de la part du vieil homme. Mme Griffith avait peut-être raison, il allait peut-être commettre trop d'erreurs, son oncle allait peut-être décider qu'il n'était pas valable, après tout. C'était trop. C'était injuste. Il n'était qu'un enfant.

Grandis, entendit-il à nouveau.

William se tourna vers le manoir. Celui-ci se dessinait vaguement, gris sous les étoiles. Il leva les yeux vers les murs couverts de lierre et le faîte affaissé du toit, les deux grandes ailes en saillie. Il étudia les voûtes oblongues des portes, les vastes terrasses, les ombres des fenêtres au premier étage. Et là, dans les ténèbres, au milieu de ses peurs et de sa honte, il lui sembla que quelque chose changeait et vieillissait bel et bien en lui. Ses doutes s'estompèrent, et il sentit une étrange sensation de dilatation. Le manoir l'appelait. Et le manoir ne mentait pas. C'était de la pierre solide, il était éternel et immuable. Il avait le genre de force que William ne pourrait jamais posséder…

Sauf qu'il le pouvait.

Cette prise de conscience l'ébranla. Il songea aux couloirs sombres, à l'intérieur, et ce fut tout à coup comme s'il pouvait voir au travers, jusqu'aux panneaux de bois verni. Il imagina des lustres étincelant aux plafonds. Il imagina des flammes rugissant dans de grandes cheminées. Et, en s'attardant sur ces visions, il se vit adulte, devenu homme, en train de marcher dans ces couloirs dorés. Grand, sûr de lui et invulnérable. Seul dans le manoir. Son propre manoir.

Son impression de dilatation grandit, provoquant une profonde émotion physique, comme si le fait d'être propriétaire élargissait les veines et épaississait le sang. Car il n'y avait pas seulement le manoir, il y avait aussi le domaine de Kuran, semblable à un géant endormi, indigène, vivant et à demi sauvage. Sa mère avait dit qu'ils pourraient vendre la propriété s'ils le souhaitaient. Mais elle ne l'avait même pas vue. William, oui. Il en avait senti la réalité, la terre et la roche enflant sous ses pieds, il l'avait humée, et avait écouté son silence. Si le domaine lui appartenait, il pourrait se promener dans les collines exactement comme son oncle, les connaître, après avoir appris toutes les histoires et les secrets qu'il y avait à apprendre, détenteur d'une sagesse inaccessible aux autres. Vous imaginez un tel pouvoir ! Une telle certitude !

William éprouva soudain le besoin de crier, de rire ou de courir. Il se moquait de ce que la gouvernante avait dit. Il se moquait de sa mère. Il se moquait de savoir que tout reposait sur lui seul. Car, à cet instant précis, il prit sa décision. Il *voulait* le domaine. Et, quoi que cela exige, il montrerait à son oncle qu'il en était digne.

15

A l'âge de vingt-quatre ans, John McIvor avait connu peu de femmes. De fait, il n'avait éprouvé de l'intérêt romantique qu'une seule fois dans sa vie, et la fille lui était demeurée étrangère jusqu'au jour où elle l'avait chassé, ainsi que son père. Etait-il encore amoureux d'Elizabeth White ? Tout ce qu'il savait c'est que, depuis, il n'avait jamais rencontré de femme qui lui soit comparable. Elles étaient trop frivoles ou trop rustres, leurs conversations l'ennuyaient ou leurs accents prononcés lui écorchaient les oreilles. Elles n'avaient, pour résumer, aucune envergure. Elles n'éveillaient en lui rien de comparable à son souvenir – si bien refoulé qu'il en avait à peine conscience – d'une fille pelotonnée dans un fauteuil en rotin, des rideaux blancs gonflés doucement par la brise derrière elle.

Harriet Fisher changea tout cela.

C'était la fille d'Oliver Fisher, le propriétaire de la scierie pour laquelle John, Dudley et le reste de leur équipe coupaient du bois. Self-made-man ayant plutôt réussi, Oliver était un homme de cinquante-cinq ans, à la carrure trapue d'un travailleur qui avait passé sa propre jeunesse à abattre des arbres dans la forêt. Il vivait désormais dans une impressionnante résidence à mi-chemin entre les Hoops et Powell, sur la route principale. C'était Oliver qui avait tiré John du chômage en 1933. Il n'avait cependant jamais présenté aucun de ses employés à sa fille. Par respect pour sa femme, morte quelques années plus tôt, il destinait Harriet à une meilleure compagnie que celle des bûcherons.

Le hasard les réunit tous au début de l'année 1938. Par un après-midi d'été, John et Dudley étaient en chemin pour Powell, barbus et loqueteux après une longue période passée dans les montagnes. Alors qu'ils marchaient sur la route, de gros nuages d'un gris verdâtre s'amoncelaient à l'ouest. Les deux amis regardèrent la tempête approcher avec une résignation lasse, mais, au moment où les premières bourrasques soulevèrent la poussière, ils aperçurent la maison des Fisher devant eux. En temps normal, ils n'auraient jamais songé à s'imposer, mais là, ils parcoururent les dernières centaines de mètres en courant. Quand ils frappèrent à la porte d'entrée, le vent se levait, le ciel était noir et les premières gouttes de pluie tombaient sur le sol. Reconnaissant ses employés, Oliver les accueillit. Depuis la galerie arrière de la maison, ils regardèrent tomber la pluie et la grêle, et les champs environnants se transformer en lacs blancs. La route de Powell, qui restait en grande partie non goudronnée, serait un bourbier impraticable au moins jusqu'au lendemain. Dans un élan de générosité, Oliver déclara que ses deux bûcherons devaient rester dîner, et passer la nuit chez lui.

Après s'être lavés et rasés, les deux hommes réapparurent transformés, et ils achevèrent de se sécher dans la cuisine pendant que la vieille cuisinière des Fisher préparait le repas. Quand ils se glissèrent maladroitement dans la salle à manger, Harriet et son jeune frère les attendaient. Agé de quinze ans, Matthew était une version jeune et solide de son père ; John et Dudley l'avaient déjà aperçu à la scierie. Mais Harriet, qui venait de fêter ses dix-neuf ans et qui administrait la maison de son père, se révéla une surprise tout à fait charmante. De fait, il y avait si longtemps que John et Dudley ne s'étaient pas assis dans une salle à manger bien agencée, avec de la belle porcelaine et des verres en cristal sur la table, que la soirée leur sembla presque magique. Oliver s'avéra un hôte convivial, le vin s'installa délicieusement dans les veines de ses invités et, surtout, ils goûtèrent au plaisir de la compagnie féminine. Harriet n'avait pas hérité de la carrure massive de son père. Née dans un milieu riche, éduquée dans des écoles respectables, elle avait reçu la silhouette élancée et la classe naturelle de sa défunte mère. Pourtant, malgré sa bonne éducation et sa grâce, Harriet n'avait rien de hautain : elle n'était pas du tout gênée de recevoir deux des employés de son père pour la soirée. Sa conversation était vive et taquine au point que John, malgré sa réserve naturelle, se sentit rattrapé par la bonne humeur.

La soirée se poursuivit donc tard dans la nuit. Quand elle se termina enfin, Oliver, un peu éméché, annonça que les deux hommes ne devaient pas hésiter à leur rendre visite chaque fois qu'ils passaient dans le coin. C'est ainsi que commença la cour d'Harriet. Bien sûr, à cette époque-là, ni John ni Dudley ne se considéraient comme étant un parti sérieux pour la jeune femme. Pas plus qu'Oliver Fisher. Il aimait bien les deux hommes, mais il savait aussi à quel point ils gagnaient peu (qui l'aurait su mieux que lui ?), et deux bûcherons aux maigres ressources, sans maison à eux, étaient loin d'être les meilleurs prétendants possibles pour sa fille. Il n'éleva cependant aucune objection sérieuse à leurs visites, pas même quand ils se mirent à accompagner de temps en temps Harriet au cinéma, à des pique-niques ou des bals locaux. Oliver permettait même à John et Dudley de lui emprunter sa voiture pour emmener Harriet en promenade. Il considérait peut-être les deux hommes comme des frères aînés pour sa fille, dispensant une influence fruste et simple mais inoffensive. Ç'aurait été une tout autre histoire si l'un ou l'autre avait tenté de la voir seul, mais en l'occurrence il y en avait toujours un pour chaperonner l'autre.

Pour John, Dudley et Harriet, il devint peu à peu évident qu'il y avait plus qu'une relation de grands frères à petite sœur. Pour les deux bûcherons, le temps qu'ils passaient loin des montagnes devenait de plus en plus centré autour de la maison des Fisher, tandis que, pour Harriet, les journées passées avec ces garçons des collines devenaient les plus précieux de ses engagements. Lui semblaient-ils plus dynamiques et plus vivants que tous les gens qu'elle connaissait ? Ils étaient seuls au monde, mais cela les rendait-il plus libres, plus farouchement individualistes ? Quelle qu'ait pu être la source de son émotion, elle ne montrait aucune préférence entre eux. Dudley était celui qui riait, le plus beau parleur et le meilleur danseur. Harriet lui rendait la monnaie de sa pièce, mais il y avait en elle plus que de la simple convivialité. Peut-être la mort prématurée de sa mère l'avait-elle fait grandir, car une partie d'elle appréciait le sérieux de John et partageait, en partie, sa méfiance vis-à-vis du monde.

Au bout d'un an, il devint évident pour les trois jeunes gens qu'Harriet devrait finalement choisir l'un des deux garçons. Son père ne se doutait pas le moins du monde de cette évolution, mais Harriet ne feignait plus de s'intéresser à d'autres hommes. C'est donc en pensant à elle que John et Dudley se mirent à considérer leur avenir. Ils avaient économisé dramatiquement peu de leur période passée dans les montagnes. A vrai dire, le travail était intermittent. Il y avait souvent de longues périodes durant lesquelles il n'y avait aucune demande de bois, et les équipes devaient attendre dans leurs camps, désœuvrées, jusqu'aux commandes suivantes, survivant de leur mieux. Des années peut-être s'écouleraient avant que l'un ou l'autre puisse jouir d'une réelle sécurité financière. Ils s'accordèrent donc pour qu'aucun d'eux ne se lance dans une cour plus assidue avant de connaître des jours plus heureux et plus prospères. Harriet sembla approuver tacitement. Et peut-être était-ce mieux ainsi, car cela repoussait le moment d'un choix douloureux.

John n'avait pourtant aucun doute sur la préférence d'Harriet. Certes, il se trouvait rarement seul avec elle, mais il était convaincu que, dans ces moments-là, il pouvait déceler en elle une émotion qui lui était spécifiquement adressée. Cela pouvait se résumer à une intensité dans le regard cependant qu'elle explorait ses longs silences. A la différence de Dudley, qui était tout en surface et qu'elle semblait comprendre sans effort, John voyait qu'il demeurait pour elle un mystère. Elle était intriguée, et il était grisant de sentir cela chez une femme. Surtout chez une femme aussi douce et élégante, et, de façon incroyable, désormais à sa portée. Mais que se passerait-il quand elle ferait connaître son choix ? Quelle serait la réaction de Dudley en apprenant qu'il avait perdu ? C'était quelque chose que John ne pouvait se résigner à envisager.

Le destin se chargea de décider à leur place, sous la forme d'un arbre abattu.

C'était le printemps 1939, et John, Dudley et le reste de leur équipe travaillaient au sommet des montagnes. Ils sciaient le tronc d'un pin hoop tout au fond d'un ravin de la forêt tropicale. John se tenait à l'écart, en dehors de la ligne de chute, mais quand l'arbre commença de vaciller, ses branches faîtières se prirent dans la voûte de feuillage et le tronc pivota de façon perverse sur sa propre base. Les hommes s'éparpillèrent tandis que l'arbre tanguait d'un côté et de l'autre mais, quand le géant tomba, John n'arriva pas à l'éviter. Il reçut un coup terrible à la jambe gauche. Cela lui brisa le genou et lui fractura le tibia en plusieurs endroits.

Ses collègues de travail fabriquèrent rapidement un brancard et le descendirent au pied de la montagne d'où, au prix d'un éprouvant trajet à bord d'un camion de la scierie, ils l'emmenèrent à l'hôpital de Powell. La blessure s'infecta, et pendant une semaine John resta suspendu dans un délire de douleur, de fièvre et d'opérations répétées. Quand enfin il recouvra ses esprits, un médecin lui annonça qu'ils avaient réussi à sauver sa jambe, même s'il ne pourrait sans doute plus vraiment s'en resservir un jour. La bonne nouvelle, ajouta le médecin, c'était qu'au moins John n'avait pas à s'enrôler dans l'armée. L'armée ? John ne voyait pas de quoi il parlait. Oh, répondit le médecin, vous n'êtes donc pas au courant ? L'Australie était en guerre contre l'Allemagne, et ce depuis quatre jours.

Quand Dudley vint lui rendre visite, il ne parla que de cela. John l'écouta sans grand intérêt. Il souffrait, et l'Europe était bien loin. Ce fut donc un véritable choc quand Dudley lui annonça qu'il envisageait de s'enrôler le plus tôt possible. Il parla de devoir et de la mère patrie, des horreurs du nazisme, allant jusqu'à exprimer sa compassion pour John qui ne pourrait partir au combat. Malgré son incrédulité, John savait parfaitement que, jambe ou pas, il ne se serait jamais enrôlé. Ce qu'il avait vécu au domaine de Kuran l'affectait encore profondément. Certes, les White n'étaient pas plus anglais que lui, mais il avait eu un aperçu de la mère patrie à travers leurs préjugés et leur arrogance. Les White étaient en faveur de l'Empire, et ils l'avaient rejeté. Les guerres de l'Empire ne le concernaient donc pas.

Elles ne concernaient pas non plus Dudley, et John le lui dit. Comment pouvait-il tout abandonner pour le simple plaisir de se rallier au drapeau anglais ? Si l'Australie tenait à envoyer une armée en Europe, eh bien il y avait des centaines de milliers de chômeurs qui accepteraient avec joie le couvert et la solde. Ils n'avaient pas besoin de Dudley. Oliver Fisher était d'accord. Le propriétaire de la scierie entrevoyait des contrats juteux avec l'armée : ce n'était pas le moment de perdre ses bûcherons. Pourquoi se précipiter, dit-il à Dudley, pourquoi courir à la guerre ? Il ne se passait pas grand-chose en Europe, de toute façon. Quand Harriet se fit l'écho de son père, Dudley se laissa amadouer. Il tourna le dos aux bureaux de recrutement et retourna dans les montagnes.

Soulagé, John commença le long et pénible processus consistant à réapprendre à marcher. Au bout de plusieurs mois, il parvenait tout juste à se traîner avec l'aide d'une canne. La canne, espérait-on, pourrait peut-être être abandonnée un jour, mais il boiterait à vie, et avec la fatigue son genou risquait de flancher. Oliver lui confia un travail à temps partiel à la scierie, mais John fut forcé de reconnaître qu'il ne pourrait plus jamais couper du bois. Et les choses ne s'étaient pas tout à fait arrangées avec Dudley. John et Harriet sentaient chez leur ami une certaine fièvre tandis qu'il parcourait les articles de journaux et écoutait la radio. Il tendait l'oreille, à l'affût de lointains coups de feu.

Quand l'Allemagne finit par envahir la France, il devint impossible de retenir Dudley une seconde fois. Ils décidèrent de l'expédier là-bas de leur mieux. Alors même que l'on procédait à l'évacuation de Dunkerque à l'autre bout de la planète, une soirée était organisée chez les Fisher pour fêter l'enrôlement de Dudley. John rumina un mauvais pressentiment toute la soirée. La guerre prenait une mauvaise tournure. Elle allait manifestement être longue, sanglante, mondiale, et même si Dudley se faisait des illusions, son ami allait se battre pour son pays, contrairement à lui. Cela allait à jamais changer les choses entre eux. John avait observé ce phénomène chez les hommes plus âgés qui avaient connu la Grande Guerre – ce gouffre infranchissable entre ceux qui étaient partis et ceux qui étaient restés. En dépit de leurs histoires personnelles, les hommes restés au pays s'étaient par la suite vu dénigrés. Et ce serait la même chose cette fois encore.

A la fin de la soirée, John, Dudley et Harriet allèrent s'asseoir sur la galerie. Ils savaient que c'était la fin de quelque chose. Ils étaient désormais pris dans une histoire qui les dépassait, vulnérables à ses courants. *Nous reviendrons tous ici*, insistait Harriet alors qu'ils restaient assis dans la nuit fraîche et sombre. Elle leur prit la main, son regard passant de l'un à l'autre. *Quand tout sera terminé, nous nous retrouverons ici, et tout sera comme avant.* Ses yeux fouillèrent le regard de ses deux hommes, à la fois convaincus et interrogateurs. John et Dudley échangèrent un regard au-dessus de sa tête, comprenant parfaitement ce qu'elle voulait dire. Et plus tard, quand Harriet fut partie, ils n'eurent pas besoin d'aborder une nouvelle fois le sujet. Tout était suspendu jusqu'à la fin de la guerre. C'était la seule chose à faire. Ils se serrèrent la main, laissant derrière eux plus de six années d'amitié et de confiance, puis ils se retirèrent chacun dans leur lit sans pouvoir trouver le sommeil.

16

L'oncle de William ne revint que deux semaines plus tard et, à son retour, il s'enferma aussitôt dans son bureau pour travailler et ne parla à personne pendant trois jours. William traînait devant la porte, plein d'espoir. Il entendait le cliquetis de la machine à écrire et à nouveau le rythme sourd de l'autre machine. Tout cela était très frustrant, et ce n'est que le quatrième jour qu'il fut invité à entrer. Il trouva son oncle confortablement installé à son bureau, où il continuait de taper à la machine. Le vieil homme paraissait fatigué, son visage émacié dépassant du col d'un chandail décoloré. Une barbe naissante lui couvrait les joues et, sous le bureau, William vit une paire de pieds osseux enfoncés dans des pantoufles. Mais les yeux du vieil homme étaient vifs, et ses doigts frappaient les touches avec véhémence. Des tasses à café et des assiettes jonchaient le bureau, et il y avait des papiers éparpillés partout, certains imprimés, d'autres écrits à la main, d'autres encore froissés en boule avec mépris.
"Assieds-toi", dit son oncle sans cesser de taper.

William choisit une chaise près du bureau et attendit. Son regard se posa sur l'une des tables où trônait une forme massive, débarrassée de son drap de protection. Il comprit qu'il s'agissait d'une vieille machine d'imprimerie. Une manivelle dépassait d'un côté, et William savait exactement quel bruit elle devait faire : il l'entendait ferrailler depuis trois jours. Une odeur d'encre flottait dans l'air, et à côté de la machine étaient posées plusieurs épaisses piles de feuilles fraîchement imprimées de lignes violettes ayant un peu bavé.

Le vieil homme tapa un point final énergique puis farfouilla dans un tiroir. Il en sortit une feuille de papier qu'il fit glisser sur le bureau.

"Jette un coup d'œil là-dessus."

C'était une petite affiche qui représentait un drapeau ondoyant légèrement, comme sous l'effet du vent. De couleur bleue, le drapeau portait une croix blanche dotée d'une étoile à chaque extrémité et d'une autre au centre.

"Tu le reconnais ?"

William secoua la tête.

"Tu devrais. Ce drapeau flotte au mât qui se trouve devant le manoir depuis ton arrivée."

William n'avait jamais vu ce drapeau autrement que mollement pendu à son mât. Il étudia de nouveau l'affiche. Il y avait de grosses majuscules au-dessus de l'image : LIGUE POUR L'INDÉPENDANCE AUSTRALIENNE. Son oncle tendit la main.

"Tu veux dire que tu n'as vraiment jamais vu ce drapeau ?"

William lui rendit l'affiche.

"Non.

— Pas même à l'école ? Tu n'as jamais entendu parler de la rébellion d'Eureka ?"

William baissa les yeux. Etait-ce encore une des épreuves que lui infligeait le vieil homme ? Il avait décidé d'être aussi adulte que possible, mais comment réagir quand il s'agissait de choses qu'il ignorait ?

"Seigneur !" s'exclama le vieil homme d'un ton rêveur. Puis il se redressa sur sa chaise. "Eureka a été l'un des premiers mouvements pour l'indépendance de ce pays. La révolte d'un groupe de mineurs, pendant la ruée vers l'or des années 1850 dans le Victoria, à l'époque où l'Australie était encore une colonie gouvernée par l'Angleterre. Les mineurs creusaient inlassablement pour tenter de gagner leur vie et, tout à coup, le gouvernement colonial est venu leur infliger d'énormes frais de licence. Des frais qui allaient ruiner la plupart d'entre eux. Ce n'était pas qu'une question d'argent, il y avait d'autres problèmes, mais, en gros, les gens en avaient marre d'être à la merci des seigneurs et des dames d'Angleterre. De quel droit l'Angleterre imposait-elle des taxes sur le sol australien ? Alors, les mineurs se sont révoltés. Ils ont dressé des barricades, ont hissé le drapeau représentant la Croix du Sud et ont décrété leur propre république. Ils étaient des centaines, et ça a provoqué un mouvement de panique dans tout l'Etat de Victoria. C'était une époque explosive. L'Australie était un endroit tout neuf et, quand les rebelles ont parlé de république, les esprits ont commencé à s'échauffer. Le gouvernement colonial n'a pas traîné. Il a rassemblé un maximum de troupes et les a envoyées. Ça a été une bataille à grande échelle, et les mineurs ont perdu. Mais ils ont aussi gagné, car rien n'a plus jamais été pareil après ça."

Son oncle prit à nouveau l'affiche, et il la tourna vers William.

"C'est leur drapeau. On peut dire que c'est le premier véritable drapeau australien, pas comme cette monstruosité où figure le drapeau britannique. Mais aujourd'hui le drapeau d'Eureka est utilisé à toutes les sauces. Les gens le hissent pour vendre des voitures d'occasion et des hamburgers, ou le collent sur des étiquettes de margarine. Ils pensent qu'il a seulement une signification patriotique. D'autres s'en servent pour protester. Même le Parti communiste australien l'agite de temps en temps, comme si les mineurs étaient socialistes, nom d'un chien, et comme si Peter Lalor, leur meneur, était notre réponse à Karl Marx." Il laissa tomber l'affiche sur le bureau. "Moi, je m'en sers pour ce que ce drapeau représente vraiment. L'indépendance. C'est le mot-clé. Tu sais ce que ça veut dire, n'est-ce pas ?

— Je crois", répondit William.

Le vieil homme éclata de rire.

"Dans ce cas, tu es une exception, Will, car peu de gens le savent."

William cligna des yeux, dérouté. Son oncle redevint sérieux et reporta son attention sur la feuille glissée dans la machine à écrire. William remarqua que la feuille était un stencil enduit de cire, et que les lettres étaient en réalité des trous perforés par les touches de la machine. Satisfait de ce qu'il lut, le vieil homme retira la feuille et se leva.

"Alors, qu'as-tu fait pendant mon absence ?"

Cela ressemblait à une question en passant, mais William ne s'y trompait pas. C'était celle qu'il attendait.

“Je me suis promené, répondit-il, très sérieux. Beaucoup.

— Ah.” Son oncle souriait. “Cette vieille baraque ne te semble plus aussi terrible, hein ?”

William secoua la tête d’un air grave.

“Bien. Tu comprendras peut-être ce qui est en jeu, dans ce cas.” Il s’approcha de la ronéo et se mit à fixer le stencil sur un tambour taché d’encre situé au sommet de la machine. “Cette propriété, elle est à moi, pas vrai ? C’est moi qui la possède. Si je n’ai pas envie que les gens soient au courant de l’existence de ce point d’eau, par exemple, eh bien, ça me regarde. D’accord ?

— D’accord.

— Eh bien, il se passe dans ce pays des choses qui vont me priver de ce choix, si les gens comme moi n’y mettent pas un terme.

— Quelles choses ?

— Des choses politiques. Comme d’habitude.” Il inséra une ramette de papier vierge dans un chariot situé à l’arrière de la machine puis recula. “Tu vois ces vieilles peintures ?”

Il montrait les images noircies peintes sur les murs : la chasse à courre d’un côté, et, de l’autre, les hommes chevauchant parmi les moutons dans des plaines dorées s’étendant à perte de vue.

“Elles ont été exécutées dans les années 1860, quand le manoir a été construit. Les White ont dépensé sans compter pour engager l’artiste. Ils voulaient le meilleur pour tout. Mais ne va pas croire que le domaine de Kuran a toujours été comme ça. Si on remonte aux années 1840, quand les Blancs sont arrivés ici, c’était une étendue sauvage, loin de la frontière coloniale. Il n’y avait pas de civilisation, ni loi ni ordre ; tout ça se trouvait à plus de mille kilomètres de là, à Sydney. Ces premiers hommes étaient livrés à eux-mêmes, et c’étaient eux qui faisaient la loi. Une telle chose est inimaginable aujourd’hui. Ça ficherait une peur bleue à n’importe qui.”

Le vieil homme se déplaçait le long du mur, contemplant les scènes décolorées du domaine de Kuran d’autrefois. Plus William regardait, plus il distinguait de choses : la fresque devenait presque lumineuse et prenait du relief, la prairie se perdait au loin.

"Ils ont délimité leurs propriétés, ont amené d'immenses troupeaux de moutons, tout seuls, et ils ont construit leurs propres maisons. Pas les manoirs qu'elles deviendraient plus tard, seulement des petites cabanes perdues au milieu de nulle part. Il n'y avait pas de route, pas de piste, le plus proche voisin était peut-être à trente kilomètres, et tout ce qu'on trouvait là-bas n'était qu'un autre homme, aussi seul que vous. Pendant les dix premières années, il n'y a pas eu plus d'une vingtaine de Blancs dans toutes les Darling Downs. Maintenant, il y en a au moins deux cent mille."

Depuis les murs sombres, les cavaliers le contemplaient, leurs visages se résumant à des taches blanches, stoïques et impassibles. L'oncle de William se promenait parmi eux à grandes enjambées.

"C'était une vie difficile. Et puis il y avait les moutons à surveiller. Pas de barrières, bien sûr, seulement un berger. Je t'ai parlé des bergers. Ils vivaient dans la nature, souvent sans même une cabane à eux, juste un bout de toile en guise de tente. Pendant ce temps-là, les Noirs tuaient les moutons, ou les bergers, en l'occurrence. Il n'y avait rien à faire : il n'y avait pas de police, pas d'hôpital, personne pour vous aider. Un homme ne pouvait compter que sur lui-même."

Le vieil homme posa brièvement la main sur les silhouettes sombres tassées dans le coin inférieur de la fresque.

"*Voilà* ce que doit être pour toi l'indépendance. Ça veut dire travailler dur et être autonome. Et c'est comme ça que l'Australie a vu le jour. Il a fallu à ces hommes des années, et beaucoup d'entre eux sont morts, mais lentement ils ont bâti leurs domaines. Construit des maisons plus confortables. Construit des enclos et des hangars de tonte, amené du Sud leurs femmes et leurs enfants. C'était le bout du monde, mais ils ont réussi à en faire quelque chose."

Il s'était tourné vers l'autre mur et fronçait les sourcils en regardant les hommes en manteaux rouges, avec leurs chiens à leurs pieds et le château brumeux qui flottait derrière eux.

"Et c'est à ce moment-là, et pas avant, que le gouvernement a fini par s'y intéresser. Quand des gens gagnent de l'argent quelque part, le gouvernement cherche toujours à comprendre. Les Darling Downs ont officiellement été soumises à l'autorité coloniale. A partir de là, les gens qui vivaient ici ont commencé à être dépossédés de leurs droits. Tout à coup, ils devaient de l'argent au gouvernement pour occuper les terres sur lesquelles ils étaient installés. Ils ont dû signer des baux, payer des loyers, se taper toute la paperasserie. Tout à coup, il y avait des lois qui leur disaient ce qu'ils pouvaient faire ou pas sur leurs propriétés. Et d'autres gens sont venus. Des agents, des fonctionnaires, des commerçants, des instituteurs, des prêtres et toutes sortes d'imbéciles qui pensaient vouloir devenir fermiers. Comme tous ces gens voulaient de la terre, le gouvernement a commencé à en prendre à ceux qui étaient arrivés les premiers et qui avaient accompli tout le travail."

Le vieil homme plongea un regard pénétrant dans les profondeurs de la fresque puis sembla se radoucir un peu. Il se détourna, et retourna près de la machine à imprimer.

"Enfin, ça devait peut-être arriver, ils pouvaient difficilement la garder pour eux seuls. Mais ces premiers hommes, ceux qui ont tout fait… tu imagines quel cran il fallait ? Il n'y a plus de gens comme ça aujourd'hui. On n'est plus de la même trempe. On reste dans nos banlieues, on obéit aux ordres et on attend que le gouvernement nous rende heureux. Et ça ne suffit *pas*."

Il empoigna la manivelle de la ronéo et la tourna une seule fois. La machine rendit un bruit métallique, le tambour tourna, et une feuille imprimée glissa dans un chariot situé à l'avant. Le vieil homme prit la feuille et l'inspecta avec soin.

"Bon, voilà mon bulletin d'informations, ma tentative à moi pour empêcher les choses d'empirer. Douze numéros par an, et c'est notre douzième année consécutive." Il jeta un coup d'œil à William. "Un jour, il faudra que je m'achète un ordinateur. Cette ronéo est aussi vieille que les collines. Cela dit, il ne faut pas que ce soit trop facile. Sinon, n'importe quel idiot le ferait."

Il tournait la manivelle régulièrement, et l'odeur de l'encre montait, âcre. Un flot de feuilles émergeait.

"C'est un gros travail. La Ligue compte environ trois cent soixante membres, principalement dans le Queensland, mais aussi dans le reste du pays. La plupart des bulletins font cinq ou six pages, si bien que ça représente au moins deux mille pages. Plus, en fait, parce que j'imprime toujours cinq cents exemplaires de chaque numéro. J'emporte le reste quand je voyage et j'en dépose dans les magasins, les bars, n'importe où. On recrute sans arrêt. Et ce n'est pas donné non plus.

— C'est un club ?" demanda William.

Son oncle secoua la tête.

"C'est une ligue de citoyens inquiets. De personnes qui s'inquiètent de ce qui est en train d'arriver à ce pays. J'en suis le président, et un comité central se réunit quatre fois par an. Je suis aussi l'éditeur du bulletin. Les membres m'envoient parfois leurs propres articles mais, la plupart du temps, c'est moi qui écris tout. Voilà ce que j'ai fait pendant ces deux dernières semaines : je me suis promené dans le Queensland pour voir ce qui se passait, pour parler aux gens, faire des recherches à Brisbane. Nous vivons une époque sinistre. Il y a du danger dans l'air." Il prit une feuille imprimée dans l'une des piles posées sur la table. "Tu vois… on se prépare."

Il y avait une carte, grossièrement esquissée à la main, mais William voyait qu'elle représentait les plaines de Kuran et indiquait comment venir au domaine. Il y avait même un encart où étaient représentés le village et le manoir. Des flèches indiquaient de prendre l'allée, de passer devant le manoir pour continuer jusqu'au cœur du domaine. Un carré noir était marqué à un endroit, avec la légende "Aire de camping". William contemplait la carte, troublé. Il n'avait vu aucune aire de camping au cours de leur balade en voiture.

Le vieil homme expliqua :

"Nous organisons un rassemblement dans un mois environ. Je m'attends à ce qu'il y ait à peu près deux cents personnes. Ça se tiendra sur un week-end. Les gens pourront apporter leurs tentes et leurs camping-cars, et camper là-bas.

— Un rassemblement ? Pour quoi faire ?

— C'est ce qu'explique cette édition du bulletin." Il prit une feuille dans une autre pile. "Voilà la première page."

Grand rassemblement autour du Native Title

Suite à l'affaire Mabo, le gouvernement fédéral élabore actuellement des plans pour faire adopter la loi sur les titres fonciers autochtones – le Native Title – qu'il prévoit de faire voter avant la fin de l'année. Celle-ci aliénera la terre à la minorité noire et nous affectera tous de façon directe ! Nous devons absolument nous rencontrer afin de mettre au point un plan d'action et de nous assurer que nos voix seront entendues avant qu'il soit trop tard. En tant que président, je suis heureux de mettre à votre disposition ma propriété comme lieu de rassemblement, une date ayant été fixée au…

L'article continuait ainsi, parlant du gouvernement fédéral, de législation et du Premier ministre, M. Keating. Il y avait beaucoup de mots que William ne comprenait pas.

"Ce n'est pas grave, dit le vieil homme. Je t'expliquerai tout en temps voulu. Bon, tu crois que tu pourrais tourner cette manivelle pendant que je m'occupe des enveloppes et des adresses ?"

William hocha la tête. Il posa la main sur la manivelle et commença à tourner. Ce n'était pas difficile, et les feuilles fraîchement imprimées glissèrent dans le chariot, une par une.

Son oncle lui tapota sur l'épaule.

"Continue comme ça jusqu'à ce qu'il n'y ait plus de papier. Cinq cents exemplaires. Appelle-moi si ça se met à trop baver."

William continua de tourner et regarda les feuilles s'empiler. Voilà donc ce que faisait son oncle, son travail secret. Il se sentit vaguement trahi. Le vieil homme avait dit qu'il se passait quelque chose de dangereux, mais cela semblait en fait assez ennuyeux. Pourtant, c'était peut-être ce que signifiait être adulte. Ensuite, William songea au rassemblement. Deux cents personnes, et un bivouac dans les collines. Cela, au moins, semblait intéressant. Il pourrait peut-être dormir sous une tente.

Ses yeux se posèrent sur la page qu'il imprimait. Sous les mots "Notre Charte" se trouvait une série d'affirmations.

Nous rejetons la monarchie et le système bipartite du Parlement.

Nous rejetons les Nations unies et toute autre organisation cherchant à limiter la souveraineté australienne.

Nous rejetons l'ingérence du gouvernement dans les droits individuels fondamentaux.

Nous rejetons l'immigration excessive et la dilution de la culture australienne traditionnelle.

Nous rejetons le contrôle excessif des ressources australiennes par des étrangers.

Nous rejetons le traitement spécial et préférentiel des minorités d'élite.

Nous rejetons l'aliénation du sol australien aux minorités d'élite.

Nous croyons en une Australie républicaine et fièrement indépendante.

Nous croyons que tous les Australiens sont égaux et devraient être traités comme tels.

Nous croyons en une Australie gouvernée par les Australiens au profit de tous les Australiens.

Nous croyons que personne ne peut empiéter sur les droits des individus.

Nous croyons dans la valeur inhérente de la culture et des traditions australiennes.

Nous croyons en Un seul Drapeau.

En Un seul Peuple.

Une seule Nation.

William cligna des yeux et les leva vers son oncle. Celui-ci l'observait depuis son bureau.

Le vieil homme sourit.

“Pas mal, hein ?”

17

Il fallut à William et son oncle le reste de la journée et une grande partie de la suivante pour assembler les bulletins. D'abord, les feuilles devaient être agrafées ensemble. William allait et venait entre les différentes piles pour rassembler les feuilles. Ensuite, chaque bulletin devait être plié et inséré dans une enveloppe, et, pour finir, les enveloppes devaient être timbrées et libellées. Cela était le travail de son oncle. Le vieil homme avait sorti un gros registre du tiroir du bureau. Faisant laborieusement courir un doigt le long des pages, il trouvait l'adresse de chaque membre, puis l'écrivait à la main. C'était un travail lent, mais cela plaisait à William. Le deuxième jour, le temps fraîchit à nouveau, on alluma le feu, et William trouva agréable d'être enfermé dans le grand bureau sombre avec les flammes qui brillaient dans l'âtre. A son grand plaisir, Mme Griffith lui apporta même son repas sur un plateau, à côté de celui de son oncle. La gouvernante lui jeta un regard mauvais mais, pour une fois, il n'eut pas peur d'elle. Il se sentait réchauffé, en sécurité et utile.

Sa déception concernant le travail secret du vieil homme s'était depuis longtemps évaporée. Le bulletin représentait un travail impressionnant, et son oncle était le président d'une organisation qui comptait des centaines de membres. Quelques centaines ne paraissaient pas grand-chose mais, après avoir tout agrafé et plié, William se rendait compte du nombre de personnes que cela représentait vraiment. C'était une affaire sérieuse ; il était incroyable de penser que son oncle luttait contre quelque chose d'aussi grand et puissant que le gouvernement australien tout entier.

“Qu’est-ce que c’est, la loi sur les titres fonciers autochtones ?” demanda-t-il à un moment donné. Cela semblait être le problème principal, mais il n’était véritablement expliqué nulle part dans le bulletin.

“Un désastre”, répondit le vieil homme, la tête plongée dans son registre. Mais quand il vit que William attendait dans un silence déconcerté, il posa son stylo. “A vrai dire, à ce stade, personne ne sait vraiment ce qu’est cette loi, appelée Native Title. C’est bien ça, le problème. Le gouvernement est encore en train de rédiger le projet de loi. Mais tout indique que ce sera terrible pour les gens comme nous.

— Pourquoi ?

— Pourquoi ?” Son oncle se renfonça dans son siège, se mordant les lèvres devant l’ampleur de la question. “Eh bien, l’une de ses conséquences sera que quelqu’un comme moi n’aura plus son mot à dire sur ce qui se passe sur ses propres terres. Ce n’est déjà pas terrible. A l’heure actuelle, je ne peux pas entreprendre de couper des arbres ou de construire un barrage sans en informer le gouvernement. La loi sur les titres fonciers autochtones rendra ça encore plus difficile. Mais ce n’est pas tout. Le pire, c’est que cette terre risque de ne plus *m’appartenir*. Pas complètement. D’autres personnes pourraient prétendre qu’elle leur appartient aussi. Des personnes qui n’ont pas mis les pieds ici depuis des siècles. Et je ne pourrais plus rien faire sans leur autorisation.” Il se pencha à nouveau en avant. “Cette loi comporte de nombreuses facettes, et tu entendras toutes sortes de bêtises à propos de ceci ou de cela, mais ne t’y laisse pas prendre. Au fond, c’est uniquement une question de droits fonciers.”

William n’était pas certain de savoir ce qu’étaient des droits fonciers, mais l’idée que quelqu’un d’autre pourrait revendiquer le domaine de son oncle semblait troublante. Surtout maintenant.

“Quels gens ? demanda-t-il.

— Des minorités. Des élites. Des activistes.” Le vieil homme observa un moment le regard perplexe de William, puis soupira. “Les Aborigènes, bien sûr. Qui d’autre ?”

William se remit au travail. Les Aborigènes ? Il imaginait des déserts, des silhouettes à la peau sombre armées de lances, mais il n'avait jamais rencontré de Noir. D'après ce qu'il savait, il n'y en avait pas à Powell, si bien qu'il avait du mal à voir le lien qu'ils pouvaient avoir avec le domaine de Kuran. Il se souvint ensuite de ce que les hommes du parc national avaient dit à propos des marques laissées sur les pins bunya et des clairières au sommet des collines. Mais cela avait dû se passer longtemps plus tôt.

La grosse radio qui trônait dans un coin était allumée en permanence, et ils l'écoutaient en travaillant. Le vieil homme préférait les informations ou les débats. La plupart n'étaient d'aucun intérêt pour William – guerres lointaines, pourparlers de paix, discours sur l'économie et le taux de chômage –, mais il prenait exemple sur son oncle, prêtant attention aux sujets qui provoquaient des marmonnements irrités ou des hochements de tête approbateurs. Ces informations concernaient surtout des problèmes ruraux. Entre la sécheresse, l'effondrement du prix des céréales et du bétail, et la hausse des taux d'intérêt, tout semblait aller mal partout.

Cependant, les plus grandes colères du vieil homme étaient réservées aux informations qui concernaient directement le gouvernement. William apprit très vite que son oncle détestait le Premier ministre, M. Keating. Ce n'était pas surprenant. Au début de l'année, M. Keating avait remporté les élections fédérales, et William savait que sa victoire était considérée comme une catastrophe dans la région de Powell. Personne n'aimait le Premier ministre. Mais son oncle ne semblait pas aimer non plus le chef de l'opposition, le Dr Hewson. Cela surprenait William, car il n'y avait pas d'autres candidats parmi lesquels choisir, non ?

A la fin du deuxième jour, son oncle se brancha sur une station qui retransmettait une session parlementaire en direct de Canberra. Les discours avaient un son caverneux qui résonnait dans la radio et ils semblaient très ennuyeux, mais le vieil homme se balançait dans son fauteuil d'un air agacé tandis que les politiciens s'exprimaient.

William osa la question :

"Vous avez voté pour qui ?

— Je n'ai pas voté.

— Je croyais que tout le monde y était obligé.

— C’est la loi, mais ils peuvent aller au diable. Personne ne peut m’obliger à prendre parti.” Le vieil homme attrapa un exemplaire de son bulletin. “Je défends mon propre parti.

— Mais…

— Mais quoi ?”

William abandonna. Il sentait bouillonner un certain mécontentement chez le vieil homme. Il se remit à trier les feuilles. Il était presque arrivé au bout. Mais son oncle continuait de l’observer, puis il tendit la main pour éteindre la radio.

“Ne te laisse pas trop impressionner par les autorités, Will. Les hommes politiques, la police, les tribunaux, les conseils. Je sais qu’ils ont l’air puissants et importants, et ils essayeront de t’obliger à faire toutes sortes de choses dans ta vie. Mais ce n’est que du vent. Au final, c’est à toi de prendre tes propres décisions.”

William hocha docilement la tête.

“Et cesse de hocher bêtement la tête quand je te parle !”

Effrayé, William leva les yeux. La figure du grand-père qu’il côtoyait depuis deux jours s’était évanouie en un instant. Le prophète de la nuit des étoiles filantes se tenait assis devant lui, une colère froide au fond des yeux.

“Tu ne sais absolument pas de quoi je parle ! Qu’est-ce que tu crois ? Qu’un jour je vais simplement te donner tout ça, et que ça s’arrête là ?

— Non…

— Tu ferais mieux de ne pas trop y croire !”

Atterré, William détourna le regard.

Son oncle se leva, furieux.

“Maintenant, écoute-moi bien. Personne ne m’a jamais rien donné. J’aurais dû avoir cette propriété il y a soixante ans. Au lieu de ça, j’ai dû me battre toute ma vie pour l’avoir. Mais tu sais quoi ? C’est mieux comme ça. Parce que les choses comme ce domaine, on ne peut pas simplement les donner. Il faut les gagner, comme je l’ai fait.”

Le vieil homme traversa le bureau à grands pas. Il s’approcha de la cheminée et, attrapant la barre rouillée qui lui servait de tisonnier, il se mit à piquer les bûches.

“Les gouvernements ! Avant je votais, oui, et tout ce qu’ils ont jamais fait, c’est inventer des lois qui m’ont mis des bâtons dans les roues. C'est Whitlam qui a commencé : j'ai vu cet homme donner de l'argent à n'importe quel crétin qui lui en demandait. Tout à coup, on avait le droit de ne pas travailler, le gouvernement te payait de toute façon. Il te payait pour gaspiller ton temps à l'université. Il te payait pour fumer de la drogue et manifester dans les rues, il te payait pour dépecer ton propre pays. Et il se moquait des idiots comme moi. Il nous détestait. Même si, à l'époque, c'était nous qui payions la note."

Les flammes s'élevèrent, et William vit son oncle comme une forme noire devant le feu, entouré de ruines et de bric-à-brac, la rage montant dans sa voix en même temps que les flammes.

"On a viré Whitlam et Fraser a pris sa place, mais rien n'a changé. Tout le monde se fichait éperdument de toi sauf si tu agitais une banderole. Il fallait être immigré, ou noir, ou homosexuel. Mais si tu étais un Australien normal, à plus forte raison un fermier comme moi, tu n'avais plus que tes yeux pour pleurer. Autrefois, on était la colonne vertébrale de ce pays. Mais pas pour ces gens-là. Pour eux, on était le problème majeur. On était des fascistes. On détruisait l'environnement. Il fallait qu'on nous contrôle. Fraser est parti et Hawke est arrivé, et ça a continué d'empirer. C'est à ce moment-là que j'ai cessé de voter. Pourquoi prendre cette peine ? Les partis, les hommes politiques : il n'y en a pas un pour racheter l'autre."

Le feu crachait des étincelles en crépitant, et le vieil homme piétinait les braises sur le sol.

"Ils ne supportent même plus la façon dont *parlent* les gens comme moi. On ne peut plus rien dire sans se faire traiter de raciste ou de sexiste, ou accuser de fanatisme. Tout le monde se moque de savoir que les exploitations agricoles sont en faillite d'un bout à l'autre du pays, que des gens meurent dans la misère ici même. Il faut parler gentiment, mentir gentiment, c'est tout ce qui compte. Maintenant, on a Keating, et il est encore pire. S'il arrive à ses fins, l'Australie rurale est finie pour toujours. Alors oui, je me bats contre lui et sa loi sur les titres fonciers autochtones. Personne ne va me prendre un centimètre carré de ma terre. J'ai maintenu ce domaine en vie envers et contre tout ce que le monde m'a fait endurer. Et je l'ai fait seul."

Le vieil homme se détourna enfin du feu, la barre de fer toujours serrée dans sa main.

"Et toi ! Tu as passé quelques semaines ici et tu imagines qu'il te suffit d'attendre ma mort ! Eh bien, ça ne se passera pas comme ça. Il faut que tu en gagnes le droit. Tu n'as rien gagné du tout. Ne t'avise *jamais* de hocher bêtement la tête quand je te parle !"

William ne bougeait pas. Les flammes crépitaient, se tordaient, mais tout, le feu et la pièce, la silhouette de son oncle, était brouillé par les larmes dans ses yeux. Il avait fait de son mieux, pour se rendre utile, pour grandir. Quelle terrible faute avait-il commise ?

"Ne pleure pas, nom de Dieu." Le vieil homme lâcha la barre de fer, fit quelques pas au hasard dans la pièce, s'arrêta de nouveau. Il agita une main en direction du bureau. "Bon. Contente-toi de terminer ces bulletins. Et range-moi un peu ce bazar. Je finirai d'écrire les adresses demain."

Il se tourna vers la porte, hésita.

"Il faut que tu comprennes. Rien n'est facile… et je ne peux pas laisser ce domaine à quelqu'un qui baisse les bras quand ça devient trop dur."

Sur ce, il s'en alla.

William cligna des yeux pour chasser ses larmes. Il renifla puis se redressa, se souvenant des feuilles qu'il tenait à la main. Il les porta jusqu'à l'agrafeuse et termina les quelques exemplaires restants du bulletin dans un état de torpeur, les agrafant avant de les plier et de les glisser dans les enveloppes. Il ne se sentait plus utile. Il avait froid, malgré le feu qui brûlait derrière lui.

Le travail était fini. William promena son regard sur le bureau jonché de papiers froissés, d'enveloppes déchirées et de restes de planches de timbres. Il rassembla le tout et le jeta dans une poubelle derrière le bureau. Tout ce qu'il voulait à présent, c'était retourner discrètement jusqu'à l'aile du manoir où il habitait et se cacher dans sa chambre. Mais ensuite il vit que l'un des tiroirs du bureau était ouvert. Quelque chose brillait à l'intérieur parmi des tas de vieux chéquiers et des tampons encreurs. C'était un gros trousseau de clés. William n'en crut pas ses yeux. Il y avait une demi-douzaine de clés. Dans sa tête, il voyait la porte du palier de l'escalier central, la porte qui menait au premier étage. Et celles des autres escaliers, à chaque bout du manoir. Des portes verrouillées. Sans même réfléchir, il prit le trousseau de clés, lentement, pour ne pas les faire tinter.

C'était mal, il le savait. Il n'avait pas le droit de fouiller dans le bureau de son oncle, de voler des clés. Et il n'avait assurément pas le droit de monter à l'étage. La gouvernante le lui avait dit le tout premier jour. Son oncle avait réitéré cette interdiction. William tenait les clés devant lui, en proie à une terrible fascination. Il faillit les reposer. Mais il sentait à présent la colère bouillir en lui, après ce que le vieil homme lui avait fait subir. Et s'il était censé grandir, s'il était censé devenir fort et prendre ses propres décisions, pourquoi devrait-il toujours obéir aux ordres ?

Juste en dessus de lui, il entendait des bruits. Le bruit de quelque chose de lourd qu'on traînait, et des pas, qui allaient et venaient sur un plancher sonore.

William mit les clés dans sa poche. Il referma le tiroir et, déjà apeuré, s'éloigna discrètement dans le couloir.

18

En 1941, John travaillait à nouveau dans les Hoops. La guerre stimulant la demande de bois, Oliver Fisher avait étendu ses activités de débitage et avait besoin d'un contremaître dans les collines. Le pays était à court de main-d'œuvre, si bien que, malgré sa mauvaise jambe, John se vit confier le poste. Pendant ce temps-là, Dudley avait été affecté comme artilleur au sein de la huitième division de la Force impériale australienne. Son unité avait embarqué à destination des champs de bataille libyens, mais en chemin elle avait été détournée pour être postée en garnison au nord de Singapour. Dans ses lettres, Dudley semblait en forme et en bonne santé, et il avait l'air de s'ennuyer un peu.

John se disait que les combats passeraient peut-être à côté de son ami. Mais ensuite les troupes japonaises envahirent la péninsule malaise, les forces alliées battirent en retraite dans le désordre, et Singapour tomba aux mains de l'ennemi. Soudain, des bombes japonaises se mirent à tomber sur Darwin et Townsville. La panique s'empara du pays, et il n'était désormais plus question de rester à l'écart : John se porta aussitôt volontaire. Il fut réformé et renvoyé à son travail dans les montagnes. Tout ce qu'il put faire fut de s'enrôler dans la milice et, avec d'autres bûcherons, il forma une troupe de guérilleros. En cas d'invasion, leur mission était de se cacher dans les collines et, grâce à leur connaissance de la région, de désorganiser toute activité ennemie dans le secteur. Pourtant, la guerre avait beau faire rage tout autour, la région de Powell demeurait un terrain de bataille endormi et improbable.

Ce qui rendait tout cela plus exaspérant encore pour John était que même Harriet avait endossé l'uniforme, s'enrôlant dans le service féminin de l'armée australienne. Elle avait néanmoins l'avantage d'être basée dans la région, ce qui leur permettait de continuer à se voir de temps en temps. Leur principal souci à cette époque-là était le sort de Dudley. La huitième division avait été mise en déroute, et les survivants étaient détenus par les Japonais – mais était-il l'un de ces survivants ? Son nom ne figurait pas sur les listes des victimes, mais il n'apparaissait pas non plus sur les listes de la Croix-Rouge recensant les hommes retenus dans les camps de prisonniers. Il était simplement porté disparu. John et Harriet se juraient qu'ils ne perdraient pas espoir, mais au fur et à mesure que les mois passaient sans aucunes nouvelles, leurs discussions à propos de Dudley prirent le ton du deuil. Et, dans ce deuil, ils se sentaient de plus en plus proches, et plus près de le trahir.

Pourtant, c'était une cour en demi-teinte, car sans Dudley, il y avait moins de rires, moins de joie, et certains jours l'Australie elle-même semblait destinée à tomber. Au cours de ces mois sinistres, John sentit au moins qu'il n'avait plus à douter à propos d'Harriet et lui. Ils n'étaient désormais plus que tous les deux, et les choses telles que la sécurité financière ou l'approbation de son père ne semblaient plus importantes. Il s'agissait seulement d'attendre qu'un laps de temps convenable se soit écoulé en mémoire de Dudley, et peut-être que la situation se soit améliorée sur le front. De fait, courant 1942, les choses eurent l'air plus encourageantes. Dans le Pacifique, la flotte japonaise battait en retraite et, en Nouvelle-Guinée, les troupes nippones avaient enfin été stoppées. La menace de l'invasion reculait. John décida qu'il était temps de se déclarer.

C'est alors qu'ils reçurent des nouvelles de la Croix-Rouge : Dudley était vivant, en fin de compte ! On avait réussi à le retrouver dans un camp de prisonniers. Le rapport ne précisait pas son état de santé et, même si des histoires effrayantes circulaient déjà sur la façon dont les Japonais traitaient les prisonniers de guerre, cela restait tout de même la meilleure nouvelle possible. Harriet était folle de joie ; et malgré tout John était troublé par sa propre réaction. Il éprouvait du soulagement, certes, mais il avait également conscience d'une peur soudaine. Dudley était-il celui qu'Harriet attendait depuis le début ? S'était-elle tournée vers lui uniquement par dépit ? Ils n'avaient pas ouvertement abordé la question du mariage, après tout. Qu'arriverait-il quand Dudley rentrerait au pays, auréolé du prestige de la guerre ? Que déciderait Harriet à ce moment-là ? John luttait contre ses doutes, mais ceux-ci refusaient de s'en aller. Avec plus d'amertume que jamais, il était convaincu qu'après la guerre le monde appartiendrait aux hommes qui avaient combattu. Le monde, et avec lui la seule femme qu'il désirait.

Il arriva chez Harriet par une chaude journée d'été pour la trouver agitée, débordant d'une énergie joyeuse qui lui déchira le cœur car il en connaissait la source. Elle discuta de Dudley et de son travail dans l'armée, optimiste sur l'issue heureuse de l'ensemble. John se montra indifférent car il n'avait rien à dire sur son propre travail, et il n'avait pas envie de parler de Dudley. L'après-midi était engourdissant, et ils étaient avachis dans des fauteuils sur la galerie derrière la maison. Harriet finit par abandonner. Un ennui vagabond sembla s'emparer d'elle, et elle resta silencieuse, les yeux fixés dans le vague, s'éventant tandis que la chaleur miroitait au-dessus des champs. John sentait qu'il la décevait, de même que son silence maussade.

Finalement, à bout de patience, Harriet lui proposa d'aller se baigner. Au prix d'un effort, John se secoua et accepta. L'eau froide dissiperait peut-être son ressentiment. La question était : où aller ? Il y avait bien une piscine municipale en ville, mais celle-ci serait bondée d'enfants, pleine d'une eau tiède puant le chlore. Et là, pour la première fois depuis son enfance, John se souvint du point d'eau qui se trouvait en bordure du domaine de Kuran. Bien sûr ! Il était profond, frais, et jamais à sec. Une image étincela d'un éclat sombre dans sa mémoire. Soudain, l'après-midi fut trop lourd et trop oppressant pour être supportable. John sentait déjà l'eau sur sa peau, et il en avait la saveur sur la langue, glaciale, avec un très léger arrière-goût de terre et de feuilles en décomposition. Inspiré, il dit à Harriet d'aller passer son maillot de bain.

Ils prendraient la voiture d'Oliver. L'essence était rationnée, mais Oliver avait une réserve secrète personnelle. Ils pouvaient être au point d'eau dans l'heure.

Cela les obligerait cependant à traverser le domaine proprement dit, et une partie de John savait qu'après tant de temps, il risquait de trouver cela perturbant. Mais dans la chaleur étouffante, et avec Harriet d'humeur légère assise à côté de lui, cela ne lui parut pas important. C'était une occasion à saisir, un seul après-midi loin de la guerre. De toute façon, qu'y avait-il à craindre ? Les White étaient partis. Elizabeth était partie. Alors, sous le soleil aveuglant, et tandis que les sièges de la voiture leur brûlaient le dessous des cuisses, ils coupèrent à travers les plaines pour rejoindre la route de Lansdowne, puis prirent vers le nord en direction du village de Kuran. La colline se dressait derrière, indistincte, et John franchit les premières grilles avant d'emprunter l'allée bordée de pins. Il aurait dû tourner à cet endroit pour prendre la route qui conduisait au point d'eau. Mais, sur un coup de tête, il continua tout droit et arriva au second portail. Et là, il l'attendait : le manoir.

Ce fut l'un des pires moments de sa vie.

John savait, bien sûr, que les choses ne seraient pas exactement comme dans ses souvenirs. Douze ans avaient passé, au fil desquels des propriétaires avaient échoué les uns après les autres. Il avait entendu dire que les maisonnettes des employés n'étaient plus en état d'être utilisées, et que le propriétaire actuel avait converti le rez-de-chaussée du manoir en appartements. Malgré tout, il ne s'attendait pas à *ça*. La magnifique gentilhommière était devenue une carcasse minable. La peinture s'écaillait sur les balcons, des plantes grimpantes désordonnées poussaient sur les murs, et les tuiles étaient de guingois sur le toit. Certaines fenêtres de l'étage avaient été brisées, d'autres fermées par des volets. Les pelouses étaient mortes depuis longtemps et les parterres de fleurs réduits à des bacs arides. Des poules se promenaient en liberté dans la cour. Il n'y avait pas d'eau dans la fontaine, ni dans la piscine. La chaleur montait de la terre nue, et il n'y avait pas âme qui vive.

Mais les fantômes… les fantômes étaient partout. Des images d'hommes et de femmes vêtus de blanc qui se promenaient sur l'herbe verte, se reposaient dans des coins ombragés ou près de l'eau étincelante, des images d'un vieil homme sévère dans un bureau lambrissé éclairé par un feu de cheminée et, implacablement, celle d'une fille en blanc avec des rideaux flottant derrière elle. Mais ces images furent accompagnées d'une terrible sensation de décalage : comment tout cela avait-il pu arriver dans cet endroit stérile ? Tout était si sale, si ratatiné et si terne. John en avait presque oublié la présence d'Harriet à côté de lui, laquelle regardait à travers le pare-brise. "Quel dommage, dit-elle, ça devait être une belle maison autrefois." Et une énorme vague d'indignation monta en lui. Dommage ! C'était bien plus que cela. La poussière, les fenêtres aveugles, les portes d'entrée béantes…

Il enclencha la marche arrière et recula. Cet acte même lui fit l'effet d'une désertion, comme si le bâtiment implorait son aide. Mais que pouvait-il faire ? John redescendit l'allée et tourna en direction du point d'eau. Son désespoir ne fit pourtant qu'augmenter en chemin. Partout, il voyait les mêmes tristes signes d'abandon. Des barrières penchées ou tombées, des tas de débris qui avaient jadis été des remises et des étables. Quand ils eurent passé la première colline, il vit que la petite chapelle tombait elle aussi en ruine et que le cimetière était envahi par la végétation. Il se fichait pas mal du cimetière – les White n'avaient qu'à pourrir et leurs stèles s'effondrer –, mais tout le reste lui procurait une douleur presque physique. C'était déjà terrible d'avoir tout perdu quand cela aurait dû lui appartenir, mais c'était encore pire de s'apercevoir que personne d'autre n'en voulait ! Il poursuivit le reste du chemin muré dans un silence furieux tandis qu'Harriet regardait par les fenêtres sans rien soupçonner.

Quand ils arrivèrent au point d'eau, il se passa une chose étrange. Car le gour, au moins, restait inchangé, blotti comme toujours sous la terrasse de grès rouge, ombragé par les gommiers et le saule qui le surplombaient. Même le vieux banc de pierre était encore là, près du rebord où coulait le filet d'eau de la cascade. Harriet était enchantée, et elle se mit à explorer les lieux. John la suivit plus lentement. Il contempla l'eau sombre puis leva les yeux vers les avant-monts qui s'élevaient tout autour et, derrière, vers la haute ligne des montagnes. Quand il était enfant, ces montagnes étaient un autre monde. A présent, il les connaissait intimement – chaque saillie, ravin et falaise –, de la même manière qu'il connaissait ce point d'eau, ainsi que les collines et les plaines de sa jeunesse qui s'étendaient derrière lui. Debout à cet endroit, John sentit soudain fusionner deux parties intégrantes de sa personne, son enfance et sa vie d'adulte, le domaine et les montagnes. Tout se rejoignait à cet endroit précis.

La colère qui brûlait en lui s'éteignit. C'était comme si la terre s'adressait directement à lui, palpitant à travers la pierre étendue à ses pieds. Il était ici *chez lui*. Ce n'était pas dans les montagnes ou dans les plaines, ni dans les villes, mais ici, sur ce morceau de terre. C'était le point autour duquel il avait toujours tourné. Et il fallait voir comment cet endroit avait souffert en son absence ! Tout comme il avait lui-même souffert, incomplet, et voué à le rester, à moins de revenir. A ce moment-là, il comprit. Il ne s'agissait pas d'un fantasme agréable ou d'un espoir, c'était une intime conviction, une acceptation de la vérité : peu importait le temps qu'il lui faudrait, il récupérerait le domaine. De fait, comme il pivotait sur lui-même, se délectant de la moindre image et du moindre son du paysage, il sut que c'était l'instant où il en prenait possession. Pas de façon légale, ou financière, mais essentielle. La force de cette révélation l'emplit d'un orgueil farouche, d'une vitalité qui pénétrait en lui depuis les collines elles-mêmes, comme si toutes leurs années et leur puissance lui appartenaient.

John prit alors vivement conscience de la présence d'Harriet. Elle s'était déjà mise en maillot de bain et se glissait dans l'eau. Enflammé par la joie du propriétaire, John arracha sa chemise et la rejoignit dans l'étang. L'eau était délicieusement fraîche, et ils passèrent un moment à nager, à s'asperger, à rire, s'amusant avec délices dans le secret de l'eau et de la pierre. Puis, comme la chaleur de l'après-midi se retirait, une langueur s'installa dans leurs membres. Ils se laissèrent dériver tout en discutant. Le soleil passa derrière les arbres et des insectes se mirent à bourdonner en frôlant la surface de l'eau. Ils finirent par se taire, tournant lentement l'un autour de l'autre. John éprouvait une profonde sérénité, plus en paix qu'il ne l'avait jamais été, et il devinait qu'Harriet avait perçu ce changement en lui. C'était un homme qui savait exactement qui il était. Une certaine intensité sembla naître entre eux, engourdissante et hypnotique. Harriet secoua soudain ses cheveux et, sans un mot, elle sortit de l'étang. John resta dans l'eau et la suivit des yeux. Elle remonta lentement entre les rochers puis s'installa sur une plateforme de pierre lisse, chauffée par les derniers rayons de soleil qui filtraient entre les arbres. En s'étirant, elle écarta les bras et ferma les yeux pour se protéger de la lumière. John traîna dans l'eau, observant Harriet en train de se reposer pendant ce long moment d'abandon. Puis il remua les jambes et plongea au fond de l'eau.

L'eau était plus froide sous la surface, et transparente. John voyait le sol sablonneux plonger sous lui à l'approche de la terrasse. Des branches d'arbres jonchaient les bords de l'étang mais, sous la terrasse, c'était l'obscurité. Il nagea dans cette direction, plongea, l'esprit enflammé par l'image d'Harriet étendue sur la roche, l'eau perlant sur sa peau. Il la désirait comme si elle était le symbole absolu de tout ce qui venait de lui être révélé, de tout ce qui dans le futur lui appartiendrait – pourrait leur appartenir à tous deux. Puis, spontanément, il eut une vision de Dudley revenant triomphant de la guerre, et du corps d'Harriet, pâle et lisse, qui se donnait à lui. John nageait désormais dans les profondeurs du point d'eau, loin en dessous du surplomb de la terrasse. Un lent courant semblait venir des ténèbres, brisé seulement par l'éclat blanc de bouts de bois et de branches ayant coulé au fond, trop bas pour être à sa portée. Ses poumons commençaient à être douloureux, l'eau était glaciale et, pourtant, le fait de penser à Harriet continuait de lui brûler la peau. Mais quand Dudley reviendrait, John se verrait déposséder d'Harriet. Comme il l'avait été de tout le reste.

Chassant enfin l'air de ses poumons, il fit demi-tour et battit des jambes pour remonter, filant en direction de la berge opposée de l'étang. Il refit surface à proximité du bord et sortit entièrement de l'eau. Dégoulinant, il escalada les rochers jusqu'à arriver au-dessus d'Harriet, reprenant son souffle. La jeune femme n'eut tout d'abord que vaguement conscience de sa présence, puis elle ouvrit les yeux qu'elle protégea de sa main avant de le regarder. Qui sait ce qu'au fond de son cœur elle pensait de ses deux hommes, et si son choix se serait porté sur John ou sur Dudley s'ils avaient été réunis un jour ? Mais il y avait toujours eu quelque chose de mystérieux chez John, cet homme qui ne se révélait jamais complètement, cet homme qui se tenait maintenant au-dessus d'elle, une silhouette qu'elle reconnaissait à peine, à demi nue, presque sauvage, presque effrayante, mais dévoilée pour elle seule. Pour sa part, John vit Harriet se redresser avec une expression qui aurait pu trahir de la frayeur mais qui ne montrait en fait aucune résistance, aucun rejet, juste un empressement soudain. Au dernier moment, elle sembla se ressaisir et remonta les genoux contre sa poitrine. Mais, à ce moment-là, John était agenouillé devant elle, le visage près du sien et les mains posées sur les attaches de son maillot de bain.

19

William mit deux jours de plus pour rassembler son courage et se servir des clés. L'occasion se présenta quand son oncle emporta les bulletins à Powell pour les poster, s'éloignant dans l'allée au volant de sa vieille camionnette. Il n'avait plus à s'inquiéter que de sa mère et de Mme Griffith. Sa mère n'était pas un problème, mais la gouvernante pouvait apparaître n'importe où, aussi silencieuse qu'un fantôme pendant ses patrouilles. Pour cette raison, William décida de ne pas prendre l'escalier central. L'endroit était trop exposé. Il devrait emprunter la cage d'escalier d'une des deux ailes. L'aile ouest aurait été la plus appropriée : c'était la plus éloignée de l'appartement de Mme Griffith. Mais le palier était bloqué par des piles de cartons et de papiers poussiéreux.

Ce qui ne lui laissait qu'une seule alternative. William sortit les clés de sous son lit et gagna l'escalier est. Etroit et sans fioritures, c'était un simple passage permettant d'accéder à l'étage supérieur. William monta la première volée de marches, les vieilles planches émettant de faibles craquements sous ses pas. Il se retrouva sur le palier où il examina la cloison de fibrociment. Laissée brute, celle-ci n'était que grossièrement ajustée contre les murs, une barrière de fortune dressée peut-être temporairement et puis oubliée. La porte avait de toute évidence été récupérée ailleurs : elle était vieille, avec des traînées de peinture d'un vert criard adhérant aux panneaux de bois sombre. Sous la poignée, quelqu'un avait installé un verrou maintenu à l'aide d'un cadenas. William entreprit d'essayer les clés une par une. La troisième entra parfaitement. Ensuite, il dut longuement batailler, d'abord pour tourner la clé et ouvrir le cadenas grippé par le temps, puis pour tirer le loquet rouillé. Il s'arrêta après avoir réussi, un peu essoufflé et les doigts douloureux, certain d'avoir fait beaucoup trop de bruit. Mais il n'entendit aucun mouvement nulle part dans le manoir. Avec précaution, il tourna la poignée et poussa la porte.

Les gonds grincèrent, et un gouffre ténébreux s'ouvrit devant lui. William hésita jusqu'à ce que ses yeux s'habituent à la pénombre, puis il distingua l'escalier qui se perdait dans l'obscurité. Il franchit la porte et la referma derrière lui. Reprenant son ascension, il perçut soudain une odeur. Il la reconnut car il l'avait déjà sentie au rez-de-chaussée : une odeur de moisi, de bois pourri, du temps qui passe implacablement. Mais si elle n'était en bas qu'une note sous-jacente, elle était ici puissante et âcre, et lui piquait le nez. Il faisait plus froid aussi. William grimaça, se frotta le nez, et arriva au sommet de l'escalier.

Froid, sombre… et vide. Telle fut sa première impression. Il se tenait au bout d'un long couloir, une galerie beaucoup plus haute et plus large que tout ce qu'il avait pu voir en bas. Celle-ci se perdait dans les ombres devant lui, mouchetée de pâles rais de lumière, et elle semblait s'étendre sur toute la longueur du manoir, jusqu'à l'aile ouest. William était fortement impressionné. C'était un espace vaste, vierge de meubles ou d'ornements, et il comprit soudain que l'étage, contrairement au rez-de-chaussée, n'avait jamais été subdivisé. Il voyait le manoir à sa taille et sous sa forme d'origine. Mais pas du tout dans sa splendeur d'origine. Le plafond était couvert de toiles d'araignées, et des parties entières s'affaissaient en formant de gros renflements détrempés. Les murs étaient tachés de moisi, et le treillis nu se voyait aux endroits où des morceaux de plâtre étaient tombés. Le sol était noirci et gauchi, les planches couvertes de taches abstraites laissées par des fuites d'eau.

Le couloir était bordé de hautes portes ouvertes. Avec l'impression de s'être égaré dans le château d'un géant de quelque conte de fées, William se mit à passer de pièce en pièce, jetant un coup d'œil à l'intérieur. L'aile était composée de quatre immenses salles, deux de chaque côté du couloir central. Identiques, les pièces possédaient de grandes fenêtres, d'énormes cheminées de pierre et des doubles portes ouvrant sur la terrasse. Toutes étaient vides. Il y avait des trous béants dans les planchers, les cheminées avaient été dépouillées de leur manteau, et les fenêtres étaient condamnées par des planches. Ç'avait dû être des chambres, se dit William, mais plus grandes que toutes les chambres qu'il avait pu voir. Silencieuses et désolées. Il ne savait pas ce qu'il allait trouver à l'étage, il s'attendait seulement à trouver *quelque chose*, pas ce vide dévasté.

Mais ce n'était pas un endroit où traîner. William se trouvait au-dessus de l'appartement de Mme Griffith. Il avança discrètement dans le couloir en direction de l'aile ouest, dans la partie plus étroite située au centre du manoir. Il y avait ici quatre autres pièces, deux de chaque côté. Elles étaient plus petites que les quatre premières, même si elles restaient très grandes. Le sol de l'une d'entre elles était un damier de carreaux noirs et blancs, et des tuyaux dépassaient des murs en plusieurs endroits, indiquant qu'il s'agissait sans doute d'une ancienne salle de bains. Mais toutes ces pièces étaient elles aussi sombres et désertes. Il les dépassa pour atteindre le cœur du manoir. L'escalier principal se trouvait sur sa droite, d'où il grimpait jusqu'à lui. Sur sa gauche, il y avait un espace dégagé conduisant à une large double porte qui s'ouvrait directement sur la terrasse de devant. William s'arrêta, étudiant l'escalier et la cloison montée sur le palier en dessous. C'était le chemin qu'empruntait son oncle… mais où allait-il quand il montait ici ?

William continua discrètement. La moitié ouest du manoir était le reflet de l'aile est. William comptait. Huit pièces à chaque bout : en retirant les salles de bains, cela laissait quatorze chambres. Ils ne pouvaient quand même pas en avoir eu besoin d'autant ! Quelle sorte de gens était-ce, de toute façon ? Il avait entendu leurs noms, mais cela ne lui disait rien, et les pièces nues ne révélaient rien sur eux non plus. Il s'arrêta et écouta. Le plancher craquait très légèrement sous ses pieds et, de temps à autre, il entendait de vagues frémissements dans le plafond. L'immense couloir s'étirait devant lui – une caverne d'ombres. Y avait-il des souvenirs, ici ? Des voix ? Des visages ? Non… Les fantômes n'existaient pas. Il s'aventura plus loin, dans l'aile ouest proprement dite. Enfin, il trouva quelque chose de différent. Les portes des deux pièces du fond étaient fermées. Et l'une d'elles était cadenassée.

Il y était. Quel que soit le crime que William avait commis en montant ici, celui-ci serait doublement sérieux s'il ouvrait ces portes. Mais il avait dépassé le stade de l'hésitation. Il essaya la porte qui n'était pas verrouillée, la dernière sur la droite. Elle s'ouvrit sans un bruit. Une lumière blanche l'enveloppa. Il cligna des yeux, stupéfait. Les rideaux furent la première chose qu'il vit, des rideaux blancs qui flottaient devant des fenêtres claires et ensoleillées. Et de hauts murs blancs qui reflétaient la lumière, au point que William eut l'espace d'un instant l'impression de nager dans un étang illuminé. Il aurait tout bonnement pu s'agir d'un autre manoir. Un lit se détachait devant un des murs, avec un cadre de métal et des draps blancs. Il y avait une armoire imposante et une coiffeuse de la même facture. Des fauteuils en cuir à l'ancienne mode entouraient une table basse devant la cheminée, et il y avait des chandeliers en argent sur le manteau. Derrière les portes de la terrasse trônaient deux fauteuils en rotin tournés vers les collines, telle une image venue d'un autre temps.

C'était donc là que dormait son oncle ! William avait toujours imaginé que la chambre de son oncle devait être la plus sombre et la plus froide de toutes les pièces du manoir, mais ici… Ici, tout n'était qu'air et soleil. Pourtant, cela ne faisait aucun doute : il voyait les pantoufles du vieil homme à côté du lit, son peignoir et son pyjama en loques jetés sur les draps. C'était comme si William avait plongé son regard dans le cœur sévère de son oncle et y avait trouvé quelque chose de beau et délicat. Pas étonnant que le vieil homme lui ait interdit de monter à l'étage. C'était un véritable secret. Certes, en y regardant de plus près, on voyait que la pièce n'avait pas entièrement échappé aux effets du temps. Le sol était gauchi comme partout ailleurs, et le plâtre blanc des murs était parsemé de fissures et de vieilles taches. Tout de même… on avait l'étrange impression que c'était une femme qui habitait là, pas un homme. Les fauteuils en rotin sur la terrasse, par exemple, les rideaux de gaze blanche.

William se souvint ensuite de l'autre pièce, celle qui avait un cadenas. Il retourna dans le couloir et regarda la dernière porte. Cette pièce devait se trouver juste au-dessus du bureau. Il regarda les clés, conscient qu'il hésitait à aller plus loin. Le couloir paraissait caverneux et triste après la chaleur du soleil, ou peut-être était-ce le signe qu'il ne découvrirait rien d'aussi merveilleux que la chambre blanche derrière cette porte. Mais il essaya les clés dans la serrure, et la deuxième tourna facilement. Il n'avait aucune excuse pour reculer, si bien qu'il poussa la porte. Une odeur l'assaillit. Pas l'odeur musquée du moisi et de l'humidité, mais une odeur métallique d'huile, avec une note plus âcre en dessous. Cela lui rappela fugitivement la remise de son père, dans leur ferme, mais ce n'était pas tout à fait cela non plus. Il pénétra dans une obscurité étrangement écarlate. Des stores lourds étaient baissés sur les fenêtres, mais il voyait que les murs étaient rouge sang. Contre l'un d'eux, il y avait un haut meuble vitré et, poussée dans un coin, une grosse malle en bois. Contre un autre mur courait un long établi jonché d'outils. Mais ce qui attira vraiment l'œil de William était la forme mince qui se dressait, menaçante, contre la fenêtre au fond de la pièce.

C'était un télescope : un tube de laiton sur un pied en fer, un appareil doté, en quelque sorte, de la vigilance et de l'intelligence d'un prédateur. Ce n'était pas le genre de télescope moderne que les gens utilisent pour observer les étoiles. C'était un instrument ancien qui évoquait les navires et la mer. Etait-ce devant lui que son oncle restait ici, seul, soir après soir ? William parvenait presque à se représenter le vieil homme courbé sur le viseur, balayant le sombre océan des plaines, un capitaine guettant la terre ou une voile sur l'horizon. Mais dans quel but ? Que pouvait-il réellement chercher ? C'était une autre plongée dans l'âme de son oncle. Révélant cette fois-ci une image dérangeante, celle d'un tel instrument caché dans cet espace rouge.

Déconcerté, William tourna son attention vers la longue table poussée contre le mur. Il y avait un étau fixé sur le bord, et une boîte à outils posée sous une lampe, mais il ne s'agissait pas d'un établi ordinaire. Dans un cadre accroché au-dessus, il y avait trois fusils. Leurs canons d'acier luisaient, bien huilés. Sur l'établi lui-même, il y avait des boîtes de munitions, ainsi que des balles éparpillées qui jetaient un éclat terne. William reconnut, enfin, l'odeur diffuse qui le chiffonnait depuis le début. C'était celle de la poudre. Il n'était pas étonné que son oncle possède une collection de fusils. Le vieil homme lui avait dit qu'il tirait sur des chiens, et tout le monde savait qu'en période de sécheresse les fermiers devaient parfois abattre leur bétail. Mais William n'aimait pas les armes. Elles accentuaient son sentiment qu'il n'avait pas à se trouver dans cette pièce.

Il s'approcha du meuble vitré. Celui-ci contenait cinq étagères, mais chacune ne supportait qu'un seul objet. Il y avait une vieille monture de lunettes, sans verres. Une boussole en métal terni dont l'aiguille était cassée. Un objet qui ressemblait à une montre à gousset, toute noircie, dont le cadran manquait et l'intérieur était couvert de terre. Un carnet relié de cuir rouge, décoloré et durci, à la couverture éraflée et abîmée. Et enfin, le plus troublant de tout, une botte unique, déchirée, en loques et pourrie. Que représentaient ces objets ? Ils semblaient tous dénués de valeur ; pourquoi les conservait-on dans un joli meuble ? William eut une brève vision de son oncle penché devant ces objets, comme si cette pièce avait été une chapelle secrète. Cela n'avait aucun sens, et pourtant il avait le sentiment que c'était là qu'on pouvait trouver le véritable John McIvor, pas dans la pièce illuminée de l'autre côté du couloir. Son malaise s'intensifia, et il se détourna.

Il ne restait à présent plus que la malle, laquelle attendait dans son coin. C'était un coffre en bois dénué d'ornements. William se dit qu'il n'avait pas besoin de l'ouvrir. Il pouvait laisser ce dernier mystère inviolé, fuir les murs rouges et l'œil vigilant du télescope. Mais il s'agenouilla tout de même devant, tira sur le fermoir et souleva le couvercle. Il fut assailli par une odeur de naphtaline, et vit que la malle ne contenait rien d'autre qu'un costume plié et une casquette de style militaire.

Fasciné au point d'en oublier sa peur, William sortit doucement la casquette. Très vieille, usée jusqu'à la corde et feutrée, celle-ci ressemblait vaguement à une casquette d'officier de l'armée. Il examina la tresse dorée autour du bord, puis posa la casquette sur sa tête pour l'essayer. Elle était lourde, et trop grande, mais pas inconfortable. William plongea les mains dans la malle et en retira soigneusement la veste de ce qui était, il le comprenait à présent, un uniforme. L'habit était tellement décoloré qu'il était difficile de deviner sa couleur d'origine, mais il y avait une rayure sur le bas de la manche et une pièce de tissu cousue tout en haut de l'épaule. A qui appartenait cet uniforme ? A son oncle ? Le vieil homme avait-il fait la guerre ?

William remarqua alors que quelque chose déformait la poche de poitrine, et il en sortit une boîte doublée de velours. Des médailles, se dit-il, l'étui devait contenir des médailles de guerre. Mais quand il en souleva le couvercle, il vit seulement un insigne, un écusson doré, gravé d'armoiries et de lettres sur le pourtour. Il retira la casquette et en examina le devant. Oui, il y avait un endroit plus sombre. William y accrocha l'insigne. Voilà qui était mieux : la casquette avait l'air officiel et important, et, quand il la remit sur sa tête, le poids supplémentaire lui parut également agréable. Il était le commandant de... enfin, de quelque chose. Etrangement satisfait, William fouilla à nouveau dans la malle. Sa main toucha quelque chose de froid et métallique sous le pantalon de l'uniforme. Il sortit l'objet, surpris par son poids, stupéfait de voir qu'il tenait un pistolet. Celui-ci paraissait ancien. Ce n'était pas un six-coups, comme ceux qu'il avait vus dans les vieux westerns ; noire et fine, l'arme semblait presque de fabrication artisanale. Mais c'était bel et bien un pistolet.

William continua de le tenir, intrigué. Avec la casquette sur sa tête et le pistolet dans sa main, il sentit une force opérer en lui. Il était encore dans un endroit où il n'avait rien à faire, les murs rouges continuaient de le dévisager d'un air sévère, mais il avait à présent endossé un uniforme, et il avait une arme au poing. Il se leva. Il se sentit plus grand. Plus vieux. Il se tourna vers le meuble vitré et vit son reflet dans la vitrine. L'insigne brillait sur son front et le pistolet pendait au bout de sa main, viril. Il n'était encore qu'un garçon, mais il voyait l'ombre d'un homme. Il leva lentement le pistolet, visa en s'alignant sur le canon.

Une autre silhouette apparut dans le reflet, le visage blanc, silencieuse. William se retourna et vit Mme Griffith au-dessus de lui, les yeux étincelants de rage. Avant qu'il ait le temps de parler ou de bouger, la gouvernante lui administra une claque cuisante sur la main, et le pistolet tomba avec un bruit métallique sur le sol.

20

William avait complètement oublié la gouvernante et son pas de loup. Comment avait-elle deviné ? Avait-elle entendu ses mouvements ? Avait-elle découvert la porte déverrouillée dans l'escalier et décidé de monter discrètement pour voir ce qui se passait ? Ou, d'une façon ou d'une autre, avait-elle simplement senti sa présence ? Cela n'avait aucune importance, il était découvert. Sa main lui cuisait, et à présent Mme Griffith le poussait en arrière sans ménagement, loin du pistolet. L'arme gisait par terre tel un serpent dangereux.

"Tu l'as chargé ?"

William secoua la tête. La gouvernante était un invraisemblable magma de cheveux gris et de cardigans, mais elle avait de la force, de la force et une surprenante rapidité.

"Il était déjà chargé ? Tu as regardé ?"

Il secoua à nouveau la tête, abasourdi. Il avait trouvé le pistolet au fond d'une malle, sous de vieux habits. Pourquoi l'arme aurait-elle été chargée ?

"Petit idiot."

Mme Griffith ramassa le pistolet, sans s'accroupir mais en écartant les jambes pour se baisser avec un grognement furieux. Le tenant avec précaution devant elle, elle le posa sur le banc. Elle se tourna ensuite vers William et lui donna une gifle, envoyant voler la casquette militaire. Il leva les yeux vers elle, étourdi.

"Ça ne va pas s'arrêter là, siffla-t-elle, quand ton oncle l'apprendra. Comment es-tu entré ?"

Il tenta de mentir.

“Les portes étaient ouvertes.

— Tu parles ! Tu avais les clés. Montre-moi.”

Le visage rouge de honte, William sortit le trousseau de sa poche.

La gouvernante le lui arracha des mains.

“Où as-tu pris ces clés ?

— Dans le bureau.

— Tu les as volées ! Dans le bureau de ton oncle !” Elle fit disparaître les clés sous ses vêtements puis promena son regard autour d’elle. “Qu’est-ce que tu as volé d’autre ? Qu’est-ce que tu as d’autre dans tes poches ?

— Rien du tout.

— C’est ce qu’on verra. C’est ce qu’on verra quand ton oncle rentrera. On va attendre ici pour que tu ne puisses pas aller te cacher quelque part. Je vais t’enfermer dans cette pièce. Qu’est-ce que tu dirais de ça ?

— Je n’ai rien du tout, s’écria William en retournant ses poches.

— Hmm.” La vieille femme examina ses mains vides. “Mais tu as fouillé dans cette malle. Que faisait cette casquette sur ta tête ?

— Je voulais juste l’essayer.

— Ton oncle ne va pas être content. C’est son père qui lui a laissé cette malle.

— Je vais la remettre…

— Non, tu ne vas rien ranger. Tu vas tout laisser dans cet état.”

La gouvernante avait clopiné jusqu’au meuble vitré et elle examinait les objets enfermés à l’intérieur, espérant trouver d’autres preuves de méfait. C’était une sorcière, se dit William. Et elle attendait depuis le début qu’il commette une erreur, exactement comme elle le lui avait promis.

“Estime-toi heureux, mon garçon, dit-elle en pointant un doigt sur le meuble vitré. Si tu avais touché quoi que ce soit là-dedans, je ne sais pas comment il aurait réagi. Tu sais ce que sont ces objets ?”

William secoua la tête d’un air maussade.

“Pas très futé, hein ? Les affaires d’un mort, voilà ce que c’est.”

William sentit ses poils se hérisser.

“Eh oui, dit-elle en revenant vers lui à pas traînants. Ils ont été sortis de sa tombe. Il est enterré ici, juste sous tes pieds. Ce manoir a été construit sur lui.”

Il recula loin d’elle et de la jubilation qui éclairait son visage.

“Souviens-t’en quand tu auras envie de fureter là où tu ne devrais pas. Il y a un mort dans cette pièce. Ce manoir est sa pierre tombale.” Elle agita les mains dans sa direction. “Sors d’ici. Retourne dans ta chambre, et attends qu’on t’appelle.”

William s’enfuit, traversa en courant les couloirs déserts et descendit jusqu’à son appartement. Là, il dut encore affronter sa mère, et il n’avait aucun moyen de cacher sa détresse : il fut obligé de lui raconter ce qui s’était passé. Elle était furieuse, et elle lui hurla après en poussant des cris aigus. Mais qu’est-ce qu’il fabriquait, bon sang ? Son oncle avait établi des règles strictes, et le boulot de William, c’était de les respecter, pas de voler des clés pour aller ouvrir des portes verrouillées ! Ne comprenait-il pas ce qui était en jeu ? Ne comprenait-il pas ce que son oncle risquait de faire ? Devait-elle tout lui expliquer à nouveau ? William secoua la tête, découragé. Il ne recommencerait plus jamais, promit-il. Mais au fond de son cœur il savait que c’était trop tard, de toute façon. Son oncle était déjà dégoûté de lui. Ce serait sûrement la goutte d’eau. Quand sa mère eut terminé, il se retira dans sa chambre et se recroquevilla sur le lit, attendant l’inévitable convocation.

Celle-ci mit du temps à venir.

Finalement, William entendit le bruit étouffé de la camionnette qui arrivait, et les pas de son oncle dans les couloirs. S’ensuivit une demi-heure tendue de silence durant laquelle William savait que la gouvernante présentait son rapport au vieil homme. Sa mère finit par apparaître sur le seuil de sa chambre : son oncle voulait le voir, dans la cour devant le manoir. William se leva et partit – un garçon marchant vers son exécution. Dehors, l’après-midi fraîchissait. Son oncle était assis sur le rebord de la fontaine vide, le regard tourné vers les plaines, quelque chose sur les genoux. C’était la casquette militaire. La preuve. William arriva à côté du vieil homme et resta là un moment, silencieux et repentant.

“La moisson d’hiver est en route”, dit enfin son oncle.

William regarda d’un air circonspect. Dans les plaines, le damier des terres agricoles était d’un vert poussiéreux par endroits : le blé en herbe. Dans quelques mois, le blé serait doré et mûr, ce qui voudrait dire que son père serait mort depuis un an.

“Ces fermiers ont pris un pari, vu la situation. S’il ne pleut pas bientôt, aucune de leurs cultures ne survivra.” Le vieil homme scrutait le ciel vide. “Mais si tu veux mon avis, il ne va pas pleuvoir. Pas ce printemps. Ni cet été. On est partis pour connaître une période terrible.” Il baissa les yeux, s’éclaircit la gorge. “Mme Griffith m’a dit que tu avais exploré les lieux.”

C’était maintenant.

“J’avais de bonnes raisons de t’interdire de monter là-haut, dit son oncle en fronçant les sourcils. Ces planchers sont dangereux par endroits. Je connais bien les lieux, mais toi, tu aurais pu tomber à travers ou recevoir un mur sur la tête. C’est risqué.

— Je suis désolé.”

Le vieil homme le regarda bien en face.

“Et je ne suis pas très content que tu aies volé ce trousseau. Je ne ferme pas les portes à clé pour le plaisir. Surtout quand il est question d’armes. Les armes ne sont pas des jouets. C’est pour ça que je les garde à l’abri, et derrière un cadenas.” Il s’interrompit, commença à dire quelque chose puis afficha un demi-sourire désabusé. “Mais ce pistolet, je l’avais complètement oublié.”

William attendit, surpris.

Mais son oncle redevint sévère une fois de plus.

“Tu n’aurais pas dû y toucher. Ce truc a plus de cent ans. Il n’était pas chargé, mais tu ne le savais pas. Mme Griffith avait raison d’être en colère. Tu n’avais rien à faire là-bas.” Puis le sourire réapparut. “Mais pour Mme Griffith, personne n’a rien à faire dans ce manoir à part elle. Même pas moi.” Il donna une légère claque sur l’épaule de William. “Il n’est rien arrivé de grave cette fois-ci. Mais ne remonte pas là-haut, sauf si je suis avec toi.”

William avait du mal à le croire.

“Vous n’êtes pas fâché ?

— Tu m'as aidé à publier le bulletin, alors on est quittes." Le vieil homme lui lança un regard de biais. "J'imagine que tu t'interroges à propos des objets que tu as vus dans ce placard.

— Mme Griffith a dit qu'ils appartenaient à un mort.

— Vraiment ? Eh bien, elle n'a pas tout à fait tort.

— Elle a dit qu'il était enterré sous le manoir."

Son oncle rit.

"Elle essayait de t'effrayer.

— Ce n'est pas vrai ?

— Oh, c'est peut-être vrai." Il se retourna pour examiner la fontaine dont la base brisée s'élevait au milieu des mauvaises herbes. "En fait, sa statue était autrefois la décoration centrale. C'était un explorateur. Il s'appelait Alfred Kirchmeyer."

William resta interdit.

"Non, convint son oncle. Il ne compte pas parmi les gens célèbres. Mais si on peut dire que quelqu'un a découvert le domaine de Kuran, c'est bien lui. Il a sans aucun doute été le premier Blanc à mettre les pieds ici.

— Je croyais…

— Oui, oui, Cunningham a découvert les Darling Downs, mais je te l'ai dit, il n'est pas venu aussi loin dans le nord. Ce privilège a été laissé à Kirchmeyer, et aux hommes qui l'accompagnaient, dix ans plus tard. Enfin, tu ne trouveras son nom dans aucun livre d'histoire. Alfred n'était pas doué pour la brousse, c'était un simple contremaître insignifiant originaire de Sydney. Dieu seul sait pourquoi il a eu envie de partir à l'aventure. Il rêvait peut-être de trouver la tristement célèbre mer intérieure. Mais lui et son équipe ont mis tellement de temps à venir jusqu'ici qu'ils sont arrivés à peine avant les premiers colons."

Le vieil homme fixa ostensiblement son regard sur l'horizon sud, où le soleil couchant avait jeté de grandes ombres sur les champs.

"Leur histoire est lamentable. Comme les Noirs avaient volé la moitié de leur nourriture et fait fuir tous leurs chevaux, les quatre hommes ont dû errer dans la région à pied. Un beau matin, Kirchmeyer est parti de son côté – personne ne sait pourquoi – et on ne l'a jamais revu. Les autres l'ont cherché un moment, mais ensuite ils ont abandonné et sont retournés à Sydney. Comme les cartes de Kirchmeyer et son journal de bord s'étaient évanouis avec lui, ils n'avaient même rien à rapporter. A ce moment-là, les colons avaient atteint la partie sud des Downs, de toute façon, et l'expédition a été oubliée au milieu de cette nouvelle ruée vers la terre. Les choses auraient pu s'arrêter là. Mais environ un an plus tard un squatter du nom de Heatherington a envoyé un agent ici pour jalonner une propriété. L'agent a sillonné les plaines jusqu'à ce que, un jour, il tombe sur une colline. Il a grimpé au sommet, a regardé autour de lui et s'est dit : oui, c'est l'endroit idéal."

William surprit une expression dans le regard de son oncle.

"Ici ? demanda-t-il.

— Exactement. Mais ce n'est pas tout. Ce soir-là, alors que l'agent montait le camp, il est tombé sur un squelette étendu dans l'herbe. A ses vêtements, il a compris qu'il s'agissait d'un Blanc. Et, dans les poches des vêtements, il y avait d'autres choses. Des lunettes, une boussole, une montre, un journal de bord..."

Et une botte, songea William, en comprenant.

Son oncle hochait la tête.

"Le journal a suffi à identifier le corps. Les initiales A.K. étaient gravées sur la couverture. Et autre chose : le crâne était défoncé. Kirchmeyer n'était pas simplement mort après être parti de son côté, il avait été tué. C'étaient les Noirs, bien sûr. Ils n'étaient pas stupides, ils savaient que la présence de l'homme blanc n'était pas bon signe. J'imagine qu'il était monté ici pour admirer le paysage, tout seul, et qu'ils l'ont abattu."

Le vieil homme médita cela un instant.

"En tout cas, l'agent a enterré le corps, mais il a conservé les objets qu'il avait trouvés et les a rapportés à Heatherington. Des années plus tard, quand Heatherington a décidé de construire un manoir sur ce domaine, il a choisi cette colline. Il pensait peut-être que même un explorateur raté méritait au moins ça pour honorer sa mémoire.

— Alors c'est vrai ? Sa tombe se trouve sous le manoir ?

— Il paraît. Personne n'en est vraiment sûr. Le plus drôle, c'est que Heatherington n'a pas donné au domaine le nom de Kirchmeyer, mais celui de la tribu aborigène qui l'a tué. Enfin, il est difficile de dire qui a vraiment gagné en fin de compte. Le peuple Kuran a disparu il y a longtemps, tué, ou décimé par la maladie, ou encore déporté. Et Alfred... personne par ici se souvient seulement de son nom. Heatherington a érigé cette statue avant que les White rachètent la propriété, mais elle est tombée il y a des années. Aujourd'hui, dans les Downs, il n'y a pas un seul monument à la mémoire de Kirchmeyer. Il n'y a même pas une rue qui porte son nom."

Le vieil homme regardait le manoir, dont la façade sud était plongée dans l'ombre.

"Le pire de tout, c'est qu'il est quand même l'un des premiers à avoir traversé cette partie du pays. Il aurait pu donner son nom à un ruisseau, ou à un pic des Hoops. S'il était rentré vivant, ces noms auraient pu perdurer, et on se souviendrait de lui. Mais quand on a retrouvé son journal, celui-ci était resté si longtemps exposé aux intempéries que plus rien n'était lisible. Personne ne sait donc ce qu'il a vu ou découvert. Il est horrible, ce journal, là-haut."

William leva les yeux vers les fenêtres sombres de la pièce rouge.

"Est-ce que ces objets ont toujours été dans cette pièce ? demanda-t-il.

— Non. C'est mon idée. Ça me semblait la moindre des choses. Les White les avaient laissés dans un sac quelque part à l'intérieur d'un placard. Je ne sais pas comment ils ont atterri entre les mains de mon père, mais il me les a légués dans cette malle. Je suis sans doute le dernier homme vivant à connaître toute l'histoire.

— C'est un secret ?

— C'est une leçon." Le vieil homme regarda William d'un air sérieux. "Découvrir ne suffit pas. Accomplir quelque chose de grandiose ne suffit pas. Il faut que quelqu'un le sache pour que ça signifie quelque chose. Quoi que tu fasses en ce monde, il faut laisser quelqu'un derrière toi pour s'en souvenir."

En réfléchissant à ces dernières paroles, William crut comprendre pourquoi son oncle lui avait pardonné aussi facilement, et pourquoi leur dispute dans le bureau avait été oubliée.

Le vieil homme était à présent courbé, et il faisait rouler la casquette militaire entre ses doigts.

"Est-ce que ça aussi, ça lui appartenait ? demanda William.

— Non. C'était à mon père.

— Il a fait la guerre ?

— Ça ne vient pas de l'armée… C'est une casquette de policier."

En étudiant la casquette, William se souvint de la veste qu'il avait sortie de la malle, et qui sentait la naphtaline. "La police…", dit-il d'un air dubitatif.

Son oncle frotta l'insigne.

"Elle date du siècle dernier. Mon père était dans la police, quand il était jeune, longtemps avant de venir travailler au domaine. Il n'y est resté que quelques années. Mais les policiers portaient des uniformes différents à l'époque, c'est pour ça qu'il paraît bizarre." Le vieil homme surprit William en train de lorgner la casquette, et brusquement il tendit la main pour la poser sur la tête de son neveu.

"Elle te plaît ?"

William réajusta la casquette, soulevant la visière qui lui tombait sur le nez, et acquiesça.

"Elle n'est pas trop grande pour toi ?

— Non." William s'aperçut qu'il avait envie de la garder. Il avait l'impression de le mériter pour avoir bravé les portes verrouillées, le couloir désert et la pièce rouge. "Non, elle est parfaite."

Son oncle souriait.

"Bon, elle ne fait que pourrir, là-haut, de toute façon. Garde-la si tu veux. Du moment qu'elle reste dans la famille." Ensuite, son visage devint sérieux. "Mais les armes… ne t'en approche pas. Si tu veux jouer au soldat, prends un bâton ou autre chose."

William hocha une nouvelle fois la tête, désormais disposé à accepter n'importe quoi.

Le vieil homme se releva du bord de la fontaine, se massant le dos comme si celui-ci était douloureux.

"Merci encore pour les bulletins, Will. Je les ai postés aujourd'hui." Il lança un dernier regard sur l'après-midi.

“Maintenant, il va falloir attendre un mois, et voir ce qui va se passer pendant le rassemblement.

— On va vraiment aller camper ?

— Oui. Entre autres.”

Le vieil homme disparut à l’intérieur, mais William s’attarda, assis sur la fontaine. Il ôta la casquette et l’examina une fois de plus, les sourcils froncés. Une casquette de policier. En étudiant l’insigne, il parvint à distinguer les lettres PMQ gravées autour d’un écusson. Le P signifiait-il police ? Mais il n’y avait rien de bien intéressant dans la police. Il décida qu’il la porterait comme une casquette militaire, en dépit des explications de son oncle. Une casquette de capitaine. William la reposa fermement sur son crâne. Il aimait la sensation qu’elle lui procurait. L’insigne semblait jeter un éclat d’autorité devant lui, à la façon dont la lampe fixée sur le casque d’un mineur projette de la lumière. William regarda les plaines comme s’il commandait une armée rassemblée là-bas. Non pas qu’il y ait jamais eu quelque chose de semblable à une armée dans les plaines de Kuran, ni aucune grande bataille, mais il pouvait toujours l’imaginer.

Et son oncle l’aimait à nouveau.

Quand il alla se coucher ce soir-là, William accrocha la casquette au pied de son lit. Il la porterait tout le temps maintenant, où qu’il aille. C’était le signe qu’il trouvait grâce aux yeux de son oncle, elle portait chance. Il se tourna et se retourna dans son lit pendant des heures, réfléchissant à la journée.

Il avait à peine conscience que son oreille avait recommencé à lui faire mal.

21

Dans les Hoops, l'été 1943 fut chaud et sec. Les ruisseaux se changèrent en poussière, et même la forêt tropicale prit un aspect friable. Ce fut une saison de feux de brousse. John McIvor transforma la milice des montagnes en brigade du feu et, pendant des semaines d'affilée, les hommes restaient sur le pont, patrouillant sans relâche dans les montagnes pour éteindre les petits départs d'incendie. Pendant tout ce temps, les pensées de John étaient pleines de souvenirs triomphants des événements ayant eu lieu au point d'eau. Il s'était approprié Harriet, de façon irrévocable. Mais, surtout, il avait retrouvé un but à sa vie. Et dire qu'il avait presque abandonné ses rêves de récupérer le domaine de Kuran ! La déception de son enfance l'avait aveuglé. Les White. Son père. Il aurait dû comprendre depuis le début qu'aucun d'eux n'était important : seul comptait son lien profond avec la propriété elle-même.

Pendant ce temps, les risques d'incendie ne lui laissaient aucun moment libre pour aller retrouver Harriet. Au lieu de cela, à la fin d'un après-midi particulièrement étouffant, tandis qu'un vent d'ouest violent balayait les collines de son souffle brûlant, il reçut la visite de son père. Ce jour-là, John avait monté le camp sur les versants ouest du massif, non loin, en fait, des limites du domaine de Kuran. Il délassait sa jambe sous la tente tandis que ses hommes étaient déployés dans les broussailles en contrebas, quand il leva les yeux et vit approcher Oliver. John fut surpris car le propriétaire de la scierie ne montait plus guère dans les collines. Mais celui-ci ne le salua pas.

Oliver était rouge, hors d'haleine et furieux. Harriet avait craqué et lui avait appris la nouvelle le matin même.

Elle était enceinte.

En ce premier instant, John se sentit fou de joie. Car qu'aurait-il pu souhaiter de mieux sinon qu'Harriet porte son enfant ? Quel lien aurait pu l'unir plus solidement à lui ? (Et quand il avait joui en elle, le froid de l'eau encore sur sa peau, était-ce ce qu'il avait espéré ?) Mais il comprenait les sentiments d'un père et se hâta d'expliquer que, bien sûr, Harriet et lui avaient la ferme intention de se marier. La rage d'Oliver ne fit pourtant qu'empirer. Un mariage ? Avec un bûcheron sans avenir, sans maison ni terres ? Avec un infirme ? Il ne le permettrait jamais. Etait-ce la raison pour laquelle John avait emmené Harriet en douce jusqu'à ce lieu secret ? Pour la piéger ? Et que s'était-il réellement passé là-bas ? Etait-ce après son argent qu'il en avait ? Etait-il ce genre d'homme ?

John était abasourdi.

"Je n'ai pas besoin de son argent, parvint-il à articuler.

— Tant mieux, rétorqua Oliver, parce qu'il n'en verrait jamais la couleur." A compter de ce moment, il était banni de la maison des Fisher. De plus, Oliver mettait un terme à son contrat de travail. Harriet ne céderait pas au chantage. Il était également possible de mettre un terme à une grossesse.

A ce moment-là, alors que le vent brûlant soufflait en bourrasques à travers les arbres qui les entouraient, ils auraient pu en venir aux mains. Mais ils furent interrompus. Le soir tombait et les autres hommes rentraient au camp. John et Oliver se séparèrent. L'obscurité arriva avec la soudaineté qui la caractérisait dans les montagnes, et un feu de camp surveillé de près fut allumé pour préparer le dîner. Silencieux et hostiles, John et Oliver hantaient les côtés opposés de la clairière pendant que les autres hommes les observaient avec circonspection. Ils n'eurent plus qu'à aller se coucher. Mais la tension demeura, et le vent d'ouest continua de souffler, éclaboussant le sol de feuilles mortes tombées des arbres et peuplant l'obscurité de poussière et de bruit.

John resta éveillé, ruminant des mauvaises pensées jusque tard dans la nuit. Il avait beau être choqué par la réaction d'Oliver, il n'avait pas l'intention de se plier à ses exigences. Le patron de la scierie pouvait le renvoyer, sans aucun doute, mais cela n'avait rien à voir avec Harriet. John l'enlèverait et l'épouserait avant que quiconque puisse l'en empêcher. Il trouverait aussi un autre travail. Ce n'étaient pas les emplois qui manquaient, avec la guerre. Il emmènerait peut-être Harriet jusqu'à Brisbane. John avait entendu des choses prometteuses à propos de Brisbane. C'était devenu une ville de garnison immense et surpeuplée qui regorgeait de soldats, de travailleurs temporaires et d'argent. Là-bas, Harriet et lui pourraient échapper complètement à la vigilance de son père jusqu'à la naissance du bébé.

Mais les accusations restaient cuisantes. Un infirme ! Et pire : qu'on ait pu l'accuser d'en avoir après l'argent d'Harriet ! C'était incroyable. La richesse d'Harriet n'était jamais entrée dans ses considérations. Pourtant, de façon perverse, John se surprenait effectivement à songer désormais à l'argent. Il en avait si peu, et si Oliver leur coupait les vivres, Harriet et lui se retrouveraient seuls au monde. Il s'imagina avec elle, quelques années plus tard, vivant dans un meublé à Brisbane, où ils tenteraient d'élever leur enfant avec le salaire d'un ouvrier. Il n'avait aucune éducation, aucun diplôme. Même en tant qu'ouvrier, sa jambe lui porterait préjudice. Harriet pourrait-elle vivre ainsi ? Ou commencerait-elle à regretter sa luxueuse maison de Powell ? Regarderait-elle son mari avec une nouvelle expression de déception dans les yeux ?

L'imagination de John s'emballa de façon épouvantable. Ce n'était pas simplement le fait d'avoir une famille à nourrir. Comment allait-il jamais pouvoir réunir les fonds nécessaires au rachat du domaine de Kuran ? Il avait décidé qu'il devait en être ainsi, mais *comment* cela était-il censé arriver ? Torturé, il se mit à se tourner d'un côté et de l'autre. Cela pouvait-il être vrai ? Avait-il supposé depuis le début que la fortune amassée grâce aux scieries lui reviendrait un jour par le biais d'Harriet ? Qu'Oliver serait ravi de l'avoir pour gendre et qu'il le hisserait immanquablement au rang d'associé ? Etait-ce la raison pour laquelle il avait fait une fixation sur Harriet depuis le tout début ?

John finit par s'endormir, mais les doutes assaillirent ses rêves, et il fut le premier du camp à se réveiller. Il comprit tout de suite qu'il se passait quelque chose. Sa montre lui indiquait que l'aube était proche, et pourtant le ciel était d'un noir intense à perte de vue. Le vent s'était transformé en violentes bourrasques qui faisaient danser la forêt. Est-ce qu'une tempête approchait ? Il se leva, huma l'air en quête d'un signe annonciateur de pluie. Au lieu de cela, il sentit une odeur de brûlé. En l'espace d'un horrible instant, il comprit. Il ne s'agissait pas d'une tempête. Le noir du ciel était de la fumée, avec une nuance de rouge, et John entendait désormais un grondement sourd qui couvrait le vent. Il cria et les autres hommes bondirent de leurs lits, terrorisés, mais il était déjà trop tard.

Le mur de feu montait à l'assaut de la colline. Ils n'avaient pas le temps de tenter quoi que ce soit, de mettre au point une technique de défense, d'organiser et de tenir un coupe-feu. Les hommes se contentèrent de s'éparpiller tandis que les flammes leur fonçaient dessus, les arbres explosant derrière eux en crachant du feu. Le seul endroit sûr se trouvait de l'autre côté de la saillie. John grimpa la pente de son mieux, traînant sa mauvaise jambe. De la cendre et des braises incandescentes pleuvaient autour de lui, et de la fumée cinglait les arbres, noire et étouffante. Il se fraya un chemin à travers des broussailles sèches comme de l'amadou jusqu'à ce que, tout à coup, il se retrouve hors des bois, en train de courir sur de l'herbe et des rochers. Au-dessus de lui, la saillie dressait sa crête pelée devant le ciel pâle de l'aube. Pivotant sur lui-même, il regarda derrière lui et vit une chose terrible. Tout le flanc de la montagne était en flammes, mais pire, dans le ravin en contrebas, perdue au milieu de la fumée et de l'averse de débris, une silhouette solitaire vacillait.

C'était Oliver Fisher. Noir de cendre, il tenait ses mains en coupe devant ses yeux dans une vaine tentative pour voir quelque chose au milieu de ses quintes de toux et de ses haut-le-cœur. John cria, mais sa voix fut emportée par le vent. De la fumée cacha Oliver un moment, puis il réapparut, à genoux, tournant la tête sans rien voir. John estima les progrès de l'incendie. Restait-il dix secondes avant qu'il les engloutisse, ou bien trente ? Avait-il le temps de descendre chercher Oliver et de le traîner en haut de la côte ? En était-il seulement capable, avec sa mauvaise jambe, Oliver désorienté et peut-être inconscient à ce moment-là ?

Cet instant d'hésitation sembla durer une éternité. Et là, John vit un monstre sortir de la fumée. C'était une tornade de flammes, un tourbillon géant au milieu de l'incendie, couronnée par les étincelles chauffées à blanc des feuilles qui explosaient. Le tourbillon hurla, oscillant d'un côté et de l'autre en quête d'une proie, puis il se recroquevilla avec une joie sauvage pour engouffrer Oliver à l'endroit où celui-ci était accroupi. John resta pétrifié une dernière seconde, assez longtemps pour voir son employeur se cabrer – une silhouette tourbillonnante de bras et de jambes en feu. Ensuite, tout le flanc aval se transforma en un torrent unique qui se précipitait vers lui. John s'enfuit. Le feu lui léchait les talons, lui roussissait les cheveux à l'arrière du crâne et consumait sa chemise, mais il franchit le sommet de la colline à toute allure, sauta une petite falaise de l'autre côté, et tomba sur le sol. Une grande nappe de flammes solides passa dans le ciel au-dessus de lui. Celle-ci rugit de colère pendant un instant, puis, enfin privée de carburant, elle vacilla, faiblit et mourut.

Ce matin-là, ils perdirent deux hommes en plus d'Oliver.

Ce fut le début du pire incendie que les montagnes connaissaient depuis des dizaines d'années, et personne ne sut qui ou ce qui l'avait provoqué. Quoi qu'il en soit, ce n'est qu'au terme d'une deuxième semaine de lutte que John, encore brûlé et noirci, descendit des montagnes pour aller rendre visite à Harriet. Le corps de son père l'avait précédé. Ils n'avaient pas grand-chose à se dire. John était épuisé et la jeune femme anéantie. Aucun d'eux n'aborda donc le sujet de la grossesse d'Harriet. Celle-ci fut simplement emportée par les autres événements, et acceptée. John n'avoua pas non plus à Harriet qu'il avait assisté aux derniers instants de son père, ni qu'Oliver et lui avaient eu une violente dispute à son sujet seulement le soir précédant l'incendie.

Sa propre attitude en ce moment crucial, son hésitation entre action et inaction, était une chose à laquelle John refusa de réfléchir pendant longtemps. C'est seulement plus tard qu'il se demanderait si, derrière sa terreur de l'incendie, il n'avait pas ressenti une vague d'exaltation en voyant Oliver piégé dans ce ravin, l'excitante certitude que celui-ci allait mourir, et qu'avec lui disparaîtraient tous les obstacles qui se dressaient entre lui, Harriet et son argent. Plus tard encore poindrait une conviction plus sombre. Le feu s'était en effet déclaré dans la partie la plus à l'est du domaine de Kuran avant de gagner les montagnes. De sorte qu'en évoquant ce souvenir – les flammes dévorantes et la silhouette affolée qui brûlait –, John le savourerait comme un cadeau à la fois précieux et terrifiant. Car en secret il était convaincu qu'au moment où il en avait eu le plus besoin, les collines de son domaine s'étaient enflammées d'elles-mêmes pour aller dévorer son ennemi.

Un mois plus tard, John et Harriet étaient mariés. En accord avec le testament d'Oliver, ses biens furent partagés entre ses enfants : deux tiers à Matthew, un tiers à Harriet. Les sommes d'argent dont il était question, cependant, furent une déception, surtout pour John. Il apparut qu'Oliver avait dilapidé une grande partie de sa fortune en Bourse et au champ de courses. Pourtant, John et Harriet commencèrent leur vie de couple dans le confort de la résidence Fisher, et John et Matthew reprirent la direction des scieries. Deux ans plus tard, alors que la guerre touchait à sa fin et que les réserves de bois des Hoops étaient au bord de l'épuisement, ils décidèrent de fermer les scieries et de vendre le matériel. Ils liquidèrent également la maison familiale des Fisher, et l'héritage d'Oliver fut complet. La part de John et d'Harriet ne représentait pas une grande fortune, et ce n'était assurément pas suffisant pour que John puisse envisager d'acquérir le domaine de Kuran. Ce fut cependant assez pour lui permettre d'acheter une ferme céréalière dans les plaines de Kuran.

A l'âge de trente et un ans, John McIvor devint donc enfin un propriétaire terrien indépendant. Il débordait de fierté. Il avait soigneusement étudié les terrains disponibles et avait choisi une parcelle de deux cent soixante hectares, là où la couche de terre était la plus noire et la plus profonde. Cela n'avait rien de comparable au domaine de Kuran, mais la colline sur laquelle se dressait le manoir était clairement visible, à une dizaine de kilomètres de l'autre côté des plaines, et John savait que c'était un bon début pour l'atteindre.

Et, bien sûr, il était désormais père. Harriet avait donné naissance à une vigoureuse petite fille brune qu'ils prénommèrent Ruth. La petite Ruth était dans les bras d'Harriet quand la famille se rendit à la gare de Powell pour accueillir Dudley, le soldat enfin revenu de la guerre.

22

Pour William, le mois qui le séparait du rassemblement parut durer une éternité. C'était le plus grand événement jamais organisé par la Ligue pour l'indépendance australienne, et son oncle semblait avoir un millier de choses à préparer. Il fallait louer des tentes et les monter sur le site, installer des toilettes portatives, commander des cartons de papier-toilette, couper et empiler du bois, installer des éclairages et une sono, ainsi qu'un générateur pour alimenter le tout. Des camions de livraison déposaient d'énormes tas de matériel devant le manoir, ou directement sur l'aire de camping dans les collines.

Au milieu de toute cette agitation, la seule préoccupation de William était son oreille. La douleur n'était jamais aiguë, mais elle était toujours présente, une palpitation qui semblait pénétrer profondément dans son crâne. Il finit par en parler à sa mère. Elle alla acheter les médicaments prescrits par le Dr Moffat et, pendant les dix jours suivants, William avala des antibiotiques. La douleur eut l'air de s'atténuer légèrement mais, pour être honnête, il n'en était pas sûr. Néanmoins, il dit à sa mère qu'il se sentait mieux. Le docteur et elle avaient semblé considérer ce mal d'oreille comme un problème mineur, une chose à laquelle tous les enfants devaient se résigner, et il ne voulait pas avoir l'air d'une mauviette. De plus, ce serait un désastre si, au moment du rassemblement, il se retrouvait confiné dans sa chambre juste parce que son oreille lui faisait mal.

Pendant ce temps-là, durant tous les préparatifs, il avait presque oublié que ce grand événement n'était pas une simple fête mais qu'il avait aussi un but sérieux. Or un soir après le dîner, environ une semaine avant le grand jour, il était tranquillement recroquevillé dans un fauteuil du salon pendant que sa mère regardait une émission d'actualités. William ne la suivait pas, mais il entendit deux mots familiers. Il leva les yeux vers la télévision. Sur l'écran brumeux, il distinguait un homme interviewé en direct sur le plateau. L'homme répondait à une question, et le sujet était, semblait-il, la loi sur les titres de propriété autochtones.

"... laissez-moi vous parler de la *terra nullius*. Une partie de cette théorie affirme que les Aborigènes ne travaillaient pas la terre, qu'ils se contentaient de la laisser comme ils la trouvaient, et qu'ils n'avaient donc aucuns droits de propriété. Mais ce n'est pas tout à fait vrai. Ils faisaient de leur mieux, avec des moyens très limités. L'Australie n'était pas un paradis. Elle ne possédait aucune plante propre à l'exploitation extensive, pas de blé, d'orge, de coton ou quoi que ce soit d'autre. Elle ne possédait pas non plus d'animaux propres à la domestication, pas de moutons ou de vaches. C'est seulement une fois que les Européens eurent apporté ces plantes et ces animaux qu'il a été possible de créer des exploitations comme nous en avons aujourd'hui, avec des champs et des barrières. Avant ça, les Aborigènes cultivaient ou élevaient de la seule façon rentable..."

William coula un regard vers sa mère. En temps normal, elle n'aurait pas regardé une émission pareille. Mais elle se contentait de fixer l'écran, les yeux vitreux, absente.

"... ensuite, la Haute Cour a ouvert la voie avec l'affaire Mabo. Elle reconnaissait enfin que le concept de la *terra nullius* avait toujours été un mensonge, et aujourd'hui le gouvernement répond à une réalité historique en proposant une loi sur les droits fonciers des Aborigènes : le Native Title. La terre de ce pays appartenait aux Aborigènes et nous la leur avons volée sans leur donner aucune compensation. Ce n'est pas juste. Pendant un siècle et demi, les Aborigènes ont été parqués dans des missions, dans le désert ou dans des ghettos urbains, et nous les avons oubliés. Ça aussi, c'est injuste. Ces gens n'ont eu aucun véritable accès à l'éducation, aux soins ou à l'emploi ; beaucoup d'entre eux n'avaient même pas le droit de vote avant les années 1960. Tout cela est injuste, et les conséquences auront des répercussions sur plusieurs générations, mais le Native Title a le mérite d'être la première étape visant à redresser nos torts…"

William regardait attentivement. C'était étrange. Il avait écouté la radio pendant des heures avec son oncle, et il avait entendu toutes sortes de débats à propos de ces nouvelles lois et du mal qu'elles causeraient. C'était la première fois qu'il entendait quelqu'un semblant penser qu'elles étaient une bonne chose.

"… mais si votre terre est en propriété libre et perpétuelle, le Native Title n'y touchera pas. Cette loi ne devrait même pas concerner les terrains soumis au droit de pâture. En fait, le but de cette loi est de *protéger* les terrains soumis au droit de pâture. C'est vrai, quelques-uns risquent de faire l'objet d'une revendication, mais uniquement dans le cas où les Aborigènes auraient occupé cette terre de façon continue, ce qui va être difficile à prouver. Et même dans le cas où une telle revendication aboutirait, tout ce que le locataire aurait à faire serait de partager son accès à la terre avec les propriétaires traditionnels, et de les consulter avant d'entreprendre des travaux importants susceptibles d'affecter des sites culturels sur la propriété. Ce n'est pas tout à fait la même chose que de voler des terres…"

Etrange et déroutant. Cela ne ressemblait même pas à la loi qui rendait son oncle aussi furieux. William regarda de nouveau sa mère. Ecoutait-elle ? Il ne lui avait jamais demandé ce qu'elle pensait du travail de son oncle. Ni même du rassemblement.

"Maman ?"

Elle tourna la tête en clignant des yeux, et son regard se fixa lentement sur lui.

"Quoi ?

— Tu sais pourquoi le rassemblement est organisé, hein ?

— Ton oncle est en train de dépenser beaucoup d'argent, c'est tout ce que je sais.

— Mais ces nouvelles lois. A ton avis, elles sont bonnes ou mauvaises ?"

Elle se frotta le front.

“Bon sang, Will, ce n’est pas à moi d’en décider.

— Oncle John dit…

— William, pas maintenant ! Quoi que dise ton oncle, je partage son avis. Contente-toi de rester dans ses petits papiers. D’accord ?”

William abandonna. Mais le lendemain il raconta à son oncle ce qu’il avait entendu à la télévision.

Son oncle haussa un sourcil.

“Tu as vu ça, hein ? Eh bien, je t’ai toujours dit que certaines personnes étaient en faveur de ces nouvelles lois. Même si elles ne comprennent pas vraiment. A moins que tu penses qu’il avait raison ?

— Je n’en sais rien… Non. Mais…

— Hmm.” Le vieil homme considéra son neveu un long moment. Puis il se leva de son bureau. “Tu sais quoi : je m’apprêtais à aller voir comment ça avançait, à l’aire de camping. Pourquoi est-ce que tu ne viendrais pas avec moi ?”

William accepta, heureux de pouvoir aller se balader en voiture, et ils montèrent dans la camionnette. C’était une belle journée ensoleillée. Le printemps était désormais bien installé, et le soleil était chaud à nouveau. Mais son oncle devint sérieux au fur et à mesure qu’ils suivaient les méandres de la route pour s’enfoncer dans les collines. De la poussière planait dans l’air. Il n’avait pas plu et les champs semblaient desséchés. Si le temps restait aussi sec, remarqua le vieil homme d’un ton sinistre, il faudrait envisager des mesures désespérées, comme vendre encore une partie du bétail. Le ruisseau était à sec et il avait entendu dire que la Condamine avait cessé de couler. Et le gour ? demanda William. N’y aurait-il pas toujours de l’eau, là-bas ? Son oncle hocha la tête. Le niveau aurait baissé, mais la source qui se trouvait dans la grotte signifiait qu’il y aurait toujours de l’eau à cet endroit-là au moins. Peut-être qu’une fois le rassemblement terminé, quand ils auraient du temps libre, ils pourraient même aller s’y baigner.

Ils roulèrent jusqu’à l’aire de camping, une clairière aménagée au pied d’une large colline. William se souvint de l’éolienne qui s’y trouvait, flanquée d’un réservoir d’eau et d’un abreuvoir. Un panneau en carton dirigeait les visiteurs vers un vaste parking délimité à l'aide d'un ruban de plastique orange. Derrière, sur le bas de la colline, et abritée par des gommiers assez espacés se trouvait l'aire proprement dite. Il y avait des tas de bois ici et là, et des foyers soigneusement délimités à l'aide de pierres. Un peu plus haut, on voyait plusieurs monticules de toile pliée ainsi qu'un imbroglio de cordes et de sardines. C'était également là que des lampadaires de fortune avaient été érigés, et déjà des ampoules électriques pendaient aux fils tendus entre eux. Pour finir, tout en haut, au sommet de la colline, William aperçut, ainsi qu'il en avait déjà eu l'occasion, un cercle de pierres sombres debout parmi les arbres.

Le site tout entier semblait excitant. C'était un cirque avant l'arrivée de la foule, mieux encore, c'était le cirque personnel de William, installé en pleine brousse au milieu des collines, et dont seuls quelques initiés connaissaient l'existence. Son oncle traversa directement l'aire de camping pour monter sur l'épaulement de la colline, et il se gara à côté des tentes pliées. Ils descendirent du véhicule et contemplèrent le paysage : les collines brunes qui s'étendaient jusqu'aux lointains champs de blés des plaines et, à l'est, les montagnes qui avançaient sur l'horizon. Le soleil brillait, une légère brise soufflait, l'air sentait l'eucalyptus et le bétail.

“Alors ? demanda son oncle. Tu crois que ça ira ?”

William hocha la tête avec ferveur.

Le vieil homme indiqua les tas de toile.

“On montera la grande tente un jour ou deux avant le week-end. Si par hasard il pleut, on veut avoir un endroit où abriter la sono et tenir les réunions.

— Et notre tente ? demanda William.

— On n'en aura peut-être pas besoin. On pourrait simplement dormir à la belle étoile.” Il sourit en voyant la déception de William. “Non… on pourra la monter où tu voudras. On a de la chance, on sera les premiers à s'installer. Crois-moi, l'aire va être pleine quand tout le monde sera arrivé et aura déballé ses affaires.”

Ils restèrent là un moment à écouter le profond silence des collines. Deux corbeaux planèrent entre les arbres en contrebas, poussant leurs étranges lamentations.

Le vieil homme changea de position.

“On aurait pu organiser le rassemblement près du manoir, tu sais. Ça aurait été plus simple. Mais j’ai une bonne raison d’avoir choisi cet endroit.

— Laquelle ?

— Viens. Il y a une chose que je veux te montrer.”

Il fit demi-tour et entraîna William en haut de la côte. Au sommet de la colline, une large ceinture d’arbres formait un cercle sur le pourtour, de hauts gommiers aux longues branches et à l’écorce blanche et lisse. Entre eux, l’ombre était dense, mais au-delà, tout au sommet de la colline, il y avait un large cercle vide inondé de lumière. Et il y avait les pierres verticales que l’on n’apercevait qu’à moitié depuis le bas, même si, de près, William voyait que les rochers ne tenaient pas vraiment debout tout seuls. Le sommet de la colline était émoussé, et un amas de rochers et de saillies rocheuses avait émergé des profondeurs de la terre, semblables à des dents cassées. Les plus grandes pierres formaient un motif vaguement elliptique autour d’un espace central verdoyant.

L’oncle de William alla se poster au centre de l’ovale, et il tendit les bras vers les rochers.

“Tant qu’il ne pleut pas, dit-il, c’est ici qu’on va installer la sono et tenir les réunions.”

William promena un regard dubitatif autour de lui. Le sommet de la colline lui procurait un vague sentiment de claustrophobie. Le ciel avait beau être bleu, l’air lui semblait oppressant, avec cette ceinture d’arbres gris inclinés vers le centre et ces pierres dressées de façon inquiétante. Il était difficile d’imaginer des lumières et des gens ici, à plus forte raison des haut-parleurs.

“On a presque l’impression que c’est quelqu’un qui a construit ça, tu ne trouves pas ? dit son oncle. En fait, c’est une formation naturelle. Mais ça n’en reste pas moins un endroit spécial. Un lieu de réunion. Je pense que des gens se rassemblent ici depuis des siècles.

— Quels gens ?

— Tu sais bien.” Le vieil homme choisit un rocher pour s’asseoir et fit signe à William de venir s’installer à côté de lui. “Bon, tu vas entendre parler de beaucoup de choses pendant ce rassemblement, exactement comme à la télé hier soir. Il va y avoir des gens en colère, avec des opinions radicales. Une grande partie des discussions va tourner autour du Native Title, et ça veut dire qu'on va beaucoup parler des Aborigènes. Tu vas entendre des choses assez méchantes. Mais il y a deux ou trois points que je tiens à t'expliquer."

William attendit.

"La première chose, dit enfin son oncle, c'est que je n'ai rien contre les Aborigènes. Certaines personnes qui vont venir à ce rassemblement les détestent… mais elles ne sont pas nombreuses, et je ne suis pas d'accord avec elles. Ce n'est pas la raison d'être de la Ligue. Pour ma part, j'ai énormément de respect pour les Aborigènes et la façon dont ils vivaient. Ils étaient là avant nous, et après tout ils ont survécu pendant des milliers d'années. Ils comprenaient beaucoup de choses. Comme ce cercle. Je n'en ai pas la preuve, mais je suis certain qu'ils se rassemblaient juste à cet endroit."

William examina les pierres.

"Pour quoi faire ?

— Je ne sais pas. Des *corroborees*, peut-être. Des initiations. Des rituels importants. Ce n'est pas vraiment la raison pour laquelle ils venaient qui compte… ce qui importe, c'est que c'est ici qu'ils venaient. Regarde autour de toi. Tu ne sens rien ?"

William sentait quelque chose. C'était ténu et difficile à saisir, comme quelque chose qu'on voit du coin de l'œil, mais c'était bien là. Un cercle de pierres à l'intérieur d'un cercle d'arbres.

"Ils ne seraient pas passés à côté d'un endroit pareil, insista son oncle. Il y a quelque chose de puissant ici. Ils l'avaient certainement senti et utilisé." Il pencha la tête pour regarder William. "Tu as déjà entendu parler des *boras* ?

— Non.

— Les Aborigènes dessinaient des cercles au fin fond de la brousse, aux endroits qui avaient pour eux une signification particulière. Des endroits puissants. Ces lieux étaient sacrés. Et je pense que cet endroit est un de ceux-là. Attends d'être ici la nuit autour d'un grand feu de camp. Tu verras ce que je veux dire. J'ai déjà organisé des réunions plus modestes ici. Et il y a une présence dans cette colline. Quelque chose qui prend vie."

Du feu… un feu qui brûle au milieu des pierres. Un souvenir remontant à plusieurs mois fit frissonner William. Il était assis sur la galerie de son ancienne maison, le soir, la veille du jour où sa mère et lui étaient partis pour toujours. Il avait vu un point lumineux dans l'obscurité, en haut des collines. En se souvenant de cela, William se tourna et regarda à travers les arbres les plaines en contrebas. Sa vieille ferme se trouvait quelque part dans cette direction, et de là-bas il avait pu regarder ce point précis. Avait-il assisté à une des réunions précédentes organisées par son oncle ? Mais non… la lumière mystérieuse vacillait dans son champ de vision. Elle n'était pas stationnaire, comme celle d'un feu de camp, William en était certain. Elle bougeait.

"Bon, il y a des gens qui vont trouver stupide de se réunir dans un lieu aborigène. Ils pensent que les Noirs n'ont jamais rien fait de valable. Mais je ne veux pas que tu penses une chose pareille, quoi que tu entendes. Les Aborigènes n'ont peut-être pas créé cet endroit, mais ils l'ont reconnu, et c'est en partie par respect pour eux que je l'ai choisi pour ce grand rassemblement." Le vieil homme se redressa, sévère. "Le plus comique, si on peut dire, c'est qu'à cause de lois comme le Native Title, je suis obligé de garder cet endroit secret. Et ça, c'est vraiment un secret, Will.

— Comme le gour ?

— Exactement comme le gour.

— Mais pourquoi ?

— C'est une information dangereuse à notre époque, voilà pourquoi. C'est ma terre maintenant, je sais que tu comprends ça. Les gens qui ont pu vivre ici avant sont partis. Mais ceux qui soutiennent le projet de loi sur les titres fonciers autochtones ne veulent rien entendre. Ils pensent qu'on peut ramener les Aborigènes d'une façon ou d'une autre, et leur rendre leurs anciennes terres. Je pense que c'est de la folie. Il est beaucoup trop tard pour défaire ce qui a été fait sans provoquer un désordre encore plus grand. Mais prends ce *bora*. Si le gouvernement ou un service aborigène du cadastre savait qu'il se trouvait là, ils envahiraient cette colline en un rien de temps. Ils diraient que ces pierres sont la preuve que les Noirs ont vécu ici, qu'ils utilisaient cette terre pour leurs rituels, et que je dois par conséquent la leur rendre. Evidemment, je n'ai pas envie que ça arrive, alors je ne dis à personne que ce cercle est ici. Et c'est ce que ces nouvelles lois vont obliger les gens comme moi à faire. Garder toutes sortes de secrets qu'on ne serait pas obligés de garder autrement.

— Mais des tas de gens vont venir ici la semaine prochaine."

Son oncle rit.

"On n'a rien à craindre d'eux. Ils ne le diront à personne. Mais je voulais que tu y réfléchisses. Tu vois, j'ai choisi cet endroit en partie par respect, mais aussi en signe de protestation.

— De protestation ?"

Le vieil homme hocha la tête, à nouveau sombre.

"Certains croient que les Aborigènes sont les seuls à comprendre la terre, que seuls les Noirs auraient pu trouver un endroit comme celui-ci et l'apprécier à sa juste valeur. Ils pensent que les Noirs ont avec la terre un lien magique que les Blancs n'auront jamais, qu'on se contente de sillonner la région sans se douter de rien, qu'on ne comprend pas le pays, qu'on veut seulement l'exploiter. Mais ce n'est pas vrai. Nous aussi, on peut avoir des liens avec la terre, notre propre sorte de magie. Cette terre me parle. Elle se moque de ma couleur, tout ce qui compte, c'est que je suis ici. Et je comprends ce qu'elle me dit, tout autant que ceux qui m'ont précédé, Noirs ou Blancs. J'ai trouvé ce cercle, non ? Alors je mérite moi aussi le respect."

Il se tut. William considéra le cercle de pierres. Il venait d'apprendre un autre secret sur le domaine. Et c'était une bonne chose. Plus il passait de temps avec son oncle, plus il apprenait. Il était sans cesse plus près de connaître la terre comme le vieil homme la connaissait. Un lien magique, avait dit son oncle ; connaître l'existence d'endroits comme le cercle de pierres et le point d'eau, ou l'histoire de cet explorateur enterré sous le manoir.

La connaissance, se dit William, voilà de quoi il s'agissait. La connaissance était l'essence de la propriété. Les

Noirs, semblait-il, avaient détenu cette connaissance à l'époque où ils possédaient la terre. C'était à présent son oncle qui la détenait. Et quand William aurait acquis cette connaissance, quand il saurait tout ce qu'il y avait à savoir sur le domaine, il serait à son tour prêt à en être le propriétaire.

Le vieil homme s'était relevé. Il tendit la main et agita la casquette militaire plantée sur la tête de William.

"Ne laisse jamais personne te dire que la Ligue est raciste."

23

Deux jours avant le début du rassemblement, quatre membres du comité central de la Ligue arrivèrent pour aider aux derniers préparatifs. William montait la garde sur les marches du perron. Son travail consistait à accueillir les invités et à les diriger vers le bureau de son oncle.

Le premier arrivant ne fut autre que le Dr Moffat. Il gara sa vieille voiture et en sortit, aussi rond et rougeaud que d'habitude. Il agita la main en guise de bonjour, puis entreprit de décharger deux caisses de vin de son coffre pour aller les poser dans l'entrée, à bout de souffle, en haut de l'escalier.

"Alors, comment va ta mononucléose ?" demanda-t-il avec un sifflement d'asthmatique.

William mit un moment à se souvenir de quoi il parlait.

"Bien."

Clin d'œil.

"Bien sûr. Tu retournes à l'école l'année prochaine, hein ?"

William hocha la tête avec hésitation. Devant le médecin, il faillit dire quelque chose à propos de son oreille. Mais que se passerait-il si on l'envoyait au lit avec pour consigne d'y rester ? Il se rappela à quel point ç'avait été affreux quand le Dr Moffat l'avait examiné la dernière fois. Si bien qu'il ne dit rien et, de toute façon, le médecin se dirigeait déjà vers le bureau.

Le deuxième invité arriva au volant d'un gros quatre-quatre argenté, et l'homme qui en descendit était tout aussi grand et imposant que son véhicule. Il n'était pas jeune – dégarni, il avait un visage ridé et bronzé, et un énorme ventre qui formait une protubérance sous sa chemise –, mais il avait tout de même l'air vigoureux et en bonne santé, élégamment vêtu d'un jean et de bottes. Il monta les marches à pas lourds, lançant un coup d'œil joyeux à William.

"Alors, on monte la garde ?" L'homme porta la main à son front pour le saluer. "Et qu'est-ce que tu es avec cette casquette ? Capitaine ? Major ? Général ?"

William fut pris au dépourvu.

"Ce n'est pas vraiment une casquette militaire, avoua-t-il. C'est une casquette de policier.

— Conneries. J'ai été flic, moi aussi. J'ai jamais vu une casquette de policier comme ça de toute ma carrière. Tu ne serais pas le neveu dont j'ai entendu parler ?

— Je pense que oui.

— Bon, petit. Alors, où est ton oncle ?"

L'homme s'appelait Terry Butterworth, et il s'avéra qu'il avait vraiment été policier, même s'il était à la retraite depuis plusieurs années. Il avait maintenant sa propre affaire, à Toowoomba. Quelque chose en rapport avec l'installation de serrures et d'alarmes antivol. Il était gros, bruyant et fruste, mais William le trouva sympathique et fut suffisamment impressionné pour s'entraîner à saluer pendant un moment, quand il reprit son poste sur le perron.

Un autre quatre-quatre apparut, celui-ci décoré de zébrures. Tout cabossé et couvert de poussière, il était équipé d'un énorme pare-buffle et de phares orientables. Son conducteur, cependant, était petit, sec et âgé. Sous un uniforme kaki décoloré, sa peau était tannée comme du cuir et son visage semblait perdu au milieu d'une barbe sauvage et emmêlée d'où émergeait une cigarette en train de se consumer. Lorsqu'il le vit monter les marches du perron, William remarqua qu'il avait les jambes arquées comme un crabe. Enhardi, William essaya son salut. Le vieil homme se cabra un moment, sa cigarette se redressant sous le coup de la surprise.

"Merde, alors", dit-il. Il répondit en portant un seul doigt à son front, puis partit en direction du bureau sans ajouter un mot.

Confus, William se résigna à examiner le véhicule. Sur les côtés, on voyait étalés les mots "Excursions au Filon perdu de l'Outback – Propriétaire Henry Lasseter".

Cela ne lui évoquait rien, mais plus tard son oncle lui expliqua toute la légende du chercheur d'or Harold Lasseter et du filon d'or géant qu'il prétendait avoir découvert dans le désert avant de le perdre à nouveau. *Henry* Lasseter, guide touristique, n'avait cependant aucun lien avec l'original. De plus, ses excursions se déroulaient uniquement dans la partie ouest du Queensland, bien loin de la région où le filon était censé avoir existé. Mais Henry ne s'était pas laissé abattre par des détails aussi infimes. William eut l'impression que son oncle n'appréciait pas beaucoup le vieux guide, ni les touristes qui faisaient appel à lui, ni même la légende de Lasseter en général.

"Mais si les gens ont envie de croire à de vieilles histoires, conclut son oncle, alors un usurpateur en vaut un autre."

Le dernier membre du comité arriva au coucher du soleil, remontant l'allée au volant d'une berline rouge fuselée. Fixé au pare-chocs arrière de la voiture, il y avait un vélo, du genre conçu pour la course, et le conducteur paraissait beaucoup plus jeune que les autres invités. Il avait des cheveux bruns bien coupés et des joues rasées de près, le plus étonnant, c'était qu'il portait un costume et une cravate. Pendant un instant troublant, l'homme rappela à William les employés des pompes funèbres qui avaient enterré son père. Il oublia de le saluer. Le nouveau venu sortit une mallette de sa voiture et leva un regard dubitatif vers les murs décrépis, le lierre envahissant et la terrasse affaissée de l'étage.

"Je suis bien chez John McIvor ? demanda-t-il en fronçant les sourcils au moment où ses yeux se posèrent avec incrédulité sur la casquette de William.

— Oui, monsieur.

— Seigneur !"

Il apparut qu'il s'appelait Kevin Goodwin et qu'il venait de Brisbane. Comme il était comptable, l'oncle de William l'avait nommé trésorier de la Ligue, même s'il n'y avait adhéré qu'assez récemment. William décida pourtant qu'il ne l'aimait pas beaucoup. L'homme semblait penser qu'un garçon portant une casquette militaire était une chose ridicule.

Sa mission de sentinelle accomplie, William retourna dans l'aile où il habitait et s'installa devant la télévision avec des sandwiches de pain grillé. De temps en temps, il entendait des cris et un brouhaha de voix en provenance du bureau, où son oncle recevait les hommes. Il était très tard, et William piquait du nez dans son fauteuil quand son oncle apparut sur le seuil.

"Première réunion, annonça le vieil homme. Viens."

Les membres du comité s'étaient réunis dans la salle à manger, déployés autour de la table sous une ampoule électrique nue. Ils avaient tous un verre à la main, de la bière, du vin ou du whisky, et l'air était déjà saturé de fumée de cigarettes. William s'assit dans un coin et, les yeux écarquillés, il regarda son oncle – assis bien droit en bout de table – ouvrir la session. Il y avait cependant toutes sortes de formalités à observer, des minutes à lire, et William ne tarda pas à s'ennuyer. Son regard dériva vers le plafond. D'immenses toiles d'araignées flottaient rêveusement dans les coins. Il les regarda voleter, se sentant gagné par le sommeil, puis cligna soudain des yeux. La réunion proprement dite avait commencé.

"J'ai vu les cartes, déclarait Terry Butterworth, les doigts passés sous la boucle de sa ceinture tendue. Quoi qu'on en dise, la moitié du pays est ouvert à la revendication. L'industrie pastorale, l'industrie minière, elles sont paralysées toutes les deux. Et prenez Henry, là, les endroits dans lesquels il organise ses excursions sont soit des terres soumises au droit de pâture soit des terres relevant du domaine de la Couronne.

— Ça me ferait bien chier", grinça le guide. Il était penché sur la table et griffonnait dans un grand cahier ouvert devant lui pour prendre les minutes de la réunion. "D'un coup, comme ça, il est question de terre noire et de rites sacrés, et les Blancs n'y ont plus accès. Regardez ce qui s'est passé dans le territoire du Nord. Ils ont carrément des pays indépendants là-bas, nom d'un chien, et il faut un putain de passeport pour aller où que ce soit.

— C'est une fiction légale, de toute façon, remarqua le policier. Soit on a volé tout le pays, auquel cas tout le continent est bon pour être ouvert à la revendication en vertu du Native Title, soit il ne l'a pas été du tout. On ne peut pas simplement dire que la propriété libre et perpétuelle est immunisée comme par magie. Ça emmerde même les Noirs, ce truc. La propriété libre et perpétuelle, les pâturages baillés : ils pensent que tout leur appartient de toute façon."

L'oncle de William prit la parole :

"La propriété libre et perpétuelle désigne les propriétés urbaines. Le gouvernement sait que, s'il touche aux villes, ce sera la révolution. Il n'est pas aussi stupide. Mais les gens qui jouissent d'un droit de pâture sur un terrain baillé représentent une minorité, si bien qu'ils ne comptent pas.

— Ils ?" C'était une question de Kevin Goodwin, qui semblait perplexe. "Vous n'en faites pas partie ?"

L'oncle de William secoua la tête.

"A l'origine, le domaine de Kuran était bien sûr entièrement soumis au droit de pâture. Mais quand le domaine a été morcelé, le gouvernement a cédé six mille hectares aux White en contrepartie. Cette terre a été convertie en bail perpétuel. Du point de vue légal, à ce qu'on m'a dit, c'est tout aussi sûr que la propriété libre et perpétuelle."

Un éventail de documents entourait le comptable, et il faisait tourner sans arrêt un stylo entre ses doigts.

"Alors, vous n'avez rien à perdre, même si la loi passe ?

— C'est le principe qui compte. Un homme ne sera plus propriétaire de sa terre. Si ce projet de loi est adopté, nous y perdrons tous.

— Soit ! Mais à mon avis le problème est de trouver une base sur laquelle nous battre. La Ligue, c'est très bien en tant que lobby, mais nous n'avons aucun pouvoir politique direct. N'est-il pas temps de reconsidérer les choses et de présenter des candidats aux prochaines élections ?"

L'oncle de William resta ferme.

"Nous n'allons pas entrer dans le système. C'est le système, le problème. Si on se met à présenter des candidats, c'est qu'on approuve la façon dont les choses fonctionnent, et avant d'avoir eu le temps de dire ouf, on sera aussi pourris que n'importe quel autre parti.

— Merde, l'ami, ajouta Terry Butterworth, on n'est pas là pour présenter des candidats. Notre boulot, c'est de préserver les vraies valeurs australiennes pour qu'au moment où tout se cassera la gueule, il y ait des gens comme nous pour ramasser les morceaux."

Le comptable demeura impassible.

"Et si les choses ne se cassent jamais la gueule ?"

Henry Lasseter leva les yeux de son cahier.

"Ça arrivera, mon gars, plus vite que tu peux l'imaginer.

— Peut-être, mais pour le moment on a besoin d'un soutien plus large si on veut arrêter des choses comme cette loi. Tôt ou tard, on va devoir établir une base dans les villes.

— Rien à foutre des villes, rétorqua Henry. Si ça ne tenait qu'à moi, le bush les enverrait se faire voir et déclarerait son indépendance."

Le policier rit.

"Merde alors, si les Noirs peuvent avoir leurs propres pays dans le Nord, pourquoi pas nous ? Au pire, on peut toujours créer notre propre Etat quelque part dans l'Ouest.

— Et pourquoi pas, bon sang ?" Henry se rengorgea. "La fédération n'est pas inviolée, bordel. L'Australie-Occidentale est toujours à deux doigts de faire sécession. Elle n'a jamais voulu adhérer au départ. Le Queensland du Nord pourrait franchir le pas si les choses s'envenimaient."

L'oncle de William frappa sèchement sur la table.

"On s'emballe un peu..."

Le débat roulait d'un bout de la table à l'autre, et William s'avachit un peu plus dans son fauteuil. L'air était chargé d'alcool et de tabac, et il avait à nouveau sommeil. Il savait que le sujet était important, mais il aurait voulu que ces préliminaires prennent fin et que le rassemblement proprement dit commence. Il bâilla, se força à ouvrir les yeux.

"Le projet de loi va être adopté par la Chambre basse, disait son oncle. Nous le savons tous. Mais le gouvernement n'a pas la majorité au Sénat. Il va compter sur les petits partis. La question est : comment s'assurer que ces petits partis votent contre ?"

Kevin Goodwin répondit :

"Nous devons avertir le pays des dangers, montrer aux gens tout ce qu'ils ont à perdre. S'il y a un tollé général contre ce projet de loi, le Sénat fera marche arrière. Le problème, c'est que les citadins ne se sentent pas menacés, ils pensent que leurs petits jardins n'ont rien à craindre. Alors, comment fait-on pour enfoncer le clou ? Doit-on envisager ça sous l'angle légal ? Peut-être que toute l'idée du Native Title est inconstitutionnelle.

— Au diable les tribunaux !" s'exclama le vieux guide d'un ton méprisant. "C'est eux qui ont déclenché cette merde."

Terry Butterworth déplaça sa masse et se pencha en avant sur son siège.

"Des actions directes, voilà ce qu'il nous faut. Des manifestations, des blocus. J'en ai assez vu à l'époque où j'étais dans la police, et le fait est que ça marche. Je pense qu'on devrait choisir un de nos membres qui possède des terres dans l'Ouest, des terres soumises au droit de pâture et susceptibles d'être revendiquées si la loi passe. Et on dresse un piquet de grève autour. On déclare qu'on refuse le Native Title, quoi que puisse décider le gouvernement, et qu'on restera là indéfiniment si on y est obligés pour protéger les limites de la propriété. En fait, on met publiquement au défi tous les Noirs qui ne sont pas d'accord avec nous de tenter de passer à travers, et on verra jusqu'où ils vont. On fait beaucoup de bruit, on invite la presse et la télé. Ils adoreraient ça : un fermier qui lutte avec sa famille, terrifié à l'idée de se faire virer de ses terres, des terres qu'ils exploitent depuis des générations. Et, entre-temps, on crie devant les caméras : Vous pourriez être le prochain ! Le gouvernement vous ment ! Vos jardins sont bel et bien en danger ! Vos parcs sont en danger, vos plages et vos rivières sont en danger ! Le Native Title va tout vous voler !"

Le comptable fit tournoyer son stylo.

"Organiser la bonne confrontation risque d'être difficile. Il faudrait choisir une propriété qui soit extrêmement importante pour les ayants droit aborigènes, une pour laquelle ils soient physiquement prêts à se battre si on leur en interdit l'accès : de cette façon, on aurait le genre d'échange violent et la publicité qu'on espère. Des hordes de Noirs qui envahissent le domaine d'une famille blanche, ce genre de chose. Si on arrive à provoquer un scandale assez gros avec des trucs dans ce goût-là, alors le Sénat sera bien obligé d'en tenir compte. John ?"

Une pause pensive.

“L’idée possède un certain potentiel...”

Et la réunion se poursuivit ainsi. William posa la tête contre le mur et laissa sa casquette lui glisser devant les yeux, le poids de l’insigne sur le devant lourd et rassurant. Son oreille l’élançait, et des taches rouge vif semblaient danser dans sa tête.

“Un entraînement pourrait être utile, disait maintenant Terry Butterworth d’un ton rêveur, si on en vient au blocus et si les choses s’enveniment.

— On devrait former une véritable milice, suggéra Henry. Ça fait partie des devoirs d’une démocratie, d’être prête à se battre pour défendre son bifteck. Et la plupart de nos membres possèdent déjà des armes.”

Kevin Goodwin semblait dubitatif.

“Une milice armée risque de ne pas très bien passer à la télé. On est censés être les gentils.

— Ça dépasse le cadre du Native Title, affirma le policier. C’est une question de sécurité nationale. Vous pensez que l’armée australienne serait capable de défendre ce pays si les Japs revenaient un jour, ou si les Indonésiens nous envahissaient, ou les Chinois ? Il nous faudrait des troupes de citoyens, beaucoup, et bien armées, des gens qui connaissent leur région. La Ligue devrait se tenir prête à apporter sa contribution. Mais on ne devrait pas avoir trop de mal à organiser tout ça. Qu’en pensez-vous, John ?

— Je n’ai rien contre le fait de mettre en place une milice. J’ai été membre d’une milice pendant la guerre. Tant que ça en reste là. Je ne veux pas transformer la Ligue en corps militaire.

— Non, non, seulement une milice interne. Comme l’a dit Henry, ça compte parmi nos responsabilités en tant qu’Australiens. On peut soumettre l’idée lors de l’assemblée générale. Kevin ?

— Eh bien... j’imagine qu’on ne risque rien à demander l’avis des membres. Et je serais curieux de voir quel genre de troupe nous serions véritablement capables de lever.”

L’oncle de William devint insistant.

“Notre principal but ce week-end est de mettre au point une réponse au Native Title.

— Bien sûr, bien sûr, dit Terry Butterworth. Mais ça peut quand même entrer à l'ordre du jour. Je propose de soumettre aux membres l'idée d'une milice.

— Je suis pour", dit Henry Lasseter.

L'oncle de William soupira.

"Très bien, proposition acceptée."

Il y eut un brouhaha de conversations excitées de la part des autres.

"Il va falloir réfléchir à un nom.

— Pourquoi pas Milice pour l'indépendance australienne. Ça fait AIM en anglais – le but : avec ça, on est sûrs de viser dans le mille !

— Et pour l'uniforme ?

— L'uniforme ?

— Bon, pas la totale. Juste un insigne ou un truc dans le genre. Pour qu'on sache qui est qui.

— Comme Will, là-bas, avec sa casquette. Hé, Will, tu veux te joindre à nous ? On pourrait te nommer maréchal…"

Les hommes rirent, mais William avait la tête penchée sur la poitrine. Il s'agita en entendant le bruit, perdu dans un vague rêve d'incendie. Puis les rires retombèrent, et les hommes retournèrent à leurs affaires.

24

En 1950, les plaines de Kuran prospéraient enfin, portées par le prix du blé qui n'avait jamais atteint de tels sommets. De nouvelles variétés de céréales avaient fait leur apparition, résistantes à la sécheresse et à la maladie, et il y avait également de nouveaux engrais, de nouveaux pesticides, de nouveaux tracteurs, moissonneuses et camions. Des routes goudronnées s'étendaient depuis Powell, de même que des lignes téléphoniques et des câbles électriques. La population grimpa en flèche, les humbles bicoques des anciens fermiers disparurent, remplacées par de robustes fermes bondées d'enfants. Vingt ans plus tôt à peine, les plaines n'étaient encore que des prairies vastes et dépeuplées. A présent, les lumières de centaines de foyers y brillaient chaque soir, et la poussière de centaines de charrues s'y élevait la journée.

Pourtant, ce qu'il y avait de frustrant, c'est que toute cette prospérité passait à côté de John McIvor. Il travaillait consciencieusement, plantait du blé ou de l'orge l'hiver, du maïs ou du millet l'été, mais il apprenait que, même en période florissante, les choses pouvaient mal tourner. Une année, une gelée tardive anéantit son blé juste au moment où celui-ci mûrissait. Une autre année, une soudaine averse de grêle ravagea son maïs. Il connut des fléaux : mauvaises herbes, souris et même criquets. Et une fois, pendant la moisson, le temps resta humide et morne pendant cinq semaines consécutives, et son orge pourrit dans les champs. La liste continuait et, pour quelque raison, les récoltes exceptionnelles ne semblaient jamais vraiment arriver. L'exploitation était certes profitable à petite échelle, mais John avait besoin de beaucoup plus que cela.

Il n'avait pas l'intention de cultiver ce petit carré de terre toute sa vie. Il avait pour projet de s'étendre, d'acheter une deuxième exploitation avec les bénéfices de la première, puis une troisième, et ainsi de suite jusqu'au jour où il pourrait vendre le tout et acquérir le domaine de Kuran. Mais là, il se battait pour économiser quelques centaines de livres par an. C'était trop lent. Bien sûr, il pouvait toujours aller voir les banques pour contracter un emprunt, mais John nourrissait une profonde aversion pour l'idée d'emprunter. L'ancien domaine de Kuran était criblé de dettes, et c'était ce qui avait condamné la propriété, plus sûrement que tout ce que les White avaient pu faire. Tout ce qu'il possédait, John voulait le posséder complètement, pas sous hypothèque. La possession ne signifiait rien si elle n'était pas absolue.

Le fait d'avoir désormais une famille renforçait seulement son impatience à posséder le domaine de Kuran. Il voulait que ses enfants grandissent au sein du domaine. Sa fille méritait de toute évidence autant qu'Elizabeth White la belle chambre aux rideaux vaporeux, les vêtements, l'éducation. De fait, il voulait que Ruth ait plus, qu'elle soit meilleure qu'Elizabeth ne l'avait jamais été. Comment pourrait-il mieux prouver que le domaine aurait dû lui revenir de droit depuis le début ? Et, un jour, il aurait un fils qui porterait le nom des McIvor. Il ne voulait pour son fils aucune incertitude, aucun des doutes et des catastrophes qui avaient affligé sa propre jeunesse. Son fils devrait grandir avec la certitude que le domaine de Kuran serait son héritage. Il regarderait alors son père avec gratitude et fierté, pas avec déception.

Les années passaient pourtant, moisson après moisson, et non seulement le domaine de Kuran demeurait inaccessible, mais aucun fils n'arrivait non plus. Harriet fut de nouveau enceinte en 1946, mais elle fit une fausse couche. Elle en fit une autre en 1948. Et après cela elle ne retomba plus jamais enceinte. Ruth demeura leur premier et seul enfant, le fruit de cette unique rencontre entre roche et eau dans les collines. John se mit à la considérer différemment, et il prit un autre départ. Son existence même était liée à celle du domaine, après tout, de sorte qu'il s'agissait peut-être d'une question de destinée. Il se mit à emmener la fillette avec lui sur ses terres. Vive, intelligente et courageuse, elle était beaucoup plus heureuse, semblait-il, quand elle avait les pieds et les mains dans la terre qu'à la maison à jouer avec ses poupées ou ses robes. Cependant, John continuait de s'inquiéter car, en 1950, Ruth avait déjà sept ans. Comment allait-il s'approprier le domaine de Kuran avant qu'elle grandisse ?

Et puis il y avait Dudley Green.

Le soldat rentré au pays n'était que la malheureuse ombre de l'homme parti à la guerre. Il vivait désormais chez ses parents, dans leur ferme. Son frère aîné étant mort au combat, il était tout ce qui leur restait. Des expériences que Dudley avait connues pendant la guerre, John et Harriet ne savaient presque rien. Son unité avait été encerclée lors des premières batailles de la péninsule malaise. Après sa capture, il avait été détenu dans plusieurs prisons de fortune, jusqu'à ce qu'il retrouve enfin le reste de sa division à Changhi. On l'avait à nouveau envoyé dans des camps de travail, dont celui de la voie ferrée reliant la Birmanie et la Thaïlande, et pourtant, de toutes ces années de besogne, de faim et de brutalité, Dudley ne parlait guère. Son corps témoignait pour lui : après avoir enduré de longues crises de dysenterie, de béribéri et de malaria, il était amaigri et voûté. Particulièrement touchés, ses poumons le rendaient très vulnérable à la grippe et à la pneumonie. Il souffrait également d'arthrite aiguë et d'allergies cutanées.

Mais c'étaient les changements émotionnels intervenus en lui qui peinaient le plus John et Harriet. Les camps l'avaient vidé de sa vivacité, avaient cassé quelque chose en lui. Il était devenu étrange et préoccupé – hanté, semblait-il, par ses propres souvenirs. A son retour, il n'avait repris aucun de ses anciens passe-temps, et il avait même coupé les ponts avec ses camarades eux aussi ex-prisonniers de guerre. Son unique plaisir social était de se rendre chez John et Harriet, lesquels n'habitaient qu'à quelques kilomètres de chez lui, et de prodiguer une attention timide à la petite Ruth. Il l'adorait ouvertement. Et, s'il en voulait à John et Harriet pour ce qu'ils avaient fait en son absence, il ne le montrait jamais. John se réveillait donc désormais avec un net et accablant sentiment de honte. Pendant toute la guerre, il avait envié Dudley et redouté son retour. Et cette peur l'avait poussé à trahir leur pacte. Mais il y avait lui, qui était resté au pays, à présent installé dans une ferme avec une femme et un enfant. Et il y avait son ami, qui était parti à la guerre, sans rien ni personne en guise de compensation.

La mère de Dudley mourut d'un cancer en 1951. Un an plus tard, usé par le travail et les soucis, son père la suivit, le laissant complètement seul dans la ferme qu'il possédait désormais. Compte tenu de cet isolement, l'état nerveux de Dudley commença à se détériorer. John et Harriet ne pouvaient qu'y assister, impuissants. Dudley négligeait les travaux de routine de l'exploitation. Sa maison devint un véritable dépotoir. Il ne prenait plus la peine de se laver ni de laver ses vêtements, et il cessa de se raser. Il ne s'alimentait pas non plus correctement, si bien qu'il recommença à perdre le poids qu'il avait pris à son retour. Et lui qui avant la guerre ne buvait qu'en société se mit à boire pour de bon. Il prit l'habitude de dormir toute la journée et, la nuit, de déambuler dans sa ferme à l'abandon. John commença à entendre les noms que lui donnaient les voisins. Tout ce qu'ils voyaient, c'étaient ses cheveux longs et sa barbe emmêlée, ses vêtements sales et son regard hagard. Ils l'appelaient le "Pauvre Dudley", secouant la tête d'un air résigné et parlant tout bas de psychose traumatique. Ou même le "Vieux Dudley", alors qu'il n'était pas vieux. John soupçonnait que les surnoms étaient pires lorsqu'il n'était pas là pour les entendre. Ce "Fou de Dudley", peut-être. Ou ce "Cinglé de Dudley", aussi bien.

Un jour, en 1953, John arriva chez son ami et le trouva nu et inconscient sur le sol du salon. Dudley était d'une maigreur effrayante, le corps lacéré de vieilles cicatrices et de taches pâles laissées par des ulcères tropicaux mal soignés. Plusieurs heures s'écoulèrent avant que John parvienne à le relever et à l'aider à s'habiller. Dudley puait le rhum, mais John devina que l'état de son ami n'était pas seulement dû à l'ivresse. Cet homme était en train de mourir de faim. John lui réunit quelques affaires et l'emmena chez lui. Harriet lui prépara un repas et ils le regardèrent manger tous les deux. Ils lui installèrent ensuite un lit de camp dans le bureau de John et l'envoyèrent se coucher. Ils le gardèrent aussi le lendemain, et le jour suivant. Grâce à la nourriture et à leurs bons soins, Dudley sembla se remettre, et la solution s'imposa d'elle-même. Ils ne le consultèrent même pas. Ils ne le ramenèrent jamais chez lui. Et, pour sa part, Dudley ne demanda jamais à rentrer.

C'était leur pénitence, John et Harriet le savaient. Il n'était pas question de l'envoyer dans un institut où il serait soigné par des inconnus. Dudley n'accepterait jamais d'y aller. Ils ne pouvaient pas non plus l'abandonner à son sort. Ne l'avaient-ils pas déjà fait autrefois ? Ils n'étaient pas responsables de son état, ils le savaient, et pourtant la culpabilité demeurait. Mais c'était loin d'être simple. John dut reprendre la gestion de l'exploitation de Dudley, même s'il avait déjà à peine assez de temps pour s'occuper de la sienne. A la maison, Dudley se montrait parfois difficile. Son hygiène personnelle demeurait aléatoire, et son odeur flottait partout. Il refusait souvent de s'alimenter pendant plusieurs jours de suite et se fâchait quand ils tentaient de le forcer. Et il n'y avait pas moyen de le priver du réconfort de l'alcool. Saoul, il était enclin à des accès de rage impuissante, et il délirait dans son sommeil, plongé dans ses cauchemars. Mais ils affrontaient tout cela aussi patiemment que possible, en raison de ce qu'il était pour eux et parce que, dans ses meilleurs moments, il était de toute évidence heureux de faire partie de leur vie. Il considérait encore John comme son meilleur ami de toujours, et demeurait entièrement dévoué à Harriet.

Mais c'était Ruth qui avait véritablement capturé son cœur. Elle fêta ses dix ans pendant la première année qu'il passa chez eux, et elle entrait apparemment sans effort dans l'adolescence – une fille naturelle ressemblant trait pour trait à son père, brune et jolie. Dudley la suivait fidèlement, et en dehors des heures de cours Ruth s'occupait de lui et l'aidait dans les petites tâches qu'il parvenait encore à accomplir sur ses propres terres. Elle l'appelait oncle Dudley et ne semblait pas gênée par son odeur, par son haleine empestant le rhum ou par sa barbe indisciplinée souvent raidie par la graisse ou le mucus de sa toux permanente. C'était un membre de sa famille, voilà tout, et ce n'était pas le genre de fille, remarquait John avec fierté, à se laisser démonter par un peu de laideur.

De fait, John avait depuis longtemps cessé de regretter de n'avoir pas eu de fils. Ruth valait aussi bien que n'importe quel garçon. Et, alors qu'elle avait hérité de l'allure de son père, elle n'avait rien de son tempérament sévère. Elle était gaie et enthousiaste, et il n'était pas rare qu'un regard ou un mot d'elle parvienne à faire fondre l'hiver installé dans le cœur de John, provoquant un élan d'amour confus qui se dévoilait, intense, dans toute sa nudité. Mais les rêves qu'il nourrissait pour sa fille – le manoir de Kuran et le domaine tout entier – demeuraient plus vagues que jamais. A vrai dire, John avait commencé à désespérer de la vie rurale. Plus il travaillait, plus la richesse et la fortune s'éloignaient de lui à la manière d'un mirage. Il y eut une succession de mauvaises saisons en 1953 et 1954, et les récoltes furent médiocres.

Les plaines elles-mêmes commençaient à l'oppresser. Là où autrefois tout n'était que ciel infini et horizons dégagés, il n'y avait plus d'espace. Ses voisins aussi lui portaient sur les nerfs. Ils paradaient fièrement sur leurs tracteurs et se prenaient pour des types endurcis, des paysans, mais pour John ils avaient l'air aussi tendres qu'un citadin en train de tondre mille mètres carrés de pelouse. Où étaient les pionniers téméraires dont il se souvenait, les bergers, les tondeurs de moutons ? Des hommes de moindre valeur avaient hérité de la terre, et John savait qu'il était le seul à être différent, qu'un sang plus ancien et plus dynamique coulait dans ses veines. Le fait de ne pouvoir se hisser au niveau que ce sang exigeait était donc pour lui la source d'une immense insatisfaction. Aux heures les plus sombres de la nuit, il restait couché à côté de sa femme endormie, explorant avec amertume un avenir qui le verrait peut-être mourir ici, dans cette petite ferme, parmi des gens inférieurs. Devenu leur semblable, en fait.

Puis, en 1955, la santé de Dudley commença à se dégrader sérieusement. La boisson, le jeûne infligeaient une fatigue mortelle à un corps déjà gravement affaibli. Une grippe le laissa prostré pendant plusieurs mois, secouant sa charpente usée de frissons et de douleurs, et il souffrit longtemps d'une toux sifflante et persistante qui évoquait un emphysème. A son quarante-cinquième anniversaire, Dudley ressemblait à un grand-père de soixante-dix ans. John et Harriet voyaient bien comment tout cela allait inévitablement se terminer. Mais John ne se doutait encore de rien quand Dudley vint le voir un après-midi avec des documents officiels. Le premier donnait à John les pleins pouvoirs sur les affaires de son ami. Le deuxième était ses dernières volontés et son testament, dans lequel Dudley léguait son exploitation à John et Harriet.

John ne savait pas comment prendre cela. Etait-ce seulement légal ? Par exemple, Dudley avait de la famille. Il avait une tante, la sœur de son père. L'exploitation ne devait-elle pas rester dans la famille et lui revenir ? Dudley n'était pas de cet avis. John, Harriet et Ruth étaient sa famille, insista-t-il. L'exploitation était son seul bien, et il voulait la leur donner pour les remercier de tout ce qu'ils avaient fait. De cette façon, conclut Dudley, il pourrait mourir en paix. Il était inutile de parler de mort, protesta John, personne n'était sur le point de mourir… mais Dudley se contenta de sourire, pour une fois complètement redevenu lui-même, et John se tut.

Les documents devinrent donc officiels. Et si, à compter de ce moment-là, John mit plus d'enthousiasme à gérer l'exploitation de Dudley, en venant même à considérer les terres de son ami avec un petit air de propriétaire, il n'y avait rien de sinistre dans ses motivations. Et puis, tout était pour Ruth. Ruth était celle que Dudley aimait le plus, et c'était sans doute à son avenir qu'il songeait. Pourtant, John avait l'impression qu'on lui avait ôté un poids. Enfin il progressait. D'un seul coup, il avait de fait doublé ses terres et ses revenus. Et comme par magie, tandis que l'hiver 1955 virait lentement au printemps, la pluie et le soleil arrivèrent avec un parfait équilibre, les insectes et les maladies les laissèrent en paix, et une récolte de blé exceptionnelle commença à mûrir dans les champs de Dudley comme dans les siens. Pendant un moment, John osa même croire qu'en fin de compte le domaine de Kuran n'était peut-être pas aussi inaccessible qu'il le paraissait.

Etrange, par conséquent, que ce soit à peu près à cette époque que les rêves commencèrent.

25

Le jour du rassemblement se leva enfin. William fut debout aux premières lueurs de l'aube, et il dut ensuite attendre impatiemment que tout le monde sorte de son lit et termine son petit-déjeuner. Sa mère restait à la maison, et son oncle avait un travail de dernière minute à effectuer dans son bureau, si bien que William se rendit à l'aire de camping avec Terry Butterworth et Henry Lasseter à bord du gros quatre-quatre safari. La matinée était déjà ensoleillée et agréable, et tout était en ordre. Les toilettes avaient été livrées, le générateur était amorcé, et la grande tente rouge et verte, tendue à l'aide de cordes, avait poussé comme un champignon géant dans l'herbe jaune. Tout en haut de la colline, à l'intérieur du cercle de pierres, un mât aux couleurs avait été dressé. D'en bas, William n'en apercevait que le sommet, lequel s'élevait au-dessus des arbres voisins. Mais il n'y avait pas encore de drapeau : cela ferait partie de la cérémonie d'ouverture, quand tout le monde serait arrivé.

Terry et Henry s'affairèrent à apporter les touches finales autour de leur propre tente. Ils étaient de loin les préférés de William parmi les membres du comité central : Terry parce qu'il était tapageur et joyeux, et Henry parce que, sous son air bourru et son mauvais caractère, il s'avérait assez inoffensif. Les deux hommes avaient eux aussi adopté William qu'ils appelaient “Capitaine Bill” à cause de sa casquette, et ils le faisaient participer à tout ce qu'ils entreprenaient. Ils lui avaient même trouvé une petite tente en nylon qu'il avait montée à côté de la leur, une énorme structure en toile dans laquelle on pouvait se tenir debout, flanquée par des tables, des chaises et un barbecue, et surtout par deux énormes caisses métalliques remplies de glace et de bières. Le site se trouvait assez haut sur la colline, et une fois que tout fut organisé et la première bouteille de bière ouverte, ils s'installèrent tous les trois confortablement pour regarder arriver la cavalcade en contrebas.

La première voiture arriva en cahotant sur la piste environ une heure avant midi, laissant un sillage de poussière. Le temps que ses occupants en soient sortis, une autre voiture était arrivée, puis une autre. A partir de là, ce fut un flot ininterrompu de véhicules de toutes les formes et de toutes les tailles : camionnettes agricoles et berlines familiales ; quatre-quatre, gros et petits, certains couverts de boue et de poussière, d'autres impeccables ; voitures de sport basses qui avançaient prudemment sur les cailloux ; camping-cars et minibus ; et deux énormes poids-lourds privés de leurs remorques qui montèrent la colline ensemble avec fracas, tels des monstres étincelants, leurs klaxons extérieurs retentissant vaillamment. Il y eut même une bande de motos qui montèrent la route en formation, rugissantes, toutes de bruit, de poussière et de chrome, leurs pilotes vêtus de cuir noir ; l'effet ne fut que légèrement gâché par les deux vieux breaks qui klaxonnaient derrière elles, avec leur cargaison d'épouses et d'enfants. William compta chaque arrivée, mais au bout de cinquante il perdit le fil. Au final, il devait y avoir plus d'une centaine de véhicules, et plus de trois cents personnes.

Les gens grouillaient sur la colline, où ils installaient leurs tentes. Il y avait des hommes jeunes et vieux, arborant Akubra à large bord ou casquette de fermier graisseuse ; certains portaient des chemises à carreaux et des bottes, d'autres des shorts amples, des chemises colorées et des tongs. Il y avait des femmes jeunes et vieilles, de la campagne et de la ville, leurs tenues allant du jean coupé et haut de maillot de bain à la robe à fleurs et chapeau de paille. Il y avait des enfants de tous âges. Et, pour finir, il y avait des chiens, des meutes entières, de toutes les races. Chaque famille semblait en avoir amené un. Ils couraient partout, aboyant comme des fous et ajoutant au chaos. Les mères criaient après leurs enfants, les pères criaient entre eux, et les moteurs ronflaient tandis que les retardataires cherchaient des places de parking. Au début de l'après-midi, des feux de camp brûlaient sur toute la colline, et du thé bouillait dans une cinquantaine de gamelles. De la fumée s'élevait entre les arbres. Les hommes se baladaient en buvant de la bière, et les musiques d'une demi-douzaine de radios et chaînes portables rivalisaient d'un bout à l'autre du versant de la colline.

Pendant la première heure, William resta à proximité du camp de Terry et Henry. Quand ils allumèrent le barbecue, il mangea un hamburger. Mais les deux membres du comité semblaient très appréciés, et William se retrouva bientôt perdu au milieu de la foule attroupée autour de leur tente. Il partit de son côté. Il vit que son oncle était arrivé et qu'il arpentait la colline, de même que le Dr Moffat et Kevin Goodwin, mais il ne tenta pas de croiser leur chemin. Il rejoignit un cercle d'enfants admiratifs attroupés autour des motos. Les motards buvaient de la bière et jouaient paresseusement avec leurs moteurs, qu'ils faisaient parfois tourner trop vite, envoyant des nuages de fumée bleue. William étudia leurs blousons, impressionné par les images de crânes et de poings, et il s'interrogea sur les mots tels que “Vietnam” et les différents acronymes énigmatiques brodés dans leur dos.

De là, il suivit les autres enfants comme ceux-ci partaient inspecter les deux poids-lourds. Tous levèrent les yeux vers les immenses calandres chromées et les énormes pare-buffles, et certains grimpèrent sur les marches pour jeter un coup d'œil à l'intérieur des cabines. Quelques chanceux arrivèrent même à s'asseoir au volant et à jouer avec la CB. Les gros camions étaient de véritables maisons roulantes, avec des lits, des frigos et des télévisions, et leurs deux propriétaires étaient presque aussi gargantuesques que leurs semi-remorques, des géants au visage rouge avec une énorme bedaine débordant de leur maillot de corps bleu. Ils buvaient de la bière et régalaient leur jeune public d'histoires de cochons sauvages, de crocodiles et de routes si droites qu'on n'avait pas à tourner le volant pendant plus de cent kilomètres. L'Australie tout entière était leur foyer. Tenez, ce matin encore, ils étaient dans le Nord, près de Gladstone, à des centaines de kilomètres de là, en train de pêcher à l'aube sur la Grande Barrière de corail. Pour le prouver, ils sortirent une vieille glacière cabossée dont ils tirèrent, à l'étonnement général, plusieurs crabes et langoustes gigantesques, affreusement vivants et dont les pattes s'agitaient en tous sens.

La journée se poursuivit. Sous la grande tente, un groupe d'hommes sérieux s'était rassemblé pour discuter des affaires de la Ligue, et l'oncle de William se trouvait parmi eux, mais la grande majorité de la foule était là pour s'amuser. Un tournoi sportif improvisé commença au bas de la colline, où les enfants les plus jeunes participaient à différentes courses. Des garçons plus âgés et de jeunes adultes commencèrent à donner des coups de pied dans des ballons, et une partie de cricket fut organisée. William regardait tout cela mais sans y prendre part. Il était parfaitement heureux dans son coin, à se balader avec sa casquette fermement plantée sur le crâne. Son seul souci était que son oreille lui faisait encore mal. Et il avait commencé à sentir une odeur désagréable. Celle-ci flottait parmi la fumée des feux de camp et des barbecues, mais elle avait passé son temps à aller et venir toute la journée. Une odeur de pourri. Cela lui évoquait un animal mort. De façon assez étrange, elle fut plus forte quand il alla se réfugier un moment dans sa petite tente. Mais il fouilla les alentours sans rien trouver. Et personne d'autre ne semblait rien remarquer.

Finalement, vers seize heures, on entendit les crachotements du générateur qui se mettait en marche. Peu de temps après, la sono résonna depuis le haut de la colline. Elle avait beau être déformée, William reconnut la voix de Terry Butterworth.

"Mesdames et messieurs, les enfants : l'hymne national."

Partout sur la colline, les gens cessèrent leurs activités et attendirent. Les accords d'une musique familière commencèrent à flotter depuis le sommet de la colline, d'abord lointains et crachotants puis, après plusieurs cris d'indignation ou d'agacement, forts et nets.

Un joyeux vagabond campait près d'un étang,
A l'ombre d'un coolabah ;

Et il chantait en attendant que bouille sa gamelle,
"Qui viendra vagabonder avec moi ?"

William ouvrit de grands yeux : ce n'était pas la bonne chanson. Il connaissait *Waltzing Matilda*, bien sûr, mais ce n'était pas l'hymne national. Pourtant, personne d'autre n'avait l'air de penser qu'il s'agissait d'une erreur. Certains reprenaient la chanson, et d'autres avaient levé leur verre en guise de salut. Les voix fluettes semblaient étrangement tristes sous le ciel bleu, avec les collines et la brousse tout autour. Et à présent tous les yeux étaient tournés vers le sommet de la colline, où se trouvait le mât aux couleurs. On y hissait une bannière : la Croix du Sud blanche sur fond bleu. La chanson touchait à sa fin, le vagabond se noyait et les policiers repartaient bredouilles.

Et en passant près de cet étang, on entend encore son fantôme chanter,
"Tu vas venir vagabonder avec moi."

Un coup de vent souleva le drapeau, l'agita fièrement, bleu foncé sur le ciel plus clair. Le silence régna pendant un long moment puis la sono retentit à nouveau, solennelle.

"Bienvenue à tous au grand rassemblement inaugural de la Ligue pour l'indépendance australienne."

Tout le monde lança des acclamations et des applaudissements, et le rassemblement fut officiellement ouvert. Vint ensuite une série d'annonces : les nouveaux membres devaient se présenter à la tente des inscriptions, les parents pouvaient-ils veiller à ce que leurs enfants n'aillent pas se perdre dans la brousse, le propriétaire d'une Holden Commodore jaune savait-il qu'il avait laissé ses phares allumés, et tout le monde devait penser à se retrouver au sommet de la colline à vingt heures précises, une fois le dîner terminé. Les gens s'égaillèrent dans la bonne humeur et William remonta vers la grande tente. Il repéra son oncle d'un côté, seul pour le moment, assis sur un rondin et en train d'avaler un hamburger tant qu'il en avait le temps.

William s'approcha.

“Ce n’était pas l’hymne national ! dit-il.

— Ah bon ?” Le vieil homme était de bonne humeur, et il souriait au-dessus de son sandwich. “Tiens donc ?

— C’était *Waltzing Matilda*.

— C’est vrai. Banjo Paterson, 1895.

— Mais ce n’est pas la bonne chanson !”

Le sourire s’attarda.

“C’est vraiment arrivé, tu sais. Dans l’ouest du Queensland. Le vagabond, les flics, l’éleveur, tout ça.”

William était surpris.

“Il s’est vraiment jeté à l’eau ?

— Ça n’a pas de sens, hein ? Voler un mouton n’était pas un crime puni de pendaison. Alors, quand les policiers sont venus le chercher, pourquoi est-ce qu’il ne les a pas suivis ? Mais non, au lieu de ça, il leur crie : «Vous ne m’aurez jamais vivant !» comme s’il était un célèbre bandit de grands chemins, puis il se jette à l’eau et se noie.

— Pourquoi ?

— Eh bien… la réalité ne ressemble pas vraiment au poème, même si l’homme est bel et bien mort. Ça s’est passé pendant la grande grève des tondeurs de moutons, en 1894. Les tondeurs avaient formé un syndicat, tu comprends. Ils exigeaient de meilleures conditions de travail, et ça ne plaisait pas aux propriétaires des domaines d’élevage, si bien que les deux camps se battaient sans cesse et tout l’intérieur du pays se trouvait dans une impasse. C’était la même situation qu’à Eureka. Le gouvernement envoyait des soldats pour soutenir les éleveurs, des milliers d’hommes se retrouvaient sans emploi et les hangars de tonte étaient incendiés. Ensuite, un des représentants du syndicat a été retrouvé mort à côté d’un point d’eau. Meurtre, suicide, personne ne sait, et ça n’a aucune importance. Paterson n’a pas écrit un article de presse. Il voulait dire quelque chose, et ce quelque chose était que les petites gens en avaient assez. Assez des gouvernements tyranniques qui ne travaillaient que pour les riches, assez des éleveurs pingres qui contrôlaient tout, assez de la police qui se rangeait toujours du côté des propriétaires, assez de la faim, de la misère et de toute l’injustice de cette époque. Alors, Paterson fait dire à son vagabond : C’est terminé. Puisque les petites gens ne peuvent pas gagner, allez tous vous faire voir. Et il se jette à l'eau. Mais ça n'a rien à voir avec le fait d'avoir volé un mouton. Ça parle uniquement d'oppression. C'est un chant protestataire."

Le vieil homme se leva de son rondin, s'essuya les lèvres.

"Et tu as raison, ce n'est pas l'hymne national. Mais le véritable hymne national ne parle absolument pas de l'Australie, tandis que *Waltzing Matilda* a quelque chose d'important à dire. Cette chanson aborde directement tout ce qui peut mal tourner dans ce pays si on n'y prend pas garde. Tout ce contre quoi les gens rassemblés ici se battent. Alors, voilà ce qu'on chante. Je te revois autour du feu de camp."

Il s'éloigna à grands pas pour se joindre à la discussion qui avait lieu sous la grande tente.

Interloqué, William s'assit à son tour sur le rondin, regardant les gens aller et venir. Il réfléchit un moment aux tondeurs, aux vagabonds et aux éleveurs. Le domaine de Kuran n'avait-il pas été comme ça, autrefois ? Cela voulait-il dire qu'il y avait des cadavres dans les étangs, ici aussi ? Il étouffa un bâillement. Un moment plus tard, il entendit comme des coups de feu. Les gens regardaient autour d'eux, effrayés. Les coups de feu continuèrent, provenant du haut de la colline où des hommes criaient. Mais on les entendait aussi rire. La foule se détendit et entreprit de se diriger vers les bruits. William suivit le mouvement. De l'autre côté de la colline, il trouva un groupe d'hommes armés en train de tirer sur des boîtes de conserve et des bouteilles en plastique alignées le long d'un tronc d'arbre couché à une trentaine de mètres d'eux.

Terry Butterworth apparut, une bière à la main.

"Très bien, vous, les enfants, restez bien en arrière. Vous pouvez regarder, mais je ne veux personne dans la ligne de tir.

— T'as toujours ton vieux flingue de la police ?" lui cria quelqu'un.

Avec un large sourire, Terry fouilla dans sa poche et en sortit un revolver. Il y eut des murmures élogieux. Terry se retourna, visa, et fit feu sur les cibles. Il ne toucha rien, mais il y eut tout de même des acclamations.

D'autres hommes arrivaient à présent, avec d'autres armes. William les regarda tirer, fasciné. Il y avait tant d'armes différentes. Certaines produisaient de légers crépitements à peine audibles, mais d'autres, comme les fusils que brandissaient certains motards, produisaient de grosses détonations qui se répercutaient. Parfois, les cannettes sautaient et tournoyaient quand elles étaient touchées, d'autres fois, elles explosaient. Les bouteilles se cassaient en gros morceaux, ou se brisaient pour finir en poussière. Finalement, Henry Lasseter monta la colline, peinant sous le poids de quelque chose d'énorme. Les spectateurs tendirent le cou avec intérêt. C'était une arme qui ne ressemblait à aucune de celles qu'ils avaient vues jusque-là. Longue et large, munie de parties protubérantes, elle dut être installée sur son propre trépied. William entendit circuler les mots "fusil d'assaut" et "M16". Finalement, un cercle fut dégagé, Henry se coucha derrière l'arme, saisit la crosse, régla la lunette et tira. Le bruit fut renversant, et il sembla s'enfoncer douloureusement dans l'oreille droite abîmée de William. Les cibles tremblèrent, sautèrent et s'envolèrent, et le tronc d'arbre luimême vola en éclats. La foule applaudit.

Les hommes se mirent à attendre leur tour pour tirer avec le M16. Terry Butterworth était l'un d'eux, et il rit à gorge déployée quand l'arme claqua dans sa main. William fut étonné de voir que même Kevin Goodwin tentait le coup. Le comptable, qui avait paru mal à l'aise toute la journée, semblait encore plus gêné à présent tandis qu'il s'aplatissait au sol et plissait les yeux avec enthousiasme dans la lunette. L'arme se mit à crépiter sans arrêt, quel que soit le moment où Kevin appuyait sur la détente, et quand il se releva, rouge et souriant, William le reconnut à peine. On aurait dit qu'un fusil pouvait accomplir des miracles sur un homme. D'autres faisaient la queue pour attendre leur tour. Les spectateurs ne parlaient plus et l'on n'entendait entre les tirs qu'un silence où se mêlaient crainte et respect.

L'air se chargea de fumée et de poudre, et le bruit pénétrait dans le crâne de William au point que les élancements dans son oreille finirent par se transformer en mal de tête. Pourtant, il n'arrivait pas à s'en aller. Pour une raison ou une autre, les hommes qui avaient semblé si désœuvrés et si gentils plus tôt dans l'après-midi étaient devenus une meute, un groupe soudé attroupé autour des armes, pleins d'orgueil et de pouvoir.

C'est seulement quand William remarqua les éclairs orange des flammes au bout des canons qu'il s'aperçut que la nuit tombait. Il se leva, vacillant, soudain pris d'accès de nausée. Il fit quelques pas à l'écart de la foule et de la fumée. En levant les yeux vers le sommet de la colline, il aperçut la silhouette indistincte des pierres verticales, et parmi elles, seul, son oncle debout sous le mât aux couleurs. Le vieil homme observait la foule, et même à cette distance William sentait sa désapprobation. Tout semblait étrange, et l'après-midi ensoleillé avec son drapeau qui flottait gaiement paraissait envolé pour toujours. La tête de William l'élançait furieusement. Des chiens se faufilaient dans le crépuscule en grognant, tenaillés par la faim. Quelque part, quelqu'un tapait sur une gamelle comme sur un gong. Des feux de camp brillaient et, derrière William, les derniers coups de feu retentirent puis moururent en laissant place au silence.

26

La nuit tomba sur le rassemblement. William traînait autour de son camp, où Terry et Henry recevaient leurs amis. Ils avaient allumé le barbecue, et des flammes bleues sifflaient sous le gril. William sentait l'odeur des saucisses, du steak et des oignons en train de frire, et pourtant il n'avait pas faim. Sa nausée n'avait pas disparu. Et c'était peut-être seulement la fumée des feux de camp qui flottait dans l'air, mais il avait l'impression d'avoir un voile devant les yeux. Le monde lui paraissait lointain et plat. Quand Terry lui proposa un sandwich bourré de saucisse et d'oignon, William le refusa.

“Ça va, champion ? s'enquit le policier.

— Je crois.

— Tu devrais peut-être aller t'allonger un moment, avant que ça commence.”

William hocha la tête et alla dans sa tente, où il se recroquevilla sur son sac de couchage. Mais, quel qu'ait pu être le problème, cela ne lui donnait pas sommeil. Il se tourna d'un côté et de l'autre, agité. Les bruits venant de l'extérieur de la tente – les gens qui parlaient et riaient – lui parvenaient discordants et étranges. Et l'odeur de pourri était revenue, aussi vague que d'habitude, mais indéniable.

Finalement, Terry pointa la tête à l'intérieur et annonça que la réunion allait commencer. William se leva. Rester allongé ne fonctionnait pas, de toute façon : plus il gardait les yeux fermés, plus il se sentait pris de vertige. Il sortit de la tente. Partout sur la colline on voyait des silhouettes sombres se diriger vers le sommet. William les suivit. On entendait des conversations étouffées, mais les interlocuteurs étaient anonymes dans le noir, et personne ne lui parlait. Il se sentait très seul. Sous les voix et les autres bruits de mouvement, il percevait le crépitement régulier du générateur, et en dessous encore, tout autour, le profond silence de la brousse. William leva les yeux vers le ciel, mais il n'y avait pas de lune et les étoiles étaient floues. Il cligna des yeux plusieurs fois mais sa vue resta brouillée. Le cercle de pierres apparut ensuite au sommet de la colline, indistinct. Les rochers et les arbres étaient des formes noires devant une lumière vacillante. Un feu de camp avait été allumé au bord du cercle, et il brûlait vaillamment, repoussant l'obscurité. Les ombres sautaient et dansaient, et, à l'intérieur du cercle, des centaines de personnes s'attroupaient, parlant à voix basse, le reflet des flammes rouge sur le visage.

William eut l'impression d'avoir pénétré dans un autre monde. Il voyait à présent son oncle qui se découpait devant le feu, debout à côté d'un micro. A quelques pas derrière lui, côte à côte, se tenaient les quatre autres membres du comité central. La foule se disposa en un vaste arc de cercle autour d'eux, s'asseyant dans l'herbe, sur des couvertures ou des chaises pliantes. William resta à l'arrière, adossé à l'une des pierres. Celle-ci était fraîche et solide, rassurante, et il avait besoin d'un support car son vertige refusait de disparaître. La foule, le feu, tout l'oppressait, lui paraissait bruyant et étouffant. Il regarda de l'autre côté, au sud. Le sommet des arbres était blanc et gris à la lumière vacillante. Derrière, des feux de camp moribonds parsemaient le flanc de la colline, et plus bas encore s'étendaient les vastes ténèbres des plaines. Des points de lumière brillaient là-bas, indiquant des fermes et des remises où des gens évoluaient et travaillaient, et, loin sur l'horizon, on apercevait la lueur de Powell, avec ses dix mille âmes qui vaquaient à leurs occupations. Il s'agissait du monde normal, à une distance impossible, et celui-ci n'avait rien à voir avec ce qui se passait sur la colline.

L'oncle de William s'approcha du micro.

“Bienvenue”, dit-il.

Même amplifiée et crachotante, sa voix était calme, et un silence tomba sur le cercle. Il regarda le ciel et sourit.

“Eh bien, nous avons la chance d'avoir une belle nuit.”

La foule poussa des murmures approbateurs. William promena son regard sur chacune des pierres, elles aussi attendaient, écoutaient.

"Beaucoup d'entre vous l'ignorent, dit son oncle, mais il y a des centaines d'années, je suis certain que les Aborigènes se rassemblaient ici même. C'était pour eux un site sacré. Bien, nous allons beaucoup entendre parler de l'histoire aborigène et des sites sacrés dans les années à venir, et il peut sembler étrange que nous, entre tous, ayons choisi de nous réunir dans un de ces endroits particuliers. Mais il y a là-dedans un message. Les Aborigènes sont partis. Et c'est ce qui compte. Ceci est à présent ma propriété. Ceci est l'ensemble de vos propriétés, vos exploitations, vos maisons, vos jardins : cette colline les représente tous. Nous devons être prêts à défendre ce qui est à nous." Les spectateurs se penchèrent en avant pour approuver, et la voix du vieil homme poursuivit, lentement : "L'Australie – chaque centimètre carré de ce pays – est *notre* site sacré."

A ce moment-là, Terry Butterworth se mit à applaudir d'un geste ferme et lent, et au bout d'un moment tous les autres membres du comité l'imitèrent, suivis par la foule. Un tonnerre d'applaudissements s'éleva petit à petit, et l'oncle de William attendit que le bruit retombe.

"Il y a ceux qui veulent nier la vérité de l'Histoire. Ceux qui veulent diviser cette nation en camps, noir et blanc, et nous dire où nous pouvons aller ou pas dans notre propre pays. C'est d'apartheid qu'il s'agit. De droits pour certains, mais pas pour d'autres. Notre gouvernement, à Canberra, est en ce moment même en train de discuter de moyens visant à nous ôter, à nous tous ici présents, les droits fondamentaux en matière de propriété foncière et l'assurance de pouvoir jouir de cette propriété. C'est pourquoi il est aussi important que nous soyons là, dans ce lieu que nous avons revendiqué. Pour nous réunir. Pour parler. Et pour mettre au point notre plan de bataille."

D'autres applaudissements, et d'autres acclamations.

La réunion était donc ouverte. Pourtant, pour William, rien ne semblait normal. Tout lui parvenait distordu, et son estomac vide chavirait de façon écœurante. Il se laissa glisser le long de la pierre et se prit la tête dans les mains. Pendant ce temps, son oncle laissa la parole à d'autres orateurs – d'abord Terry Butterworth, puis Kevin Goodwin. Ils parlèrent de choses que William avait déjà entendues. Du gouvernement, du Native Title et des droits qu'avaient les gens sur leurs propres terres. Mais, dans sa détresse, rien de tout cela ne lui paraissait important. Et à la limite de son champ de vision, loin du feu, la nuit se pressait autour de lui, de plus en plus lourde, et d'un noir absolu. D'autres personnes prirent ensuite le micro, des gens que William ne connaissait pas, suivis d'hommes et de femmes qui se levaient simplement de la foule pour venir dire ce qu'ils voulaient.

"… c'est nous qui souffrons, pas les citadins…"

"… qu'est-ce qu'ils y connaissent, ils n'ont jamais possédé de terres que leur famille exploite depuis des générations…"

"… les Noirs et les Blancs se sont toujours bien entendus par ici, chacun sait où est sa place, mais maintenant les Noirs deviennent culottés, ils pensent qu'ils vont finir par tout avoir…"

"… ils n'ont même pas à payer pour l'avoir, contrairement à nous, ils n'ont qu'à attendre qu'on la leur donne…"

"… et personne ne nous écoute, nous, tout le monde s'en fiche…"

C'étaient des paroles de colère, et des gens en colère. Leur humeur empestait la frustration, la crème solaire aigre et la bière. Ensuite, Terry reprit le micro pour expliquer que le comité avait prévu de trouver des terres menacées par les nouvelles lois et de dresser une barricade tout autour. Des mains se levèrent, des hommes qui se portaient volontaires pour relayer les manifestants en faction, cependant qu'une demi-douzaine de personnes proposaient leurs propres terres. Le débat déferlait d'avant en arrière. William avait l'impression d'avoir le mal de mer, perdu au milieu d'un océan de paroles.

Quelqu'un voulut savoir si les hommes montant la garde près des barricades devraient être armés. Tout à coup, Kevin Goodwin se releva, encore gonflé, semblait-il, par son expérience avec le fusil d'assaut. Il déclara que la seule réponse envisageable était une milice organisée. William entendait des vrombissements dans sa tête. Une milice ? Cela n'était-il pas l'idée de Terry, ou de Henry ? Mais la foule était inspirée.

"… une centaine d'hommes ici…"

"… agir maintenant, avant que ces salauds nous prennent nos armes…"

"… leur montrer que des hommes armés sont capables de défendre leurs droits…"

"… défendre nos putains de frontières, tu veux dire, personne d'autre ne va s'en charger à notre place, on pourrait aussi bien leur dérouler un putain de tapis rouge…"

"… le pays est ouvert à tout le monde, aux Jaunes, aux Arabes et à Dieu sait qui encore, et c'est prouvé, ces gens-là apportent leurs anciens problèmes avec eux…"

"… on l'a vu, tous autant qu'on est, aujourd'hui, c'est à ça que ressemble véritablement l'Australie…"

"… et qu'est-ce que ça a de si honteux, pourquoi est-ce que c'est *nous* qui devrions nous sentir coupables…"

L'oncle de William se tint ensuite devant le micro, les mains levées pour réclamer le calme.

"Ne nous égarons pas. L'immigration est sans aucun doute un problème, mais il peut attendre. Quant à créer une milice, si les gens en veulent une, pourquoi pas, mais il s'agit là d'un projet à long terme. Une réponse au projet de loi sur les droits fonciers autochtones, voilà ce que nous devons organiser ici."

Mais William sentait l'impatience qui s'était désormais emparée de la foule. Une obstination laide. Que leur était-il arrivé, à tous ? Il regardait autour de lui, tentant de se concentrer sur des visages, mais il ne reconnut aucune des personnes qu'il avait vues au cours de cet après-midi ensoleillé. Il s'agissait d'un autre groupe de gens, ici, dans le cercle et la lumière du feu.

D'autres voix criaient.

"… Kevin a raison, ils se contentent de nous ignorer maintenant…"

"… mais une fois que nous serons armés, ils nous écouteront. Et si un de ces putains de Noirs ose venir me prendre ma ferme, je…"

"… ils vont tout bousiller, de toute façon, ils ne sont pas foutus de gérer une exploitation, ils n'ont jamais rien su faire de ce pays…"

"... les anciens colons y sont arrivés, eux, et ils ne se sont pas apitoyés sur leur sort, ils ont simplement fait ce qui s'imposait, et s'ils avaient besoin d'un fusil..."

"... le plus malheureux, c'est qu'ils ne les aient pas exterminés tant qu'ils en avaient l'occasion..."

"... vous savez que c'étaient des cannibales, qu'ils étaient à peine..."

"Non." C'était l'oncle de William, une fois de plus, qui se tenait devant le micro, l'air sévère. La foule tomba dans un silence maussade. "Nous ne sommes pas ici pour ça. Nous ne sommes pas, et n'avons jamais été, une organisation raciste. Cela ne concerne pas les Aborigènes. Je n'ai rien contre eux en tant que race. Mais on ne peut pas revenir en arrière. C'est pour ça que je suis furieux contre ce projet de loi. Pas à cause des Aborigènes. Mais parce que ce projet de loi est stupide. Il ignore la réalité. Il veut faire passer pour des criminels les honnêtes gens qui ont travaillé dur pour garder leurs terres, et il veut faire croire à la population que nous avons volé ce pays, alors qu'en fait nous l'avons gagné. Les nouvelles lois vont nous fourrer dans un méli-mélo de règles impossibles qui prétendent que l'Histoire n'a jamais existé, que nous sommes d'une manière ou d'une autre revenus là où nous en étions il y a deux cents ans. Ce n'est pas le cas, et ces lois sont mauvaises. Mais je ne tolérerai pas de discours racistes ici !"

La foule ne parut pas convaincue. D'autres protestations s'élevèrent. Des gens demandèrent qu'on donne le micro à Kevin Goodwin. A travers le voile de sa nausée, William vit son oncle et Kevin se disputer âprement, mais il n'entendait pas ce qu'ils disaient. Près de lui, un enfant pleurait sur les genoux de sa mère. Partout où il regardait, William voyait des visages rouges, furieux, ou d'autres, perplexes. Il n'en pouvait plus. On aurait dit que ce qui lui donnait mal à la tête s'était abattu sur toute l'assemblée. Il s'éloigna de la pierre en titubant et sortit du cercle. Levant les yeux vers le ciel un moment, il vit le mât trouer la nuit, mais la lumière du feu de joie n'en atteignait pas le sommet et la bannière accrochée là-haut était noire.

William continua d'un pas chancelant, la gravité propulsant ses jambes vers le bas de la colline. Il traversa l'aire de camping déserte et le parking. Et, plus loin encore, il s'enfonça dans une obscurité accueillante. Le sol s'aplanissait et des arbres s'élevaient en rangs serrés autour de lui. Il semblait être descendu dans un plissement entre les collines. Il arriva enfin devant un canal en zigzag qui se perdait dans le noir, un ravin dans lequel de l'eau devait couler quand il pleuvait même s'il était à présent sec et poussiéreux. William se jeta par terre à cet endroit, reconnaissant, le visage tourné vers le ciel. Pourtant, malgré la terre ferme sous lui, il avait encore le tournis. Les étoiles tournoyaient dans le ciel, il avait la peau moite, et sa tête l'élançait douloureusement. Mais sa sensation de vertige finit par s'estomper. William resta allongé, parfaitement immobile, l'oreille aux aguets. Au loin, il entendait le gémissement du générateur et le bruit des voix au sommet de la colline, mais ici, parmi les arbres, tout était très calme, et pendant un moment il se contenta de se laisser dériver, la tête vide.

Peu à peu, cependant, il prit conscience de quelque chose. Le silence avait tout d'abord été un soulagement, mais plus William restait allongé là, plus l'absence de bruit lui pesait. Il entendait encore la clameur lointaine du rassemblement de son oncle, mais il percevait le silence comme quelque chose de plus grand, suspendu au-dessus de lui. Le silence englobait tout le flanc de la colline. Il s'étendait loin dans le ciel et dans la nuit. Il *était* la nuit. Il suivait l'éperon du massif et montait dans les montagnes où plongeaient des gouffres sombres et vides. Il s'étendait aussi à l'ouest, où le manoir se dressait au-dessus de son jardin en ruine. Et plus loin, jusqu'au bout des plaines, sur des kilomètres infinis de champs et de cultures, où rien ne bougeait ni n'émettait le moindre son, et où l'obscurité s'agglutinait autour des fermes isolées à l'intérieur desquelles les gens cherchaient à lui échapper, blottis devant leur téléviseur.

L'air avait fraîchi.

William se redressa, les bras serrés autour de lui. *Quelque chose arrivait.* Un moment, une chose : il était soudain conscient de son approche. Ses membres lui faisaient mal et la douleur dans son oreille était déchirante, mais il s'aperçut qu'il voyait tout ce qui l'entourait avec une clarté glaciale. Chaque arbre, la moindre feuille, était une ombre aux contours cristallins. La masse noire des collines se découpait devant l'obscurité plus pâle du ciel. Un millier d'étoiles flamboyaient sans bruit tout là-haut. Et, pourtant, tout aurait pu être pétrifié, les arbres, les collines, les étoiles, figés dans l'expectative l'espace d'un instant. Même les insectes qui rampaient dans l'herbe s'étaient tus. Les petits animaux qui creusaient des galeries dans la terre ou se pourchassaient en surface avaient cessé leurs activités. Les oiseaux de nuit qui montaient la garde dans les arbres, les yeux noirs et brillants, s'étaient changés en pierre. Toutes les créatures étaient immobiles. En haut de la colline, des gens se disputaient et des feux brûlaient, mais tout autour d'eux la terre attendait dans une immobilité totale, aux aguets.

Et, en guise de réponse, quelque chose sortit de la nuit pour s'approcher de William.

Au début, il ne vit qu'une vague lueur. C'était une flamme, quelque part à l'est. Elle était cachée par les arbres… Non, elle se déplaçait parmi les arbres, passant d'une ombre à une autre entre les troncs, une flamme qui vacillait puis s'élevait. Elle se trouvait à une certaine distance, et elle n'avançait pas vite. On aurait dit quelqu'un marchant avec une torche à la main, sans se presser, suivant le lit desséché du canal. Mais la flamme avait quelque chose de mystérieux. Elle n'était pas centrée autour d'un point unique mais semblait changer de forme, enfler, rétrécir et se remodeler à l'infini, évoquant néanmoins quelque chose de familier. Et William n'entendait pas crépiter le bois. Le feu ne produisait absolument aucun bruit.

Une peur panique ébranla William. Il connaissait cette chose. C'était la lumière qu'il avait vue bouger dans les collines, de longs mois auparavant, depuis les plaines. Et cela n'avait aucun rapport avec le rassemblement au sommet de la colline, ni avec le feu de joie qui brûlait dans le cercle de pierres. C'était quelque chose d'entièrement différent. Quelque chose, William en avait la certitude, qui errait dans la nuit même quand il n'y avait personne. Il tremblait à présent. Il se leva, prêt à fuir, mais à ce moment-là, entre les arbres, la flamme cessa d'avancer. William hésita, retenant son souffle. Cette chose sentait sa présence. La personne ou la chose qui portait cette flamme l'avait repéré, maintenant. William demeurait immobile dans l'obscurité, les yeux grands ouverts. A ce moment-là, la flamme bougea légèrement, adopta une forme, et enfin, de façon irrévocable, il vit. Ce n'était pas un homme qui portait un feu, comme il l'avait pensé au départ : c'était un homme *en* feu. Cependant, la silhouette ne criait pas et ne se débattait pas, elle demeurait parfaitement immobile. William distinguait des bras et des jambes enveloppés de flammes, un torse d'où s'écoulait un feu silencieux. Et une tête, penchée calmement d'un côté, comme pour poser une question pendant qu'elle brûlait.

William se mit à courir. A tâtons, il s'éloigna du canal, remonta la colline, traversa à nouveau l'aire de camping et poursuivit sa course en direction de l'endroit où il pourrait trouver des gens et être en sécurité. La chose ne se lança pas à sa poursuite, mais il savait que, s'il regardait derrière lui, il la verrait qui attendait. Elle semblait capable d'attendre éternellement. Quelle question aurait-elle pu poser, il n'en savait rien et ne voulait pas le savoir. Il continua de courir. En approchant du sommet de la colline, il sentit l'air s'agiter derrière lui. Un coup de vent se leva, venu de l'ouest. Il y eut une rafale, une accalmie, puis une autre bourrasque, de sorte que, s'il y avait eu un nuage dans le ciel, William aurait cru qu'une tempête se préparait. Mais il n'y avait pas de nuages. Au sommet de la colline, le vent culbuta, emportant William avec lui. Puis il se retrouva au milieu du cercle d'arbres et de pierres, et à la lumière du feu de joie.

Mais le feu de joie vacillait, et la foule s'était scindée en groupes animés et foisonnants. Les hommes criaient, les femmes et les enfants s'éloignaient, et la poussière, soulevée par le vent, coulait entre les pierres. Les chiens se donnaient des coups de dents en grondant. William ne reconnaissait aucun visage. Ni Terry, ni Henry, ni même le comptable. Où étaient-ils tous passés ? Il vit ensuite son oncle au milieu d'un groupe de personnes, la colère sur son visage, les grands gestes qu'il faisait avec les bras. Il paraissait s'être fait agresser par ses partisans. Le vent avait-il apporté une sorte de folie ? William se précipita vers le vieil homme, le tira par la main.

"Oncle John, implora-t-il. Oncle John..."
Son oncle retira brutalement sa main.
"Pas maintenant, bon sang.
— Mais j'ai vu... là, en bas... j'ai vu...
— Je me fiche de ce que tu as vu !
— Il y avait un homme en feu !" gémit William.

John McIvor dévisagea alors son neveu et, l'espace d'un instant, William vit une lueur de compréhension ébahie dans les yeux du vieil homme. Mais cela ne dura qu'un instant car tout à coup, à la grande horreur de William, il y eut bel et bien le feu. Celui-ci passait le sommet de la colline. William eut un mouvement de recul, pétrifié par la vue d'une grande croix en flammes dressée dans la nuit. Elle flamboyait avec avidité dans le vent, et les hommes qui la portaient arboraient tous des robes blanches, la tête couverte par une capuche, des trous noirs et vides à la place des yeux. Ils poussaient d'étranges hurlements, et la foule s'écarta devant eux, horrifiée.

"Non", plaida une voix monstrueusement forte. L'oncle de William avait pris le micro une dernière fois, le visage livide à la lumière des flammes. "Pas ça. Ce n'est pas la bonne méthode. Ce n'est pas la méthode australienne. Celle-ci vient d'ailleurs..."

Mais les hommes en robe couvrirent sa voix de leurs cris et l'écartèrent de leur chemin. Dans la foule, certaines personnes poussaient maintenant des acclamations tandis que d'autres fuyaient au bas de la colline. Des coups de feu retentirent à nouveau, tirés au hasard dans l'obscurité, et des draps blancs dansaient partout, à l'intérieur et à l'extérieur du cercle de pierres. Au milieu de ce chaos, William aperçut son oncle étendu par terre, le visage convulsé de douleur. William tenta de le rejoindre, mais, poussé d'un côté et de l'autre, il finit lui aussi par tomber. Il se mit à genoux et leva les yeux. La croix en feu se dressait, menaçante, juste au-dessus de lui, aveuglante et crachant des bruits furieux. Sous ses yeux, le bois se boursouflait, bouillait et se changeait en cendre, et des nuages de fumée grise s'élevaient dans le vent, masquant le ciel nocturne.

Ensuite, la croix bascula sur le sol dans une gerbe d'étincelles, et tout fut terminé.

27

John McIvor se réveilla en sueur de son cauchemar.

Pendant un moment, il resta figé, les yeux grands ouverts fixés sur la pleine lune qui brillait à travers la fenêtre de sa chambre. Qu'est-ce qui l'avait réveillé ? Etait-ce le rêve ? La lune ? Ou bien y avait-il eu, dans une autre partie de la maison, le bruit extrêmement furtif d'un mouvement ? Il écouta. Mais Harriet dormait profondément à côté de lui et la nuit était silencieuse. La sueur refroidit sur ses membres. Ce rêve... il l'avait déjà fait avant, plusieurs fois, mais celui-ci n'avait jamais été aussi terrible. Jusque-là, le cauchemar s'était résumé à des images dansantes de flammes et à une sensation pernicieuse de terreur. Cette nuit, il l'avait véritablement vu : une main tendue, tordue dans les flammes, puis une forme humaine, en feu, et qui pourtant restait immobile en brûlant.

Qu'est-ce que cela voulait dire ? Qui était en feu, et pourquoi ? Un souvenir traversa l'esprit de John, l'image du père d'Harriet et la façon dont il était mort. Etait-ce cela ? Mais treize ans s'étaient écoulés depuis le feu de brousse, et pendant tout ce temps John avait dormi tranquillement. Pourquoi se mettait-il à rêver d'Oliver maintenant ? Perplexe, il contemplait la lune sinistre, la chambre décolorée par la lumière argentée. D'ailleurs, était-ce seulement Oliver ? Sans doute, si le père d'Harriet était revenu le tourmenter, la silhouette en feu aurait eu une expression de vengeance, ou d'angoisse, elle aurait appelé au secours. Mais le rêve n'était pas ainsi. John ne sentait aucune émotion dans la silhouette en feu. Elle était simplement là, enveloppée de fumée et de flammes, mais patiente aussi, dans l'expectative.

Les martèlements de son cœur s'étaient calmés. Il se sentait moite et il avait froid. Harriet remua dans son sommeil, puis se tourna de son côté. Elle fronçait les sourcils, perdue dans ses propres rêves, et John étudia son visage au clair de lune, remarquant les lignes sombres de l'âge sur son front. Elle avait trente-sept ans. Lui-même en avait quarante-deux. Ils n'étaient plus jeunes ni l'un ni l'autre. Etait-ce pour cela que le cauchemar semblait être le symbole de sa condition de mortel ? Jetait-il sa vie au feu ? La mort viendrait-elle avant qu'il ait obtenu une seule des choses qu'il désirait ? Mais non… la situation était meilleure que jamais. La saison passée avait été exceptionnelle à la fois pour son exploitation et celle de Dudley, et le prix des céréales était excellent. Le domaine de Kuran l'invitait à approcher encore plus près.

Malgré tout, les peurs éphémères réveillées par le rêve continuaient de le hanter. Il regarda Harriet dans son sommeil. Et il comprit, avec un certain choc, qu'il n'avait jamais vraiment expliqué ses projets d'avenir à sa femme. Certes, Harriet savait qu'il avait passé son enfance à Kuran, mais aussi étonnant que cela puisse paraître à présent, il ne se rappelait pas lui avoir dit un jour que récupérer le domaine était le but central de sa vie. C'était un homme réservé, habitué à garder pour lui ses propres pensées, mais tout de même, en treize années de mariage, n'en avoir jamais parlé… qu'est-ce que cela disait sur leur relation ? Et, avec un autre choc, il comprit que, pour ce qu'en savait Harriet, cette petite ferme serait tout ce qu'ils posséderaient jamais.

Pouvait-elle véritablement s'en contenter ? John n'était jamais chez lui la journée, et le temps qu'Harriet passait seule était en grande partie pour lui un mystère inexploré, mais elle ne semblait pas s'ennuyer, ni mécontente. Elle tenait la maison, s'occupait de Ruth et de Dudley. Elle siégeait dans plusieurs comités au sein de l'école de Ruth, était membre de l'Association rurale des femmes, et elle s'était liée d'amitié avec ses voisines. En fait, elle avait planté ses racines ici, dans les plaines. John n'avait jamais pris cette peine, sachant qu'il passerait à quelque chose de mieux, mais soudain, tandis qu'Harriet dormait, les cheveux ébouriffés autour de son visage, il vit la femme d'un humble fermier. Une femme en paix dans sa petite maison, une femme, en fait, qui risquait de se sentir perdue dans l'immensité d'une demeure de grès ocre.

Le frisson du cauchemar le parcourut à nouveau. Puis John l'entendit vraiment, ce mouvement quelque part dans la maison. Toutes ses autres pensées et préoccupations s'envolèrent. Rejetant les couvertures, il balança ses jambes hors du lit et se dirigea vers la porte de la chambre. Le couloir baignait dans l'éclat bleu poussiéreux du clair de lune, et il n'y avait rien, seulement des ombres. Il se glissa jusqu'à la porte suivante, laquelle donnait sur la chambre de Dudley. L'étroit lit de camp était vide. Etait-ce seulement cela ? Dudley qui se baladait dans la maison ? Pourtant, le doute l'assaillit. Dudley souffrait d'insomnies, mais en général il allumait la lumière quand il se levait, et il s'activait dans la cuisine en toussant et en maugréant. John n'entendait rien de tout cela à présent. Juste le murmure furtif de *quelque chose*.

John continua, jetant un coup d'œil dans le salon, lequel était aussi vide et froid que le reste de la maison. Il entendit ensuite nettement un coup sourd, et une voix étouffée. Cela venait de la chambre de Ruth, à l'autre bout du couloir. John resta figé un moment, les yeux écarquillés, puis il se dirigea rapidement vers la porte. Celle-ci était fermée. C'était normal : Ruth la fermait déjà depuis des années. Elle avait douze ans, elle voulait son intimité. Mais, derrière la porte, quelque chose semblait frotter et grogner, puis, sans aucun doute possible, il entendit un cri de frayeur étouffé. Galvanisé, John ouvrit la porte en grand et vit, sur le lit de Ruth, un enchevêtrement de membres éclairé par la lune. Pendant un instant, il ne comprit pas ce qu'il avait sous les yeux, puis il appuya sur l'interrupteur et une lumière crue illumina la pièce.

Révélant une scène hideuse. La première chose qu'il fit ensuite fut de soulever Dudley pour l'écarter de sa fille, détestant à la fois le contact poisseux de sa peau, la vue de son corps nu et pâle strié de cicatrices, la vision éphémère de son pénis rouge, luisant et dressé. Ruth était écartelée sur le lit, sa chemise de nuit retroussée, les yeux écarquillés de frayeur, la bouche tuméfiée à l'endroit où Dudley avait appuyé sa main. John se mit alors à lancer des coups de pieds et des insultes à la forme recroquevillée sur le sol et qui se protégeait la tête à l'aide de ses bras, mais tout à coup Harriet fut dans la pièce, leur fille sanglotait et quelqu'un criait : *Arrête ! Arrête !*

John arrêta. Il baissa les yeux, abattu. La silhouette se déplia, et il vit le visage familier de son ami, avec ses cheveux hirsutes et sa barbe emmêlée, ses yeux brillants et impuissants. C'était seulement Dudley. Seulement ce triste et pitoyable Dudley qui bredouillait qu'il était désolé, qu'il était vraiment, vraiment navré...

C'est à ce moment qu'il fallut faire des choix.

Le plus urgent était d'éloigner Dudley de la maison. John le fourra dans la voiture, parcourut plusieurs kilomètres dans la nuit, puis l'abandonna sur le bas-côté de la route, reniflant et gémissant, pour le laisser rentrer jusqu'à sa ferme à pied. Il se moquait de savoir que Dudley pouvait se perdre. Pour le moment, John se moquait de savoir s'il reverrait Dudley un jour. A son retour chez lui, il s'aperçut qu'en son absence Harriet avait donné un bain à Ruth. Elles étaient dans la grande chambre, serrées dans les bras l'une de l'autre tandis que Ruth pleurait et qu'Harriet lui caressait les cheveux en murmurant des paroles de réconfort. Se sentant de trop, John erra dans la maison jusqu'à l'aube, quand Harriet sortit lui annoncer que Ruth avait fini par s'endormir.

Ils s'assirent alors devant leur petit-déjeuner et considérèrent leurs alternatives. Ils ne pouvaient pas alerter la police. Cela ne ferait que renforcer la honte de Ruth et, en outre, ils savaient qu'il n'y avait rien à gagner en tentant de se venger. Ils n'en avaient même pas envie. Ils savaient parfaitement que Dudley était devenu une loque et qu'il était à peine responsable de ses actes. C'était leur faute. C'étaient eux qui l'avaient accueilli chez eux sans réfléchir, sans même jamais penser au fait qu'il pouvait être dangereux. Et l'idée qu'en tentant de s'amender d'un péché ils n'avaient fait qu'en infliger un autre à leur fille, une innocente, était insupportable.

Il y avait au moins une maigre consolation. D'après ce que Ruth avait dit à sa mère, c'était la première fois que Dudley pénétrait dans sa chambre. Mais devaient-ils l'envoyer consulter un médecin ? Ce n'était pas la peine, annonça Harriet d'une voix triste, pas pour le moment. Dans quelques semaines, ils seraient fixés. La question la plus urgente était de savoir quoi faire de Dudley. Il fallait le tenir éloigné de Ruth, c'était évident. Mais où l'envoyer ? Pendant un moment, peut-être, ils pouvaient le laisser chez lui, mais tôt ou tard les autorités s'apercevraient qu'il était incapable de survivre seul. Pour finir, on l'enfermerait dans un asile. Alors, suggéra Harriet, ils devaient peut-être commencer à chercher un endroit tout de suite. S'assurer qu'on s'occuperait de lui comme il faut, dans un environnement convenable, pendant qu'il avait encore son mot à dire sur la question.

Cela paraissait sensé, John le savait, mais quelque chose en lui faiblit à cette idée. Plus tard dans la matinée, il se rendit chez Dudley. Il le trouva recroquevillé sur le plancher de la galerie. Dudley avait passé la nuit dehors, dans le froid, parce qu'il n'avait pas les clés de chez lui. Et, en dépit de tout, John eut le cœur déchiré de le voir ainsi, les genoux remontés contre la poitrine comme un enfant. Tout lui revint, les souvenirs qu'il gardait de Dudley avant la guerre, son énergie et son humour, son corps sain et sa robustesse, la force et l'intimité de leur amitié. Tout s'était envolé, ravagé par la captivité et le malheur. Et voilà à quoi cela avait conduit Dudley : à s'en prendre à la personne qu'il chérissait le plus.

John ouvrit la maison, prépara un des lits et coucha Dudley. Il devrait revenir le soir avec de la nourriture. Mais pour le moment il s'assit sur le perron et se demanda désespérément ce qu'ils allaient tous bien pouvoir faire. Il y avait, bien sûr, une considération plus grave que le problème de Dudley et Ruth. Celle-ci lui était venue à l'esprit pendant la nuit, alors qu'il attendait la venue de l'aube. Cette idée lui avait alors semblé froide et clinique, et il avait tenté de la refouler, mais il n'était plus question de l'ignorer à présent, alors qu'il contemplait les champs de Dudley. S'ils décidaient vraiment d'envoyer Dudley dans un institut, qu'adviendrait-il de ses terres ? John pouvait continuer de s'en occuper mais la question était : en aurait-il légalement le droit ? Il y avait toujours la tante de Dudley, par exemple.

John ne savait pas grand-chose d'elle. Elle vivait loin, à Warwick, et elle ne s'intéressait peut-être pas du tout au sort de Dudley, ou de son exploitation. Mais penser à elle le tourmentait. Elle était la plus proche parente de Dudley, sa seule famille ; si on internait son neveu, elle en serait forcément informée. Elle mettrait le nez dans ses affaires et découvrirait le legs qu'il avait fait à John. Que se passerait-il si elle prétendait alors que Dudley n'avait pas été en état de léguer sa propriété ? Son legs risquerait d'être considéré comme nul et sans effet. Plus John y pensait, plus il en avait la certitude. La tante s'en mêlerait, elle contesterait le testament. L'exploitation de Dudley et tout le travail que John y avait consacré lui seraient enlevés. Et avec cela tous les projets qu'il avait soigneusement élaborés pour lui et sa famille, et qui menaient à la porte du manoir de Kuran. Il fallait empêcher cela. La conclusion était qu'ils ne pourraient jamais faire interner Dudley. Pour son propre bien, et pour le leur.

John rentra chez lui. Sa résolution faiblit lorsqu'il vit sa fille. Quelque chose en elle avait été mutilé – son naturel jadis insouciant et joyeux. Elle était assise, silencieuse, à la table de la cuisine où elle avalait mécaniquement son repas, et elle refusa de croiser son regard. Lui en voulait-elle ? Alors que c'était lui qui l'avait secourue ? Il songea ensuite avec amertume qu'il était arrivé trop tard. Alors qu'elle était bien à l'abri dans son lit, l'oncle de son enfance l'avait violée pendant que son père dormait. Mais il se força à réfléchir. Ce qui était fait était fait. Il ne pouvait qu'aggraver les choses en la privant d'un avenir assuré. Et c'était tout ce qu'il gagnerait en envoyant Dudley dans un asile.

Ce soir-là, il discuta de la situation avec Harriet. Au début, il se contenta de dire que Dudley avait besoin de leur aide, pas d'être puni et enfermé dans un institut. S'ils l'aidaient en lui préparant ses repas et en s'occupant de son ménage, il pourrait peut-être survivre chez lui ? Harriet n'était pas de cet avis. Aider Dudley n'était plus de leur ressort. Les événements de la nuit précédente l'avaient prouvé. Il devenait dangereux, pas seulement pour Ruth, mais peut-être pour d'autres personnes. Dans son état normal, Dudley n'aurait jamais voulu une chose pareille. Il avait besoin de soins médicaux. Face à ces arguments, John lutta intérieurement pendant un moment puis finit par faire un aveu difficile. Ce n'était pas aussi simple, dit-il. Et il expliqua ses inquiétudes à propos des terres de Dudley.

Harriet le dévisagea, incrédule. C'est ainsi que fut révélé, enfin, l'immense gouffre qui les séparait. Ils discutèrent jusque tard dans la nuit. Malgré tous ses efforts, John n'arrivait pas à faire comprendre à Harriet ce que l'exploitation de Dudley pouvait leur apporter. Poussé dans ses retranchements, il révéla ses espoirs de racheter un jour le manoir de Kuran pour toute la famille. *Cette vieille ruine ?* s'écria-t-elle, stupéfaite. Que pourraient-ils bien faire d'un manoir en ruine dix fois plus grand que ce dont ils auraient jamais besoin ? John vit alors ses doutes se confirmer : Harriet était satisfaite de ce qu'elle avait, et, loin de vouloir le manoir, elle avait celui-ci en horreur. De son côté, Harriet fut horrifiée de découvrir ce qui se trouvait réellement dans le cœur de son mari : un homme si froid et calculateur que son principal souci n'était pas la sécurité de leur fille, ni même celle de Dudley, mais la possession, l'argent, et une vieille demeure en ruine.

En son for intérieur, peut-être, John savait qu'elle avait raison.

Mais ensuite il eut une idée.

Et s'ils envoyaient Ruth en pension ?

C'était la solution idéale. Ils avaient toujours prévu de l'envoyer à Brisbane pour ses dernières années d'études ; cela signifierait simplement qu'elle partirait quelques années plus tôt. Elle y serait en sécurité. Elle n'aurait pas à voir Dudley, ni même à entendre parler de lui. Si elle partait, John et Harriet seraient libres de prodiguer à leur ami tous les soins dont il avait besoin, sans recourir aux autorités.

Harriet y était catégoriquement opposée. Leur fille avait besoin d'être chez elle, pas d'aller vivre avec des inconnus. Mais John ne céda pas, sachant que le temps jouait pour lui. Les semaines passèrent, et aucune grossesse ne survint. Dudley resta chez lui, mais il exigeait des soins permanents. Comme John refusait de demander de l'aide extérieure, Harriet se retrouva à devoir tenir deux maisons. Cela représentait trop de travail. Et cela perturbait Ruth. La fillette ne voyait plus Dudley, mais elle savait où ses parents passaient autant de temps. Finalement, Harriet ne vit aucune autre solution. Et c'était vrai, ils avaient toujours eu l'intention d'envoyer Ruth en pension. Leur fille n'était plus heureuse chez elle, de toute façon. C'était peut-être mieux pour elle, après tout. Vraiment. Mais au fond d'elle Harriet savait qu'elle cédait simplement à la volonté de son mari, et qu'à cet égard il avait profondément et irrévocablement tort.

Elle se mit alors à le détester.

Quand elle apprit la nouvelle, Ruth ne put que s'étonner de voir que son père, qu'elle avait toujours adoré, n'avait pas seulement été capable de la sauver cette nuit-là mais avait maintenant convaincu sa mère de l'envoyer loin de chez eux. Et pire, que même si elle n'avait rien fait de mal, n'avait commis aucun crime, c'était l'oncle Dudley qui pouvait rester et elle qu'on punissait en l'envoyant en exil.

28

A son réveil, William trouva sa mère en train de faire les cent pas dans sa chambre en maugréant, furieuse. Elle s'aperçut ensuite qu'il était réveillé.

“Ton oncle est à l'hôpital, annonça-t-elle. Il a eu une crise cardiaque.”

William ouvrit de grands yeux. “Il va bien ?

— Qui sait !” Elle se calma un peu. “Ils disent que son état s'est stabilisé.”

William retomba sur son oreiller. Une crise cardiaque ? C'était terrible. Des souvenirs confus de la nuit précédente se bousculaient dans sa tête. Il avait mal partout. Et il se sentait vidé. Mais son vertige et sa nausée avaient disparu, et l'élancement dans son oreille s'était estompé.

Sa mère ne tenait pas en place.

“Mais qu'est-ce qu'il fabriquait, là-bas, à s'agiter comme ça à son âge ? Et toi ! On a dû te ramener à la maison à trois heures du matin.

— Je ne me sentais pas bien.

— Je sais.” Elle écarta le problème d'un geste de la main. “Terry a dit que tu avais mangé un sandwich avarié ou quelque chose comme ça.”

Un sandwich avarié ? Cela pouvait-il être ça ? Il s'était senti tellement… incohérent. Encore maintenant, il avait du mal à se souvenir nettement des événements. Il voyait des robes blanches flottant au vent, du feu et de la fumée, une bourrasque qui balayait le sommet de la colline. Il entendait encore ce vent, qui gémissait dehors, et sentait de légers tremblements agiter son lit tandis que la vieille carcasse du manoir ployait et s'étirait.

“Le rassemblement est terminé ? demanda-t-il.

— Bien sûr ! Tout le monde est parti. C’est un vrai désastre.” Un éclair d’indignation passa à nouveau dans les yeux de sa mère. “Ce vieil imbécile, il aurait pu mourir !”

William comprit subitement pourquoi sa mère était en colère. Ce n’était pas à cause de la fin chaotique du rassemblement, ni parce que son fils avait été malade.

“Il risque encore de mourir.” Elle se rongeait un ongle en jetant des coups d’œil affolés d’un côté et de l’autre. “Et qu’est-ce qu’on deviendra, alors ? Est-ce qu’il a déjà rédigé un document à ton sujet ? Parce que, dans le cas contraire, quel est l’intérêt de tout ça ?”

William sentit le froid l’envahir.

“J’ai fait ce que j’ai pu pour qu’il m’aime…”

Elle lui jeta un regard méchant.

“Pas assez pour rendre ça officiel. Et tu ne pourras même plus le voir, sauf s’il se rétablit. Tu sais qui va devoir s’occuper de tout à présent, hein ?”

William la regarda en clignant des yeux, troublé, puis elle disparut.

Cinq jours plus tard, son oncle revint de l’hôpital.

Apparemment, c’était trop tôt pour les médecins, mais le vieil homme avait insisté. Une ambulance l’avait déposé devant la porte principale, et deux infirmiers l’avaient aidé à monter les escaliers jusqu’à sa chambre. En apercevant les trois hommes au moment où ils montaient, William reçut un choc. Vêtu d’un pyjama de plusieurs tailles trop grand, son oncle paraissait terriblement petit et frêle, avec ses cheveux formant des touffes hirsutes et ses bras mollement passés autour des épaules des ambulanciers. Où était le prophète sévère, ou le grand-père sage ? Mais il ne l’aperçut qu’un instant, et le vieil homme ne remarqua pas William. Au dire de tout le monde, il était encore très malade, et il ne fallait pas le déranger. William n’avait pas besoin de cet avertissement. La porte du palier restait ouverte mais, de toute façon, rien n’aurait pu le convaincre de monter à l’étage. Il était hanté par l’image de cet inconnu faible et décharné étendu là-haut dans la chambre blanche, et qui souhaitait peut-être mourir.

Le vent d'ouest continua de souffler. En fait, William eut l'impression qu'au cours des semaines suivantes celui-ci ne cessa jamais de souffler. C'était un vent implacable, chaud et sec, et tout le monde savait ce que signifiait un temps pareil : c'était le souffle brûlant de l'été, à son comble et en avance. Les températures, dans le Queensland du Sud, grimpèrent à plus de quarante degrés, et à la télévision les présentateurs météo prirent des mines sinistres. Il n'y avait aucun signe de pluie, disaient-ils, aucun espoir qu'il pleuve… et c'était la troisième année consécutive sans précipitations. A l'intérieur des terres, le vent cinglait les déserts et les champs poussiéreux, et, quand il atteignait les régions de l'Est, il poussait des nuages de terre devant lui. Les fermiers et les éleveurs baissaient les bras, désespérés de voir le bétail mourir de faim et les rivières s'assécher. Sur les côtes, les citadins mécontents regardaient le ciel brumeux en plissant les yeux, et ils continuaient d'arroser leurs jardins avec un mépris culpabilisé pour les mesures de restriction.

Les plaines de Kuran n'étaient pas épargnées. Le blé se racornissait, et la terre noire se fissurait pour former des crevasses. Le domaine de Kuran souffrait aussi. Le vent tambourinait et malmenait le manoir, soulevant les tuiles mal fixées et secouant les fenêtres. Le vieux bâtiment grinçait et se déformait, et William avait l'impression de dériver sur l'épave monstrueuse d'un navire pris dans la tempête. Sauf que, dehors, il n'y avait pas d'océan, seulement des collines calcinées où les arbres se courbaient en tremblant, et où les dernières teintes passées de l'herbe tombaient en poussière. A l'intérieur, des bourrasques brûlantes s'insinuaient dans les couloirs, recouvrant tout de sable et de poussière, au point que l'on ferma soigneusement les portes d'entrée en dépit de la chaleur. Ainsi cloîtrés, William, sa mère et la gouvernante attendaient, prisonniers de l'obscurité, partageant le temps compté du vieil homme.

Pour William, il n'y avait rien à faire et personne à qui parler. Il attendait en vain qu'on vienne rendre visite à son oncle. Il s'attendait à voir des gens tels que Terry, Henry ou Kevin, mais aucun d'eux ne vint. Seul le Dr Moffat passait, et de temps à autre le régisseur du domaine, M. Drury.

Aucun d'eux n'avait de temps à consacrer à William. Quand il venait vérifier les progrès de la santé de son patient, le médecin semblait maussade et préoccupé. Et M. Drury était un homme mûr et austère que William n'avait presque jamais vu. Les nouvelles qu'il apportait étaient désormais toutes mauvaises : les pâturages étaient vides, et le peu de bétail qui restait survivait grâce au fourrage. Il montait présenter son rapport au vieil homme et recevait ses ordres à l'étage, mais il ne s'attardait pas dans le manoir. Ce qui laissait à William sa mère pour seule compagnie.

Sa mère, cependant, avait soudain d'autres occupations. Un après-midi, William l'entendit se disputer avec Mme Griffith pour savoir qui devait s'occuper du vieil homme. Jusque-là, c'était la gouvernante qui s'en était chargée, montant et descendant péniblement les escaliers une douzaine de fois par jour. Mais à présent sa mère insistait sur le fait que Mme Griffith était trop vieille pour passer son temps dans les escaliers. Et si elle tombait ? Et si le vieil homme avait besoin d'aide rapidement ? Mme Griffith soutenait que cela ne lui posait pas de problème, mais la gouvernante semblait ébranlée, incertaine, et, de façon incroyable, la mère de William remporta la bataille. A compter de ce moment-là, par la seule force de sa volonté, elle tint la vieille femme à l'écart et se chargea elle-même de veiller sur l'invalide : elle lui préparait ses repas, lui lavait ses pyjamas et ses draps, et elle restait assise à son chevet pendant de longues journées.

William avait peine à le croire. Qu'étaient devenus les maux de tête de sa mère ? Et son éternelle fatigue ? Qu'étaient devenues les longues heures qu'elle passait devant la télévision, les yeux dans le vague et enveloppée dans son peignoir ? Ce n'était pas que sa santé ait été meilleure que d'habitude ; en fait, toutes ces manières la poussaient seulement au bord de la crise de nerfs. Les flacons de comprimés proliféraient et, à la fin de chaque journée, elle retournait à leur appartement en traînant les pieds, épuisée et remarquant à peine la présence de William. Peu à peu, il commença à comprendre. Elle l'avait dit elle-même : il n'avait plus accès à son oncle. Aux yeux de sa mère, cela signifiait qu'il ne pouvait plus faire valoir ses droits sur le domaine. C'était elle qui devait désormais reprendre son rôle. En s'occupant du vieil homme, elle tentait d'assurer leur place dans son cœur. Et William devait se débrouiller tout seul. Car, pour le moment, il n'était pour elle d'aucune utilité ni d'aucun intérêt.

Au moins, il n'avait plus à redouter Mme Griffith. En fait, le déclin de la gouvernante avait commencé longtemps plus tôt, le jour où elle avait surpris William dans la chambre rouge. Il en avait été récompensé au lieu d'être puni, et depuis Mme Griffith ressassait sa défaite. A présent, elle était encore plus diminuée. Elle cessa de prendre ses dîners avec William et sa mère, préférant se retirer dans ses propres appartements. Quand elle s'aventurait à l'extérieur, elle semblait démunie. William la surprenait parfois au bas de l'escalier central, les yeux levés vers l'obscurité où sa mère s'occupait de son oncle, affichant un sombre mélange de jalousie, d'inquiétude et de consternation. Mais elle ne montait jamais. William s'aperçut qu'il avait même pitié d'elle. La seule raison de sa présence dans le manoir était qu'elle s'occupait du vieil homme ; pourtant, John McIvor était désormais alité, et elle était impuissante, supplantée par une femme plus jeune qu'elle.

Mais elle ne tenait pas non plus compagnie à William. La solitude l'enveloppait. Dehors, le vent mugissait interminablement, mais à l'intérieur tout demeurait désespérément silencieux. Le téléphone ne sonnait pas, la radio ne beuglait pas dans le bureau, la machine à écrire ne cliquetait pas. Toute cette activité avait eu lieu avant le rassemblement, quand il y avait eu tant de choses à préparer. Maintenant, tout était terminé. William s'efforçait de comprendre ce qui s'était passé exactement ce soir-là. Il se souvenait de la réunion à l'intérieur du cercle de pierres et des disputes parmi les spectateurs. Il se rappelait avoir été seul, loin de tout le monde, caché dans la brousse, entouré de silence. Et il se souvenait du feu de joie, et d'une croix en feu qui avançait au sommet de la colline. Mais y avait-il eu autre chose ? Pourquoi ce souvenir de feu lui semblait-il aussi troublant ? Ce n'était pas la croix, pas le feu de joie, mais un souvenir spectral qui dansait hors de sa portée… une forme, qui restait à distance dans l'obscurité. Un homme, le visage dévoré par les flammes. Mais c'était impossible. Il devait s'agir d'un rêve.

Pourtant, cette vision avait annoncé une catastrophe, William en était certain. L'homme en feu était un avertissement – mais de quoi ? De la façon dont le rassemblement allait s'achever, dans le feu ? De ce qui était arrivé à son oncle ? Le vieil homme avait failli mourir, et William savait qu'il avait été vaincu d'une façon plus profonde, également. C'était son rassemblement, sa Ligue, ses partisans, et ceux-là l'avaient néanmoins abandonné pour suivre les autres : Terry, Henry et Kevin. Et, avant tout, où étaient passés les trois membres du comité quand les hommes encapuchonnés de blanc étaient apparus ? William ne les avait vus nulle part, et la conclusion s'imposait d'elle-même : ils étaient cachés sous les robes. Etait-ce ce que la silhouette en feu était venue lui dire ? Que le rassemblement se terminerait par une trahison ? Mais non… dans ses souvenirs, cela ne collait pas. Il n'y avait eu aucune urgence dans la façon dont la silhouette s'était approchée à travers les arbres. Elle n'avait pas semblé pressée – tout au contraire – et la petite réunion au sommet de la colline ne signifiait rien du tout.

Etait-elle venue l'avertir du vent d'ouest, alors ? Sans aucun doute, c'était une catastrophe. William n'avait qu'à écouter son souffle brûlant s'enrouler autour du manoir pour s'en rendre compte. Et il avait entendu les murmures du Dr Moffat et de M. Drury, lesquels secouaient la tête en disant qu'il s'agissait de la pire sécheresse des dernières décennies. Dans l'Ouest, de gigantesques tempêtes de sable faisaient rage et, dans l'Est, des feux de brousse ravageaient les montagnes et les forêts. Alors, se demandait William, pouvait-il avoir vu cette nuit-là un signe avant-coureur de la sécheresse, une personnification de la chaleur et du feu que les vents du désert apporteraient ? De telles visions hantaient-elles toujours les terres avant des jours mauvais, tels de sinistres prophètes ? Mais il ne pensait pas non plus que ce soit cela. La silhouette n'était apparue qu'à lui, de sorte que l'avertissement, quel qu'il ait pu être, s'adressait à lui seul.

Mais que signifiait-il ?

William ne trouvait aucune réponse, et les semaines passaient dans une tornade brumeuse d'ennui et de mauvais présages. Les nouvelles d'en haut annonçaient que le rétablissement de son oncle avait été freiné par de sérieuses complications au niveau pulmonaire, et William n'avait toujours pas le droit de le voir. Pendant près de deux mois, la convalescence se poursuivit. Agité et changeant, le vent se calmait un jour ou deux, ou même plus longtemps, mais il finissait toujours par revenir. Le ciel était couvert de poussière et de fumée. Les rares fois où William s'aventurait dans la cour, leur colline avait l'air de flotter : il n'y avait pas d'horizon, les plaines qui s'étendaient en contrebas formaient une tache floue, et on pouvait seulement deviner les montagnes qui se dressaient à l'est. De l'herbe morte craquait sous ses pas, le vent lui éraflait la peau, et le soleil brillait d'un rouge maléfique, jetant en pleine journée le même éclat qu'au couchant.

Pour finir, Mme Griffith semblait avoir perdu la raison. Un après-midi, William découvrit la vieille femme dans le bureau de son oncle, en train de parler au téléphone. Il ne l'avait jamais vue téléphoner avant : elle était courbée sur l'écouteur comme s'il s'agissait d'un trésor choyé, les yeux flamboyants, et elle murmurait trop bas pour que William puisse l'entendre. Pendant tout ce temps, elle jetait des coups d'œil inquiets vers le plafond. Elle raccrocha avec un soin exagéré puis sursauta quand elle aperçut William sur le seuil.

“Fiche le camp, cracha-t-elle. C'est le bureau de ton oncle.

— J'y suis déjà venu.

— Pas tout seul.”

Elle l'avait saisi par le col et le traînait dans le couloir sans cesser de jeter des coups d'œil au plafond. “Ce manoir n'est pas à toi. Pas encore. Ça non.

— Lâchez-moi !”

Ils se trouvaient au pied de l'escalier central.

“Je l'ai appelée, dit-elle en lui enfonçant un doigt osseux dans la poitrine. Alors maintenant, on va bien voir, hein ?”

Elle devait être folle. Mais plus tard dans la soirée, quand William et sa mère s'assirent pour dîner, la gouvernante était de retour, se balançant avec un plaisir secret à son bout de table. Elle ne prononça pas un mot de tout le repas, mais, une fois celui-ci terminé et alors que la mère de William s'apprêtait à monter le plateau de son oncle, la vieille femme fit une annonce pleine d'une joie mauvaise.

"Elle va venir, vous savez."

La mère de William releva à peine.

"Qui ça ?

— Je l'ai appelée aujourd'hui. Elle m'avait donné son numéro il y a des années.

— De quoi est-ce que vous parlez ?

— Ruth. J'ai appelé Ruth."

A la grande surprise de William, sa mère hésita, puis posa l'assiette.

"Vous avez appelé Ruth ?"

La gouvernante hocha la tête, les yeux brillant d'ardeur. "Je lui ai parlé de la crise cardiaque. Et elle est en route."

William ne comprenait pas pourquoi sa mère semblait aussi secouée, ni Mme Griffith aussi triomphante.

"Qui est Ruth ?" demanda-t-il.

La gouvernante gloussa :

"Il n'est donc pas au courant ?"

La mère de William le considéra d'un air morne, les mains encore autour de l'assiette. Puis elle se laissa tomber sur sa chaise, et entreprit de tout lui expliquer.

29

Le lendemain, le vent d'ouest continuait de souffler comme avant, mais tout le reste avait changé car maintenant William savait que John McIvor avait une fille, et qu'elle était en chemin. Pour sa mère et lui, tout l'intérêt de demeurer au manoir était que son oncle n'avait pas d'autre famille. Et voilà qu'à présent il y avait cette femme, évoquée par la gouvernante comme un esprit malin – pas un parent lointain, mais la propre chair du vieil homme. Ce n'était pas le simple fait de son existence qui était perturbant, c'était qu'on en avait aussi bien gardé le secret. Il ne pouvait rien y avoir de bon dans une supercherie de cette ampleur.

Comme en réponse à la nouvelle, William reçut une convocation : le vieil homme voulait voir son neveu.

“Tu es demandé à l'étage, lui annonça sa mère. Seul.”

Depuis l'annonce de la gouvernante, elle avait les épaules voûtées, comme si elle était sur la défensive. William connaissait cette attitude pour l'avoir vue des centaines de fois, et il savait ce qu'elle signifiait : sa mère se sentait acculée par l'existence et, liées à ce sentiment, les migraines et les effrayantes crises de manque allaient revenir. Il hésita, désirant l'aider mais ignorant comment.

“Vas-y, aboya-t-elle. Va le voir. Pour ce que ça va changer, maintenant.”

Cela n'avait rien à voir avec sa première visite à l'étage. A ce moment-là, le manoir était silencieux et immobile, drapé dans une froide journée d'hiver. William montait à présent dans un espace chaud et bien aéré, où l'on entendait gémir des courants d'air ainsi qu'un millier de craquements et claquements venant du toit. Il s'arrêta sur le palier du haut et jeta un coup d'œil dans le couloir. Dans ses souvenirs, c'était une caverne d'ombres humide et froide, mais à présent le corridor baignait dans une lumière orangée – la couleur de la brume qui planait à l'extérieur, filtrant par les fenêtres et les portes cassées. Tout était desséché, et de la poussière montait en tourbillons.

William avança dans le couloir. D'immenses salles vides s'élevaient de chaque côté. Là, tout au bout, il y avait la porte cadenassée de la pièce rouge. Il eut une vision du télescope, une créature de métal accroupie, aussi vigilante qu'un vautour, qui veillait sur les restes de l'explorateur mort et un vieil uniforme de police. La pièce qui abritait les trésors secrets de son oncle. Pourtant, il n'y avait aucune trace du plus grand secret de tous, aucune photo de petite fille ni une boucle de ses cheveux. Qu'est-ce que cela signifiait ? Et pourquoi son oncle l'avait-il mis à l'épreuve et l'avait-il instruit pendant tout ce temps s'il avait en définitive une fille qu'on pouvait rappeler à la maison ?

"Te voilà", dit une voix rauque familière.

William se tenait sur le seuil de la chambre blanche. Il s'attendait à trouver un invalide confiné dans son lit, mais le vieil homme était assis dans un fauteuil, soutenu par des coussins, les restes de son repas éparpillés sur une table basse à côté de lui. Sa machine à écrire s'y trouvait aussi, une feuille de papier sur le rouleau.

"Eh bien, entre, mon garçon, je ne suis pas contagieux."

Le vieil homme paraissait encore très malade. Des cernes noirs marquaient ses yeux, une barbe naissante poussait sur ses joues creuses, des mains et des pieds noueux dépassaient des manches et des jambes de son pyjama. La chambre était presque telle que William s'en souvenait, sauf que les murs blancs étaient devenus jaunes dans la lumière poussiéreuse et les rideaux claquaient dans les courants d'air chaud qui s'engouffraient par les fissures entourant les cadres des fenêtres. William s'assit de l'autre côté de la table, conscient que le vieil homme ne le quittait pas des yeux. Ce n'étaient pas les yeux sévères du prophète, ni les yeux bienveillants du grand-père. C'était encore autre chose, quelque chose de malade et d'avide. Au-dessus, on entendait les tuiles du toit que le vent déplaçait. William ne pouvait détacher son regard de la jambe de son oncle, fasciné par un réseau de vieilles cicatrices qui s'enroulaient autour de sa cheville et remontaient jusqu'au tibia.

"Alors, qu'est-ce que tu deviens, coincé là en bas depuis tout ce temps ?

— Ça va.

— Je te l'avais dit, hein ? Un été chaud, j'avais dit.

— Je m'en souviens.

— Bien. Souviens-toi de tout ce que je t'ai appris. Surtout maintenant." Le vieil homme sourit, les lèvres légèrement bleuies. "J'ai cru comprendre qu'on allait avoir de la visite."

William hocha la tête, prudent.

"Tu sais qui c'est ?

— Maman m'a dit que c'était ma cousine, au deuxième degré.

— Oui… ce doit être ça. Mais dis-moi… tu ne savais pas que j'avais une fille, jusqu'à maintenant, n'est-ce pas ? Ta mère… elle ne t'en a jamais parlé ?

— Non.

— Oui, je m'en doutais."

William le dévisagea d'un air accusateur.

"Mais je ne t'ai rien dit non plus, c'est ça ?" Les dents de son oncle brillèrent. "C'est ce que tu te dis, je le vois. On t'a menti tous les deux, ta mère et moi."

William baissa les yeux.

"Ah !" Le vieil homme se mit à tousser, produisant un son rauque et étranglé. "Enfin, soupira-t-il à la fin de la crise en se frottant les lèvres, il y a mensonge et mensonge. A vrai dire, je n'ai pas vu ma fille depuis dix ans." Il attendit, jaugeant la réaction de William. "C'est vrai. Je ne lui ai même pas parlé. Cette visite n'est pas mon idée, tu sais.

— Ah bon ?

— Tu crois que j'ai demandé à Mme Griffith de passer ce coup de téléphone ? Eh bien non.

— Alors pourquoi elle vient ?

— C'est bien la question, non ?" Le sourire réapparut, avide, sur le visage émacié du vieil homme. "Mme Griffith lui a peut-être dit que j'étais mourant. Ma fille a sûrement envie de voir ça.

— Mais vous n'êtes pas mourant… enfin… ?

— Moi ? Non !" Le vieil homme se tapa faiblement sur la poitrine. "J'irais bien si je n'avais pas cette pneumonie. Mais je suis en train de m'en débarrasser. D'ici un mois, je serai de nouveau sur pied. Et, toi et moi, on retrouvera notre routine. Il nous reste du travail. Beaucoup."

William éprouva un soulagement silencieux. La fille ne représentait peut-être pas un grand danger après tout. Peut-être que rien n'avait changé. Son regard se posa sur la machine à écrire. Du travail, avait dit son oncle, et cela ne pouvait signifier qu'une seule chose.

"C'est le moment d'éditer le prochain bulletin ?"

Le vieil homme devint froid.

"Il n'y aura plus de bulletin. J'en ai terminé avec ça."

William cligna des yeux, surpris. Il baissa la voix.

"C'est à cause du rassemblement ?

— A ton avis. Tu étais là, sur cette colline.

— Je… je sais que c'est là que vous êtes tombé malade.

— Ça n'a rien à voir avec le fait que je sois malade. Tu as vu ce qui s'est passé."

Et même s'il connaissait la réponse, William ne put s'empêcher de demander.

"Où étaient Terry, Henry et Kevin ? Quand les hommes sont arrivés avec la croix ? Ils sont partis où ?"

Son oncle le considéra en silence pendant un long moment.

"Ils sont partis de leur côté", dit-il enfin. Il secoua la tête. "Même pas de leur côté, pas vraiment. Kevin et les autres, ce sont des imitateurs, et c'est ce qu'il y a de pire. Ils pensent que les Américains sont plus intelligents que nous. Ils veulent des fusils et des cagoules, ils croient que ça va les rendre importants. Le pays pourrait bien tomber en morceaux, tout ce que ces idiots feront jamais, c'est danser sous des draps blancs." Il vit l'air mécontent de William. "Ne t'inquiète pas pour eux. Bon débarras, si tu veux mon avis.

— Mais… et tout le reste ? Et les lois qu'on essaie d'empêcher ?

— Ah… eh bien, le monde n'a pas cessé de tourner pendant ces derniers mois, et c'est le plus dommage. On a perdu trop de temps. Le projet de loi doit être présenté au Sénat très bientôt. Il sera peut-être adopté, ou peut-être pas. Mais il est trop tard pour qu'on puisse changer quoi que ce soit.

— Mais qu'est-ce qui va arriver au domaine ?

— Au domaine ?

— Ces nouvelles lois ne veulent pas dire que des gens vont pouvoir venir ici et que vous ne pourrez pas les en empêcher ?"

Son oncle approuva soudain d'un signe de tête.

"Bien, bien. Tu t'en souviens. Et qui va venir ici, que ça me plaise ou non ?

— Les Aborigènes ?

— Oui, mais on ne les déteste pas, d'accord ? On ne va pas se mettre à brûler des croix ici, hein ?

— Non, répondit William, troublé.

— Bien. Tu as raison d'être inquiet. Il ne sortira rien de bon de ces lois." Mais ensuite son énergie s'évapora. "Pourtant, je pensais que tu avais compris, maintenant. Le fait est qu'on n'a pas trop à s'inquiéter, même si le projet de loi est adopté. Le Native Title ne nous concernera pas. Pas cette propriété. On est en bail perpétuel, Will. C'est aussi bien que la propriété pleine et perpétuelle.

— Mais je croyais…

— C'est pour le reste du pays que je me battais. Pour l'Ouest. Des terres comme celles que vont perdre certains des idiots qui ont participé au rassemblement. Les terrains soumis au droit de pâture. Les terres relevant du domaine de la Couronne. Eh bien, qu'ils aillent au diable !

— La Ligue ne peut pas empêcher ça ?

— La Ligue n'existe plus. Ma Ligue, en tout cas. Les autres peuvent se donner le nom qu'ils veulent." Son oncle s'était renfoncé dans son fauteuil, recroquevillé sur un nœud d'amertume. "Je ne sais pas si on aurait pu arrêter ça, de toute façon. Mais nom de Dieu, on aurait au moins pu se faire entendre ! On aurait au moins pu montrer au reste du pays ce qui est menacé."

William entendit seulement que la Ligue n'existait plus. Tous ces gens sur la colline, toutes ces voitures, l'aire de camping, les jeux, et *Waltzing Matilda* qui s'envolait dans le ciel, toutes ces choses qui avaient eu lieu avant le début des coups de feu : elles avaient disparu.

Pourtant, la Ligue semblait si puissante, cet après-midi-là, si légitime.

"Oublie ces gens." Le vieil homme l'observait soigneusement à nouveau. "Ce n'est pas pour ça que je t'ai appelé ici. C'est autre chose qui me préoccupe. Quelque chose qui s'est passé là-haut sur la colline, quelque chose dont tu m'as parlé."

William sentit qu'il se figeait.

"Ce soir-là, je t'ai vu t'éclipser pendant les discours. Où es-tu allé ?

— Je… je me sentais mal. Je suis allé faire un tour.

— Mal ? Mal comment ?

— Je n'en sais rien… j'avais juste besoin de m'en aller."

Mais son oncle était maintenant penché en avant.

"Non, Will. Quand tu es revenu, juste avant que tout parte de travers, tu m'as dit que tu avais vu quelque chose. Dans les collines. Qu'est-ce que c'était ? Qu'est-ce que tu as vu ?"

William se tassait dans son fauteuil.

"Rien.

— Ne me mens pas, mon garçon.

— Du feu. J'ai vu du feu.

— Ce n'est pas ce que tu m'as dit."

William sentit un gouffre s'ouvrir en lui. Il ne pouvait quand même pas dire quelque chose comme ça à haute voix ? Pas dans cette chambre en ruine pleine de courants d'air brûlants. Ç'avait été une nuit de folie, la nausée s'était emparée de lui et lui avait fait voir des choses qui n'existaient pas. Le dire à haute voix ne pouvait que ramener cette folie, la rendre réelle. Mais les yeux de son oncle étaient d'un blanc éclatant au milieu de leurs cernes noirs, irrésistibles.

"Un homme. J'ai vu un homme en feu.

— Ah…" William s'attendait à un rire, à un rejet méprisant, mais au lieu de cela le vieil homme se contenta de hocher la tête, étrangement satisfait.

"Et tu l'avais déjà vu ?

— Non." Mais il ne pouvait plus rien cacher de la vérité à présent. "Peut-être. Une fois, de très loin. Avant de venir ici.

— A ton avis, qui c'est ?

— Je n'en sais rien.
— Ton père ?" L'empressement du vieil homme était horrible. "Tu sais que ton père est mort brûlé. Tu penses que c'était lui ?
— Non.
— Comment peux-tu en être aussi sûr ?"
Mais William se contenta de secouer la tête, les yeux écarquillés. C'était la pire des possibilités, et pourtant il savait que cela ne pouvait être vrai, il le savait avec la certitude de son ancien amour. Son père ne lui apparaîtrait jamais sous une forme pareille, ne forcerait jamais son fils à voir quelque chose d'aussi terrible.
Son oncle tourna la tête, étudia le lit froissé d'un air songeur.
"Tu ne dormais pas ? Tu ne rêvais pas ?
— Je ne crois pas.
— On voit beaucoup de choses dans les rêves." Il tourna de nouveau son regard vers William. "Mais je te crois. Tu as quelque chose, Will. Quelque chose d'un peu fou. Ce sont tes yeux. Ils ne regardent pas toujours ce qui est devant toi." Il passa sa main devant le visage de William, et William sentit un étourdissement tandis que ses yeux suivaient les longs doigts osseux d'un côté et de l'autre. "Mais on est du même sang, toi et moi. C'est obligé. On partage les mêmes fantômes."
Le vieil homme se redressa, et William sentit quelque chose passer, une ombre s'envoler.
"Ta mère, c'est autre chose. Elle ne fait pas partie de ma famille. Oh, je sais : elle se rend utile ici. Mais toi et moi, on sait tous les deux pourquoi, non ?"
Hébété, William hocha la tête.
"Oui… mais je ne vais pas lui offrir les lieux simplement parce qu'elle m'a apporté quelques repas, hein ? Ce n'est pas elle qui compte, si ?
— Non, consentit William.
— Observe-la, Will. C'est ton ennemie. Elle vendrait cette propriété en un clin d'œil, si celle-ci lui appartenait. Tu n'as pas envie que ça arrive, n'est-ce pas ?"
William secoua la tête.
"Bien. Mme Griffith, maintenant… c'est aussi ton ennemie. C'est pour ça qu'elle a appelé ma fille. Elle espère

qu'en faisant venir Ruth à la maison, je te renverrai peut-être. Pourquoi est-ce que j'aurais besoin d'un neveu si ma fille revient ? Elle réfléchit mal, bien sûr. Si je récupère ma fille, alors je n'aurai plus besoin d'une gouvernante non plus, pas vrai ?"

Le vieil homme toussait à nouveau.

"Ne l'oublie pas, Will. Il y a deux femmes dans ce manoir, et aucune d'elles n'est de ton côté. Et en voilà une troisième qui arrive. La pire de toutes."

Brusquement, il se leva, se hissant péniblement du fauteuil. Il tangua une fois debout, et William se leva à son tour pour le soutenir.

"Le lit", ordonna son oncle le souffle court, s'appuyant de tout son poids sur l'épaule de William. Ensemble, ils traversèrent la chambre à pas traînants, et le vieil homme s'assit prudemment au bord du lit. Pendant un moment, il regarda les rideaux aux fenêtres, méditant quelque pensée. Dehors, le ciel était aussi sombre qu'à l'approche d'une tempête, et pourtant ce n'était que de la poussière et la fumée de lointains incendies.

"Demain, à ce qu'on m'a dit. Elle arrivera demain." Il balança ses jambes sur le matelas et se laissa retomber sur ses oreillers. "Qui sait ? Je lui poserai peut-être aussi des questions sur ses rêves..."

Une idée incroyable traversa l'esprit de William.

"Est-ce que vous avez vu l'homme en feu, vous aussi ?"

Son oncle se contenta de sourire, ferma les yeux.

"Merci d'être monté, Will. Tu peux m'envoyer ta mère, quand tu seras en bas."

William faillit poser la question une deuxième fois. Et si c'était vrai ? Mais le vieil homme paraissait à présent serein, sur le point de s'endormir. William recula jusqu'à la porte.

Son oncle leva un doigt en guise d'avertissement.

"Méfie-toi de ma fille, quand tu la verras. Méfie-toi de ce qu'elle te dit. Ne lui fais pas confiance.

— Pourquoi ça ?

— Elle va feindre d'être ton amie, voilà pourquoi."

30

Ruth McIvor ne rentra jamais vraiment de pension. Brisbane était trop loin pour lui permettre de revenir le week-end, si bien qu'elle rentrait chez ses parents uniquement pendant les grandes vacances. Et même dans ces moments-là les choses n'étaient plus les mêmes. La fille enthousiaste dont John se souvenait avait disparu, remplacée par une jeune femme réservée, une inconnue. Elle ne s'intéressait pas à l'exploitation et passait le plus clair de son temps dans sa chambre, plongée dans des livres. Dans un sens, cela n'ennuyait pas John : elle réussissait mieux que jamais, du point de vue des études. Mais il sentait néanmoins son cœur se serrer chaque fois qu'il remarquait le peu d'intérêt qu'elle accordait à ses paroles ou à ses actes. Elle devait tout de même comprendre qu'il l'aimait encore et qu'elle lui manquait quand elle n'était pas là ? Elle devait bien comprendre qu'en définitive ce n'était que pour son bien ?

Dudley était peut-être le problème. John et Harriet n'avaient pu éviter de le reprendre chez eux et de réinstaller son lit de camp dans le bureau. Bien sûr, il l'emmenait chez lui le temps des séjours de Ruth, mais elle le savait quand même. L'odeur de rhum, de vêtements et de cheveux sales flottait dans la maison même quand Dudley n'y était pas. Cette même odeur avait dû pénétrer dans sa peau cette nuit-là, et elle ne pourrait jamais la chasser ni l'oublier. Mais quoi qu'elle ait pensé de la situation, Ruth n'en soufflait pas un mot. A son père en tout cas.

En 1962, après avoir obtenu son diplôme et terminé major de sa promotion, Ruth s'inscrivit à l'université du

Queensland pour y étudier le droit. John était impressionné. Les autres filles de son âge acceptaient des postes de secrétaire, des emplois dans des magasins de vêtements, ou elles ne faisaient rien du tout, attendant simplement qu'un mari se présente et les prenne en charge. Mais pas sa fille. Quand viendrait le moment de prendre sa place au domaine de Kuran, elle aurait à la fois un élevage prospère *et* une carrière professionnelle. Pourtant, il n'était pas tranquille, car Ruth ne cherchait absolument pas l'approbation de ses parents : elle leur fit part de ses intentions et leur demanda un soutien financier. Et ses visites à la ferme se firent encore plus rares à dater de ce jour. Dans les moments plus calmes, John se disait que si tout ce qu'il accomplissait était vraiment pour Ruth, il était étrange qu'il ne lui en ait jamais parlé. Mais ses inquiétudes finissaient toujours par passer. Sa fille grandissait, voilà tout, et elle traçait son propre chemin. Elle lui reviendrait une fois qu'il aurait racheté le domaine de Kuran, et elle comprendrait alors tout ce que son père pouvait faire pour elle.

A cette époque, John avait plus de travail que jamais. En 1958, en partenariat avec Dudley, il finit par acheter une troisième propriété. Celle-ci était de la même taille que les deux premières, deux cent soixante hectares d'une terre noire de premier choix dans les plaines de Kuran, et assez proche pour lui permettre de s'en occuper facilement. Au cours des années suivantes, sa vie se résuma presque exclusivement au travail. Il avait plus de huit cents hectares de belle terre à labourer, ensemencer, entretenir, récolter. Il employait des hommes pour l'aider, bien sûr, mais il était quand même rarement chez lui, où il ne revenait presque que pour manger et dormir, ou reposer sa mauvaise jambe, laquelle avait encore tendance à céder quand il était fatigué. Mais tout cela payait. Les saisons exceptionnelles se succédèrent et, en 1962, les deux associés achetèrent cent vingt hectares supplémentaires puis, en 1964, cent vingt de plus.

Mais si pour John le monde semblait enfin s'ouvrir, Harriet avait au contraire l'impression qu'il rétrécissait de plus en plus. Sa fille était partie. Son mari était un homme silencieux mû par une obsession, et elle ne le voyait presque jamais. Et son autre prétendant d'autrefois était devenu sa principale charge de travail et un fardeau. Car c'est aussi en 1964 que Dudley commença à sombrer dans ce qui deviendrait sa dernière maladie. Ses poumons étaient atrophiés par les emphysèmes, et l'instabilité qui affligeait son esprit depuis si longtemps s'était transformée en démence. Il était déconcerté par des visages dont il ne se souvenait plus, par des endroits qu'il ne reconnaissait plus, et Harriet devait le baigner, l'habiller et le nourrir. Elle savait parfaitement qu'il aurait dû être à l'hôpital. Non pas qu'il y ait eu quelque espoir de guérison : Dudley était en train de mourir, et aucun hôpital n'y pourrait rien changer. Ce qu'elle ne supportait pas, c'est qu'il ait dû mourir devant elle, si lentement, dans sa propre maison. Pourtant, John refusait toujours aussi catégoriquement de l'envoyer dans un institut.

Harriet abandonna donc ses activités sociales, se retira dans l'isolement avec l'invalide et resta au chevet de Dudley pendant ses derniers jours interminables. Son patient dormait d'un sommeil agité pendant lequel il criait souvent, et elle caressait alors ses cheveux gras, le cœur déchiré et amer. Elle tentait de se souvenir du jeune bûcheron qu'elle avait connu jadis et de se convaincre que c'était de lui dont elle s'occupait, mais tout ce qu'elle voyait en réalité était l'homme qui avait violé sa fille, et l'homme qui l'enchaînait à cette chambre de malade. Par moments, en fait, elle souhaitait n'avoir jamais rencontré *ni* Dudley *ni* John. Sa vie aurait pu être si différente. Mais il était beaucoup trop tard à présent. Dudley finit par mourir au début de l'année 1966, où il partit dans son sommeil. Il avait cinquante-deux ans. La guerre lui avait infligé des blessures incontestablement mortelles, mais il lui avait fallu plus de vingt ans pour en mourir.

L'enterrement eut lieu à Powell. Il n'y avait que quelques personnes, dont cinq anciens soldats de la huitième division devenus des hommes d'âge mûr. John aurait aimé les interroger sur ce que Dudley avait vécu pendant la guerre mais, lors de la veillée, les vétérans se réunirent en cercle, plongés en eux-mêmes d'un air sombre, et il s'aperçut qu'il éprouvait trop de honte pour se permettre de les déranger. Plus déconcertante encore fut la présence de la tante de Dudley. C'était une paysanne hâlée d'une soixantaine d'années, et elle semblait extrêmement intéressée par le sort de son neveu. John tenta de paraître aimable, mais il savait qu'il avait l'air hostile et sur ses gardes. Néanmoins, quand elle demanda à voir l'exploitation de Dudley, il ne put refuser. Après la veillée, il l'emmena voir la ferme. Il était évident que celle-ci était inhabitée depuis un certain temps, et quand la tante, surprise, demanda où Dudley avait passé ses dernières années, John dut avouer qu'il avait vécu chez Harriet et lui.

Le doute fut ainsi semé. Au cours des semaines suivantes, John entendit des rumeurs disant que la tante fourrait son nez dans les affaires de son neveu. Et quand elle contesta le testament de Dudley, il fut furieux mais pas étonné. Cela confirmait seulement qu'il avait raison depuis le début. Au moins, maintenant que Dudley était mort et que son incapacité flagrante était enterrée avec lui, John était convaincu qu'il pouvait sauver la situation. Et c'est ce qui arriva. Les McIvor gagnèrent le procès, et le magistrat alla jusqu'à les féliciter de leur sollicitude. Ce qu'ils perdirent fut la bataille de l'opinion publique, car le différend fit les titres des journaux de Powell. L'avocat de la tante n'avait pas épargné John et sa femme, les accusant d'avoir manipulé un ancien soldat vulnérable pour servir leurs propres intérêts, et de l'avoir virtuellement retenu prisonnier chez eux, loin des conseils et du secours de sa famille. Malgré le verdict, c'est d'une façon ou d'une autre cette version moins reluisante que les habitants de la ville choisirent d'adopter.

Les commérages n'inquiétaient guère John. Il avait la terre, enfin à son propre nom, et le destin voulut que les quelques années suivantes soient des années exceptionnelles. En 1967, il acheta près de cinq cents hectares supplémentaires, de sorte qu'il possédait dans les plaines de Kuran plus de mille six cents hectares en tout. Il était désormais l'un des plus gros céréaliers de la région. C'était aussi l'un des moins appréciés. Cela n'était dû qu'en partie aux soupçons concernant Dudley. John était un employeur exigeant, qui payait peu pour beaucoup d'heures effectuées. Il refusait de participer aux conseils ou aux comités agricoles, contrairement à ce que l'on attendait d'un fermier de cette envergure. Il n'appartenait à aucune église et à aucun club, et il ne soutenait aucun organisme caritatif. De fait, il était si avare, murmuraient ses voisins, que malgré sa fortune il vivait encore dans la petite maison en ruine qu'il avait achetée dans les années 1940. Il n'avait même pas pris la peine d'y faire installer un système de plomberie correct.

Tout ce que John voyait, c'était qu'enfin le domaine de Kuran semblait à sa portée. Les voisins pouvaient bien se moquer. Ils continueraient à retourner leurs petites parcelles longtemps après son départ. Harriet, cependant, ne voyait pas les choses de façon aussi simple. Elle avait espéré que la mort de Dudley lui permettrait de renouer avec le monde, mais les rumeurs et les sous-entendus qui circulaient en ville et parmi ses voisins l'humiliaient profondément. Ce n'était pas seulement parce qu'ils insinuaient qu'elle et son mari avaient exploité Dudley, ou l'avaient volé, ou peut-être (qui sait ?) avaient même accéléré sa fin en le négligeant et en le transformant en alcoolique. Le pire, c'étaient les vieilles histoires sur eux trois qui refaisaient surface, exhumées du passé, d'avant la guerre. Il y avait des spéculations murmurées : que s'était-il passé exactement entre les deux hommes et Harriet ? Qui était au juste l'amant de qui ? Quelque chose de scandaleux était-il à l'origine de tout cela ?

Au cours des années qui suivirent la mort de Dudley, Harriet abandonna ses anciens passe-temps. Ses amies découvrirent en elle une certaine distance, une méfiance, et finirent par la laisser tomber. John ne lui apportait aucun soutien. Ses chagrins n'avaient pour lui aucune raison d'être. Il n'attendait plus rien d'elle, à part entretenir la maison et lui préparer ses repas. Quant au contact physique, celui-ci avait cessé, une fois pour toutes, à compter du moment où Dudley s'était glissé dans le lit de leur fille. De fait, Harriet devenait l'étrange épouse recluse d'un homme encore plus étrange, et dont la vie restait cachée dans l'ombre de son mari. Et au-dessus de leur tête, menaçante, planait une obscurité venue d'un passé lointain : le nom des McIvor lui-même. Le souvenir du père de John restait vivant dans l'esprit des vieux, ainsi que la haine qu'il suscitait. Maintenant que John devenait à son tour un grand propriétaire terrien, ce sentiment refaisait surface. L'histoire ne semblait que trop vouloir se répéter.

Fin 1968, après une autre récolte de blé splendide et avec le sentiment d'un accomplissement monumental, John se mit à se renseigner discrètement sur la possibilité d'acquérir le domaine de Kuran. Le propriétaire était ouvert à la discussion. Peut-être l'année prochaine, disait l'agent, peut-être l'année suivante. Mais on le mit en garde. John devait certainement savoir que le vieux manoir de la propriété était une ruine ? Qu'il était à l'abandon, en fait, et que seule une vieille gouvernante y habitait encore, qu'il devrait sans doute être démoli ? Il ne s'attendait tout de même pas à y vivre ? John réprima son impatience et ne dit rien. Le manoir tiendrait. Et un petit retard n'avait aucune importance quand son but ultime était si proche, après tant d'années.

Mais ensuite, venant perturber sa satisfaction et son impatience, les rêves revinrent. La même silhouette en feu, attentive et silencieuse. Qu'était-ce ? *Qui* était-ce ? Oliver Fisher ? Un fantôme, voilà tout. Mais John s'aperçut, même une fois réveillé de ses cauchemars, qu'une certaine peur persistait en lui. Il était souvent obligé de sortir du lit et de fouiller la maison ou d'aller se poster sur la galerie pour scruter la nuit, cherchant quelque chose ou quelqu'un qui aurait pu être là. Un jour, alors qu'il était à Brisbane pour affaires, il vit un télescope dans la vitrine d'un magasin d'antiquités nautiques. Agissant presque contre sa propre volonté, il entra et acheta l'instrument. Il l'emporta chez lui et l'installa sur sa galerie. Tard le soir, il s'en servait pour balayer les plaines, les yeux plissés sur le viseur. Et chaque fois qu'il apercevait une lumière, il attendait, le souffle court, pour voir si celle-ci scintillait, bougeait et prenait forme. C'était de la folie, il le savait. Il n'y avait rien à voir là-bas, à part les phares des voitures et les lumières des maisons. Pourtant, il n'arrivait pas à s'en empêcher.

Et puis il y avait Ruth. Ayant terminé ses études, elle travaillait à Brisbane, et cela aurait dû être satisfaisant. Ce n'était cependant pas le cas. A chaque visite, elle semblait plus étrange, ses idées plus insolites, et la distance entre père et fille plus infranchissable. Pendant des années, John avait ignoré de son mieux les signes d'avertissement, gageant que le temps et l'aboutissement de ses propres projets remettraient tout en ordre entre eux. Mais en 1969, au moment même où les négociations concernant le domaine de Kuran se précisaient, Ruth revint pour ce qui serait sa dernière visite.

Elle amena avec elle un homme, et annonça qu'il s'agissait de son mari.

31

Le jour où Ruth arriva, William se réveilla tard et il s'aperçut que le manoir avait cessé de courir vent arrière. Le bois ne craquait et ne gémissait plus, les planchers ne tremblaient plus : tout semblait silencieux. William se leva et s'aventura dehors sur le perron. Un soleil sinistre brillait à travers la fumée qui flottait immobile au-dessus des montagnes, et sur les plaines la brume s'étendait tel un drap plat. Au cours de la nuit, le vent d'ouest avait dû faiblir et mourir. A présent, plus rien ne bougeait nulle part. La chaleur lui picotait la nuque, et William se sentit parcouru par un frisson silencieux de consternation. Ils étaient encalminés. On aurait dit que le manoir avait traversé les bourrasques extérieures d'un gigantesque cyclone stérile pour enfin entrer dans l'œil, un endroit d'une immobilité absolue.

Dans l'oreille de William, la douleur l'élançait de plus belle.

Il passa la matinée à errer dans les couloirs, agité. Tout était tellement silencieux qu'il aurait pu n'y avoir personne d'autre dans le bâtiment. Sa mère restait cachée, plongée dans la mélancolie, et son oncle était seul dans la chambre blanche, ruminant en silence la venue de sa fille. Pour finir, oppressé par son attente solitaire, William résolut de monter la garde sur le perron. Il lui semblait que lui au moins devait être là quand Ruth arriverait. Pour l'accueillir et, si elle représentait vraiment une menace, pour lui montrer qu'il était prêt à défendre son territoire. Il coiffa sa casquette de capitaine, cherchant du réconfort dans l'autorité de son insigne en métal. Il installa ensuite un fauteuil à l'ombre sur la terrasse, et commença sa surveillance.

Mais personne ne vint. De gros taons noirs et luisants tournaient au-dessus du jardin. Le vent les avait chassés les jours précédents, mais maintenant, dans cette zone de calme, ils étaient revenus, affamés et collants. L'un d'eux se posa sur l'oreille de William et il le chassa. Le taon revenait sans cesse, tournant sur son lobe comme s'il cherchait à pénétrer dans son conduit auditif. C'était dégoûtant. Et l'insecte sembla rapporter avec lui l'odeur de pourri que William se rappelait avoir sentie pendant le rassemblement, vaguement écœurante mais impossible à identifier. Le temps passa. William s'avachit dans le fauteuil, les yeux fixés sur la chaleur qui miroitait dans les plaines. Il avait l'impression d'être seul au centre de nulle part, un monde infernal et brûlant dans lequel le vent l'avait conduit et où, satisfait, il l'avait abandonné. Sa tête tomba sur sa poitrine.

De sorte qu'au moment où Ruth McIvor arriva, tout ce qu'elle trouva parmi le bric-à-brac qui jonchait la terrasse fut un garçon maigre aux pieds nus et coiffé d'un étrange couvre-chef, profondément endormi en plein après-midi.

"Excuse-moi."

William rêvait de taons géants qui bourdonnaient comme des abeilles. Quand il ouvrit les yeux, une voiture noire était garée dans l'allée, et une inconnue se tenait sur les marches, le dévisageant d'un air sévère.

"Qui es-tu ? demanda-t-elle.

— Capitaine Bill", répondit-il, encore à moitié dans son rêve.

Elle cligna des yeux.

"Je viens voir mon père."

William s'efforça de se réveiller. C'était la fille ! Elle l'avait tout de même pris au dépourvu.

"Tu peux me dire où je trouverai Mme Griffith ?" demanda-t-elle.

William continuait de la dévisager. Elle était si vieille ! Encore plus vieille que sa mère, et de loin. Il s'attendait à quelqu'un de plus jeune. C'était à cause du mot "fille", comprit-il un peu tard. Mais cette femme paraissait avoir cinquante ans au moins, avec un visage mince profondément ridé et des cheveux grisonnants coupés court. Elle portait un tailleur noir, et dégageait une impression de raideur sévère.

“Mme Griffith, répéta-t-elle, elle est là ?”

Il finit par répondre.

“Je n’en sais rien.”

Le froncement de sourcils devint interrogateur.

“Tu vis ici ?”

William fit oui de la tête.

“Avec ma mère.” Il était perplexe. Ne savait-elle pas qui il était ? Il supposait que la gouvernante lui avait parlé de lui.

“Ta mère ? Qu’est-ce qu’elle fait ici ?”

Il chercha une réponse.

“Oncle John a dit qu’on pouvait venir s’installer ici.

— Oncle ?

— Je veux dire, grand-oncle.

— Oh !” Ses yeux s’étrécirent. “Oh !” Elle l’observa enfin avec toute son attention. “Tu dois être le fils de mon cousin. Je ne l’ai pas vu depuis des années. Et ta mère s’appelle Veronica, c’est ça ?” Mais elle gardait les sourcils froncés. “Je ne comprends pas. Je croyais qu’ils avaient une ferme.

— Papa est mort.

— Mort ?” Elle médita cette information. “Je l’ignorais.” Elle promena ensuite son regard autour d’elle. “J’espérais vraiment que Mme Griffith serait là.”

Non, se dit William. La gouvernante avait activé son plan, et à présent elle allait rester dans l’ombre pour le regarder se dérouler. Elle les observait peut-être en ce moment même, du coin d’une des fenêtres. Mais elle n’allait pas se montrer.

Au lieu de cela, la mère de William apparut sur le seuil, une moue mécontente sur le visage.

“Ruth, dit-elle.

— Veronica, répondit la nouvelle venue sur le même ton. Je suis désolée. Personne ne m’a dit que mon père hébergeait des gens au manoir.”

La mère de William hocha la tête, baissant les yeux pour contempler le devant de sa robe où ses mains s’agrippaient au tissu.

"Vous devriez entrer."

Elles pénétrèrent dans le hall, et William les suivit. A l'intérieur régnait une chaleur étouffante. Il observa Ruth tandis qu'elle regardait les murs miteux et les couloirs encombrés de la maison de son père.

Elle prit une profonde inspiration.

"Alors, comment va-t-il ?

— Il va mieux, répondit la mère de William, prudente.

— Mieux ? Alors, il n'est pas… ?

— Je ne sais pas ce que Mme Griffith vous a dit."

Les épaules de Ruth se raidirent.

"Elle a dit qu'il était mourant.

— Non… Il ne l'est plus.

— Elle a dit qu'il m'avait demandée.

— Je ne suis pas au courant non plus.

— Je vois." La fille rougit. "Il semble qu'il y ait eu un malentendu.

— Je peux essayer de trouver Mme Griffith, si vous voulez.

— Non… Je ne la connais pas vraiment. Elle était seulement censée m'appeler si…" Elle n'acheva pas sa phrase et se retourna vers la porte d'entrée, les lèvres serrées.

Alors, la gouvernante avait menti, et à présent la fille le savait. William aperçut une lueur d'espoir furtive dans les yeux de sa mère.

"Je pourrai lui dire que vous êtes passée, proposa-t-elle avec prudence, si vous ne jugez pas utile de rester."

A cette remarque, Ruth tourna la tête et examina l'autre femme un long moment. Puis étrangement elle sourit, et pour la première fois William vit en elle le fantôme de son oncle.

"Vous vivez ici depuis combien de temps, Veronica ?"

La lueur s'éteignit.

"Ça fait quatre mois maintenant.

— Et votre mari a été… ?

— Tué. Dans un accident.

— Et mon père a eu la gentillesse de vous héberger."

La mère de William hocha la tête, se recroquevillant sur elle-même.

Ruth souriait encore.

“J’en suis heureuse. Ce doit être agréable pour lui d’avoir de la compagnie.” Elle baissa les yeux vers William. “Surtout quelqu’un de jeune. Comment tu t’appelles, déjà ?

— William.

— Comme ton père, bien sûr. Alors, ça te plaît de vivre dans cette grande maison ?

— Oui.

— Tu ne devrais pas être à l’école ? Ou est-ce que c’est les vacances ?

— Il est malade, intervint la mère de William. Il a une mononucléose.

— Rien de trop grave, j’espère.

— Non. Ça va aller.”

Le silence tomba. Le regard de William naviguait entre les deux femmes, et il sentait une lutte d’influence muette, dans un équilibre subtil. Mal à l’aise, il remarqua aussi le contraste entre elles, et que sa mère n’avait pas l’avantage. C’était peut-être simplement sa vieille robe à fleurs, décolorée et passée en regard des vêtements plus sophistiqués de leur visiteuse, ou ses cheveux châtain terne comparés au gris éblouissant de la vieille femme. Dans un cas comme dans l’autre, sa mère paraissait manquer de substance – une femme pâlotte et plus faible.

Finalement, Ruth prit la parole :

“Alors… il est dans sa chambre ?”

La mère de William hésita, puis elle eut un hochement de tête maussade signifiant sa défaite.

“Et ça se trouve où ?

— Quoi ?

— Je ne sais pas où c’est. Je ne suis jamais venue ici.

— Ah !” La mère de William ouvrit de grands yeux, stupéfaite. “C’est à l’étage. Dans l’aile ouest, dernière porte à droite.

— Merci. Je vais me débrouiller toute seule.

— Faites attention où vous mettez les pieds.”

Ruth s’arrêta, les sourcils levés.

“Il y a des trous, termina la mère de William, timide.

— Je ferai attention”, dit la fille avant de commencer son ascension.

William l’observa jusqu’à ce qu’elle ait disparu derrière la cloison. Il ne s’attendait pas du tout à cela. Comment était-il possible que Ruth n'ait jamais mis les pieds au manoir ? Son père vivait dans cette propriété depuis plus de vingt ans ; ne lui avait-elle jamais rendu visite pendant tout ce temps ?

Sa mère détourna les yeux de l'escalier.

"Viens, dit-elle d'une voix sourde. Laissons-les se débrouiller. Ils n'ont plus besoin de toi, ni de moi."

Ils retournèrent ensemble sur la terrasse. Sa mère s'affala dans le fauteuil et William s'assit sur la dernière marche. Ils restèrent un moment sans parler. L'après-midi traînait en longueur mais la chaleur demeurait, assommante, et il n'y avait toujours aucun souffle de vent pour agiter l'air. Tout était silencieux, des limbes, à des kilomètres de tout. La voiture de Ruth était bien en évidence dans l'allée.

"Tu crois que je devrais aller chercher ses bagages ? demanda William.

— Elle peut aller les chercher toute seule, si elle en a.

— Elle ne va pas rester ?

— C'est à elle de décider." Sa mère leva les yeux vers le premier étage. "Et à ton oncle, j'imagine."

William réfléchit.

"Ils se détestent vraiment ?

— C'est ce qu'on m'a toujours dit.

— Pourquoi ?

— Ça alors, je n'en sais rien. Ça remonte à des années. Il y a eu une rupture… je crois qu'elle s'est mise avec un homme que ton oncle John n'appréciait pas.

— Qui ça ?

— Un homme. Ça n'a aucune importance. Il l'a quittée, il y a longtemps."

Mais il y avait une autre question, une question que William se posait depuis qu'il avait appris l'existence de Ruth.

"Maman… est-ce qu'oncle John a une femme ?

— Il en a eu une.

— Et elle est où, maintenant ?

— Will, je t'en prie ! Je ne peux pas tout t'expliquer. Pas tout de suite."

William abandonna. Sa mère tapait nerveusement du pied, la tête penchée d'un côté. Elle guettait des bruits en provenance du premier étage. William leva les yeux vers le plafond. Que se passait-il là-haut ? Que pouvaient-ils bien se dire après une séparation aussi longue ? Mais les minutes passaient – dix, vingt, trente –, et Ruth ne redescendait toujours pas.

"Elle a les yeux de son père", déclara sa mère d'un ton désespéré, sans s'adresser à personne en particulier.

Pour finir, il s'écoula presque une heure avant que Ruth ressorte sur la terrasse. Elle fouillait dans ses poches, d'où elle tira un paquet de cigarettes. Elle en alluma une et avala la fumée en tirant une longue bouffée tremblotante. Le temps qu'elle avait passé avec son père l'avait changée – ou peut-être était-ce la chaleur qui régnait dans les chambres à l'étage. Elle paraissait épuisée, le visage luisant de sueur, les vêtements flétris. Elle allait partir, se dit William. Elle allait sortir ses clés et, sans rien ajouter, allait monter dans sa voiture et s'en aller pour ne plus jamais revenir.

"Est-ce qu'il y a une chambre d'ami ?" demanda-t-elle d'une voix rauque, les yeux fixés sur les plaines.

William regarda sa mère encaisser la nouvelle.

"Alors, vous restez, dit-elle.

— Je ne sais pas, répondit-elle en hachant ses mots. Ce n'est pas à moi d'en décider."

William comprit que Ruth était furieuse. Puis, à sa grande frayeur, elle tourna son regard vers lui, la cigarette crispée entre ses doigts.

"Mon père a dit que je devais demander à William. Apparemment, c'est à lui de choisir."

En l'espace d'une horrible seconde, William comprit. Ils avaient parlé de *lui*, ce neveu venu vivre au manoir. Et à présent la décision lui appartenait. Le vieil homme avait dû prévoir cela depuis le début. Une leçon, à la fois pour son neveu et pour sa fille. Une épreuve pour lui, et une humiliation pour elle.

William avait conscience que sa mère le regardait, les yeux écarquillés, effrayée et pleine d'espoir, et il savait ce qu'elle attendait. Mais que pouvait-il dire ? Il était un petit garçon de neuf ans, et Ruth était une grande personne. Il n'aurait pas dû avoir le droit de lui dicter sa conduite. Pendant un long moment, il resta en proie à ce dilemme, se demandant s'il oserait vraiment… mais c'était impossible. Il ne pourrait jamais le dire.

"Alors ?

— Je n'en sais rien." Sa propre voix lui sembla fluette. "Vous pouvez rester si vous voulez."

Le visage de sa mère s'effondra. William l'avait trahie, il le savait. Et son oncle aussi, peut-être.

"Merci, dit sa cousine avec raideur. Bon, est-ce que quelqu'un peut me conduire jusqu'au téléphone ?"

32

William marchait dans les ruines du jardin. C'était la fin de la soirée et il était sorti pour échapper à la chaleur, mais l'obscurité était tout aussi lourde que la journée, l'air tout aussi étouffant. Dans le ciel, les étoiles étaient perdues dans la brume et, à l'est, un éclat sombre sur l'horizon indiquait des incendies au pied des collines.

Il pensait à Ruth McIvor. Sa cousine s'était installée dans l'une des chambres du bas de l'aile ouest. William l'avait surprise en train de téléphoner pour prendre quelques jours de congé supplémentaires, expliquant d'une voix brusque et fatiguée que, non, elle ne pouvait pas dire combien de temps elle serait absente. Mais pour William, une question plus grande se posait. Pourquoi restait-elle tout court ? Son père n'était pas mourant et il n'avait pas besoin d'elle. De fait, le vieil homme n'avait fait que l'insulter en lui jetant au visage son neveu, le petit garçon qui l'avait supplantée. Alors, pourquoi était-elle encore là ?

Il traînait dans les massifs, sans but précis. D'après sa mère, la réponse était simple. C'était uniquement pour savoir qui hériterait du domaine à la mort de son oncle. Maintenant que Ruth savait qu'on lui avait volé son patrimoine, elle ne repartirait pas avant de l'avoir récupéré.

Cela paraissait sensé. Et pourtant…

William leva les yeux vers le manoir, le trophée en question. Sa masse se découpait devant le ciel, et du lierre grimpant pendait de ses gouttières comme des lambeaux de voiles déchirées. Il se détourna et se dirigea vers la piscine, regardant au fond du bassin vide. Il soupira, incertain de tout.

Tout près, une flamme vive apparut soudain.

“Ne tombe pas dedans.”

Il sursauta. Ruth était assise de l’autre côté de la piscine, en train d’allumer une cigarette. Il aperçut ses cheveux gris, ses mains en coupe, ses yeux qui le regardaient. Puis la flamme mourut, et sa cousine ne fut plus qu’une silhouette pâle dans la nuit, qui soufflait de la fumée.

“Je me demandais, dit-elle. Pourquoi est-ce que cette piscine est vide ?”

William la regarda d’un air dubitatif.

“Il y a un trou au fond.

— C’est dommage. Tu dois regretter de ne pas avoir un endroit où te baigner.”

Elle parlait d’un ton aimable, complètement différent de ce qu’il avait été plus tôt. William songea alors au gour. Il fronça les sourcils. Etait-ce à cela qu’elle faisait allusion ? Sous-entendait-elle quelque chose ?

“En fait, reprit-elle, j’espérais qu’on allait se croiser.

— Pourquoi ?

— Juste pour discuter.”

Ne lui fais pas confiance, lui avait dit son oncle. Toutefois, William avait l’impression qu’il ne pouvait pas s’en aller comme ça. Il contourna la piscine avec prudence puis s’assit sur le bord, à une certaine distance de sa cousine. Elle fuma en silence un moment, et l’air était d’une telle immobilité que William voyait la fumée de sa cigarette s’élever à la verticale dans la nuit, formant une ligne droite.

“Autant que tu le saches, finit-elle par dire, ce n’était pas après toi que j’étais fâchée cet après-midi.”

William ne répondit pas.

Elle souffla sa fumée et tendit un doigt.

“Regarde-moi ça, même le plongeoir est cassé. Tout tombe en ruine, ici. Je ne sais pas comment tu arrives à supporter ça.

— Ça va.

— Le manoir, le jardin… ça ne te dérange pas ?

— Non.

— Eh bien, moi, j’aurais envie d’entreprendre des réparations, si je devais vivre ici.”

William la dévisagea avec méfiance, à l’affût d’une attaque dissimulée.

“Oncle John a dit que ça coûterait trop cher de le faire réparer correctement.

— C’est ce qu’il t’a dit ?

— Il a dit que ça coûterait un million de dollars. Même plus.

— Autant que ça ?”

Elle se moquait de lui à présent, il le savait, puis le sourire dans sa voix s’évanouit.

“Dis-moi, Will, tu as déjà entendu parler de la Société pour la conservation du patrimoine ?

— Non.

— C’est une organisation qui s’occupe des bâtiments historiques. Comme celui-ci.”

William regarda le manoir et sa ligne de faîte voûtée.

Ruth le regardait, elle aussi.

“Il y a une dizaine d’années, la Société a pris contact avec mon père. Elle voulait restaurer cet endroit. Les gens du coin pensaient qu’on devait le faire : c’est vrai, le manoir était autrefois le centre de toute la région, et ça ne leur plaisait pas de le savoir tomber en ruine. Il a été question d’une collecte et de trouver des volontaires. Tout ce qu’il fallait, c’était la permission de mon père. La seule chose que voulait la Société en échange, c’était que le manoir et les jardins soient ouverts au public à l’occasion. Pas tout le temps, seulement de temps en temps.

— Il a dit non ?

— Plus que ça : il a intenté une action en justice contre la Société pour l’empêcher de fourrer son nez dans ses affaires. Alors ça s’est arrêté là.” Elle fit tomber sa cendre, tourna son regard ténébreux vers William. “Crois-moi, mon père se moque éperdument de faire restaurer cet endroit.”

William se tourna à nouveau vers le manoir, sa masse délabrée semblable à un témoin silencieux. Ce n’était pas qu’il ne la croyait pas, cela ressemblait bien à son oncle, c’était seulement que…

Ruth rit tout bas.

“Je sais. Pourquoi est-ce que tu me croirais ?”

William réfléchit dans un silence perplexe.

“Comment est-ce que vous savez ces trucs-là ?

— Sur la Société ?

— Vous avez dit que vous n’étiez jamais venue ici.

— C'est une amie du bureau qui me l'a dit. Mais à vrai dire je suis venue ici une fois. Seulement, je n'ai pas franchi la porte d'entrée." Elle examina le mégot de sa cigarette, l'écrasa contre la paroi de la piscine. "Je suis juste venue chercher ma mère."

Sa mère. William hésita, sentant que par respect pour son oncle, ce n'était pas quelque chose qu'il était censé savoir. Pourtant, il avait envie de savoir.

"Qu'est-ce qui lui est arrivé ? demanda-t-il.

— Elle l'a quitté.

— Pourquoi ?

— En partie à cause de cet endroit. Je crois qu'ils ont fini par emménager ici en 1970. Ma mère détestait ce manoir. Ces petites pièces et ces étroits couloirs sombres. Elle est partie au bout de quelques mois à peine. Quitter cet endroit a été la partie la plus facile. Ensuite, elle a dû trouver le courage de divorcer pour de bon. Il lui a fallu cinq années de plus." Elle marqua une pause. "Il ne t'en a jamais parlé ?

— Non.

— Je me demande bien pourquoi." Pendant un moment, on aurait dit qu'elle n'allait rien ajouter. Puis elle haussa les épaules. "Ça n'a pas eu l'air de trop l'ennuyer, quand elle est partie. Mais le divorce, ça l'a rendu fou. Un divorce impliquait de l'argent. Il ne voulait pas lui donner un sou. Il a fallu qu'on le traîne devant le tribunal, pour finir. Après tout, c'était l'héritage de ma mère qui leur avait permis de démarrer dans la vie."

Elle pencha la tête d'un air ironique.

"C'est bizarre, tu sais, mais mon père a toujours eu de la chance en matière d'héritage."

Elle chassa cette idée.

"En tout cas, on a gagné, et il devait à maman exactement la moitié de tout ce qu'il possédait. Le problème, c'est que tout son argent était investi dans ce domaine. Si bien qu'il s'est retrouvé face à un choix : soit il partageait les terres et lui en donnait la moitié, soit il lui rachetait sa moitié. Ça a failli le tuer, je crois, cette décision.

— Qu'est-ce qu'il a fait ?

— Cet endroit est toujours en un seul morceau, non ? Mais il a dû contracter des dettes pour tout racheter. Il n'a jamais aimé les prêts, mais cette fois-ci il a emprunté beaucoup. Bien sûr, après ça, ses projets de restaurer le manoir ont dû être ajournés. Il nous en a voulu à cause de ça. Il détestait Maman, de toute façon. Et il avait fait une croix sur moi depuis longtemps."

William se redressa.

"Alors, ce n'est pas sa faute.

— Quoi donc ?

— Il n'avait vraiment pas les moyens de faire réparer le manoir."

Ruth rit à nouveau.

"C'était il y a dix-huit ans. Il a plein d'argent maintenant. Non : il *aime* le manoir comme il est. Pour pouvoir montrer à tout le monde à quel point la vie l'a maltraité."

William s'effondra. Il n'y avait apparemment aucun terrain sûr entre le père et la fille. Mais Ruth ne semblait pas en avoir conscience. Elle alluma une autre cigarette.

"Tu vois, après s'être battu si longtemps pour s'emparer de cet endroit, tout s'est effondré. Sa femme l'a quitté, il s'est retrouvé sans argent… j'imagine qu'il s'est senti spolié. Et tout le reste changeait. C'était le gouvernement Whitlam qui était au pouvoir à ce moment-là – c'est grâce à ses nouvelles lois sur le divorce que ma mère a gagné –, et toutes les règles passaient à la trappe. Ça ne plaisait pas aux gens du coin, à mon père en particulier. Alors, il s'est terré dans cette horrible vieille bâtisse pour bouder. Ensuite, il a créé la Ligue.

— Vous êtes au courant ?

— Si je suis au courant ? J'en suis membre."

William en resta sans voix.

"C'est vrai." Elle le regarda. "Tu sais quel est mon métier ?"

William secoua la tête.

"Je suis conseillère juridique. Je travaille pour le chef du gouvernement du Queensland. Une de nos missions consiste à garder un œil sur les organisations politiques radicales. Un jour, au bureau, quelqu'un faisait circuler le bulletin d'une Ligue pour l'indépendance en se moquant de ce petit groupe de ploucs de droite illuminés. Alors, j'y ai jeté un coup d'œil. Et il avait son nom sur l'en-tête." Elle souffla sa fumée, incrédule. "Mon propre père, propriétaire principal de la Fascistes SARL ! Le plus bizarre, c'est que si on enlève le faux patriotisme et le racisme inhérent, il débite les mêmes conneries anarchistes qu'il détestait tant autrefois." William la regardait, dérouté, puis elle se reprit. "Désolée… C'était avant ta naissance, de toute façon. Quoi qu'il en soit, je me suis abonnée au bulletin. Pas sous mon propre nom, bien sûr. Mais c'était un moyen de rester en contact. Pauvre Papa. J'ai cru comprendre que le rassemblement a été une catastrophe ?

— Pour ça aussi, vous êtes au courant ?

— Oh, je suis au courant de plein de choses. Je sais que mon père s'est fait virer du comité central de la Ligue, pour commencer. En fait, la Ligue n'existe plus. Maintenant, ça s'appelle Unité Australie. J'ai reçu leur nouveau magazine, l'autre jour. C'est joliment imprimé. Sinon, ce sont les mêmes noms qu'avant, et la même vieille politique qu'avant. Ils ont juste créé une milice et appelé à prendre les armes. Et puis ils vont présenter des candidats aux élections. Ces idiots vont se faire répertorier comme parti politique." Elle secoua la tête, sceptique. "Je ne crois pas que mon père aurait jamais soutenu une chose pareille."

William ne trouvait rien à dire. La façon dont elle parlait de la Ligue était tellement bizarre. Il avait toujours su que sa mère, par exemple, n'approuvait pas les activités de son oncle… mais il pensait que c'était surtout à cause de l'argent que le vieil homme gaspillait. Ce discours-ci n'avait rien à voir. Ruth paraissait presque amusée par la Ligue, d'une façon assez cruelle. Il s'aperçut que son regard était attiré par le mât aux couleurs dressé devant le manoir. Et, pour la première fois depuis le rassemblement, il remarqua que le drapeau d'Eureka n'y était plus accroché.

"En fait, tu aimais bien ces histoires de Ligue, non ?" demanda Ruth.

Il ne put que hocher la tête.

"C'est ce que je pensais… Il t'a enfermé avec lui dans ce manoir et il te bourre le crâne avec toutes ses idées débiles. Je ne sais pas pourquoi ta mère le laisse faire, ni même pourquoi elle t'a amené ici. Ou plutôt si, en fait, je le sais."

Mais cela semblait injuste.

"On n'avait aucun autre endroit où aller.

— Il y a toujours un autre endroit où aller.”

William remua les jambes, mal à l'aise. Les jugements de Ruth étaient renforcés par le poids de ses années, et il n'était pas en mesure de discuter.

“Et la vôtre, de mère, où elle est ? demanda-t-il.

— Elle est morte, répondit simplement Ruth. Elle vivait avec moi à Brisbane. Je n'étais pas sûre que mon père viendrait à son enterrement, mais il est venu. C'est la dernière fois qu'on s'est parlé. Tu sais ce qu'il voulait surtout savoir ? A qui Maman avait laissé son argent.

— C'était à vous ?

— Bien sûr que c'était à moi.” Elle écrasa sa deuxième cigarette, et une pluie d'étincelles retomba dans la piscine. “Et il a semblé satisfait. Il pensait que ça prouvait quelque chose.”

Elle se tut. A ce stade, William avait déjà l'impression d'en avoir trop entendu, d'avoir vu au grand jour une partie secrète de la vie de son oncle. Toutes les choses qu'il pensait avoir comprises étaient différentes quand elles venaient de sa cousine : déformées et étranges. Il se souvint de la mise en garde de son oncle. Ruth tentait peut-être simplement de le troubler. Mais pourquoi ? Et d'abord, pourquoi lui parlait-elle ? Si c'était le domaine qu'elle voulait, c'est avec son père qu'elle devait traiter.

Il s'aperçut qu'elle l'observait du coin de l'œil.

“Alors, dit-elle, est-ce que tu feras réparer la piscine quand cet endroit sera à toi ?”

William se figea. C'était dit. A haute voix. C'était maintenant qu'elle allait attaquer.

Au lieu de quoi, elle sourit.

“Tu n'as pas à t'inquiéter, tu sais. Je ne veux rien. Ni le manoir. Ni les terres. Rien du tout.”

Il la dévisagea.

“C'est vrai ?

— Pas même si mon père me l'offrait. Ce qu'il ne fera jamais. Mais toi ? Est-ce que tu en veux ?”

Au milieu de sa surprise, William ne savait pas vraiment quoi répondre.

“Oui, dit-il enfin.

— C'est ce qui me semblait.” Ruth parut presque triste. “Et, pour l'avoir, il te suffit d'être gentil avec ton oncle

John…" Puis tout à coup elle fut debout et rangea son paquet de cigarettes. "Assez pour ce soir." Elle se tourna vers les plaines. "Seigneur, qu'il fait chaud ! Et regarde-moi ces incendies, là-haut dans les collines. Ils ont dû ravager la moitié du parc national."

William se leva à son tour, encore mal à l'aise et pourtant soulagé.

Ruth l'observait à nouveau.

"C'était l'incendie d'un champ de blé, à ce qu'on m'a dit."

William la regarda en clignant des yeux.

"Ton père, je veux dire.

— Oui.

— Ça a dû être dur", dit-elle. Et, à la grande consternation de William, elle tendit la main pour la poser sur son épaule. "Pauvre petit. Je sais ce que c'est."

Puis elle partit à travers le jardin, se frayant un chemin prudemment dans le noir tandis que le manoir de son père attendait en silence de la recevoir.

33

En 1969, John McIvor dut admettre que sa fille le laissait perplexe.

Il mettait cela sur le compte de l'époque. Une nouvelle ère s'était abattue sur l'Australie, et la décennie semblait appartenir à des jeunes aux cheveux en bataille et aux vêtements encore plus dépenaillés. On n'en croisait pas beaucoup autour de Powell, mais ils étaient partout à la télévision et dans les journaux. Et ce n'était pas seulement leur apparence qui déplaisait à John : ce qui l'irritait le plus, c'était leur agressivité, toutes leurs manifestations et leurs émeutes dans les rues, leurs protestations contre la guerre du Vietnam, ou l'apartheid en Afrique du Sud, ou tout ce qui leur passait par la tête. Mais qu'est-ce qu'ils y connaissaient ? Avaient-ils survécu à une grande guerre ou à une grande dépression ? Avaient-ils dû se battre pour fonder une famille et acheter une maison ? Non. Pourtant, ils estimaient qu'ils étaient libres de juger tous les gens plus âgés qu'eux. C'était une triste situation. Et c'était sans parler de leur rapport à la drogue et de leur immoralité sexuelle.

Le pire, c'est qu'ils lui avaient volé sa fille.

Pendant un temps, John avait pensé que le droit était pour Ruth un choix de carrière sensé. Mais après avoir obtenu son diplôme elle était partie travailler pour un centre d'aide juridique dans le quartier ouest de Brisbane. Son travail avait un rapport avec les droits des femmes, mais Ruth n'avait pas clairement précisé ce qu'elle y faisait, ni si elle était seulement payée. De fait, John savait qu'Harriet lui envoyait souvent de l'argent en cachette. Bien sûr, tout cet argent était à la disposition de sa fille si elle en avait réellement besoin – mais cela revenait seulement à la conforter dans sa folie. Qui savait comment elle le dépensait ? Certainement pas pour s'acheter des vêtements ou soigner son apparence. La fille bien rangée dont John se souvenait allait nu-pieds, était devenue débraillée et négligée. Elle ne parlait plus que de campagnes, de rassemblements et de manifestations. John se bouchait les oreilles, et tout ce qu'il espérait était qu'à l'intérieur, l'ancienne Ruth était toujours là, prête à ré-émerger un jour quand elle prendrait conscience de la réalité.

Cet espoir était particulièrement important maintenant.

Car fin 1969, à l'âge de cinquante-cinq ans, John McIvor commença enfin à vendre ses terres pour acheter le domaine de Kuran. Près de quarante ans s'étaient écoulés depuis le jour où son père et lui en avaient été bannis par Elizabeth White. Quarante ans… c'était un laps de temps incroyable. Il avait attendu si longtemps, et était devenu si vieux. Mais quand l'agent l'emmena faire le tour de la propriété, John fut bouleversé : elle était tellement immense, tellement vivante, tellement belle. Et presque *à lui* à présent. Il avait senti la puissance des collines pénétrer dans ses membres comme une nouvelle jeunesse. Qu'importait donc l'âge ? John aurait autant d'années supplémentaires qu'il lui faudrait. Un prix fut fixé, et il ne restait plus que la paperasse à régler, après quoi la vente serait officielle.

Cet instant représentait pour John une telle réussite qu'il mourait d'envie d'exprimer sa joie – mais à qui pouvait-il se confier ? Qui aurait seulement pu comprendre son accomplissement ? Autour de lui, personne ne se souvenait de sa jeunesse passée au domaine, ni de sa chute humiliante. Son père était mort, sa mère aussi. Il n'avait pas parlé à sa sœur depuis des dizaines d'années. Harriet s'en désintéressait froidement. Ce qui laissait Ruth – si seulement *elle* pouvait saisir l'importance de ce qu'il avait accompli, John aurait été satisfait. Mais les rares fois où elle daignait leur rendre visite, tout ce qu'il voyait, c'était une jeune femme qui flânait dans la maison vêtue d'un jean déchiré et ostensiblement sans soutien-gorge sous son T-shirt, en débitant des maximes extrémistes.

Comment pouvait-il lui faire comprendre que toute la grandeur et l'immensité du domaine de Kuran était désormais sur le point de lui appartenir, que toute la vie qu'il avait prévue pour elle était là. L'image était si nette dans la tête de John. Avec l'élevage pour dot, Ruth pourrait choisir parmi les meilleurs partis du pays, trouver quelqu'un d'influent et riche, peut-être issu de l'aristocratie terrienne. Elle et son mari pourraient vivre au manoir, lequel aurait retrouvé son ancienne gloire. Et quand ils auraient des enfants, les gamins pourraient grandir dans la propriété. Le domaine de Kuran redeviendrait un siège familial, la base d'une nouvelle dynastie, éclipsant même celle des White. Et à la tête de cette famille, en grand patriarche, il y aurait John en personne. Si seulement il arrivait à montrer tout cela à Ruth.

A quel point ses espoirs étaient vains et à quel point il se méprenait sur sa fille, tout cela devint clair au moment où Ruth arriva chez eux pour y passer son dernier séjour.

Elle apparut sur le seuil accompagnée d'un homme et déclara qu'ils étaient mariés. Mais le terme d'"homme" était trop gentil. Pendant ces quelques premières heures de choc et de colère, John le vit comme le pire exemple de tout ce qu'il détestait chez la jeune génération. Il s'appelait Carl, et sa barbe et ses longs cheveux noirs ne parvenaient pas à dissimuler le fait qu'il n'était encore qu'un gamin, pas plus que l'insupportable air de supériorité avec lequel il se glissa chez lui dans le sillage de Ruth. Maigre et pâle, vêtu de coton teint de façon artisanale, il n'avait manifestement jamais dû travailler pour obtenir quoi que ce soit dans la vie, mais on devinait malgré tout dans son sourire un air moqueur persistant tandis qu'il contemplait l'exploitation. C'était, leur dit Ruth, la toute première fois que Carl se rendait à l'ouest de Brisbane. Fils de deux professeurs d'université, il tentait de devenir dramaturge.

Les choses ne firent qu'empirer pendant le dîner. Carl tint à leur expliquer qu'il était un anarchiste confirmé. A un John qui fulminait en silence, il entreprit de donner un cours sur la véritable signification du socialisme libertaire : une opposition implacable à la hiérarchie ou à n'importe quelle structure organisée incarnant l'autorité et, par conséquent, l'oppression. Les anarchistes n'étaient pas contre l'ordre proprement dit, mais celui-ci devait venir de la base, directement de la communauté, jamais d'une institution à laquelle d'autres avaient artificiellement donné du pouvoir. Comme le Parlement, ainsi que Carl eut l'amabilité de le lui préciser. Comprenaient-ils où il voulait en venir ? John comprenait très bien : c'était de la bêtise à l'état pur. Il abhorrait chaque mot qui franchissait les lèvres du jeune homme, d'un rose brillant et charnues sous le fin duvet de sa barbe ridicule. Pourtant, Ruth le soutenait, approuvant de la tête.

A l'autre bout de la table, Harriet les regardait tous d'un air malheureux. Prise entre le père et la fille, elle cherchait un sujet susceptible de détourner leur attention à tous les deux. Elle opta pour le domaine de Kuran, et expliqua que John avait fait une proposition pour acheter la propriété. C'était le pire choix possible. Ruth accueillit la nouvelle avec une indifférence délibérée, et John lança un regard assassin à sa femme. Ce n'était pas le moment de parler du manoir ! Pas devant cet intrus. Carl fut cependant le seul à se montrer intéressé par la nouvelle. Il voulut savoir ce qu'était le domaine de Kuran. Alors, bredouillant sous le regard glacial de son mari, Harriet expliqua deux ou trois choses sur le domaine et son histoire. Cela lança Carl dans un autre cours. Les grands domaines, et l'aristocratie terrienne qui les avait possédés, étaient de parfaits exemples de ce qu'était une hiérarchie opprimante. La terre était un bien inaliénable, déclara-t-il, un bien commun, et elle n'aurait jamais dû appartenir à un individu à l'exclusion des autres. Pendant tout ce temps, Ruth souriait à son père.

John ne trouvait rien à dire, tellement scandalisé qu'il parvenait à grand-peine à rester à table. Et dire qu'elle avait *épousé* cet imbécile ! Quand Harriet tenta de détourner la conversation en posant des questions sur le mariage de Ruth et Carl, John sentit sa maîtrise l'abandonner. Comment pouvait-elle avoir envie d'en parler ? Ne comprenait-elle pas ce que Ruth leur avait fait ? Mais ensuite, Dieu merci, vint la délivrance. Car il s'avéra que Ruth et Carl n'étaient pas vraiment mariés, du moins pas du point de vue légal. Un anarchiste pouvait difficilement accepter le fait qu'une Eglise ou une autorité quelconque ait le droit d'établir un contrat de mariage, et ils avaient organisé eux-mêmes une cérémonie dans un parc devant quelques-uns de leurs amis.

Ils n'en demeuraient pas moins liés par un vœu, affirmait Carl. Mais John était si soulagé qu'il écoutait à peine. Peut-être pouvait-on encore sauver quelque chose de ce naufrage. Ruth avait failli se laisser influencer de façon irréparable, mais ses actes n'avaient eu jusqu'ici aucune conséquence légale. Ce seul fait donna à John la force de survivre au reste de la soirée sans exploser, et cela lui permit aussi d'affronter la discussion délicate concernant l'endroit où Ruth et Carl allaient dormir. Même s'ils avaient vraiment été mariés, l'idée de les savoir ensemble l'aurait dégoûté. Mais en l'occurrence, la chambre de Ruth ne disposant que d'un étroit lit une place, la question ne se posa même pas. Carl devrait se contenter du lit de camp installé dans le bureau. John alla donc se coucher dans son propre lit avec un certain calme. Avec du sommeil et du temps pour réfléchir, les choses allaient peut-être s'arranger. Le temps était la clé de tout. Le temps, plus que tout, que Ruth recouvre ses esprits.

En pleine nuit, John se réveilla d'un rêve hanté par une flamme et il sentit, comme il l'avait senti quatorze ans plus tôt, que, quelque part, quelqu'un se déplaçait dans la maison.

La sensation de déjà-vu fut glaçante et immédiate. Sauf que cette fois-ci il sut instantanément ce que devait être ce bruit à demi entendu. Il se leva quand même et se glissa dans le couloir sombre. Le lit de camp de son bureau était vide, si bien qu'il se rendit aussitôt devant la chambre de sa fille. Il y avait de la lumière sous la porte et une odeur dans l'air qu'il ne connaissait pas mais qui, devinait-il à son grand désespoir, devait être celle de la marijuana. Pourtant, les bruits étaient bien pires. Il s'affaissa contre le mur, vidé par la colère et la honte tandis que, à quelques mètres à peine derrière la fine porte de bois, sa fille se faisait violer par l'homme qu'elle appelait son mari. Des images envahirent son esprit et il n'arriva pas à les arrêter : un corps blanc et maigre qui se hissait péniblement sur celui de Ruth ; de longs cheveux gras qui retombaient sur son petit visage ; ces lèvres roses écrasées sur celles de sa fille. Voyait-il Dudley, ou cet horrible garçon ? Cela n'avait aucune importance, sa fille était cette fois-ci consentante, et il entendait avec une netteté effrayante à quel point.

Cependant, telle qu'il l'imaginait, elle n'éprouvait aucune joie. Elle regardait directement son père par-dessus l'épaule de cet homme comme s'il n'y avait pas eu de mur entre eux, et ses yeux ne reflétaient que de la haine tandis qu'il la labourait à coups de reins. *Je le baise pour te baiser, Papa. C'est ce que tu m'as appris. C'est ce que tu as laissé arriver à ta fille, et c'est ce que je vais faire encore et encore.* Et quand Ruth cria de plaisir, John faillit lui aussi crier, brûlant d'envie d'ouvrir la porte, d'arracher cet homme à sa fille, de le jeter à terre et de le frapper, de le frapper sans relâche… mais de frapper qui ? Ce n'était pas Dudley qui se trouvait à l'intérieur, et sa fille ne voulait pas qu'on vienne à son secours. Il avait eu l'occasion de lui venir en aide des années plus tôt, et il l'avait laissée tomber. Il l'avait envoyée en pension, et maintenant elle se vengeait. Il ne put que remonter discrètement le couloir, impuissant et nauséeux. Le rire doux et redoutable de sa fille le poursuivit, et il savait qu'elle avait voulu qu'il entende tout, que sa haine était sans réserve et irrévocable, et qu'il ne pourrait finalement rien sauver.

Le lendemain matin, pendant que Carl chantait sous sa douche dans leur salle de bains, John annonça à sa fille que, si elle comptait rester avec son mari, il ne voulait plus la voir. L'impétuosité qu'il lut dans les yeux de Ruth indiquait clairement que c'était la réaction qu'elle espérait. Histoire de lui infliger une blessure aussi profonde et fatale que possible, John précisa ses exigences : elle n'aurait plus aucun lien avec eux, elle ne recevrait plus aucun soutien financier, elle ne serait plus la bienvenue chez eux et, quelle que soit la richesse qu'il pourrait amasser pendant le temps qui lui restait à vivre, quelles que soient les terres, et même s'il possédait un jour le domaine de Kuran, rien de cela ne lui reviendrait jamais. Pas si elle devait le partager avec le garçon qu'elle leur avait présenté. Avec une colère triomphante, éclatante, Ruth répliqua que de telles conditions lui convenaient parfaitement.

Ruth et Carl partirent dans l'heure. Il revint à Harriet, en larmes et horrifiée, de les raccompagner dehors, accrochée à Ruth et murmurant à son oreille. Murmurant quoi

– des suppliques, des promesses, des chagrins –, John l'ignorait, et il s'en moquait. Il sentit un vide immense s'ouvrir en lui et toute la peine et la rage tomber à l'intérieur, disparaissant pour toujours. Tout ce qu'il ferait désormais serait pour lui, et cela lui suffirait. Quand Harriet revint, les yeux rouges et secouée par le choc, il ne dit rien, n'éprouvant aucun besoin de parler. Au lieu de cela, il la laissa pleurer dans leur petite maison et partit vaquer à ses occupations sur ses terres.

Deux mois plus tard, il signait les actes de vente, et le domaine de Kuran fut à lui.

34

Dans son rêve, William traversait un champ de blé calciné, et il sentait que son père marchait à côté de lui. Il entendait des pas écraser les chaumes, et il avait beau avoir envie de revoir son père, il n'osait pas regarder de peur de voir à nouveau l'homme en feu. Quand il finit par regarder, il n'y avait pas de flammes, seulement son père. Et celui-ci n'était pas brûlé, il était comme il avait toujours été, en bonne santé, propre et souriant. William éprouva un immense soulagement. Mais il s'aperçut que la joue de son père était barbouillée de cendre noire. Le chagrin monta en lui et, soudain, il ne vit plus son père. Son père était mort et, dans son rêve, William avait beau se tourner dans toutes les directions, il ne le voyait plus. Il était seul dans un horrible champ de blé brûlé et de poussière, et, quelque part au loin, un monstre errait sur la Terre.

A son réveil, il avait les larmes aux yeux. Son oreille l'élançait comme si quelqu'un l'avait transpercée à l'aide d'un couteau, et William se pelotonna en boule, attendant que la douleur se calme. Ainsi que l'autre douleur, celle du rêve. C'était la faute de sa cousine : elle avait ressuscité le fantôme de son père. Et avec tant de douceur… il aurait dû lui en vouloir d'avoir seulement osé aborder le sujet, lui en vouloir de sa pitié et d'avoir posé la main sur son épaule. Pourtant, il ne lui en voulait pas. Il se sentait juste seul et malade. Il regarda par la fenêtre. Une lumière rouge brillait dehors – le soleil, la brume, l'air immobile : rien n'avait changé. Il finit par se lever, les membres gourds et douloureux. Dans le salon, il trouva sa mère effondrée sur le canapé, les yeux rivés sur la télévision alors que celle-ci n'était pas allumée.

"Maman ?"

Ses yeux ne quittèrent pas l'écran vide.

"Quoi ?"

Sa voix était assourdie par une vague hostilité. William se réveilla complètement sous l'effet de la prise de conscience et de la frayeur. Le peignoir de bain de sa mère était ouvert, révélant le creux de sa gorge maigre couverte d'un voile de sueur. Par terre, à côté d'elle, gisait un petit flacon de médicaments, vide.

"Ça va ? demanda-t-il.

— Je lui ai monté son petit-déjeuner, dit-elle, son regard mort lâchant enfin la télé pour se lever vers le plafond. Il n'a pas voulu le manger. Il m'a dit de sortir."

William sentit son cœur se tordre d'inquiétude. Il n'avait pas vu sa mère ainsi depuis des mois, depuis les jours ayant suivi la mort de son père. Elle avait largement dépassé le stade des migraines ou des gestes nerveux. C'était cette noirceur totale qui s'abattait sur elle par moments, une rivière sombre qui emportait son esprit et laissait son corps derrière elle.

"C'est *elle* qu'il veut, dit-elle. Je le sais.

— Maman…

— Elle était là avant." Ses paroles traînantes devinrent amères. "Ta nouvelle amie. Ta cousine. Elle te cherchait.

— Pourquoi ?

— Je ne sais pas." Elle jeta à William un regard furieux sous ses paupières gonflées. "Eh bien ? C'est toi qui lui as permis de rester. Alors si elle veut te voir, vas-y.

— Je ne…

— Allez !" La rage la fit sortir momentanément de sa torpeur. "Avant qu'elle nous jette tous les deux à la rue !" Elle plongea en avant et son peignoir s'ouvrit un peu plus, révélant des seins décharnés. "Elle va le faire ! Elle va monter ton oncle contre nous ! C'est pour ça qu'elle est là !"

William s'enfuit, effrayé.

Il trouva Ruth sur la terrasse.

"Will", dit-elle d'un ton grave.

Il la regarda en plissant les yeux dans la lumière brûlante.

"J'ai vu ta mère tout à l'heure. Elle va bien ?"

Mais il ne pouvait tolérer la compassion qu'il entendait dans sa voix. Sa mère était malade, c'était tout, elle n'y était pour rien. Et ça ne regardait personne.

"Vous vouliez me voir ?" demanda-t-il.

Ruth hocha la tête, semblant comprendre. Elle s'égaya.

"Tu fais quelque chose aujourd'hui ? Je me suis dit que tu pourrais peut-être me servir de guide.

— De guide ?

— Je veux aller visiter ton domaine.

— Il n'est pas à moi."

Ruth se contenta de sourire.

"Et vous voulez aller où ? demanda-t-il.

— Où tu veux."

William réfléchit avec lassitude. Sa cousine portait un jean, un T-shirt et des chaussures de marche, comme si elle comptait aller loin. Et si elle allait assez loin, elle risquait de tomber sur l'aire de camping et le cercle de pierres. Elle risquait même de découvrir le gour. Mais ces endroits étaient secrets.

"Je peux vous montrer le cimetière, proposa-t-il. Ce n'est pas loin. On peut y aller à pied.

— Un cimetière ?" Elle réfléchit à cette proposition. "En fait, ça me plairait. Mais il vaut mieux mettre un chapeau. Le soleil tape fort."

William retourna donc à son appartement. Il entendit sangloter dans la grande chambre. Il s'efforça de ne pas entendre les sanglots, attrapa sa casquette de capitaine, puis alla retrouver Ruth sur la terrasse.

Elle examinait une des colonnes qui supportaient le balcon.

"C'est du beau grès ocre. Il vient des carrières de la région, tu sais. Et tout le bois vient des environs, lui aussi, du cèdre rouge et du pin des montagnes. La seule chose qu'ils ont eu besoin d'importer a été l'ardoise, pour le toit. Tout ça a coûté une véritable fortune.

William resta un moment les yeux écarquillés, à nouveau perplexe. Mais ils partirent dans le jardin, escaladèrent la partie effondrée du mur, puis remontèrent le pré en direction du sommet de la colline. Ici, la chaleur était étouffante, tout le versant de la colline était sec et poussiéreux, et l'herbe craquait sous leurs pas, aussi friable que du verre.

"J'ai un aveu à te faire", dit Ruth.

Il leva les yeux vers elle.

"J'en sais un peu plus sur ce domaine que je l'ai laissé entendre.

— Comme la façon dont le manoir a été construit ?"

Elle hocha la tête.

"C'est drôle. C'est comme… bon, imagine que tu sois marié, et que ta femme parte avec un autre homme, quelqu'un que tu n'as jamais vu. Tu serais en colère. Mais tu serais aussi curieux, non, tu aurais envie de savoir à quoi ressemble l'autre homme ?"

William fit la grimace.

"Je crois.

— Bon, j'avais envie de voir à quoi ressemblait le domaine de Kuran. Alors, j'ai effectué quelques recherches. Et ça n'a pas été difficile de trouver des informations. Tu sais que cet endroit a été assez célèbre autrefois, n'est-ce pas ?

— Je sais." Il trouvait l'aveu de sa cousine dérangeant.

Ils arrivèrent au sommet de la colline, s'arrêtèrent pour regarder le paysage. Il n'y avait pas grand-chose à voir. La brume masquait encore l'horizon, les plaines formaient une tache floue, et de la fumée couvrait les montagnes. C'était un monde morne, une étendue uniforme d'herbe morte, d'arbres calcinés et de terre nue. Les sécheresses étaient marron clair, décida William. Pas rouges, ni jaunes ni noires, mais du brun le plus laid et le plus terne qu'on puisse imaginer.

"Je n'ai jamais vu ça", soupira sa cousine. Elle était un peu essoufflée par leur ascension. "J'ai grandi dans une ferme, là-bas, tu sais. Exactement comme toi. On verrait la ferme d'ici, s'il n'y avait pas tant de brume.

— On verrait aussi la mienne."

Elle le regarda.

"Elle te manque ? Ta ferme ?

— Des fois, répondit-il en songeant à sa mère en larmes.

— Je suis passée devant notre ancienne ferme en venant ici. Elle a entièrement disparu. La maison, les remises, démolies et enterrées. Rien n'indique qu'on ait jamais été là." Ruth alluma une cigarette, promena son regard sur les collines. "Mon père n'a jamais aimé notre ferme, de toute façon. Voilà ce qu'il a toujours voulu.

— Ça va jusqu'aux montagnes, déclara William.

— A l'origine, le domaine était encore plus grand, non ? J'ai vu des vieilles cartes. Il s'étendait à perte de vue dans toutes les directions depuis l'endroit où nous sommes.

— C'est ce qu'ont fait les premiers colons. Ils sont montés ici et tout ce qu'ils voyaient, ils l'ont pris."

Elle sourit.

"C'est ton oncle qui t'a dit ça ?

— Il a dit qu'il n'y avait rien ici avant leur arrivée, et que des fois ils mouraient.

— Oui, certains d'entre eux sont morts, c'est vrai."

Mais elle dit cela de façon désinvolte, et tout à coup William eut l'impression qu'il était important qu'elle comprenne ce qu'il disait.

"L'explorateur qui a trouvé le domaine de Kuran, il est mort juste ici. Il y avait une statue de lui devant le manoir, dans la fontaine."

Elle tira sur sa cigarette.

"Tu sais, personne n'a vraiment *trouvé* Kuran. Et ce n'était pas vide. Il y avait déjà des gens, ici.

— Je le sais, insista-t-il. Ce sont eux qui ont tué l'explorateur."

Le sourire de Ruth s'était légèrement évaporé.

"Je suis sûre que c'est mon père qui t'a dit ça aussi." Elle regarda à nouveau les plaines. "Une fois, j'ai lu un article sur Allan Cunningham, l'explorateur. Quand il a vu les Darling Downs pour la première fois, c'était dans les mêmes conditions : il y avait des feux partout et de la fumée.

— C'était la sécheresse ?

— Non. Mais c'était l'été. Cunningham s'est dit que des incendies s'étaient peut-être déclarés parce que la foudre avait embrasé l'herbe. Tu sais que tout était couvert de savane, avant que les terres soient colonisées ? Il n'y avait pas de forêt, rien, seulement des kilomètres et des kilomètres d'herbe."

William hocha la tête, se souvenant des paroles de son oncle. De l'herbe aussi haute que les hommes montés sur leurs chevaux.

“C'est à ça que servaient vraiment les feux, expliqua sa cousine. C'étaient les Aborigènes qui les allumaient. Chaque été, apparemment, ils nettoyaient les plaines en les brûlant. De cette façon, ils avaient de l'herbe fraîche chaque année, d'autres animaux descendaient des collines, et ainsi ils pouvaient les chasser. Les Aborigènes ne laissaient jamais les arbres pousser. La dernière chose qu'ils voulaient, c'était que les plaines soient couvertes de broussailles. Le problème, c'est qu'ils ont trop bien travaillé. Il y a cent cinquante ans, les squatters sont arrivés et ils ont vu cette herbe magnifique. Et ils se sont dit : ouah, ce serait parfait pour y élever du bétail et des moutons. On a une sacrée chance d'avoir toutes ces prairies ici, qui ne servent à personne. Alors, ils s'en sont emparés.”

Ruth écrasa sa cigarette sous son talon.

“On ne peut pas vraiment reprocher aux Aborigènes d'avoir été un peu en colère, non ? Tout le travail qu'ils avaient accompli, année après année – envolé. Pas étonnant qu'ils aient trucidé un Blanc de temps en temps.”

William cligna des yeux, incertain. Son oncle lui avait expliqué qu'aucun arbre ne poussait dans les plaines parce que la terre noire ne pouvait les supporter. Il n'avait pas parlé des incendies.

Ruth se tourna vers l'est.

“Alors, où est ce cimetière ?”

Ils passèrent le sommet puis descendirent en direction de l'église. Celle-ci paraissait encore plus en ruine que d'habitude maintenant que toutes les herbes qui l'entouraient étaient mortes. Ruth jeta à peine un coup d'œil au petit édifice, passant directement au cimetière. Les stèles se dressaient, austères dans la terre nue. William suivit sa cousine d'une tombe à une autre, contemplant les inscriptions usées.

“Les White, dit-elle d'un ton étrangement satisfait. J'espérais bien les trouver ici.

— Vous les connaissez ?

— Oh oui ! Et toi ?

— Je sais que c'est eux qui ont construit le manoir.

— C'est exact, la superbe gentilhommière. Leur plus beau mémorial." Elle donna un coup de pied songeur dans la poussière. "Je vais te faire un autre aveu, Will. En fait, je suis d'accord avec ton oncle à propos d'une chose. Moi non plus, je ne veux pas qu'on restaure le manoir. Ça me serait égal s'il s'écroulait demain.

— Mais vous avez dit…

— J'ai dit que la Société pour la conservation du patrimoine voulait le restaurer. Je n'ai pas dit que c'était moi. Oh, je sais, c'est un repère dans l'histoire des pionniers. Et je suis sûre qu'on t'a expliqué à quel point les White étaient des gens importants parce qu'ils avaient su créer un domaine au milieu des étendues sauvages, et qu'on devait donc veiller à préserver leur manoir. Mais tout ce qu'ils ont vraiment fait, ça a été d'arriver ici les premiers, de prendre tout ce qu'ils pouvaient, et de maintenir tout le monde à distance. Quand d'autres gens sont venus ici à la recherche d'un peu de terre, il n'y en avait plus un seul morceau. Seulement des panneaux "Défense d'entrer" sur une trentaine de kilomètres dans toutes les directions. S'ils avaient vu le manoir, ces gens-là l'auraient détesté.

— Mais le domaine a été morcelé, protesta William. C'est devenu des petites fermes, maintenant.

— Maintenant, oui. Mais au prix de beaucoup de souffrance."

Ils arrivèrent enfin devant la plus grande tombe, avec ses angelots effrités qui montaient la garde. William vit que le trou qui s'enfonçait sous la pierre tombale était encore là, mais celui-ci ressemblait désormais à une crevasse vide dans laquelle rien ne vivait. Ruth secoua la tête, affichant un sourire pincé.

"Et voilà le grand homme en personne : le dernier des Purs Mérinos." Elle s'accroupit devant la tombe. "C'est étrange : tout le monde pense qu'Edward White était quelqu'un d'impressionnant. Mais j'ai lu certains des discours qu'il a prononcés devant le Parlement. Il n'y avait pas plus obséquieux. Il mentait, trichait et soudoyait, il aurait fait n'importe quoi pour protéger ses terres. Il a freiné le développement de cette région pendant trente ou quarante ans. La meilleure chose que ce vieil imposteur ait jamais faite a été de mourir et de débarrasser le plancher."

William contemplait la tombe, perplexe. Sa cousine le troublait à nouveau. Pourquoi est-ce que rien ne semblait simple ou évident avec elle ?

Ruth avait ramassé un morceau de pierre : une main sculptée appartenant à l'un des anges, cassée au niveau du poignet.

"Je suis surprise que mon père ait laissé ça en aussi piteux état. Il a toujours admiré Edward. Je crois qu'il aurait aimé lui ressembler. Et je crois qu'il a réussi, aujourd'hui. C'est un vieil homme comme les autres, qui s'accroche à ce satané domaine comme à sa propre vie." Elle jeta un regard en coin à William. "Désolée, je sais qu'il t'a raconté à quel point Kuran et son histoire étaient merveilleux. Mais je n'aime pas beaucoup cet endroit."

William la regarda, mal à l'aise.

"J'étais censée l'aimer, tu sais. Mon père voulait que tout cela me revienne, autrefois. Ou, du moins, c'était son excuse. Il ne m'a *jamais* demandé ce que j'en pensais. Et pour finir, quand je lui ai dit que ça ne m'intéressait pas, il m'a jetée dehors."

Elle jeta la main de l'ange, et celle-ci se cassa en deux contre la tombe.

"C'est ce qui arrive quand on n'est pas d'accord avec lui." Quelque chose de froid dansait dans ses yeux. "Il a de la chance de t'avoir trouvé, hein ? Toi, tu seras toujours d'accord avec lui."

William se sentit rougir.

"Ce n'est pas grave, Will. Qu'est-ce que tu pourrais faire d'autre ? Mais souviens-toi, il ne t'offre pas vraiment un cadeau. Ni à ta mère. Cette affaire d'héritage, c'est pour lui, pas pour toi. Pour que son précieux domaine survive après sa mort."

Ruth leva à nouveau les yeux vers les collines, et sa froideur s'évanouit.

"Mais peut-être qu'il ne devrait pas survivre. Je ne crois pas que ce morceau de terre ait jamais apporté beaucoup de bonheur à quiconque. Ni aux Aborigènes. Ils s'en sont seulement fait dépouiller. Ni aux White. Il leur a juste valu d'être détestés. Ni à ma mère. Ça lui a coûté un mari, et à moi un père. Je ne crois pas qu'il ait même jamais rendu Papa heureux. Pas vraiment. Il suffit de le voir."

Elle se releva, s'époussetant les mains.

“En fait, si j'étais toi, je ne suis pas certaine que je serais aussi pressée d'accepter ce qu'il m'offre.”

Et là, William comprit.

Sa mère avait tort : Ruth ne voulait pas monter son père contre eux, ni les jeter à la rue. C'était le contraire. C'était *lui* qu'elle voulait monter contre son père.

35

Ils repartirent en direction du manoir.

William marchait dans un silence maussade. Il se sentait piégé. Tout ce qu'avait dit Ruth, tout le temps qu'elle avait passé avec lui… il voyait à présent que c'était seulement destiné à lui dresser un tableau détestable de son oncle et du domaine. Elle tentait de le convaincre que l'héritage ne valait pas la peine d'être accepté. Il devinait même sa motivation profonde. Ce qu'elle voulait réellement, c'était que son père meure seul, sans personne pour marcher dans ses pas ou assurer la survie du domaine. Parce que c'était exactement ce qu'elle-même avait fait, longtemps plus tôt. C'était terrible de vouloir une chose pareille. Et elle qui feignait d'être si gentille !

Ils franchirent le sommet de la colline, et le manoir réapparut en contrebas. C'était le pire angle sous lequel on pouvait voir le bâtiment, lequel révélait son toit affaissé, rapiécé n'importe comment à l'aide de tôle, et ses murs déformés par du lierre mort brun et racorni. Mais il avait été beau autrefois, William le comprenait. Il se moquait de savoir qui l'avait construit ou comment étaient ces gens. C'était chez lui maintenant. Ruth n'avait pas le droit d'en faire quelque chose de honteux.

Ils descendirent la colline et escaladèrent le mur. Finalement, ils arrivèrent devant la fontaine dont le piédestal tronqué dépassait du bassin vide.

Ruth la regarda.

“Un explorateur, hein ?

— Il est enterré sous le manoir. C'est Mme Griffith qui me l'a dit.

— Mme Griffith ? Alors, je n'y accorderais pas trop de crédit.

— Oncle John a dit qu'on avait retrouvé ses os.

— Peut-être. Il y a sûrement beaucoup d'ossements dans la région ; mais ils doivent surtout appartenir à des Noirs, pas à des Blancs. Et ils n'ont pas droit à des monuments aux morts."

William en avait assez. La douleur dans son oreille était revenue, et il aspirait seulement à échapper à la chaleur et au soleil. Et à sa cousine.

"Je peux rentrer ?

— Non." Ruth avait perdu son amabilité. "Je vois ton visage, Will, chaque fois que je parle des Aborigènes. Il se ferme instantanément. Alors, tu vas écouter ceci. Dieu sait que personne d'autre ne te le dira jamais, dans cette maison." Elle s'assit sur le bord de la fontaine. "Quand j'étais petite, j'aidais mon père à effectuer les travaux de la ferme. Parfois, la charrue déterrait des pierres taillées en pointe. Mais que faisaient-elles donc au milieu de la plaine arable, là où il n'aurait pas dû y avoir de pierres du tout ? Mon père disait que c'étaient des haches. Les Aborigènes les avaient apportées là, depuis les montagnes peut-être. Mais il ne semblait pas trop s'y intéresser, et moi non plus, à l'époque. Tu en as déjà vu dans ta ferme ?"

William secoua la tête d'un air obstiné.

"Eh bien, il y en a pas mal. Or, une hache de pierre devait être quelque chose d'important pour son propriétaire. Ça ne poussait pas dans les arbres. Il fallait du temps pour en fabriquer une. Et pourtant, il y en a plein les plaines, comme si on les avait jetées, pareilles à des cannettes de Coca. Pourquoi ça, à ton avis ?

— Je ne sais pas.

— Parce que leurs propriétaires étaient morts, voilà pourquoi. Personne ne sait exactement combien d'Aborigènes vivaient ici, dans les Downs. Peut-être trois mille, peut-être six mille. Personne n'a pris la peine de compter. Du moins, il a fallu attendre un demi-siècle après l'arrivée des Européens pour que le gouvernement fasse une estimation. A ce moment-là, dans toute la région, il ne restait plus qu'une centaine d'Aborigènes. Le gouvernement a rassemblé les derniers en 1911, il les a expédiés dans une mission à Cherbourg, et on n'en a plus parlé."

William bouillait d'impatience. Il se moquait de tout ça. Et, de toute façon, on ne pouvait se fier à rien de ce que sa cousine disait.

Mais elle n'avait pas terminé.

"Il s'est passé la même chose dans ce domaine, bien que mon père s'efforce de l'oublier. Cette terre appartenait au peuple Kuran. Personne ne sait combien ils étaient non plus mais, au bout de quelques dizaines d'années de colonisation, on en dénombrait moins d'une vingtaine. Les survivants vivaient juste ici, autour du manoir, et quand ils avaient de la chance, on leur donnait des couvertures et de la farine. Mais, en 1991, ça a été fini. On les a expédiés avec les autres. Et c'est pour ça qu'aujourd'hui il est rare de voir un Noir dans cette partie du pays." Elle lui jeta un regard entendu. "Et mon père a de la chance que ça se soit passé de cette manière, sinon, il aurait vraiment du souci à se faire à propos du Native Title."

William resta silencieux.

"Allons. J'ai lu les bulletins de ton oncle, n'oublie pas. N'essaie pas de me dire que tu ignores ce qu'est le Native Title. A ton avis, pourquoi a-t-il organisé ce rassemblement ?"

Il répondit enfin, par amertume.

"Il voulait empêcher une mauvaise loi de passer.

— Une mauvaise loi ?" Elle sembla méditer ce concept. "Elle est peut-être mauvaise. Mais, surtout, elle est impossible à appliquer. Noirs, Blancs, personne n'en est vraiment très satisfait." Elle posa à nouveau les yeux sur William. "Mais ça m'intéresse : pourquoi, *toi*, tu penses que c'est une mauvaise loi ?

— Elle est injuste.

— Injuste ? Pour qui ?"

William sentit l'importance de la question. Ruth lui lançait un défi, comme son oncle, si bien qu'il fit de son mieux pour le relever. "Des gens vont perdre leurs terres, dit-il.

— Tu parles !

— C'est vrai ! Dans l'Ouest !"

Ruth secoua patiemment la tête.

"Tu parles de terres soumises au droit de pâture. Et cette nouvelle loi élimine les revendications sur ce genre de propriété. Bien sûr, les services aborigènes du cadastre ne vont pas approuver ça, ils vont la mettre à l'épreuve devant les tribunaux, alors qui sait… mais tout au plus, il ne s'agit que de partager l'accès à ces terres. Et seulement si les tribus arrivent à prouver qu'elles ont entretenu un lien continu avec la terre en question, ce qui va poser un gros problème. Quoi qu'il en soit, absolument personne ne va se faire virer de ses terres."

William savait qu'il passait à côté d'un point essentiel de son argumentation, mais il commençait à être furieux contre elle.

"C'est une loi stupide. C'est les gens des villes qui veulent ça. Ils s'en fichent, parce qu'il ne va rien leur arriver, à eux."

Elle secoua la tête, déçue.

"Ce sont les paroles de ton oncle."

Il fouilla dans sa mémoire.

"Les Noirs sont partis. Vous voulez seulement réécrire l'Histoire.

— Et ces idiots racistes de la Ligue…

— Ils ne sont pas idiots !

— Bien sûr que si, et réac, en plus.

— L'Australie est à nous, maintenant ! Vous ne pouvez pas nous obliger à la rendre !"

Il remarqua avec satisfaction qu'il avait réussi à lui clouer le bec. Mais il avait le tournis, il avait chaud, et Ruth l'observait à présent avec dégoût.

"Seigneur, souffla-t-elle, écoute ce que mon père réussit à te faire dire ! Tu te laisses tourner la tête par l'idée que le domaine te reviendra un jour. Et après, il te dit : attention, les méchants Aborigènes vont venir te le voler, alors tu ferais mieux de les détester tout de suite."

Mais William avait anticipé sa remarque.

"Il ne les déteste pas.

— Non, bien sûr que non. Je suis sûre qu'il respecte leur culture. C'est ce qu'il se plaît à dire, hein ?

— Mais il se fiche complètement d'eux ! Il sait qu'ils ne peuvent pas lui reprendre cette propriété de toute façon."

L'espace d'un instant, Ruth sembla sur le point d'affirmer le contraire. Puis elle recula, amère.

“Oui, tu as sans doute raison. Mais merde, ça lui ferait les pieds dans le cas contraire.”

Le soulagement envahit William. Il avait l’impression d’avoir gagné quelque chose. Et il avait clairement montré qu’il était du côté de son oncle, pas de sa fille.

“Ce n’est pas le bon genre de terre, dit-il. Ce n’est pas comme les domaines de l’Ouest. C’est un bail éternel.”

Elle haussa les sourcils.

“Eternel ?” Au grand désarroi de William, elle s’assit à nouveau. “Tu veux dire un bail perpétuel ? C’est ce que ton oncle a dit ?”

William cligna des yeux. Il avait du mal à se rappeler.

“Le domaine n’est pas en danger, c’est tout…

— Un bail, s’étonna-t-elle. J’ai toujours cru que c’était une propriété libre et perpétuelle.”

William ne comprenait pas. Avait-il dit quelque chose de mal ?

Mais sa cousine l’avait oublié. Elle regardait le manoir.

“Tiens, tiens. Ça change une ou deux petites choses, non ?” Tout à coup, elle fut debout. “Merci pour la visite, Will. Mais tu devrais aller te mettre à l’ombre. Tu m’as l’air un peu rouge.”

Et sur ce – comme s’ils n’avaient pas été en train de discuter d’un sujet important –, elle monta les marches précipitamment et disparut dans l’obscurité du manoir.

William s’affaissa contre la fontaine, ses pensées semblables à un infâme bourbier. *Tout* ce qu’il avait dit était mal. Il savait seulement qu’il devait se défendre. Mais certains des mots qui étaient sortis de sa bouche avaient semblé horribles, et la façon dont elle l’avait regardé…

Son oreille l’élançait et le soleil lui faisait mal aux yeux. Il regarda les plaines. Partout où il posait son regard, il y avait de la brume et de la fumée, de vagues formes changeantes qui auraient pu être n’importe quoi. Des villes qui devenaient des fermes qui devenaient des prairies vides en feu. Rien n’était stable, ni la terre, et encore moins son histoire. On lui avait raconté tellement d’histoires – mais lesquelles devait-il croire ? Il n’avait personnellement assisté à aucun de ces événements de ses propres yeux, n’avait pas parcouru lui-même le monde.

Il battit en retraite et se mit à l'abri dans le manoir. Juste derrière les portes, il trouva sa mère. Elle se tenait au pied de l'escalier central, les yeux levés. William entendait des voix fortes venir d'en haut, lointaines et inintelligibles.

"Ils se disputent, là-haut, lui dit-elle à voix basse. Ruth et ton oncle."

Elle avait encore les yeux rouges et gonflés des larmes qu'elle avait versées le matin, mais son visage était à présent illuminé par une espérance optimiste, et William ne supporta pas de rester avec elle. Il trouva le chemin de sa chambre et se jeta sur son lit. Il ferma les yeux et vit des motifs tourbillonnants tandis qu'une vague de nausée déferlait dans son estomac. L'odeur infecte était revenue, et il savait que quelque chose n'allait pas du tout.

Il se réveilla beaucoup plus tard dans l'après-midi. Quelqu'un entrait dans sa chambre.

"William ?"

Il enfonça son visage plus profondément dans l'oreiller. C'était encore sa cousine.

Sa voix semblait rauque.

"Ton oncle m'a demandé de partir."

Il ouvrit les yeux mais ne se tourna pas face à elle.

"Je suis seulement venue te dire au revoir."

Mais elle ne partit pas. Au lieu de cela, William sentit qu'elle s'asseyait au bord du lit.

"Ça vient de moi, demanda-t-elle au bout d'un moment, ou il y a un truc mort, ici ?"

William ne dit rien, les yeux écarquillés.

"C'est *quoi*, cette odeur ? répéta-t-elle.

— Vous sentez quelque chose ? demanda William.

— Je n'en suis pas sûre… J'ai eu l'impression qu'il y avait quelque chose… ou c'est seulement ça ?"

William se tourna. Sa cousine tenait sa casquette de capitaine et la reniflait avec curiosité.

"C'est ça ? Non…"

Elle huma l'air à nouveau, puis ses épaules se voûtèrent. William l'observa, stupéfait. Elle paraissait si vieille. Et elle semblait avoir pleuré, non ?

Elle lui tendit la casquette.

“Pourquoi est-ce que tu portes ça, de toute façon ?

— Je l’aime bien”, répondit William.

Mais il examina la casquette de plus près. Etait-elle à l’origine de l’odeur depuis le début ? De fait, le tissu sentait le moisi… mais ce n’était pas une odeur de pourri. Celle-ci était beaucoup plus forte, et on aurait dit qu’elle venait de partout et nulle part.

“Où diable l’as-tu dénichée ? demanda sa cousine en l’observant.

— Je l’ai trouvée, répondit William. Je croyais que c’était une casquette de l’armée. Mais oncle John m’a dit que c’était juste une vieille casquette de policier.

— C’est vrai qu’elle est vieille.

— Il a dit qu’elle appartenait à son père.”

Cela retint l’attention de Ruth. Elle regarda de nouveau la casquette.

“J’ignorais que mon grand-père avait été policier.” Elle toucha le bord. “Alors, c’est un insigne de police ?

— Je pense.

— PMQ, lut-elle. Police montée du Queensland ?” Elle secoua la tête et repoussa ses cheveux gris. Ses yeux étaient secs à présent. “Je poserai peut-être la question à mon père la prochaine fois que je le verrai.

— Vous avez dit que vous partiez.

— Pour l’instant. Mais il n’est pas encore débarrassé de moi. Une fois que j’aurai vérifié une ou deux choses, je reviendrai.”

William ne parvint plus à savoir s’il pensait que c’était une bonne ou une mauvaise nouvelle. Il avait été si furieux contre elle ce matin… mais elle avait senti l’odeur de pourri, alors que personne d’autre ne l’avait sentie.

Elle lui sourit.

“Je suis désolée de t’avoir mis en colère. Je sais que ça ne doit pas être drôle d’être pris entre deux vieilles personnes comme mon père et moi.”

Sa sollicitude ne fit que renforcer le trouble de William.

“Tu es sûr que ça va ? demanda-t-elle. Tu n’as vraiment pas l’air dans ton assiette.

— J’avais un peu le vertige tout à l’heure.”

Elle se donna une claque sur le front.

“Oh… bien sûr, je suis désolée, ta mononucléose, j’avais complètement oublié. Tu es malade et je t’ai fait crapahuter dans les collines.”

Il ne pouvait rien répondre à cela.

“Bon, repose-toi. Je m’en vais.” Elle se leva, le regarda une dernière fois. “Ecoute, Will. Quoi qu’il arrive, mon père ne te donnera pas cet endroit gratuitement. Il t’en fera payer le prix. Alors prends garde à ce qu’il exige de toi.”

Puis elle s’en alla.

Et voilà : une autre attaque, juste quand William commençait à changer d’avis sur elle. Pourtant, il savait que le vieil homme pouvait être vraiment étrange par moments, et effrayant. Mais qu’était-il censé faire ? Il ne pourrait jamais se retourner contre son oncle. Le vieil homme avait besoin de lui.

Il finit par se lever et sortit sur la terrasse, où il resta seul sur les marches du perron. L’après-midi se perdait dans une brume d’un orange flamboyant. La voiture de sa cousine n’était plus là, et seul demeurait le monde mort de la sécheresse. Il imaginait Ruth en route pour Powell, l’air conditionné montant du tableau de bord, frais et délicieux. Soudain, il eut envie d’être n’importe où sauf là où il se trouvait, de s’échapper vers un endroit vert, humide et loin d’ici. Un endroit où il y aurait des gens, des écoles, des jardins avec de l’herbe pour jouer, et d’autres enfants… pas ces collines désertes tout autour, et l’isolement du manoir derrière lui.

Un mouvement attira son regard au moment où il se tournait vers les portes d’entrée. Mme Griffith rôdait dans le hall, scrutant l’extérieur depuis l’obscurité. La gouvernante lui adressa son sourire sans joie et édenté, victorieuse. Puis elle s’éclipsa.

36

Pour William, le départ de Ruth marqua un point à partir duquel le monde réel commença d'une façon ou d'une autre à lui échapper, et sa maladie à le consumer. C'était le même malaise qui l'avait accablé pendant le rassemblement – la sensation de vertige, la douleur dans son oreille, une impression de décalage insidieux –, sauf que cette fois-ci il n'y eut pas de rémission. Au cours des quatre jours suivants, son état empira régulièrement, jusqu'à ce qu'il ait l'impression qu'une fournaise brûlait dans sa tête et que les choses qui l'entouraient rétrécissaient pour devenir pâles et détachées. A chaque fois qu'il respirait, l'horrible odeur qui s'accrochait à lui devenait plus douce, plus écœurante.

Pourtant, personne ne se souciait de lui. Le manoir avait des sujets de préoccupation plus pressants car, le soir où sa fille partit, John McIvor eut une seconde attaque. Une ambulance arriva de Powell à toute allure, mais il avait beau être gravement malade, le vieil homme refusa d'aller à l'hôpital. Le Dr Moffat fut chargé de ses soins quotidiens, et la mère de William, miraculeusement ranimée par la catastrophe, reprit ses fonctions d'infirmière à l'étage. Au milieu de tout ce tumulte, l'état de William fut considéré comme une simple grippe tardive. Il passait ses journées seul, au lit ou recroquevillé sur le canapé, à regarder la télévision. Parfois, sa mère lui apportait ses repas, mais elle ne restait jamais assez longtemps pour voir qu'il les jetait presque en totalité.

Elle était convaincue que Ruth avait provoqué ce deuxième infarctus.

"Ça pourrait le tuer. Sa propre fille !"

Mais William, qui observait tout cela depuis sa position retranchée en lui-même, voyait bien que l'indignation de sa mère était feinte. En fait, elle était heureuse : Ruth était partie et ne pouvait plus leur nuire. Il n'avait pas l'énergie de lui dire qu'en fait sa cousine avait déjà causé tous les ravages nécessaires. Elle avait souillé le trophée et anéanti toutes ses certitudes. Même le manoir ne lui semblait plus le même. Avant, William était capable de voir la splendide demeure d'antan à travers les minces cloisons. Mais à présent, avec ses pensées malsaines pleines de Ruth et de ses histoires, il avait l'impression que cet état de délabrement l'étouffait. Il vit à la télé que l'année scolaire était finie, que dans un monde complètement différent les enfants partaient en vacances de Noël avec leur famille. Mais pas lui. Il était piégé ici.

Ils l'étaient tous. Le manoir dérivait encore dans une zone de calme absolu. Par moments, William se pelotonnait dans un fauteuil sur la terrasse, les bras serrés autour de lui. Il n'y avait rien à part la lumière aveuglante et la brume. La fumée épaississait tous les jours, formant un immense voile qui masquait le monde. Il n'y avait pas un souffle de vent pour l'agiter, et pourtant William le voyait bouger et tourner – avec une infinie lenteur, mais néanmoins dans un but sinistre. La fumée se rassemblait, s'épaississait et pesait sur les plaines, et sa pression augmentait sans cesse à tel point que William, crispé dans son fauteuil, devait résister à l'envie de crier. Malgré tout, les nuits étaient pires, quand l'obscurité se refermait sur lui et que la lampe de sa chambre semblait briller d'un éclat trop faible, comme à travers un brouillard. Il n'arrivait pas à dormir, mais il n'était pas tout à fait réveillé non plus, et le manoir s'agitait autour de lui, plein de craquements et de gémissements subtils, comme s'il partageait les souffrances de son maître.

La cinquième nuit, William finit par dormir, littéralement épuisé, mais il rêva d'une voix qui l'appelait de plus en plus fort, jusqu'à ce qu'il se réveille secoué par un tremblement violent. Désorienté, il s'aperçut qu'il n'était plus dans son lit. Des ombres menaçantes l'entouraient dans un endroit inconnu et étrange. Puis, à sa grande consternation, il reconnut le couloir de l'étage supérieur. Il devait être monté jusque-là en marchant dans son sommeil. Par une porte, une lune tailladée lui souriait depuis les carreaux d'une salle de bains, mais pire encore était le souvenir de cette voix qui continuait de résonner à ses oreilles, comme si quelqu'un lui braillait quelque chose aux confins de la rage et de la douleur. Tournant les talons à contrecœur, il vit qu'au loin, au bout du couloir, brillait une vague lueur. Celle-ci filtrait sous la porte de la chambre de son oncle.

William émit un faible cri d'impuissance, mais ses pieds avançaient, poussés en avant. Son oreille palpitait douloureusement dans le silence, et le couloir semblait pencher et virer devant lui. Qu'allait-il voir en arrivant devant la chambre ? Pourquoi l'avait-on appelé ? A quelques pas de la porte, la réponse lui apparut. Son oncle devait être mort. Le vieil homme avait dû mourir à cet instant précis et, grâce au lien qui les unissait, William avait été appelé pour assister à sa fin. Cette idée faillit l'arrêter net. Devait-il courir chercher sa mère ? Réveiller toute la maisonnée ? Mais il se retrouva devant la porte.

La chambre était une caverne sombre. Dans une petite flaque de lumière jetée par une lampe, son oncle était allongé, immobile, sur le lit. Etait-ce à cela que ressemblait la mort ? A un vieil homme adossé à un oreiller, enveloppé dans le linceul d'un simple drap ? William s'approcha du lit à pas furtifs. Son oncle avait la tête penchée en avant, des croissants blancs et aveugles sous les paupières. Sa poitrine ne se soulevait pas. William se trouvait maintenant à côté du lit. Il tendit la main pour toucher la joue de son oncle, pour sentir la chair sans vie, pour être sûr.

"Ah ! murmura le vieil homme, William." Etrangement calme, ni soulagé ni déçu, William recula. Les yeux de son oncle s'ouvrirent en papillonnant avant de cligner lentement. "Je rêvais de toi."

De façon fugace, William se vit dans le rêve de son oncle, montant innocemment l'escalier dans le manoir obscur sans rien soupçonner pour venir à son chevet. Un rêveur qui en appelle un autre.

L'invalide ne dit plus rien pendant un moment. Puis sa gorge bougea et il émit un rire rauque.

“Tu es monté pour me regarder mourir, c’est ça ?”

William secoua la tête.

“Ce n’est pas grave. Je m’en fiche. On va regarder ensemble, et voir si ça vient.”

Ils attendirent en silence. Malgré sa taille gigantesque, la chambre était aussi étouffante qu’un placard. Les fenêtres étaient fermées et les rideaux tirés. L’horloge à côté du lit indiquait qu’il était quatre heures du matin. Elle égrenait les secondes au rythme de la douleur dans l’oreille de William.

Le vieil homme s’humecta les lèvres.

“Je sens une odeur de brûlé. Tout le temps.”

William déglutit.

“Il y a un incendie dans les montagnes.”

Léger froncement de sourcils.

“Tu sais que ce n’est pas ce que je voulais dire. On l’a vu tous les deux.”

William ne dit rien.

“Et maintenant, tu as fait connaissance avec ma fille.

— Oui.

— Alors ? Qu’est-ce que tu penses d’elle ?”

Mais William ne pouvait pas parler de sa cousine.

“Je n’en sais rien.

— Vraiment ?” Un frémissement de colère parcourut la voix de son oncle. “Elle, elle avait des tas de trucs à dire sur toi.”

William ferma les yeux, obligeant les mots à sortir.

“Elle m’a dit des choses.

— Sur moi ?

— Sur vous. Sur le domaine, aussi. Je ne sais pas si elles étaient vraies.

— Elle raconte des mensonges, Will. Et ce sont des mensonges intelligents. Je t’avais prévenu.”

William rouvrit les yeux. Le vieil homme contemplait le plafond d’un air rêveur, la tête enfoncée dans l’oreiller. Cela ne suffisait pas, se dit William. Cela ne suffisait pas de dire qu’elle mentait. Les doutes étaient à présent enracinés dans son esprit. Ils ne faisaient qu’un avec sa maladie, et on ne pourrait les chasser qu’avec quelque chose de certain et de clair.

William prit la parole.

“Elle a dit que la Ligue était stupide.”

Une lueur de douleur vacilla sur le visage de son oncle.

“Elle a dit que vous vous trompiez à propos des nouvelles lois.”

Mais le vieil homme secoua la tête, lentement, luttant contre la raideur qui l’envahissait.

“Tout cela n’a plus aucune importance. Ni pour toi, ni pour moi, Will. Ce n’est plus entre nos mains.” Il semblait regarder au-delà des murs de sa chambre. “J’ai écouté le Parlement à la radio. Il se réunit tard, tous les soirs, pour essayer de faire adopter cette loi avant la fin de l’année.”

Une image traversa l’esprit de William, comme transmise depuis celui de son oncle, celle du bâtiment du Parlement à Canberra et de centaines d’hommes en costume réunis dans les profondeurs de la colline tandis que la nuit et la lune passaient en silence au-dessus d’eux.

“C’est une mauvaise chose, non ? demanda William sans savoir ce qu’il espérait.

— Cette loi est mauvaise, convint son oncle, mais elle n’est pas encore passée. Le vote est proche.

— Ruth a dit…

— Je ne veux pas entendre son nom.” Le vieil homme respira par à-coups pendant un moment. Puis il pencha la tête vers William, étrangement doux.

“Tu lui as parlé, hein ? Tu lui as dit que cette propriété était un bail perpétuel. C’est toi qui lui as soufflé cette idée, non ?

— Je suis désolé…

— Tu lui as donné une arme, Will. Elle est juriste, n’oublie pas. Cette histoire de bail perpétuel l’a fait réfléchir. Elle est partie pour nous créer des ennuis.” Et, à la grande stupéfaction de William, le vieil homme eut presque l’air attendri. “Elle veut m’effrayer avec le Native Title. Mais tu n’as pas à t’inquiéter.

— Alors, pour le bail, c’est bon ?

— Oublie le bail. Le domaine de Kuran ne risque pas d’être désigné à la revendication, de toute façon. Il n’y a personne pour le réclamer en justice.”

Une image des plaines s’ajouta au désordre qui régnait dans les idées de William, des prairies en feu d’un bout à l’autre de l’horizon.

“Personne ?

— Seuls les propriétaires traditionnels peuvent déposer une réclamation, Will. Et il n’en reste aucun dans cette partie du pays. Ils sont tous morts, ou ont été déportés il y a longtemps.” Le vieil homme semblait se rappeler une anecdote agréable. Puis il sourit à pleines dents. “Il n’y a plus que moi. Je suis ici depuis le début. Alors, c’est *moi* qui réclame le titre en tant qu’autochtone. Je le réclame pour nous deux.”

Un frisson parcourut William. Ce n’était pas la solution. C’était quelque chose de crucial qu’on faussait ici afin de lui donner une forme que cette chose n’était pas censée prendre. Elle était trop lourde, et déséquilibrée. Et elle se briserait en tombant.

Son oncle tournait la tête d’un côté et de l’autre, respirant par saccades.

“Tu es sûr de ne pas sentir une odeur de brûlé ?

— Oui.

— Tu ne sens rien ?”

William murmura sa vérité la plus profonde.

“Je sens l’odeur de quelque chose de mort.”

Le regard du vieil homme se fixa sur lui, soudain intense.

“Oui.” Son corps frissonna, et sa main rampa sur le drap pour s’agripper au bras de William. “Oui, je la sens aussi.

— C’est vrai ?

— Quelque chose de pourri. Quelque chose de pourri et de brûlé.

— Qu’est-ce que c’est ?” demanda William d’une voix implorante.

La folie éclaira les yeux du vieil homme.

“Un signe, mon garçon, c’est un signe. C’est ma mort que tu sens.

— Non…” gémit William en essayant de retirer son bras.

Son oncle ne le lâcha pas.

“On est du même sang, n’oublie pas, toi et moi. Je le sens en toi. Tu es une porte ouverte. Le monde te parle. Tu vois des choses.

— Non, ce n’est pas vrai.

— Tu ne dois pas dire ça. C’est bien. C’est pour ça que je t’ai choisi.

— Choisi ?

— Quand je serai mort, Will, tout ceci sera à toi.

— Vous n'êtes pas en train de mourir.

— C'est la seule façon. Tu ne pourras pas avoir ce manoir tant que je serai vivant.

— Mais je ne le veux pas !

— Quoi ?" Le vieil homme retira sa main, épouvanté. "Qu'est-ce que tu racontes ?

— Je n'en sais rien !" s'écria William d'un ton pitoyable. Puis, plus doucement : "Je croyais le vouloir... Mais tout le monde n'arrête pas de me dire des choses différentes."

Son oncle retomba sur son oreiller en le dévisageant.

"Ah... Je vois."

William baissa la tête vers le sol, misérable. Il se frictionna la peau du bras. De la chaleur s'en dégageait à l'endroit où le vieil homme l'avait touchée.

"Elle y est arrivée aussi facilement, Will ? Elle t'a monté contre moi ?"

Mais William ne savait plus ce qui lui arrivait, ni qui en était responsable. Tout ce qu'il voulait, c'était se sentir normal à nouveau.

"Ecoute." L'ordre était pressant, et William leva les yeux pour voir son oncle se pencher en avant, s'efforçant de se redresser contre l'oreiller. "Ecoute. Je suis né ici. Et puis on m'a chassé. Quarante ans, c'est ce qu'il m'a fallu pour pouvoir rentrer chez moi.

— Je sais...

— Oui, mais avant, j'y suis revenu une fois. Je ne te l'ai jamais dit." Le regard du vieil homme était à présent animé par les souvenirs. "Je suis allé au gour... et il m'a parlé, Will. Les collines, les montagnes, le domaine : ils m'ont *parlé*. A ce moment-là, toute ma vie a changé. Je n'ai jamais eu le moindre doute à propos de ce que je devais faire."

William le regardait fixement, piégé par une force qui semblait s'étendre, telles des ailes enveloppantes.

"Cette région te parlera aussi si tu l'écoutes. Les Noirs disent qu'elle pénètre en toi par la plante des pieds, et ils ont raison. Mais ce n'est pas un truc aborigène. Ce n'est pas un truc de Blancs non plus. C'est quelque chose d'humain. Tout le monde ne le possède pas. Mais moi, oui. Et toi aussi."

Son oncle lui avait repris le bras, et la chaleur s'écoulait en lui par la main du vieil homme.

"Je n'ai rien du tout, dit William apeuré.

— Tu dis que tu ne veux plus le domaine ?

— Je ne sais pas…

— Eh bien, c'est *lui* qui te veut." L'ardeur de son oncle était insatiable. "Tu ne peux pas me mentir, Will. Tu sens que cette région t'appelle. Je le sais.

— Je me sens mal, c'est tout." C'était une prière désespérée.

"C'est parce que tu luttes, voilà pourquoi. Mais c'est là, dehors, William. Dans les collines. C'est là que ça m'est arrivé. Au gour. C'est là que tu dois aller."

Soudain, une vision explosa dans l'esprit de William. De l'eau. Froide, sombre, profonde. Entourée par une ombre fraîche et des rochers dégoulinants. Pendant un instant, il se vit plonger dans les profondeurs de cette eau, un soulagement glacial à la chaleur, à la confusion, à la fièvre qui lui ravageait le crâne.

Son oncle avait les yeux exorbités.

"Tu le vois, n'est-ce pas, en ce moment même ?"

William hocha la tête, stupéfait. C'était la réponse. La maladie qui était en lui pouvait être anéantie et lavée. Pourquoi n'y avait-il pas pensé avant ?

"Seul, insista le vieil homme dont la main le serrait encore plus fort. Tu dois y aller seul. Tu peux y être en quelques heures, à pied. Prends de quoi manger. Prends de l'eau. Pars tout de suite."

L'émerveillement de William faiblit.

"Tout de suite ?

— L'aube est bientôt là. Tu connais le chemin : je t'ai montré. Tu connais les endroits, les endroits puissants. Oublie-moi, oublie ma fille, pars et apprends par toi-même."

William hésita devant la folie de cette entreprise. Le gour se trouvait au moins à une quinzaine de kilomètres.

"Je ne peux pas y aller tout seul." Pourtant, il sentait la confiance contenue dans le contact de son oncle, son absolue certitude, passer dans son corps. "Maman ne me laissera jamais…

— Je m'occuperai d'elle. Je lui dirai que tu es parti explorer la campagne. Je lui dirai d'aller te chercher au gour ce soir."

En était-il vraiment capable ? Il serait tout seul dans la nature pendant une journée entière. Mais s'il osait… il serait enfin immergé dans une eau si profonde et si sombre qu'elle serait semblable à l'oubli. Il n'aurait plus jamais à se soucier de rien. Et le souffle du vieil homme était brûlant sur son visage.

"Tu dois le faire maintenant. Avant le retour de ma fille. Pour qu'on puisse l'affronter ensemble, lui montrer qu'elle a perdu, une fois pour toutes. Dis-moi que tu vas le faire. Dis-moi oui. Alors, tous ces derniers mois auront servi à quelque chose."

C'était comme si l'esprit de son oncle ne faisait désormais plus qu'un avec le sien, formant un tourbillon de peur, de haine et de flammes, et William vit que le vieil homme avait raison sur tout. La décision passa entre eux en l'espace d'un battement de cœur, et le visage du vieil homme s'éclaira, triomphant. Il repoussa le bras de William.

"Maintenant ! Avant que ta mère se réveille !"

Et William s'en alla. Il s'éloigna du lit de son oncle, quitta la flaque de lumière, laissa le vieil homme illuminé tout seul à cet endroit, les yeux fous et brûlants, en train d'agiter un bras osseux.

"Va. Ne t'écarte pas de la route. Va !"

William se retrouva ensuite dans l'obscurité du couloir. Les ombres n'avaient aucune importance : la certitude du vieil homme flamboyait en lui, et il savait exactement où il allait. Il retourna discrètement dans sa chambre, s'habilla en silence, puis il prit le vieux sac à dos qui lui servait de cartable et sa casquette de capitaine. Il se glissa ensuite dans la cuisine. Ouvrant les placards et le réfrigérateur, il réunit différentes choses : biscuits, pain et fromage. Il remplit d'eau une gourde en plastique qu'il fourra dans son sac.

Les portes d'entrée l'attendaient, ouvertes. Une lumière pâle montait dans le ciel, le monde était tiède et silencieux, calme avant l'aube. La certitude brûlait encore dans son esprit. Il traversa le jardin, escalada le mur et partit vers l'est en s'enfonçant dans les collines.

37

Le soleil levant surprit William dans un monde étrange.

Il avait déjà dépassé l'église et le cimetière – où les tombes cassées de la dynastie White montaient la garde en silence –, et il n'était jamais allé aussi loin du manoir tout seul. La brume et la fumée couvraient le sol comme de la vapeur, et il y avait dans le ciel une obscurité qui pouvait même être des nuages prometteurs de pluie. Des oiseaux poussaient des cris d'espoir mélancoliques, et William avançait, impatient. Le gour était encore une vision étincelante dans son esprit, son corps lui semblait aussi léger que du papier, et il lui paraissait possible d'arriver là-bas en une heure à peine.

Peu à peu, la lumière s'intensifia. Le ciel se dégagea, aussi pâle et vide qu'à l'accoutumée, et quand le soleil finit par se lever au-dessus des montagnes, William sentit la chaleur lui picoter le visage. Il avait été porté jusqu'ici par la force de la main de son oncle agrippée à son bras, et par la conviction qui les avait possédés tous les deux. Mais à présent, alors qu'il marchait à pas lourds en direction du soleil, il sentit quelque chose rétrécir en lui, quelque chose que le contact du vieil homme avait laissé enflé et enflammé. Il s'aperçut qu'en fait il n'avait couvert qu'une très courte distance. Prenant une gorgée d'eau, il considéra la gourde. Elle devait lui durer jusqu'à ce qu'il ait atteint l'aire de camping où l'attendaient l'éolienne et le réservoir d'eau. D'après ses souvenirs, l'aire se trouvait à peu près à mi-chemin du bassin de pierre.

Il continua, peinant un peu dans les côtes. Marcher sur la piste n'avait rien à voir avec le fait de la suivre en voiture. En voiture, les kilomètres défilaient au rythme du crissement agréable du gravier sous les roues, et la piste proprement dite serpentait dans les collines en virages serrés, tel un cours d'eau vagabond. A pied, c'était une route plus longue, constituée de lentes courbes arrondies, dans laquelle il pouvait voir chaque ornière, chaque pierre tranchante, et les sentir, aussi, lui blesser les pieds. Il y avait peu d'ombre, et devant lui le soleil flamboyait dans un ciel dur et blanc, tous les vestiges du matin brumeux disparus depuis longtemps. Les collines étaient brunes et pelées, et le seul son était le croassement fortuit d'un oiseau. Le domaine semblait abandonné à la sécheresse. William était entièrement seul dans la nature, et chaque pas l'emmenait plus loin de chez lui.

Le gour, se répétait-il. Tout ce qui comptait, c'était qu'il arrive là-bas, puis qu'il plonge dans ses profondeurs et… et quoi ? Tout lui avait paru si limpide dans la chambre du vieil homme ; pourtant, William s'avoua qu'il avait du mal à s'en souvenir. La maladie s'insinuait à nouveau dans sa tête, brouillant ses pensées. Une révélation était censée lui venir, là-bas, une voix était supposée lui parler : son oncle avait fait toutes sortes de promesses. Mais celles-ci devenaient légèrement ridicules sous l'éclat aveuglant et la chaleur de la journée, avec les collines qui somnolaient, hébétées, et les mouches qui bourdonnaient dans l'herbe.

Le soleil poursuivait son ascension régulière vers son zénith, et William sentit un début de coup de soleil sur ses bras. La piste était devenue chaude, et elle lui brûlait les pieds à travers ses chaussures. Des mouches commencèrent à s'agglutiner sur son dos et à vrombir autour de son visage. Il battait des mains en vain pour les chasser. A un moment, il vit quelque chose de sombre se faufiler dans l'herbe, et il comprit avec un frisson de peur que ce devait être un serpent. Plus tard encore, il aperçut un corbeau qui picorait quelque chose sur la piste. L'oiseau s'envola à son approche, et quand William arriva à l'endroit en question, il ne trouva que les restes raidis d'une fourrure tachée de sang. L'odeur lui apprit que l'animal était mort depuis plusieurs jours… ou était-ce seulement l'odeur qu'il portait déjà avec lui ? Il contempla les restes pendant quelques minutes, fasciné et mal à l'aise.

A midi, il avançait en traînant les pieds et la tête basse. Il n'y avait toujours aucun signe de l'aire de camping, même s'il avait dû maintenant marcher assez longtemps. Pouvait-il être perdu ? Il suivait la piste, mais les collines se ressemblaient toutes et, avec le soleil suspendu dans un ciel uniforme, même le nord et le sud avaient disparu. William s'arrêta dans un petit ravin bordé d'arbres qui offraient de l'ombre et s'assit sur un rondin pour se reposer. Il mangea quelques biscuits, même s'il manquait toujours d'appétit, et il se rendit compte qu'il avait déjà bu presque toute son eau. Il observa des fourmis qui grouillaient dans la terre rouge, dévorant les miettes qu'il avait laissées tomber. Il regarda les arbres qui le surplombaient, avec leurs branches affaissées, leurs feuilles ratatinées et craquelées. Il se retourna vers la route, se demandant si sa mère allait venir le chercher plus tôt. Mais il n'y avait aucun signe d'elle ou de sa voiture, juste le bourdonnement des mouches, et son oreille qui l'élançait implacablement.

Il attendit à cet endroit peut-être une heure, ou même plus longtemps – mais le temps avait commencé à se télescoper. Brusquement, il se secoua pour sortir de sa torpeur, but le reste de son eau, et se remit en route. Il conserva un rythme régulier pendant un moment, mais la chaleur était assommante et le brûlait à travers le tissu noir de sa casquette de capitaine, lui mettant la tête en feu. La lumière aveuglante réduisait ses yeux à deux fentes. La fatigue s'installa, ainsi que la soif, et malgré tout les collines refusaient toujours de se transformer en un paysage connu. Il finit par retrouver un rythme lent, marchant les yeux fixés au sol. Il n'y avait rien à voir de toute façon, seulement son ombre qui s'allongeait devant lui comme le soleil commençait sa descente à l'ouest. Quand, en levant son regard trouble, il vit l'éolienne à gauche de la piste, il ne parvint pendant un moment qu'à la contempler, stupéfait. Il avança d'un pas incertain en direction du réservoir. Il ouvrit le robinet qui se trouvait à sa base et but.

L'eau était tiède et croupie, mais cela n'avait aucune importance. William passa la tête sous le robinet et laissa l'eau lui couler dans le dos. Sa fièvre se calma. Il prit de profondes inspirations et regarda l'aire de camping. Elle n'était pas du tout comme dans les souvenirs qu'il gardait du rassemblement, se résumant à un versant poussiéreux d'herbe brune, éraflé ici et là aux endroits où les voitures s'étaient garées, où une tente avait été montée. Il leva les yeux et vit, au sommet de la colline, parmi les arbres, la silhouette des pierres dressées. Celles-ci semblaient plus petites que dans ses souvenirs. Mais il se rappelait à quoi elles ressemblaient sous les étoiles cette nuit-là, dans l'obscurité et à la lumière du feu. Il laissa son sac à dos à côté du réservoir et grimpa à travers les herbes.

Des signes indiquaient que des gens s'étaient réunis à cet endroit : des restes de feux de camp, une chaussure solitaire ayant appartenu à un enfant, un tas de cannettes de bière vides dont les couleurs vives s'estompaient déjà. William arriva ensuite au cercle de pierres. Au bord du cercle, il vit un tas de cendre noircie qui avait été le feu de joie. Plus loin, au milieu du cercle, il y avait deux lignes à angle droit formées de bois calciné et d'herbe brûlée. Le motif qu'elles dessinaient restait gravé dans sa mémoire, envoyant des volutes de fumée et des flammes tandis que des robes blanches tourbillonnaient dans une danse insensée. Malgré tout, ce souvenir ne l'effrayait plus vraiment. William promena son regard sur les pierres, perplexe. Quelque chose avait-il changé, ou était-ce que dans la chaleur étouffante de l'après-midi le mystère du cercle demeurait caché ? Peut-être fallait-il la présence du vieil homme et le ton hypnotisant de sa voix pour donner vie à cet endroit. Le cercle ne semblait plus puissant, seulement morne et vide, et les flaques de cendre lui donnaient un air négligé, comme un dépotoir.

William descendit la colline, observant le soleil à l'ouest. Il aurait peut-être dû rester ici, à côté du réservoir, pour attendre sa mère. Mais en arrivant en bas il se souvint que c'était là, de l'autre côté de la route, à l'endroit où le sol plongeait dans un ravin, qu'il avait vu l'homme en feu. Et, contrairement aux autres, ce souvenir ne s'était pas estompé. William ne pouvait pas rester ici : il devait continuer ou rentrer. La lassitude l'envahit à l'une ou l'autre perspective, mais il songea à l'eau, sombre, profonde et miroitante, et il se souvint du banc de pierre sous le saule. Ce n'était peut-être pas si loin. Ce serait bien s'il pouvait être assis là-bas à l'arrivée de sa mère. Il se serait baigné dans l'étang, aurait purgé son corps de la chaleur, de la poussière et de la maladie. Et puis il y avait son oncle, qui ne serait pas content si William renonçait simplement à cause de la chaleur et de la fatigue.

Il remplit sa gourde et reprit son sac à dos. La route l'appelait et il s'y engagea, marchant vers l'est tandis que le soleil lui brûlait le cou. Mais il progressait lentement. La route était plus raide qu'avant, grimpant à travers des collines d'une hauteur inquiétante, et son sentiment de malaise, momentanément soulagé par l'eau, revint peu à peu. Le temps filait. Tout autour de lui, les arbres jetaient des ombres de plus en plus longues tandis que l'après-midi avançait vers le soir, mais la chaleur ne tombait pas. William avait marché presque toute la journée. Il avait certainement dû couvrir quinze kilomètres maintenant. Mais il comprit que, si le domaine s'étendait effectivement sur quinze kilomètres, la route devait être plus longue car elle s'enroulait autour des collines. Mais plus longue comment ? Vingt kilomètres peut-être ? Vingt-cinq ? Et alors qu'il additionnait les nombres dans sa tête, il se rendit compte qu'il s'était arrêté, vacillant d'avant en arrière sur des jambes chancelantes.

Il se remit en route, mais sa gourde était de nouveau à moitié vide et les collines environnantes méconnaissables. Il ne pensait pas être à proximité du gour. Ses jambes finirent par l'abandonner. En se retournant, il vit le soleil disparaître à l'ouest derrière une saillie rocheuse. Dans les plaines, il restait peut-être encore une heure avant le coucher du soleil, mais dans les collines le soir tombait sur les versants. C'en était trop. William rejoignit le bord de la route en boitillant, cherchant un endroit où s'asseoir pour surveiller l'arrivée de sa mère. Il avait atteint un petit pré entre deux collines, et non loin de la route poussait un arbre solitaire dont les branches s'étendaient au-dessus de l'herbe. Dessous, il y avait quelques vieux piquets penchés, seuls restes d'une barrière ou d'une cabane depuis longtemps oubliée. Il posa son sac à dos, s'assit contre l'arbre face à la route, et attendit.

Les derniers corbeaux de la journée poussaient leurs cris d'adieu. Les mouches bourdonnantes étaient enfin parties mais d'autres insectes vrombissaient dans l'herbe, et le sifflement aigu des cigales croissait à mesure que les ombres devenaient plus noires. Le ciel vira du bleu pâle au rouge poussiéreux, et quelque part, caché derrière la saillie rocheuse, le soleil sombra sous l'horizon. William luttait contre un malaise grandissant. Il ne faisait pas nuit, pas vraiment. Sa mère devait être en train de quitter le manoir, et peut-être était-elle même plus près. Mais la lumière continua de s'estomper et peu à peu le monde disparut, la brume s'épaissit pour se changer en obscurité, les collines devinrent des formes vagues dressées de chaque côté. Quelques étoiles isolées brillaient dans le ciel, et à l'ouest les dernières teintes rouges du ciel virèrent au jaune, puis à des tons de verts subtils. Pourtant, il ne faisait pas nuit, se dit-il, pas tout à fait. Pour finir, William vit la lune se lever à l'est au-dessus des collines, et il ne put le nier plus longtemps. Il faisait *nuit*, et sa mère n'était pas venue.

La panique virevoltait dans sa tête. Que fabriquait-elle ? Il jetait des coups d'œil affolés en tous sens, scrutant l'obscurité. La lune était encore presque pleine, mais elle était d'un jaune maladif et semblait ne produire aucune lumière. Tout ce qu'il voyait, c'étaient les ombres emmêlées de l'arbre au-dessus de lui et la ligne des collines qui se découpait sur un ciel légèrement plus pâle. Il s'aperçut qu'il n'avait pas apporté de lampe électrique ni d'allumettes. Que devait-il faire ? Rebrousser chemin ? Mais ses jambes étaient encore douloureuses et tremblantes, et la simple idée de tous ces kilomètres était un supplice. En outre, il devrait passer près de l'aire de camping, où le ravin l'attendait en contrebas. Autant rester où il était. Sa mère finirait bien par arriver. Pourtant, les minutes continuaient de filer, et chacune d'elles augmentait sa peur et son désarroi.

Il se blottit contre l'arbre, transi en dépit de la douceur de l'air. La lune était maintenant haute au-dessus des collines, et le chant crépusculaire des cigales s'estompait. Sa mère ne venait pas. Il s'était passé quelque chose. Son oncle avait-il oublié de la prévenir ? Puis une idée véritablement terrible le frappa. Et si son oncle était mort ? Avant de pouvoir le dire à quelqu'un ? Personne ne saurait où il était parti. Il contempla les ténèbres, désespéré. Des formes semblaient prendre vie dans l'obscurité, s'approcher, puis se dissoudre dans les ombres. Tout se fondait dans le noir... soudain, William releva la tête de sa poitrine, clignant des yeux, étonné. Il s'était presque endormi. Cela ne devait pas arriver. Il devait rester éveillé. Il se redressa contre l'arbre et se frotta les yeux.

Il était à plat ventre dans la poussière quand il se réveilla à nouveau.

Quelque chose lui chatouillait la joue. William resta immobile, les yeux fermés. Il sentit le sol sous son corps, l'herbe qui lui grattait les jambes, puis le contact, léger comme une plume, se fit sentir à nouveau – des pattes courant sur son visage. Une araignée, pensa-t-il, et pourtant il ne bougea pas, comme s'il s'agissait d'un rêve et si le moindre mouvement risquait de rompre le charme. Il sentit qu'on lui effleurait le cou, puis plus rien. William ouvrit un œil, l'autre étant pressé contre le sol. Il faisait nuit noire.

Il entendit un grognement grave et nasal. Son œil unique s'écarquilla, et le grognement se fit entendre à nouveau, plus proche. Une ombre bougea. Elle avait des bras et des jambes. C'était un homme.

Il était penché et traînait quelque chose avec beaucoup de difficulté, un objet volumineux et disgracieux. Avec le même calme irréel, William comprit que c'était le corps d'un autre homme. Les silhouettes s'arrêtèrent à moins de dix mètres de l'endroit où il était allongé. Puis la forme étendue sur le sol s'étira lentement et grogna. Le premier homme émit un reniflement mécontent et se redressa un moment. William aperçut un chapeau à large bord déchiré et un visage maigre et barbu. L'homme tenait quelque chose à la main, un objet muni d'un long manche. L'acier étincela, après quoi l'homme leva la hache et l'abattit. Le corps étendu par terre cessa de bouger. Mais l'homme à la hache rit, et abattit l'arme une deuxième fois. Puis une troisième. Il entama une danse traînante autour du corps tandis que William observait la scène de son œil fixe.

La hache s'arrêta en l'air.

L'homme s'immobilisa, la tête penchée, aux aguets. Il huma l'air d'un côté et de l'autre. Puis il regarda droit dans la direction où William était couché sous l'arbre, immobile.

William ferma son œil. Ce n'était qu'un rêve. Il n'y avait rien. Il allait se réveiller à nouveau, ce serait l'aube, et sa mère arriverait en voiture.

Des pas craquèrent dans l'herbe morte.

Qu'est-ce que nous avons là ?

C'était une voix qui ne ressemblait pas à une voix, rauque et essoufflée.

Je sais que tu es réveillé, mon garçon. Quelque chose s'approcha, avide et tâtant le sol. *Tu vas finir dans mon sac à provisions.*

La chose était toute proche maintenant, et elle tournait impatiemment au-dessus de lui. William ne ressentait aucune peur mais sa peau se glaça quand une main sembla suivre son corps, sans le toucher, mais à quelques centimètres de lui seulement. La main arriva à la hauteur de sa tête, et William entendit un sifflement de surprise furieux.

Oh ! Oh ! La troupe a débarqué. La présence se retira et la voix devint maussade. *J'avais faim, c'est tout. Ils nous ont envoyés ici et nous ont oubliés.*

Il y eut d'autres bruits de lutte. William avait l'impression que la silhouette s'était éloignée. Mais celle-ci réapparut à ses côtés, penchée au-dessus de lui. William entendit son souffle court et bruyant tout contre son oreille, il sentit un air chaud sur son visage, puis vint l'odeur de sueur, de cheveux et de viande pourrie.

Tu es bien loin de chez toi, mon garçon, murmura la voix, pleine de fureur et de haine. *Mais pas assez loin. Ce n'est pas le bon endroit.*

La silhouette s'éloigna à grands pas. Quelque chose de lourd heurta le sol et remua dans l'herbe, puis le silence tomba. William s'aperçut qu'il pouvait bouger. Il s'assit enfin. Presque inconsciemment il porta la main à sa tête et y trouva sa casquette de capitaine, encore perchée à cet endroit. Perplexe, il regarda dans toutes les directions.

Mais la nuit était vide.

38

La lumière du soleil lui brûlait les yeux à travers ses paupières.

William les ouvrit et vit qu'il faisait grand jour. Le soleil était déjà haut et chaud. Il se leva à grand-peine, regarda l'arbre, les piquets penchés et le petit pré. Rien n'indiquait qu'il y ait eu une présence, pas d'empreintes dans la terre, pas de marques laissées par un corps qu'on aurait traîné dans l'herbe. Bien sûr. Cela ne s'était jamais produit.

William fouilla dans son sac à dos pour y pêcher sa gourde. Celle-ci contenait deux ou trois gorgées d'eau tiède. Il les but et sentit sa soif se réveiller, sachant que c'étaient les dernières.

Il tourna son regard vers la route déserte. Une journée et une nuit entières, se dit-il avec amertume. Pourquoi sa mère n'était-elle pas à sa recherche ? Quoi qu'il ait pu se passer au manoir – même la mort de son oncle –, elle aurait dû venir à sa recherche maintenant. Puis sa colère s'apaisa. Il n'avait plus d'eau, et cela signifiait qu'il ne lui restait plus qu'à retourner jusqu'à l'aire de camping ou à continuer jusqu'au gour. Il regarda à l'est et, à sa grande surprise, il s'aperçut qu'il voyait les pics dégarnis des Hoops. Des nappes de fumée les teintaient en bleu, mais peut-être les incendies avaient-ils fini par s'éteindre car la brume s'était visiblement dissipée un peu. Les versants les plus bas ne se trouvaient qu'à quelques kilomètres. Il reprit courage. Si les montagnes étaient proches, alors le bassin de pierre l'était aussi.

William se mit en route, boitant sans relâche pour sortir de la vallée. Son esprit semblait saisi d'une langueur étrange, traversé d'idées aléatoires. Il se souvint d'une histoire que son oncle lui avait racontée, à propos de deux bergers ayant travaillé dans ces collines longtemps plus tôt. L'un d'eux n'avait-il pas tué l'autre à l'aide d'une hache ? Oui… le rêve n'était qu'une des histoires de son oncle, déformée par la fièvre qui lui ravageait le crâne. Dès que sa mère viendrait le chercher, il exigerait d'aller voir un médecin. Et pas le Dr Moffat, un vrai médecin, à Powell, dans un cabinet propre et brillant comme un sou neuf. Il songea à la rue principale de la ville, pleine de voitures et de gens. Il se souvenait des parcs verdoyants, et de la piscine, longue et large, remplie d'une eau bleue étincelante. Elle sentait le chlore, et il y avait aussi un snack où l'on vendait des boissons fraîches sorties d'un réfrigérateur avec de la condensation dégoulinant le long des portes vitrées…

William trébucha, et il se retrouva sur la route poussiéreuse. Pourquoi pensait-il à Powell ? Son oncle l'avait privé de choses telles que les parcs et les boissons fraîches. Les collines étaient désormais son seul monde, et sa mission était de les parcourir d'un bout à l'autre. Non, pas sa mission : son châtiment. Pour avoir osé penser qu'il pourrait posséder un jour quelque chose d'aussi grand et d'aussi rude que le domaine. Son oncle lui donnait une leçon. Le vieil homme ne dirait jamais à sa mère où il était allé. Même si William trouvait le gour, il devrait rebrousser chemin et refaire tout le trajet à pied. A ce moment-là, sa mère aurait disparu, son oncle aussi, il ne resterait plus au manoir que Mme Griffith, laquelle refuserait de le laisser entrer en prétendant qu'aucun petit garçon n'avait jamais vécu là…

William s'arrêta net et secoua violemment la tête. Il vit qu'il s'était égaré à une dizaine de mètres de la piste. Il devait être prudent, il devait se concentrer. Devant lui, la piste montait en direction d'une haute saillie rocheuse. Il étudia la côte avec lassitude. Celle-ci était cruellement raide, mais sur la crête il vit un arbre solitaire dessinant une courbe familière. William fouilla sa mémoire. Etait-ce la colline sur laquelle il était allé avec son oncle la première fois qu'ils étaient partis visiter le domaine, et où ils s'étaient arrêtés pour regarder le paysage ? Dans ce cas, depuis le sommet, il verrait les montagnes droit devant lui et, en contrebas, le ruisseau marquant la frontière entre le domaine et le parc national. Le ruisseau serait à sec, bien sûr, mais de là il n'y avait plus que quelques kilomètres pour rejoindre le gour.

Rassemblant ses dernières forces, William se pencha en avant pour affronter le raidillon. Mais, quand il arriva au sommet, il n'aperçut pas de vallée de l'autre côté, pas de ruisseau, juste un large col entre cette colline et la suivante, et, plus loin, d'autres collines. Les montagnes ne paraissaient pas plus près. Ses jambes flanchèrent et il s'assit, se balançant d'avant en arrière, anéanti. Il demeurerait assis ici jusqu'à ce que sa mère vienne le chercher, peu importe le temps qu'il lui faudrait. Et ce serait sa faute si la chaleur et la soif le tuaient. Mais son balancement finit par ralentir, et la raison reprit le dessus. Il ne pouvait pas rester ici. La route ne devait pas continuer indéfiniment, même si elle en avait l'air. Il se frotta les yeux, sentit à quel point ils étaient irrités. Il regarda une nouvelle fois à l'est, vit les reflets sinistres de la chaleur qui s'élevaient au loin. Mais bouder ne servait à rien. Il avait pris la décision de grandir des mois plus tôt. Titubant, il se releva.

Plus tard, il fut midi. Tournant dans l'espace avec son ample lenteur, la planète avait exposé sa peau brune directement à l'ardeur déchaînée du soleil, et William avait l'impression d'être une minuscule silhouette nue en train de ramper sur sa surface. Il se voyait de très haut. Et il s'était trompé à propos de la route : elle était vraiment infinie. Ce n'était même plus la propriété de son oncle. Il avait dû atterrir par erreur dans un autre endroit, un dédale de collines vierges, d'herbe morte et de broussailles. Il marchait, mais rien ne se rapprochait, et rien ne s'éloignait derrière lui. Il était cloué sur place dans un vide brûlant. Les montagnes avaient de nouveau disparu, et sur des saillies éloignées des arbres dansaient, moqueurs, dans des vagues de chaleur déformantes. De nombreuses fois ses jambes s'arrêtèrent et il regarda la route derrière lui, attendant la voiture qui devait venir le chercher. Mais il n'y avait jamais de voiture, et William reprenait son chemin en trébuchant dans un monde de mirages miroitants.

Et de ces mirages sortit sa deuxième vision.

Celle-ci apparut sur une crête devant lui – une chose difforme, un enchevêtrement de bras et de jambes, semblable à un insecte géant dégingandé. William ouvrit de grands yeux, muet et incrédule, tandis que la chose descendait vers lui. C'était l'incarnation de l'esprit malin de la sécheresse, se dit-il. Ses membres étaient des baguettes noueuses, sa tête allongée affichait un regard paillard et furieux, et son contact devait être fatal. Comme la silhouette s'approchait, William la vit osciller et trébucher, et il comprit qu'il s'agissait en réalité de deux êtres, non d'un seul. Il y avait un homme, et celui-ci menait un cheval, une bête maigre au long poil broussailleux et chargée de matériel. L'homme boitait, la tête basse, mais il traînait obstinément le cheval et on entendait des tintements métalliques à chaque pas.

Ne lui parle pas, se dit William. La vision allait continuer sa route, passer devant lui et disparaître dans les vagues de chaleur. Il ferma les yeux, comme il l'avait fait la nuit précédente. Mais le fracas métallique se rapprocha, puis s'arrêta.

Ohé ! siffla une horrible voix.

William gémit, ouvrit les yeux. L'homme se dressait devant lui de toute sa hauteur, une silhouette osseuse en haillons. Son visage était ravagé par la faim, un crâne tanné avec des yeux affreusement exorbités.

J'ai fini par te trouver, murmura la silhouette. L'homme reluquait avec avidité la casquette enfoncée sur la tête de William. Ses lèvres noircies se retroussèrent pour découvrir des dents blanches déchaussées de leurs gencives, et il porta une main décharnée à son front, faisant le salut militaire. *Ma mer intérieure.*

“Allez-vous-en”, dit William d'une voix rauque.

L'homme secoua la tête, sans ciller. Le cheval attendait derrière lui, une bête squelettique, la tête baissée vers le sol, anéantie.

“Vous n'êtes pas là, insista William, convaincu d'être seul sous le soleil de midi et de parler dans le vide. Vous n'êtes pas réel.”

Un rire caverneux se fit entendre. Puis, toujours souriant, l'homme se mit à tâter ses vêtements. Il était harnaché de fines lanières portant une multitude d'objets : gourdes, sacs, montres, quarts en fer-blanc, carnets, un attirail impossible. Mais tout était abîmé et rouillé, comme usé par un siècle de vent et de pluie. Les objets tintaient et cliquetaient les uns contre les autres, et un souvenir sombre et désagréable revint à la mémoire de William. Il songea à des murs peints en rouge. Puis, au comble du désespoir, il vit que si le pied droit de l'homme était chaussé d'une botte usée, le gauche était nu, avec des ongles noircis, un talon en sang et meurtri.

"Vous êtes mort", dit William.

L'homme ne lui prêta pas attention. Il sortit une boussole cabossée dont il scruta le cadran pour s'orienter sur un horizon palpitant de chaleur. Il leva ensuite un bras osseux qu'il pointa en direction du sud-ouest, la tête penchée en une invitation silencieuse.

"Non, protesta William, ce n'est pas la bonne direction. Je dois aller au point d'eau."

L'homme passa une langue enflée sur ses lèvres, comme si l'évocation de l'eau avait réveillé un désir oublié. Son cheval frissonna. Il ployait sous le poids de sa selle, sur laquelle s'élevait une haute pile de trépieds, de cadres en bois, de fusils et de rouleaux de toiles. Les côtes de l'animal saillaient sur ses flancs et des plaies béantes s'ouvraient sur ses jambes, noires de poussière et de mouches.

William savait qu'il ne devait le suivre sous aucun prétexte.

"Je ne peux pas quitter la route. Je dois attendre ma mère."

Les lèvres du spectre se retroussèrent à nouveau.

Ta mère ne va pas venir.

"Elle est bien obligée."

Elle ne viendra jamais.

William se détourna, cherchant la piste. Mais il était pris d'une espèce de cécité. Il ne voyait rien, seulement les vagues d'un mirage. Où était passée la piste ? Il perçut une odeur de poussière, de cuir et d'huile, sentit sa résistance s'effriter, et la voix résonna dans son oreille :

Ce n'est plus très loin, maintenant. Le son ressemblait au sifflement du sable. *Ils t'attendent.*

William s'étouffa sur des larmes sèches.

"Quoi donc ?"

Les pluies ne sont pas venues, mon garçon. Les rivières sont à sec.

"Je ne comprends pas."

Tu comprendras.

William abandonna. Il était trop faible, il avait lutté contre la folie de toutes ses forces, mais il était tellement plus facile à présent de lâcher prise. Il repartit en trébuchant sans savoir où, car la piste et toute trace de direction avaient disparu. Mais l'explorateur était à côté de lui, tirant le cheval par sa corde. Le métal produisait un son discordant, le bruit de gourdes en fer-blanc vides depuis longtemps.

"Vous êtes mort, répéta William affligé. Ils vous ont tué avec des lances."

N'obtenant aucune réponse, William se tut. Ses jambes se mirent à avancer de façon mécanique, et sa santé mentale se retira quelque part à l'intérieur de lui. Pendant ce qui lui sembla des heures, ils avancèrent à travers un pays rendu fou par la chaleur. Les collines s'écoulaient dans le ciel. Des océans d'eau cherchaient à l'attirer puis s'évanouissaient dans le néant. Les arbres se déracinaient et partaient à la dérive. William fermait les yeux de temps en temps, sachant qu'il n'y avait ni explorateur ni cheval, qu'il délirait à cause de la soif et de la maladie, qu'il n'était qu'un petit garçon tournant en rond dans les collines. Mais, quand il rouvrait les yeux, la silhouette déguenillée était là, à côté de lui.

Que cherchaient-ils, de toute façon ? William se souvenait d'une chose importante que son oncle l'avait envoyé chercher ici. Mais cette chose se trouvait au gour qu'il n'atteindrait jamais maintenant, et de toute façon il ne se souvenait plus de quoi il s'agissait. Son esprit sortit de son refuge, et William regarda devant lui à travers des yeux comme remplis de sable. Sans qu'il puisse l'expliquer, l'explorateur se trouvait maintenant loin devant lui et se retournait dans sa direction. Bizarrement, le ciel était embrasé derrière le spectre, et son visage était dans l'ombre.

"Attendez..." geignit William. Ce n'était pas juste. Il s'était rendu, non ? Il avait laissé l'apparition l'emmener où elle voulait. Alors comment pouvait-elle l'abandonner ?

Va vers le sud, mon garçon.

"Vous m'avez piégé", déclara William d'un ton amer. "Vous aviez dit que vous me montreriez le chemin."

Tu le trouveras là-bas.

Un éclat orange enflamma lentement l'horizon tout entier. Un immense incendie. L'explorateur tenait la corde et entraînait son cheval dans les flammes. La peur finit par tirer William de sa longue torpeur.

"Attendez !" cria-t-il à nouveau.

Puis il s'aperçut qu'il regardait le soleil en face. Celui-ci était bas sur l'horizon, enflé et écarlate dans la brume. William le regarda en clignant des yeux, épouvanté. Il avait marché tout l'après-midi en plein délire. Marché dans la mauvaise direction. Et il avait quitté la piste. La piste n'était nulle part, il n'y avait que des collines et des broussailles déjà assombries par des ombres allongées, et il ne reconnaissait aucun repère, rien qui soit susceptible de lui indiquer où il était. Même si sa mère le cherchait, elle ne le trouverait jamais maintenant.

Des bouts de métal cliquetèrent quelque part puis se turent.

Et la deuxième soirée solitaire de William commença.

39

Il avait vu la lune, se souvint William.

Il titubait dans l'herbe morte, les yeux levés, la tête roulant d'avant en arrière tandis qu'il étudiait le ciel nocturne. La veille au soir, il en était certain, il avait vu la lune. Alors où était-elle maintenant ? Sans elle, il faisait noir comme dans un four dans les collines, et William trébuchait sans cesse sur des souches d'arbres ou des trous invisibles. Parfois, il tombait et avait du mal à se relever. Il marchait vers le sud, comme on le lui avait ordonné. Du moins, c'est ce qu'il espérait. Il était parti avec le soleil couchant sur sa droite, mais dans l'obscurité il avait sans doute bifurqué dans une tout autre direction.

Il avait tellement soif ! Il pensait fiévreusement au gour, le but qu'il n'avait pas atteint, savourant les souvenirs d'un filet d'eau coulant sur la pierre. Et il avait faim. Il y avait des biscuits et du pain dans son sac à dos, mais son sac à dos avait disparu. Au cours de sa marche avec l'explorateur, il avait dû l'ôter de ses épaules et simplement le jeter. Si bien qu'il avançait, pris de vertige, et la lune émoussée monta enfin dans le ciel. William s'arrêta, leva les yeux, sentant l'énorme poids de l'astre depuis un point infiniment plus bas, son sang réagissant pareil à une marée. Et sous la lune flottait la ligne pâle des montagnes, comme détachée de la terre et pourtant douloureusement proche. Elles se trouvaient sur sa gauche, ce qui signifiait qu'il avait tout de même conservé son sens de l'orientation. Il se remit en route sur un sursaut.

Mais le sol continuait de lui tendre des pièges. Des taches d'obscurité noires comme de l'encre annonçaient des arbres, ou une ombre se dressait brutalement, et William hésitait pour s'apercevoir ensuite qu'il n'y avait rien. Son allure ralentit puis devint des accélérations aléatoires de quelques pas après lesquelles il s'arrêtait et contemplait la lune. C'était bientôt fini, se dit-il. Tôt ou tard, il devrait s'allonger et dormir. Deux jours de marche, de souffrance et de soif – et qu'avait-il découvert ? Rien. Il n'y avait ici aucun grand secret attendant d'être révélé. Le cœur du domaine était vide. Qu'est-ce que son oncle allait penser de ça ?

William cligna des yeux, soudain tout à fait réveillé.

Un bruit avait pénétré son étourdissement. Il scruta l'obscurité autour de lui, l'oreille aux aguets. Puis il l'entendit à nouveau : un bruit qui s'éloignait puis se rapprochait. C'était le grondement lointain d'un moteur – une voiture, quelque part dans les collines. Sa mère ! Ça ne pouvait être qu'elle. Elle était sur la route, à sa recherche. L'épuisement de William s'évanouit. Il devait attirer son attention, il devait se débrouiller pour arriver jusqu'à la route. Mais quelle direction prendre ? Il ne cessait de tourner au rythme du bruit qui augmentait et diminuait. Celui-ci se répercutait dans les collines, trompeur, impossible à repérer avec précision. William s'abîmait les yeux en cherchant à voir les phares, ou même une infime lueur reflétée dans le ciel. Mais il n'y avait rien, et le bruit semblait s'atténuer.

"Maman !" appela-t-il, la gorge desséchée, déchirée par l'effort. "Maman !"

La voiture s'éloignait, et l'écho de son moteur diminuait.

Il courut sur une dizaine de mètres, une vingtaine, sans cesser d'appeler. Le monde d'ombres bondissait par saccades autour de lui, mais il n'y avait pas de lumière, pas de route, et ses cris étaient avalés par la nuit. Il s'arrêta enfin, hoquetant, et, quand sa poitrine eut cessé de se soulever, le son avait disparu.

"Maman", murmura-t-il.

Pendant un moment, William crut qu'il allait s'effondrer de désespoir. Au lieu de cela, il se figea totalement. Un sens s'éveilla en lui, l'avertissant d'un danger imminent. Il tendit l'oreille. Sans la voiture, ne subsistaient plus que les bruits nocturnes habituels : le frôlement léger des insectes, le crissement des cigales. Pourtant, il regarda autour de lui et sa vigilance s'accrut sans raison évidente. C'était comme si, dans sa hâte, il s'était égaré trop près du bord d'une falaise et ne se trouvait plus qu'à un pas du précipice. Mais il se tenait en fait au pied d'une petite colline, et le clair de lune ne lui montrait que de l'herbe, des broussailles et quelques arbres très fatigués. C'était un carré de broussailles parfaitement banal à l'intérieur du domaine. Pourtant, il y avait un poids qui l'oppressait, une intense vibration de l'air à cet endroit qui résonnait de sombres pressentiments.

La sensation de poids augmenta à tel point que William eut du mal à respirer. De quoi s'agissait-il ? Qu'y avait-il ici ? A chaque seconde cela devenait plus insupportable. William se mit à reculer, sans savoir ce qu'il fuyait. Chaque tronc d'arbre pâle, chaque touffe d'herbe à moitié devinée, même le chœur des cigales – tout cela n'était rien et, pourtant, cela formait quelque chose d'indicible. William tremblait à présent, les dents serrées. Un autre pas en arrière, puis un autre. Jusqu'où lui faudrait-il aller ? D'autres pas, lentement. Mais il n'y avait aucun signe visible, aucun repère lui montrant la limite qu'il avait franchie, seulement la sensation qu'il s'éloignait d'un endroit où il n'était pas censé être. Il tourna les talons, prêt à fuir.

La forme l'attendait là, sombre devant le ciel.

La première certitude de William fut que ce n'était même pas vaguement humain. La chose n'était ni vraiment debout ni vraiment accroupie, mais son corps massif le dominait de toute sa hauteur. Le clair de lune se reflétait sur sa peau velue et visqueuse, et William sentit une odeur de boue et de feuilles pourries. Une énorme tête était levée vers le ciel nocturne. On aurait dit la tête d'un cheval, ou d'un lézard, ou de quelque oiseau de proie géant, selon la façon dont les ombres s'accrochaient à elle. Quand la créature bougea lentement sur son arrière-train, elle devint une multitude de formes et n'eut plus de forme du tout. Des boucles de cheveux plats retombaient telle une crinière, et de son crâne sortaient deux énormes yeux, blancs et terribles.

William eut un mouvement de recul. Il connaissait cette chose. Son oncle lui en avait parlé la nuit des étoiles filantes. C'était une bête qui vivait dans des grottes ou dans des puits sans fond, parcourait les collines et les chaînes de montagnes, et laissait dans les forêts des traces brutalement interrompues.

Les yeux fous le regardèrent.

C'est ici, mon enfant.

La créature n'avait pas parlé, le son se trouvait uniquement dans la tête de William, le craquement des vieilles pierres, le gémissement du bois dans le vent. William restait là, les yeux écarquillés, incapable de bouger. Etait-il vraiment réveillé ? Il en avait l'impression, mais c'était impossible, ce devait être un autre rêve, un autre fantôme, comme l'homme à la hache ou l'explorateur perdu. Mais la forme lisait ses pensées, et fit entendre un son méprisant.

Ce sont les hommes blancs qui ont rêvé ces esprits-là. Ce sont les hommes noirs qui m'ont rêvé, il y a longtemps.

C'est vrai, songea William dans sa peur. Il avait entendu d'autres histoires sur cette chose, avant même d'avoir fait la connaissance de son oncle. Les Aborigènes avaient averti les premiers colons de sa présence : un animal qu'on ne voyait jamais, dont on ne connaissait l'existence qu'à travers ses traces et ses cris, que l'on entendait seulement la nuit dans des lieux isolés. Les colons avaient à leur tour transmis l'histoire à leurs enfants, et ainsi de suite pendant des générations. Mais personne n'y croyait vraiment. Et les Aborigènes étaient partis.

Les grands yeux de la créature contenaient le souvenir de tout cela, et de beaucoup plus.

Les vieilles choses attendent encore. Dans les lieux particuliers.

Les cigales se déchaînaient, et William tremblait. Le monstre dégageait un froid intense. Mais il en sortait aussi d'autres choses. Des images d'un autre âge où le temps coulait comme de l'eau, et les étoiles tournoyaient rapidement au-dessus de lui. La créature montait la garde ici, comprit William, depuis des milliers d'années. Mais pourquoi ? Qu'y avait-il de particulier à cet endroit ? William avait bien *senti* quelque chose – mais on ne voyait rien. Pas de cercle de pierres debout, comme celui que son oncle lui avait montré, pas d'ancien lieu de réunion.

Le mépris s'écoulait de la créature, glacial.

Des pierres mortes sur une colline et des petits feux. Le vieil homme est aveugle.

William reçut un choc en comprenant. Le sommet de la colline, près de l'aire de camping, n'était pas un lieu de réunion, et les pierres qui s'y trouvaient n'avaient aucune signification. Le seul endroit était *ici*, et son oncle ne l'avait jamais trouvé. Et, d'une façon ou d'une autre, grâce à toutes ses pérégrinations, William l'avait découvert.

Le monstre hocha son énorme tête.

Tu portes la marque, mon garçon.

D'autres images envahirent l'esprit de William, une montée de violence troublante qu'il ne saisissait pas, mais il leva la main et toucha des doigts l'insigne de sa casquette de capitaine. Une vague de terreur monta en lui car il comprenait désormais qu'il avait été attiré ici dans un but précis. Il sentait une colère ancienne à l'intérieur de la créature, une longue patience presque épuisée.

Les yeux confirmèrent par un regard furieux.

Les rivières sont à sec. Les grottes se sont ouvertes au soleil.

La forme approcha sa masse un peu plus près, et l'odeur de boue devint suffocante, un mélange puant la haine et la douleur, d'une puissance incroyable.

Les morts sont prêts à t'accueillir maintenant.

Puis le monstre se dressa au-dessus de lui, une montagne se soulevant devant le ciel, ébrouant sa crinière en bataille, griffant l'air de ses énormes serres. William recula, terrorisé, mais trop tard.

Le bunyip poussa son cri.

C'était un cri perçant, discordant, déchirant : le son de la mort, du froid, du temps qui passe, et d'une longue et insupportable solitude. La terre se figea et les étoiles pâlirent. William courut – dans la nuit et à travers les ombres chaotiques, l'écho le poursuivant comme le grondement du tonnerre tandis que les oiseaux s'éveillaient de leur sommeil, piaillant de terreur. La brousse entière prit brusquement vie. William fuyait droit devant lui, à l'aveuglette, jusqu'à ce que ses poumons le transpercent de douleur et que ses jambes lui brûlent. Il trébucha et roula au bas d'une berge de terre. Sa tête heurta une pierre. Du feu explosa dans son crâne, et tout devint noir.

A son réveil, le ciel était gris et la lune avait disparu. Il remua les membres et se redressa sur son séant. L'aube était proche. Il vit des berges rocailleuses qui s'élevaient de chaque côté et un canal qui s'éloignait en serpentant. Se frottant la tête avec précaution, William se souvint. Il était tombé dans le lit d'un ruisseau à sec.

Le ruisseau ! Il se releva, abasourdi. Le ruisseau pouvait le conduire au gour. En levant les yeux, il vit la ligne sombre des montagnes se découper devant le ciel pâle. Le lit du ruisseau montait dans leur direction en formant une succession de petites corniches. Il remontait donc en direction de l'est. Mais cela n'avait aucun sens… Puis, à travers l'élancement douloureux de son crâne, William comprit. Sans trop savoir comment, il avait franchi la limite sud du domaine où le ruisseau coulait d'est en ouest en suivant l'avancée montagneuse. Ce qui signifiait que, s'il remontait le ruisseau en direction des montagnes, il trouverait le gour.

La soif s'éveilla en lui, furieuse et insatiable. William s'élança en avant, poussant des rires affreux tandis qu'il grimpait à travers les rochers et les racines tordues des arbres. Son corps protesta, poussé au-delà de ses limites, mais il ne s'arrêta pas. Le ciel virait au rose pâle, et William voyait désormais nettement les collines autour de lui, dans la fraîcheur qui précédait l'aube, privées à la fois des ombres de la nuit et des mirages miroitants de la pleine journée. La terre était déserte. Il avait apporté les visions avec lui, les spectres de sa maladie. Il se sentait sale, mais l'étang n'était plus très loin à présent, et l'eau le laverait.

William escalada une petite plate-forme et se retrouva devant une corniche plus haute en grès ocre. Il allait devoir la contourner. Il se traîna sur quelques pas puis s'arrêta, car il contemplait une chose terrible. Au sommet de la paroi rocheuse, un saule était incliné et, dessous, il y avait un banc de pierre. William regarda autour de lui, horrifié. C'était impossible. Et pourtant. Le lit du ruisseau s'étendait autour de lui, et ses berges hautes s'élevaient pour former une large cuvette profonde. Le fond était rocailleux par endroits, sablonneux à d'autres. William se tenait au milieu du point d'eau, et celui-ci était complètement à sec.

Mais son oncle avait *promis*. L'étang n'était jamais à sec. Une source l'alimentait, même quand il ne pleuvait presque pas. William alla en trébuchant jusqu'au bas de la falaise. Là ! Le sol s'enfonçait, et il vit un trou noir béant. Il tomba à genoux et s'y laissa glisser. La grotte était profonde ; les derniers vestiges de la nuit y rôdaient encore, cachés au fond. William écrasait des feuilles mortes et des brindilles, des branches friables d'arbres abattus, grises pour certaines, d'autres d'un blanc éclatant dans la pénombre. Tout le bois flotté que l'étang avait dû rejeter ici quand le niveau de l'eau avait baissé. Plus rien n'était même seulement humide maintenant, et plus bas, là où la grotte se rétrécissait pour devenir une faille, il n'y avait que du sable. William gratta le sol avec les doigts pour y chercher une trace d'humidité, mais il était aussi sec que s'il n'avait jamais coulé d'eau à cet endroit.

William gémissait. L'obscurité s'abattit sur son esprit, semblable à un lourd battement d'ailes. L'énergie s'écoula hors de lui comme le sable glissant entre ses doigts. Il ne lui restait plus qu'à s'efforcer de ressortir de ce trou avant que celui-ci devienne sa tombe. A genoux à l'entrée de la grotte, William leva la tête et contempla le ciel avec amertume. Le soleil arrivait, apportant la fournaise d'une autre journée. Sa fin était proche, il ne pouvait plus marcher, plus penser, plus croire.

Il s'enfonça dans le sable et se pelotonna en boule.

Le monde tourna sur son axe et les oiseaux chantèrent pour accueillir le jour nouveau.

La matinée avança. Des fourmis couraient sur les jambes de William mais il ne bougeait pas. Son esprit était loin. Quand il entendit le bruit d'une voiture qui approchait, il ne bougea toujours pas. Le bruit du moteur augmenta, puis s'arrêta. Tout en haut de la falaise, il entendit claquer une portière et des pas sur le gravier. Il y eut une interruption, puis la voix d'une femme qui jurait. Il entendit ensuite quelqu'un descendre parmi les rochers et, finalement, deux mains se posèrent sur ses épaules et le retournèrent.

"Maman ? gémit-il.

— Non, répondit sa cousine. Ce n'est pas ta mère."

Elle le prit dans ses bras. William la dévisagea sans comprendre, mais sans s'en soucier non plus tant qu'il ne s'agissait pas d'un autre rêve.

Le visage de Ruth était noir de colère.

“Enlève ce putain de truc de ta tête, dit-elle en lui arrachant sa casquette de capitaine. Et essayons de te ramener à la maison.”

40

William flotta dans des rêves pendant la plus grande partie de la journée. Il savait qu'il était dans son lit, et il sentait de temps à autre que des gens s'activaient autour de lui et qu'on lui donnait de la soupe à la cuillère. Chaque fois qu'il émergeait, cependant, une somnolence irrésistible le faisait sombrer à nouveau. Quand il finit par se réveiller, le Dr Moffat était en train de ranger ses affaires dans sa sacoche noire. William remua légèrement, et le médecin lui sourit.

"Eh bien, te voilà dans un drôle d'état !"

William leva les yeux vers l'homme, ne sachant quoi répondre.

"Soif ?"

Il hocha la tête.

"Assieds-toi, alors."

William obéit. Le Dr Moffat l'aida, lui calant des coussins dans le dos puis lui servant un verre d'eau à l'aide de la cruche posée sur la table de chevet.

"Vas-y doucement. N'avale pas tout d'un coup."

William but à petites gorgées. L'eau était légèrement tiède, mais elle apaisa ses lèvres craquelées et calma l'irritation de sa gorge. Il termina le verre, le tendit pour qu'on le serve à nouveau.

Le Dr Moffat secoua la tête.

"Ça suffit pour le moment. Si tu bois trop, ça ne fera que te rendre malade. Tu as aussi de méchants coups de soleil, des ampoules aux pieds et une énorme bosse sur la tête – mais tu survivras. Tu as de la chance. Ça aurait pu être bien pire.

— Merci", dit William dont la voix sortit comme un murmure. Il toucha sa tête avec précaution, explora l'enflure qui s'y trouvait. Des images confuses clignotaient dans sa tête. Etait-il tombé quelque part ? Tout son corps était douloureux, ses muscles, ses os et sa peau. L'eau lui retournait un peu l'estomac. Son oreille l'élançait de façon monotone et, pire que tout, une odeur horrible montait de son oreiller.

"J'ai mal à l'oreille, dit-il.

— Elle t'ennuie encore ? Les antibiotiques n'ont eu aucun effet ?

— Il y a une odeur…

— Une odeur ?" Le médecin se pencha sur le lit en reniflant, et William fut assailli par l'odeur âcre de l'alcool. "Je ne sens rien.

— C'est une odeur de pourri !"

Le Dr Moffat le dévisagea, surpris, puis tapota sur le lit.

"Ecoute, je suis sûr que tu vas avoir mal partout pendant quelque temps et que les choses vont te paraître étranges, peut-être même avoir une odeur bizarre aussi. Tu n'es pas encore toi-même. On va attendre quelques jours, et puis on verra comment tu te sens."

William retomba sur ses oreillers, impuissant.

Le médecin referma sa sacoche d'un coup sec.

"Bon, appelons ta mère. Elle se fait un sang d'encre à ton sujet." Et il sortit en coup de vent.

C'est à ce moment-là seulement que William se souvint que c'était sa cousine qui l'avait secouru, pas sa mère. Sa mère, en fait, l'avait laissé dans les collines pendant deux nuits entières et le début d'une troisième journée. La colère et le ressentiment s'éveillèrent en lui, ainsi que l'apitoiement sur lui-même et le souvenir d'avoir scruté la route parmi la chaleur et les mirages, attendant en vain qu'une voiture apparaisse. Alors, quand sa mère entra dans la chambre, il tourna la tête de l'autre côté, même quand elle s'assit à son chevet.

"Enfin réveillé, dit-elle d'un ton faussement enthousiaste. Tu nous as fait une belle frayeur !"

William ne répondit pas.

"Le Dr Moffat dit que ça va aller, poursuivit-elle. Nous t'avons retrouvé avant que ce soit trop grave. Il te fallait seulement de l'eau et de quoi manger…"

Son entrain mourut, mais William refusait toujours de la regarder. *Nous*, avait-elle dit. Mais il n'y avait pas de *nous*. Il n'y avait eu que sa cousine.

Elle supporta son silence un moment de plus. Puis, brusquement, elle se mit en colère.

"Mais qu'est-ce que tu fabriquais là-bas, de toute façon ? Pourquoi est-ce que tu ne m'as pas dit où tu allais ?"

L'injustice de sa remarque poussa William à se retourner. C'est lui qui aurait dû être furieux, pas elle. Mais l'apparence de sa mère le fit hésiter. Elle paraissait épuisée, courbée à son chevet. Elle avait les cheveux emmêlés, les yeux rouges et gonflés. Et sa colère, vit-il, n'était qu'une façade. En dessous, elle était anéantie par le chagrin. Mais il ne pouvait pas lui pardonner, pas cette fois. Ç'avait été trop douloureux, la vue de cette piste déserte, heure après heure.

Sa voix s'éleva, rauque et accusatrice.

"Tu étais censée venir me chercher !"

La façade s'effrita. Elle secoua frénétiquement la tête.

"Non, ce n'est pas vrai. Ce n'est pas ce qu'a dit ton oncle.

— Tu étais censée venir me chercher au gour.

— Non, non ! Ton oncle a dit que tu ne voulais pas que je vienne. Il a dit que tu étais parti camper, que tu avais à manger et tout. Il a dit que je devais te laisser tranquille. Il s'est mis dans tous ses états, et tu sais que je ne peux pas me permettre de le contrarier. Je n'avais pas le choix."

Elle paraissait pathétique et provocatrice à la fois. William parvenait même à imaginer ce qu'elle avait dû endurer, à quel point elle avait dû se sentir déchirée. Mais c'était sa mère. Rien n'aurait dû l'empêcher d'aller à sa recherche. Ni son oncle ni rien.

Elle lui saisit la main.

"Je suis bien partie à ta recherche. Une fois. Hier après-midi. J'ai suivi la route en voiture, malgré ce que ton oncle avait dit. Mais tu n'étais pas là."

L'incertitude assaillit William.

"Je… je n'étais plus sur la route à ce moment-là.

— Pourquoi ?" Elle le dévisageait, perplexe. "Qu'est-ce que tu faisais ?"

William secoua la tête. Il n'avait aucun moyen de le lui expliquer. Mais le ressentiment revenait. Son oncle avait menti. Le vieil homme perfide l'avait délibérément abandonné dans la nature. William songea au trou sous la falaise, à l'horrible sensation qu'il avait éprouvée là-bas, au sable sec entre ses doigts, tout en bas, au milieu des branches et des débris. Et puis… des mains, qui le retournaient.

"Et Ruth, elle est revenue quand ? questionna-t-il en se demandant si tout cela était bien arrivé.

— Hier soir." Sa mère retira sa main d'un geste nerveux. "Elle est partie à ta recherche dès qu'elle a su. Et ce matin encore."

William la dévisagea, et la question resta suspendue entre eux.

Elle était anéantie à présent, effondrée par le chagrin.

"C'est moi qui aurais dû te retrouver. Je ne peux pas l'expliquer. Je suis désolée. Je ne savais pas quoi faire, c'est tout.

— Ce n'est pas grave, dit William d'une voix creuse.

— Non, c'est faux. J'ai eu tort." C'était pour une fois la honteuse vérité, dépouillée de tout faux-semblant. "J'ai eu tort depuis notre arrivée ici."

Pendant un moment, William osa espérer.

"Maman, j'ai mal à l'oreille. Tout le temps."

Elle parut abasourdie.

"A l'oreille ?

— Et il y a une odeur.

— Mais tu as pris des antibiotiques.

— Ça n'a pas marché." Il la regarda d'un air triste. "Le Dr Moffat… est-ce que c'est un bon médecin ?"

Elle commença à répondre, mais s'interrompit. Ses épaules s'affaissèrent.

"Non, je ne pense pas.

— Est-ce que je peux aller voir un vrai docteur ?

— Tout de suite ?" Elle se mordit les lèvres en réfléchissant, et William détesta l'indécision qu'il vit en elle. "C'est juste que… eh bien, peut-être, si tu ne te sens pas mieux dans un jour ou deux. On ira en ville. D'accord ? Mais pas tout de suite. Il faut qu'on te remette un peu en état avant. Sinon, le médecin pourrait se demander pourquoi tu es aussi mal en point et couvert de bleus… Tu comprends ?"

William comprenait. Et les derniers vestiges de confiance qu'il avait en elle disparurent. Il hocha la tête, mais ce geste s'adressait à lui-même, comme une confirmation que sa mère était incapable de l'aider.

"Bon." Elle afficha un faible sourire. "Tu sais, il ne reste qu'une semaine avant Noël. Ça va mettre un peu de gaieté dans la maison. Je vais devoir aller faire des courses."

Noël. William n'arrivait pas à l'imaginer, ici, au manoir. Mais cela signifiait que la fin de l'année approchait. Cinq mois plus tôt, son oncle avait dit qu'il déciderait avant la fin de l'année si sa mère et lui allaient partir ou rester. Et qui hériterait du domaine. William leva les yeux vers le plafond. Il se représenta le vieil homme qui attendait là-haut. Et il savait pourquoi son oncle l'avait envoyé souffrir seul dans les collines. C'était la dernière épreuve avant qu'il prenne sa décision.

"A quoi tu penses ?" demanda sa mère.

William cligna des yeux.

"Ruth est encore là ?"

Elle lui fit signe que oui, et son sourire de Noël s'évanouit.

"Elle se dispute avec ton oncle. A propos de ta casquette, je crois. Je ne comprends pas." Son visage hagard se durcit, et William reconnut son ancienne peur. "Je ne sais pas ce qu'elle veut. Je ne comprends pas pourquoi elle refuse de nous laisser tranquilles."

Quand William se réveilla à nouveau, la chambre était vide. Il resta immobile un moment, regardant par la fenêtre. Le soir tombait, et pourtant c'était toujours la même journée. Ce matin encore, il était au gour. Cela lui semblait impossible. Finalement, il rejeta son drap et balança ses jambes hors du lit. Pris de vertige, il attendit que la sensation passe. Il s'habilla avec raideur puis sortit dans les couloirs sombres. Il ne croisa personne, et il arriva sur la terrasse.

Le soleil était couché, mais la chaleur restait oppressante, le ciel aussi dégagé que d'habitude, et une brume semblable à de la fumée planait sur l'horizon. Rien n'avait changé. En fait, c'était pire, car William savait à présent à quoi ressemblait le domaine à la tombée de la nuit. Il se souvenait des ombres changeantes, de la lune et des collines silencieuses qui l'observaient. Ces choses-là ne le quitteraient jamais. Et son épreuve n'était pas terminée car, tôt ou tard, son oncle l'appellerait à l'étage, impatient d'entendre tout ce que William avait vu et appris. Et que pourrait-il dire ? Qu'avait-il véritablement découvert au cours de ces trois jours ? Rien. Seulement des rêves et des mirages.

Sauf que... Il avait bel et bien découvert une chose, et il était certain que son oncle l'ignorait. Cet endroit, ce carré de broussailles banal sur lequel il était tombé, où quelque chose avait rendu l'air si lourd à respirer. William se souvenait encore du chant des cigales et de la terreur qui l'avait saisi. Quelque chose habitait là-bas, un secret froid et ancien qui appartenait à la terre elle-même, anonyme mais imprégnant les arbres et l'herbe d'une signification effrayante. Et c'était une puissance qu'on ne pouvait trouver au sommet d'une colline, indiquée par de hautes pierres, où n'importe qui pouvait la voir. Elle était cachée, dans un endroit tellement anonyme que ceux qui ne savaient pas regarder pouvaient passer à côté sans la voir.

Son oncle était passé à côté. Et, d'une certaine manière, cela perturbait William plus que tout le reste. Car si son oncle ne connaissait pas l'existence d'un tel endroit – s'il s'était laissé berner par un cercle de pierres vide –, alors que savait réellement le vieil homme à propos de ces terres ? Pourtant, tout ce que William avait jamais cru à propos du domaine de Kuran était fondé sur ce que lui avait raconté son oncle. Toutes ces histoires sur les gens qui avaient découvert les plaines, sur les hommes qui avaient bâti le manoir, sur les bergers, les conducteurs de bestiaux et les explorateurs : ces histoires étaient ce qui rendait le domaine aussi précieux.

Etaient-elles toutes des mensonges ? Les êtres que William avait rencontrés dans les collines – ce n'étaient pas les personnages dont son oncle avait parlé. Parmi eux, il y avait des choses détraquées, des choses mauvaises. Elles venaient d'une histoire complètement différente, une histoire que Ruth aurait pu raconter, dure et laide. Il songea à nouveau au vieil homme couché dans sa chambre, en train de méditer sur le grand cadeau qu'il devait offrir. Mais si le domaine de Kuran n'était rien de ce qu'on lui avait enseigné, si la vérité était la soif et la chaleur et des fantômes pervertis, alors Ruth avait raison, et l'héritage n'était pas un cadeau. C'était un fardeau.

William leva les yeux. Le manoir attendait derrière lui, énorme et intemporel. La dernière lueur du ciel se reflétait dans les fenêtres, si bien qu'on ne voyait aucune lumière à l'intérieur, et William pouvait imaginer que le bâtiment était désert. Que son oncle était mort, et que personne n'avait pris sa suite, qu'il s'agissait du manoir dans vingt ans, abandonné et oublié. Ses pièces étaient dépouillées de leurs meubles. La moisissure piquait les murs. Des vandales avaient fracassé les vitres. Le toit s'était effondré et l'étage était un gouffre ouvert où poussaient des choses vertes. Les promeneurs secoueraient la tête, se souvenant du vieil homme qui avait jadis habité seul ici pendant si longtemps, et avant lui des grands et glorieux personnages appartenant au passé du manoir, tous réduits à néant. Et les terres qui l'entouraient, vestiges d'un immense domaine d'élevage, seraient enfin morcelées et vendues par petites parcelles à qui en voudrait, ou simplement laissées à l'abandon.

Cela pouvait se terminer ainsi, si William le décidait.

Et il devrait décider bientôt.

Il regarda les plaines. Il faisait presque nuit noire à présent, une nuit crépusculaire et vaguement dans l'attente de quelque chose. Au bas de la colline, on entendit un homme siffler. M. Drury, le régisseur du domaine, apparut bientôt, montant des remises. Il passa près du portail et leva la main, joyeux.

"Tu as appris la nouvelle ?" cria-t-il.

Sans attendre la réponse, il disparut derrière le manoir. Son sifflement s'éloigna, et le silence du soir pesa sur William.

Quelle nouvelle ?

Il retourna à l'intérieur. Sa mère n'était pas dans leur appartement mais la télévision était allumée et l'écran clignotait vivement dans la pénombre. William s'agenouilla ensuite devant la télé, les yeux écarquillés. Car la partie nord-ouest du continent était cachée sous un linceul de nuages, un gigantesque tourbillon blanc venu des profondeurs de l'océan. La carte changea et les nuages furent remplacés par un fond bleu vif traversé d'éclairs brillants verts et orange. La nappe de couleurs animée avançait doucement vers le sud-est en traversant le continent. Le présentateur météo jacassait d'une voix fébrile, mais William n'avait pas besoin d'écouter. Il savait ce que la marée bleue et les flammes vertes et orange signifiaient.

Les pluies ne sont pas venues, lui avaient dit les visions. *Les rivières sont à sec*.

Mais la pluie arrivait maintenant.

41

Dans son lit, cette nuit-là, William se retourna misérablement pendant des heures, incapable de dormir. Tout son corps était douloureux et, chaque fois qu'il fermait les yeux, il voyait les couleurs criardes des nuages sur une carte météo. Pourquoi cette image le perturbait-elle autant ? La pluie était une bonne chose : il savait que le domaine en avait désespérément besoin. Pourtant, quand le sommeil fut enfin venu, ces mêmes couleurs continuèrent de palpiter de façon sinistre dans ses rêves. Quand William se réveilla le lendemain matin, il avait presque peur d'entendre déjà la pluie murmurer sur le toit. Mais quand il s'extirpa péniblement de son lit pour aller regarder le ciel depuis la terrasse, le temps était encore chaud, beau et crépitant de stérilité. Et il n'y avait pas le moindre signe de changement à l'horizon.

Le malaise de William persistait pourtant, tout comme sa maladie. N'éprouvant aucun appétit pour le petit-déjeuner, il passa la matinée couché devant la télévision, dans les limbes d'une faible fièvre. Des vagues de nausée allaient et venaient. Sa mère s'apprêtait à partir pour Powell faire les courses de Noël.

"Je vais acheter des décorations, dit-elle en parvenant à afficher un pâle sourire que son regard démentait. Et un petit arbre. On ne peut pas décorer tout le manoir, mais on peut arranger quelque chose de joli, ici."

William hocha la tête sans vraiment écouter.

"Will…" commença-t-elle d'un ton impuissant, puis elle abandonna et partit, armée de son sac à main.

A midi, il y eut un flash météo. L'image satellite montrait la grande nappe de nuages qui traversait la carte. C'était encore une masse vive de bleu, de vert et d'orange dont l'avant avait déjà atteint la bordure ouest du Queensland… mais elle restait à plusieurs centaines de kilomètres de là. Le système dépressionnaire se déplaçait plus lentement que prévu. "Tard dans la soirée, disait le présentateur météo, pour ceux qui nous regardent depuis le sud-est du Queensland. Ou peut-être tôt dans la matinée de demain."

William ferma les yeux et tenta d'imaginer des flaques dans la cour, le crépitement de l'eau dans les gouttières. Il n'y parvenait pas. Au lieu de cela, il était hanté par les visions qu'il avait eues dans les collines. Elles n'avaient pas parlé de pluie, mais de la sécheresse et des rivières qui s'asséchaient. On aurait dit un avertissement, comme s'il y avait quelque chose qu'il devait trouver rapidement, quelque chose que la sécheresse avait mis au jour. *Les grottes se sont ouvertes au soleil*. Pourtant, William n'avait rien trouvé. A moins que ce soit quelque chose qu'il avait raté. Ou qu'il avait vu, mais pas reconnu…

"Ton oncle veut te voir."

William ouvrit les yeux. Mme Griffith se tenait sur le seuil du salon. Il s'assit, désorienté. La gouvernante ne venait jamais dans leur appartement.

"En haut, dit-elle. Tout de suite."

Il était convoqué.

William la dévisagea, impuissant. Il n'avait toujours pas la moindre idée de ce qu'il pourrait dire pour satisfaire le vieil homme, ni même s'il avait envie d'essayer. Tant de choses le perturbaient. Mais il ne pouvait pas décliner l'invitation. Il se leva et suivit Mme Griffith dans les couloirs, observant la courbe amère de ses épaules. Elle, au moins, il la comprenait un peu maintenant. C'était le manoir et le domaine qui l'avaient rendue comme ça. Leur attrait trompeur qui lui dévorait l'esprit. William avait senti la même chose lui arriver, et il n'avait enduré cela que quelques mois, pas une vie entière.

Ils arrivèrent devant l'escalier mais William s'arrêta car, au bout du couloir, la porte du bureau s'ouvrit et Ruth apparut. Un crayon dans la bouche, des feuilles de papier à la main, elle avait la tête penchée sur ses documents. Elle leva les yeux et les vit.

"Will !" s'exclama-t-elle, surprise.

Il l'avait complètement oubliée.

Elle remonta le couloir, le regard sérieux.

"Tu ne devrais pas être au lit ?

— Ça va", dit-il. Mais la présence de Ruth le déstabilisa. Il s'aperçut qu'il n'avait même pas eu l'occasion de la remercier de l'avoir sauvé.

"Tu n'as pas l'air d'aller." Elle jeta un regard de reproche à Mme Griffith.

La gouvernante lui retourna son regard.

"Son oncle veut le voir."

Ruth l'ignora. Elle s'accroupit pour se mettre au niveau de William.

"Tu n'as pas à lui obéir, tu sais. Pas après ce qu'il a fait.

— Il… Je n'étais pas censé me perdre.

— Peu importe ce qui était censé arriver." Ruth soutint son regard jusqu'à ce qu'il détourne les yeux. "Très bien, décida-t-elle. Mais je viens avec toi."

William regarda la gouvernante. Les yeux de la vieille femme naviguaient entre eux, la fille et le neveu.

"Je m'en lave les mains", déclara-t-elle en retournant vers son propre appartement.

Ruth la regarda partir, secouant la tête.

"Viens."

Mais elle entraîna William dans le couloir, pas dans l'escalier. Il avait l'impression qu'on l'enlevait. Son oncle l'attendait, mais sa cousine était intervenue et la journée déviait du cap fixé.

"Merci de m'avoir retrouvé", marmonna-t-il.

Elle agita la main.

"Je ne t'en veux pas. J'en veux avant tout à mon père de t'avoir envoyé là-bas. Et à ta mère de le lui avoir permis.

— Elle n'avait pas le choix, coupa William. Elle doit faire ce qu'il dit.

— Et combien de temps est-ce qu'elle t'aurait laissé là-bas ? Une semaine ? Un mois ?"

Ils étaient arrivés dans le bureau. La pièce était encore plus en désordre qu'à l'ordinaire. William voyait que Ruth avait fouillé les tiroirs et les placards. Des tas de papiers et de cartes jaunis étaient éparpillés dans la pièce. Elle lui dégagea une place sur une chaise, retourna s'asseoir sur la sienne derrière le bureau.

“Désolée pour le désordre. Je voulais vérifier certaines choses, et je n'avais pas beaucoup de temps.” Elle s'interrompit. “Tu as vu les nouvelles à la télé ?

— A propos de la pluie ?

— Non, pas de la pluie ; à propos de la loi sur les titres autochtones. Tu te rappelles ? Le Sénat a presque fini de délibérer. Comme le Parlement lève la séance demain pour les vacances de Noël, le vote est prévu pour ce soir. Les partis minoritaires soumettent leurs ultimes amendements en ce moment même. C'est pour bientôt. Ce n'est plus qu'une question d'un ou deux votes.”

William était interloqué. Quelle importance ? Son oncle lui avait dit que le domaine n'avait rien à craindre, que le Native Title soit voté ou pas. Mais Ruth le regardait, rayonnant à présent d'une excitation contenue.

“Crois-moi, Will, si cette loi passe, rien ne va plus être pareil, ici.”

William fronça les sourcils, perplexe.

“Pourquoi ?

— Parce que certaines informations sont apparues, voilà pourquoi. J'ai procédé à quelques vérifications, à Brisbane. Et ensuite, en revenant ici, je me suis arrêtée à Cherbourg.”

Il la regarda sans comprendre.

Elle sourit.

“C'est une petite ville à deux heures d'ici, de l'autre côté des montagnes. Avant, c'était une mission aborigène. Aujourd'hui, c'est une communauté noire autonome. Je t'en ai parlé, tu te rappelles ? C'est là qu'on a envoyé les derniers représentants du peuple Kuran en 1911.”

William sentit le sol bouger brusquement.

“C'est un endroit étrange – au bout d'une voie sans issue, où on voit encore les portes qui devaient être fermées à l'époque, quand c'était une réserve, pour garder les Blancs à l'extérieur et les Noirs à l'intérieur. Mais sinon, c'est assez joli. Il y a un centre culturel, maintenant. C'est là que j'ai commencé à poser des questions. Je voulais savoir si quelqu'un pouvait avoir des liens avec le domaine de Kuran. Ils sont tous devenus soupçonneux.

Qui étais-je, et pourquoi voulais-je le savoir ? Apparemment, toutes sortes de gens sont venus à la communauté ces derniers temps pour demander qui venait d'où à l'origine. Des Blancs, qui s'inquiétaient à propos des revendications territoriales."

Son sourire était devenu rusé.

"Les gens de Cherbourg pensaient que je voulais essayer d'empêcher une de ces revendications, tu comprends. Quand j'ai eu clarifié la situation, ils se sont montrés plus coopératifs. Mais obtenir des réponses n'a pas été facile. Des familles venues de tout le Queensland ont atterri dans cette mission, et aujourd'hui les pistes sont brouillées. Mais ils ont demandé à droite à gauche, et ils ont fini par amener une vieille femme qui disait avoir vaguement connu le domaine de Kuran autrefois. Mais, surtout, elle a pu me donner les noms d'autres personnes qui s'en souvenaient aussi."

William écoutait, malgré son incertitude grandissante.

"Elle venait d'ici ?

— Pas seulement elle. Pour finir, il y avait six ou sept vieilles femmes. Bien sûr, aucune d'elles n'a vraiment grandi au domaine. C'était il y a plus de quatre-vingts ans, après tout. Mais leurs mères venaient d'ici, ou leurs grands-mères, et elles leur ont transmis leurs histoires. Quelles histoires, j'ai voulu savoir. Mais là, elles sont toutes redevenues silencieuses et méfiantes. Pourquoi est-ce que je voulais le savoir ? En quoi est-ce que cela me regardait ? Elles pensaient que je fourrais mon nez là où je ne devais pas. Mais je ne voulais pas simplement fouiner, Will. Ça me regarde tout autant qu'elles. Et en voilà la preuve."

Elle ramassa quelque chose posé à côté de la chaise et le lâcha sur le bureau

"Ma casquette !" s'écria William, alarmé.

Le sourire de Ruth avait disparu.

"Elle n'est pas à toi. Elle appartenait à mon grand-père.

— Je sais, dit-il. Mais oncle John a dit que je pouvais la porter.

— C'est vrai. Qu'est-ce que tu m'as dit, déjà... tu pensais que c'était une casquette militaire ?

— Je savais que ça n'en était pas vraiment une."

Elle tenait la casquette devant lui, pour que William puisse observer l'insigne.

"Tu vois ces lettres ? PMQ ? J'avais raison, elles signifient police montée du Queensland. Alors j'ai regardé dans les archives. Elles sont sommaires mais un Daniel McIvor y est bien mentionné. Il s'est engagé dans la police en 1888, quand il était très jeune. Il y est resté pendant sept ans, puis il est parti. C'est tout. Pas de quoi en faire un plat. Sauf que ce n'était pas un simple officier de la police montée. Il appartenait à un détachement spécial." Elle posa la casquette à l'écart. "On l'appelait police montée *autochtone* du Queensland. Et cette casquette est un objet rare. Il ne reste aucun uniforme complet de ce détachement. Même le musée de la Police n'en a pas."

William fronça les sourcils. Il savait déjà que le grand-père de sa cousine avait été policier. Etait-il important de savoir exactement quel genre de policier ?

Ruth regardait les murs peints.

"Il faut que tu comprennes, Will… l'histoire de la colonisation du Queensland est un peu différente de celle des Etats comme la Nouvelle-Galles-du-Sud ou le Victoria. Une de ces différences tient au fait qu'il y avait plus d'Aborigènes dans le Queensland que dans le Sud, alors, quand les Blancs ont tenté de s'installer dans le bush, il y a eu plus de problèmes. Les tribus étaient belliqueuses, et elles n'allaient pas perdre leurs terres sans réagir. Elles ont tué quelques Blancs dans les régions les plus reculées. Par moments, la situation a été telle, surtout dans le Nord et dans l'Ouest, que des communautés entières de Blancs ont paniqué et pris la fuite. Le gouvernement a décidé d'intervenir, si bien qu'il a créé une force spéciale. La police autochtone. Celle-ci a compté jusqu'à plus d'une centaine d'hommes. Ça représentait une sacrée armée à cette époque-là. Et son boulot était de s'assurer que les Aborigènes n'embêtent pas les colons blancs. Elle avait pour ordre de «disperser» tous les Noirs qui posaient problème. Et le fait est que personne n'a jamais vraiment défini ce que «disperser» pouvait vouloir dire."

William regarda lui aussi les murs, les images décolorées de la vieille Angleterre, puis les cavaliers fantomatiques en Australie, qui suivaient leurs moutons.

“Au sens propre, le mot veut dire «séparer, éparpiller, chasser». Et, parfois, c’était tout ce que faisait la police autochtone. Elle mettait les Noirs en fuite, ou les arrêtait. D’autres fois, cependant, elle se contentait de les abattre. Personne ne sait si elle le faisait souvent, parce que la police autochtone ne tenait pas de registres officiels. Les vieilles archives parlent seulement par euphémismes. «Nous avons dispersé cette tribu-ci, nous avons dispersé cette tribu-là.» Ça pouvait signifier des centaines de morts, peut-être des milliers. Mais la police autochtone opérait dans tout le Queensland, et elle a poursuivi ses «dispersions» pendant plus de trente ans. Ça a pris de telles proportions que ça a fini par perturber les Blancs, même à l’époque. Il y a eu des plaintes et des enquêtes. Mais ça n’a pas arrêté les massacres.”

De façon inévitable, William sentit son regard attiré vers ce coin de la fresque où des visages noirs étaient serrés les uns contre les autres. Il s’était toujours demandé s’ils tendaient une embuscade aux Blancs ou s’ils étaient cachés, effrayés. Et maintenant qu’il regardait plus attentivement… n’y avait-il pas des fusils dans les mains des cavaliers ?

Ruth poursuivit d’une voix sourde :

“Mon grand-père était membre de cette police. Son métier était de massacrer des Noirs, et il portait cette casquette pendant ces massacres. Au fait, c’est une casquette d’officier. Les officiers étaient les seuls Blancs de la police autochtone. Les simples soldats étaient tous des Aborigènes originaires de la Nouvelle-Galles-du-Sud ou du Victoria, entraînés et armés. Qui pouvait mieux chasser et tuer des Noirs que d’autres Noirs, hein ?”

Des yeux écarquillés se détachaient sur les murs, ainsi que des dents étincelantes.

“C’est ce que représente ce tableau ?” demanda William d’une petite voix.

Ruth eut un rire étrange. Puis elle secoua la tête.

“*Officiellement*, la police autochtone n’a jamais eu aucun rapport avec le domaine de Kuran. La première brigade n’a été formée qu’autour de 1860. A ce moment-là, il n’y en avait plus besoin dans les Darling Downs. Les véritables problèmes avaient lieu plus loin sur la frontière. D’après ce que je sais, mon grand-père a surtout été affecté dans l'extrême Nord, où les Noirs n'ont cessé de poser des problèmes jusqu'à la fin des années 1890. Après cette date, la police autochtone a été démantelée, et il s'est retrouvé sans travail."

Elle regardait fixement William.

"Il a conservé son arme, cependant. Il la trimbalait avec lui, quand il travaillait ici. Et, de toute évidence, il a conservé cette casquette. Je sais que certaines choses t'échappent, Will, mais mon père t'a fait porter l'équivalent australien de l'uniforme SS."

William examina la casquette. Oui, certaines choses lui échappaient, mais la casquette lui semblait plus sombre à présent, et plus lourde. Il se souvenait pourtant de son contact sur sa tête, du poids agréable de l'insigne. Et il se souvenait des hommes de la Ligue, Terry et Henry, et de la façon dont ils avaient ri, l'avaient salué en l'appelant Capitaine Bill. Il avait cru à une plaisanterie.

Mais ensuite, un autre souvenir lui revint, de la nuit, du chant perçant des cigales, et d'une créature informe aux yeux furieux. *Tu portes la marque, mon garçon.* Oui… il avait porté cette casquette comme un phare pendant tout le temps qu'il était resté dans les collines. Le berger meurtrier l'avait reconnue et s'était écarté de son chemin. L'explorateur avait salué son autorité. Et le bunyip l'avait regardée avec une hostilité ancestrale. Mais pourquoi ? La police autochtone n'était jamais venue au domaine, sa cousine venait de le dire. Quoi qu'ait pu faire son grand-père avec ses soldats noirs, cela s'était passé à des kilomètres de là, dans une autre partie de l'Etat.

Ruth rassemblait ses documents.

"Alors, ces femmes à Cherbourg, je leur ai dit : «Un peu que ça me regarde. Mon grand-père a pataugé dans le sang aborigène.» Ça les a fait réagir. Mais je ne leur ai pas révélé le pire à propos de mon grand-père. Je ne te l'ai pas dit non plus. Je réserve ça pour ton oncle. C'est lui qui doit l'entendre le premier."

William la regarda, ébranlé par le doute.

"Tu veux toujours aller le voir ?"

Il ne savait pas. Il se sentait à nouveau étourdi, à moitié aspiré par le monde irréel des collines. Les choses qu'il avait vues et entendues, les messages, les avertissements, la casquette, la pluie qui arrivait – tout était lié, d'une façon ou d'une autre. Et il était exaspérant de voir à quel point la réponse semblait proche.

Sa cousine lui tendit la main.

"Allez, viens. Montons."

42

Là-haut, dans la chambre blanche, John McIvor luttait contre le délire en attendant son neveu.

La fièvre palpitait en lui, reflétant la chaleur de la pièce, et il sentait son cœur deux fois balafré battre dans sa poitrine, fébrile. Il avait soixante-dix-neuf ans, et il était sans doute en train de mourir. Contrairement à son esprit – son esprit était vivant comme il l'avait rarement été. Mais son corps, ah…

La douleur s'amplifia brusquement, et il lutta pour remuer ses membres, transpirant sous le coup de l'effort.

Il était si faible. Il détestait tellement les humiliations qu'il avait subies ces derniers mois, à devoir être nourri et soigné comme un nourrisson. Et par l'incapable mère du petit, rien de moins ! En fait, il était désormais entouré de femmes dont il ne voulait pas. Veronica et la vieille gouvernante : des vautours, toutes les deux, qui lui tournaient autour, impatientes de picorer sa carcasse. Mais bien pire était sa fille, la petite poison. Si seulement il pouvait se lever de son lit et la jeter physiquement dehors. Les jeter toutes dehors.

Il gémit, tourna la tête sur l'oreiller.

Et, l'espace d'un instant déconcertant, il eut l'impression que son père était dans la chambre avec lui. Un géant sévère et silencieux, son arme à la ceinture, vêtu d'un uniforme.

C'était aussi la faute de Ruth. Toute cette histoire concernant la casquette de William. A certains égards, sa fille avait paru plus en colère à propos de cette casquette qu'en apprenant qu'il avait envoyé William seul dans les collines. On aurait dit qu'il avait donné au petit un serpent pour jouer avec. Toutefois, il ne pouvait pas nier le reste : la révélation de sa fille avait été une surprise désagréable. John n'avait jamais connu les détails de la carrière de son père dans la police, jusqu'à aujourd'hui.

"Tu ne me l'as jamais dit", se plaignit-il à la chambre vide.

Pendant un moment, quelque chose défaillit à l'intérieur de John. La police autochtone – était-ce ce qui avait entaché la réputation de son père si longtemps plus tôt ?

Il chassa ses doutes. Bien sûr que non. Il n'y avait rien de honteux à avoir servi dans la police autochtone. Celle-ci avait accompli une tâche nécessaire, rien de plus. Sa fille pensait-elle qu'il avait suffi de poser le pied sur cette terre et de la prendre pour conquérir l'Australie ? Non, il avait fallu se battre pour l'avoir, comme pour n'importe quel pays au monde. Les déclarations de guerre et les traités ne signifiaient rien, en fin de compte. Seule comptait la réalité de l'occupation des sols, et c'était un processus brutal.

"Des Blancs mouraient aussi, n'oublie pas", marmonna-t-il.

Et si jamais son père avait participé à tout ça, eh bien quoi ? Cela ne faisait pas de lui un meurtrier, ni un monstre. L'Histoire en témoignait : des vies avaient été sauvées, la terre colonisée. Quelle importance de savoir d'où venait la casquette de William ? Ça ne pouvait pas nuire au petit. Il n'y avait pas de méchant génie caché dans le vieil insigne de police.

Mais sa fille n'en avait pas terminé avec lui, il le savait. Elle fourrageait dans ses papiers en bas, dans le bureau, où elle cherchait sans doute des détails sur le bail du domaine. Eh bien, qu'elle cherche ! Le seul document qui comptait était son testament, et il ne se trouvait pas dans le bureau, il l'avait ici, dans la chambre, à côté de lui dans la table de nuit. Il l'avait tapé lui-même la veille, forçant ses doigts tremblants à enfoncer les touches. Et il n'y était pas question de Ruth, ni des deux autres femmes. Elles n'avaient qu'à poursuivre leurs devinettes, leurs interrogations et leurs magouilles pour le déposséder. Et elles n'avaient qu'à mourir de frustration.

“J’ai le petit, maintenant”, dit-il à la chambre, souriant fiévreusement à ces souvenirs.

C’est vrai, il avait douté de William au début.

Il se souvenait de la première fois où il avait vu le gamin, en train de se morfondre le jour de la mort de son père. (Quelle chance, cette moissonneuse qui avait pris feu !) Il ne lui avait pas paru très prometteur à ce moment-là, mais John avait persévéré. Le terrible soir du rassemblement, William lui avait prouvé qu’il avait fait le bon choix. Car le petit l’avait vu, lui aussi. Pas en vrai, bien sûr, son imagination d’enfant devait avoir tiré cette image d’un rêve. Mais c’était le *même* rêve, son propre rêve, et c’était sûrement ce qui comptait.

La chambre attendait en silence.

“Oui, expliqua-t-il, mais je devais en être sûr.”

Et si le petit voulait le domaine de Kuran, il devait découvrir la réponse tout seul. La propriété ne pouvait se partager. Pas plus que le pouvoir, ou le poids que cela représentait. Ce poids pouvait être écrasant, il englobait tout le passé que la terre avait connu, le résumé des vies et des morts de tous ceux qui l’avaient foulée auparavant. Mais William ne connaissait presque *rien* du domaine – il ne l’avait pas reniflé, ni touché, il n’avait pas senti la terrible vieillesse de ses os. John ne se rappelait pas ce qu’il avait dit au petit pour le convaincre de partir dans les collines, seulement sa certitude que William devait y aller.

Et il n’avait jamais été question que sa mère aille le chercher. L’enfant avait peur, et c’était la peur qu’il devait apprendre à maîtriser. Il devait trouver son propre chemin pour aller là-bas et son propre chemin pour en revenir. John se moquait que Veronica soit devenue hystérique, ou que Ruth soit intervenue. Les femmes ne comptaient pas, elles ne saisiraient jamais la vérité. Peut-être, se dit John, que la propriété était quelque chose de fondamentalement masculin. Il avait toujours su que le gamin survivrait. S’il le méritait. Dans le cas contraire, mieux valait le savoir tout de suite, avant qu’il soit trop tard.

“Ce n’est pas ma faute si le gour était à sec”, se plaignit-il.

De toute façon, c’était fait. Une fois que William lui aurait dit ce qu’il avait vu et appris, l’affaire serait réglée et personne ne pourrait plus rien changer – ni Ruth, ni Veronica, ni même Mme Griffith. John aurait son héritier.

Et c'était une bonne chose ! Le bien-fondé de sa décision s'imposait chaque fois qu'il fermait les yeux. Réveillé, son esprit grouillait de pensées, mais depuis qu'il avait envoyé William dans les collines, son sommeil était d'un calme merveilleux. Le passé ne hantait plus ses rêves. Il ne revoyait plus d'images du manoir tel qu'il était quand il était enfant, avec toutes ses lumières et ses somptueuses foules d'invités, plus d'apparitions fantômes d'Elizabeth White, toujours hautaine, moqueuse et inaccessible. Il ne rêvait plus de l'époque qu'il avait passée dans les montagnes, des grandes forêts sombres et des cimes pelées. Il ne rêvait plus de Dudley, avec son visage triste et torturé, ni de l'horrible vision de lui, étendu nu sur une fillette en pleurs. Il ne rêvait plus d'Harriet ni de cet unique instant de perfection qu'ils avaient partagé entre eau et rochers.

Et, surtout, il n'avait plus fait de cauchemars. Il n'avait plus jamais aperçu cette silhouette en feu qui attendait patiemment. Peut-être était-ce Oliver Fisher, peut-être pas – John avait cessé de réfléchir à cette question des années plus tôt. A la mort d'Oliver, John avait su qu'il devrait payer le prix pour parvenir à ses fins. Amis, famille, femme et fille : il avait tout abandonné. Et il en était venu à croire que c'était là la véritable signification de son cauchemar. L'homme en feu était là pour lui rappeler toutes les choses perdues et lui reprocher ses actes.

A présent, il avait disparu, et John savait pourquoi. Il hantait désormais William. Sans s'en douter, le gamin avait endossé ce fardeau, et John en était enfin débarrassé. Il ne rêvait plus de rien, désormais, comme un homme sans passé ni souvenirs. Il n'y avait dans son sommeil qu'un endroit vide et silencieux où son esprit flottait dans une obscurité apaisante.

John cligna des yeux, regarda dans les coins de sa chambre.

Il n'y avait personne.

A côté de lui, la radio murmurait des histoires de pluies qui balayaient le pays et de débats féroces qui faisaient rage au Sénat. Le monde continuait de tourner, et à présent le Native Title menaçait, la décision finale était en suspens. S'en souciait-il encore ? Non… tout cela avait disparu avec la Ligue et les robes blanches dansant autour des pierres. Pourtant, le vote approchait et, si les nouvelles lois passaient, ce serait formidable que William puisse assister à cet instant-là, ici, à son chevet. *Tu vois, dirait-il à son neveu, je te donne cette propriété d'une main et, de l'autre, ils commencent à te la prendre. Peut-être pas avec cette loi, mais avec la prochaine, et avec toutes celles qui suivront.* Le gamin saurait qu'il avait été trahi avant même d'avoir hérité, et la graine d'une haine éternelle serait semée en lui.

A juste titre.

John McIvor sourit. Il tourna le bouton de la radio, laissa ses doigts retomber mollement.

Qu'est-ce qui retenait le gamin ?

43

William et Ruth trouvèrent le vieil homme profondément endormi.

Il avait le bras passé autour de la table de nuit, les doigts sur le bouton de la radio. Le poste grésillait, et la pièce était étouffante, inondée d'une lumière rouge féroce qui parlait de fumée et de feux lointains, mais pour William son oncle paraissait en paix, perdu dans un rêve profond et agréable, la tête rejetée en arrière, insouciant.

Mais de quoi rêvait-il ?

Sans pouvoir l'expliquer, William frissonna.

Ruth éteignit la radio, et les yeux du vieil homme s'ouvrirent en papillonnant. Son regard se focalisa sur sa fille d'un air désapprobateur.

"Je n'ai pas demandé à te voir.

— Je sais."

Ils se contemplèrent mutuellement, la fille, les yeux baissés, froide et sans pitié, le père, les yeux levés, frêle et alité, bouillant de rage. Y avait-il une véritable ressemblance entre eux ? se demanda William. Non... et pourtant, ce n'étaient d'évidence pas des étrangers l'un pour l'autre. Ils étaient liés par un millier de choses cachées, la haine n'étant pas la moindre. Des étrangers ne se regardaient pas de cette façon, c'était quelque chose de beaucoup plus intime, quelque chose qui concernait la famille. Il se dit qu'il n'y avait que dans les familles, entre parents et enfants, qu'une haine aussi profonde pouvait exister.

Son oncle eut un haussement d'épaules imperceptible. Son regard se détourna de sa fille, se posa sur William, et sa colère s'adoucit pour se transformer en sourire.

“Alors, tu as fini par trouver le chemin du retour.

— Après que tu as failli le tuer, dit Ruth.

— Sottises !” Les yeux du vieil homme ne quittèrent pas son neveu. “Elle ne sait pas la moitié de ce qu’elle croit savoir. C’est toi qui étais là-bas, Will. Toi et moi, ensemble.”

Une fois encore, William sentit le contact ardent de l’esprit de son oncle, sa folie, et il sut combien il lui serait facile de perdre son propre contrôle tant celui-ci vacillait déjà.

“Tu as vu ce que tu avais besoin de voir ?

— Oui”, répondit-il sans savoir si c’était un mensonge ou la vérité.

La main de son oncle lâcha la table de nuit pour voleter jusqu’à son épaule.

“Je le savais.” Et les doigts se refermèrent un moment à cet endroit, provoquant une vague de chaleur. “C’est ce que je disais. Le sang coule dans tes veines.”

Sa fille fit entendre un reniflement méprisant.

“Tu feras vraiment tout pour pervertir cet enfant, hein ?” Elle s’assit à côté de la table basse. “Je lui ai dit, pour la casquette.

— C’est celle de son grand-père, répondit le vieil homme, serein. C’est tout ce qu’il a besoin de savoir.”

Ruth leva brusquement les yeux.

“Pas *son* grand-père. *Mon* grand-père.”

Le vieil homme cligna des yeux.

“Va-t’en. Will et moi, on doit parler.”

Mais elle n’avait pas l’intention de partir.

“Je t’ai apporté ça, dit Ruth en posant en éventail sa liasse de papiers sur la table.

— Et qu’est-ce que c’est censé être ?

— Des photocopies. Je les ai tirées à Brisbane. Je consultais des archives sur les transferts de propriétés. Le plus délicat, ça a été de comprendre exactement quel arrangement avait été trouvé entre la famille White et le gouvernement quand ce domaine est passé d’un bail longue durée à un bail perpétuel. Les registres officiels sont vagues, ce qui est intéressant en soi. Alors, je me suis demandé qui d’autre pourrait être au courant.”

Le vieil homme affichait un sourire moqueur.

“Personne.

— Ah bon ? Et la famille White, alors ?
— Les White sont tous morts.
— Pas Elizabeth."

Oublié, William avait reculé contre le mur, posant les mains à plat dessus pour lutter contre sa sensation de vertige. Il vit son oncle se figer dans une immobilité prudente.

"Elle est vieille, poursuivit Ruth, elle a plus de quatre-vingts ans, mais elle est assez en forme. Elle vit à Brisbane. Je suis allée la voir. J'ai trouvé son numéro ici, dans l'annuaire."

Un sourire s'élargit, semblable à celui d'un crâne.

"Et elle sait à qui appartient son manoir aujourd'hui ?
— Elle ne le savait pas. Mais je le lui ai dit.
— Bien !
— Elle s'en moque. Elle s'en est toujours moquée."

Le sourire devint haineux.

"Vous avez dû vous entendre à merveille !
— Elle ne voulait même pas me parler, au départ – elle n'aime pas beaucoup le nom de McIvor. Mais quand je lui ai dit ce que je cherchais, elle s'est montrée plus coopérative.
— Je m'en doute.
— Alors j'ai trouvé ce que j'avais besoin de savoir sur le transfert de propriété. Et, crois-moi, ce bail perpétuel est sujet à caution. Mais ce n'est pas le plus intéressant. On a parlé longuement. A propos du domaine et du bon vieux temps. Même de toi."

Le vieil homme la regardait sans rien dire.

"Oui, elle se souvient de toi. Mais on a surtout parlé de ton père. C'était le lendemain du jour où j'ai découvert qu'il avait servi dans la police autochtone. Je lui en ai parlé, et elle est devenue bien silencieuse. Ensuite, elle a dit qu'elle avait quelque chose à me montrer."

L'oncle de William se recroquevilla contre l'oreiller, les yeux lourds de soupçon.

"Elle détestait mon père. Je ne croirai pas un mot de ce qu'elle raconte à son sujet.
— Elle n'a rien dit. Elle a seulement sorti de vieux carnets." Ruth brandit les pages photocopiées. "Ce sont des journaux intimes. Ils appartenaient à son père à elle."

Les yeux du vieil homme s'étrécirent.

"Malcolm ?

— C'était le bon à rien de la famille, hein ? L'ivrogne et le coureur de jupons, celui qui organisait ici toutes ces fêtes scandaleuses.

— C'était un gros lard imbécile.

— C'est ce qu'on m'a dit." C'était au tour de Ruth d'être sereine maintenant. "Mais il tenait religieusement son journal, et Elizabeth a encore tous les carnets. C'est l'allusion à la police autochtone qui a attiré son attention. Ça lui a rappelé quelque chose qu'elle avait lu dans le journal de son père." Elle tendit les papiers. Ils étaient couverts d'une écriture sombre et serrée. "Tu veux le voir ?

— Rien de ce qu'a pu écrire cet homme ne m'intéresse.

— Mais peut-être que Will, lui, voudra l'entendre ?"

Elle jeta un coup d'œil interrogateur dans la direction de William, mais il vit qu'elle avait à peine conscience de sa présence. Cette démonstration était pour son père, et uniquement pour son père.

"Tu te rappelles être allé pique-niquer, quand tu étais petit ? demanda-t-elle au vieil homme.

— Pique-niquer ?"

Ruth consulta les documents.

"Vers Noël ? Disons fin décembre, en 1917 ? Tu devais avoir trois ans.

— C'est tout ce que consignait cet idiot ? Des pique-niques ?

— Malcolm n'y était pas. Il en a seulement entendu parler plus tard.

— Parler de quoi ? Quel pique-nique ?"

Ruth expliqua calmement.

"Ton père vous a emmenés faire une sortie, ta mère et toi, ainsi que quelques-uns de ses hommes et leurs familles. Au point d'eau. Tu es sûr de ne pas t'en souvenir ?

— Non !"

Elle brassa ses papiers.

"Bien sûr, tu ne te souviens pas non plus des Aborigènes du domaine."

Le vieil homme fut pris au dépourvu.

"Quoi ?

— En fait, on les a emmenés loin d'ici avant ta naissance.

— Je le sais, rétorqua-t-il d'un ton tranchant. Mon père m'a tout raconté à leur sujet. Ils recevaient gratuitement des couvertures et de la farine. Les White les traitaient parfaitement bien. Peut-être trop bien, même.

— Ton père n'était pas d'accord ?

— Il savait qu'ils auraient été mieux ailleurs. Ils étaient surtout gênants, à traîner dans le domaine. Il n'y avait qu'une poignée de vieillards, de femmes et quelques enfants."

William voyait que Ruth avait désormais les mains tremblantes, mais il ne savait pas si c'était d'excitation ou de colère. Pourtant, sa voix était calme.

"En 1911, on les a embarqués pour Cherbourg, et ça a réglé le problème. Sauf que ça n'a pas tout réglé. D'après le journal de Malcolm. Deux ans plus tard, ils ont quitté la mission et sont revenus. Pas les femmes, juste les hommes et les jeunes garçons. Ils n'étaient que six ou sept, mais il s'agissait alors de toute la population mâle de la tribu. Ton père les a surpris en train d'errer dans le domaine et les a remis à la police."

Le vieil homme observait désormais sa fille avec beaucoup d'attention.

"Et alors ? C'était la loi à l'époque. Les Noirs devaient rester là où on les envoyait."

Ruth n'écoutait pas.

"Deux ans après, en 1915, ils ont recommencé. Personne ne sait pourquoi. Mais ton père les a encore attrapés et les a remis une nouvelle fois à la police. Sauf que, cette fois-ci, il semble en avoir passé quelques-uns à tabac, et assez sérieusement. Histoire de leur donner une leçon. C'est du moins ce que raconte Malcolm. Il n'aimait pas spécialement les Noirs, mais ça l'a quand même mis mal à l'aise. Je crois que, pour lui, c'était comme battre un cheval ou un chien. Ça ne se faisait pas.

— Si mon père a agi de la sorte, dit l'oncle de William, le regard venimeux, il l'a fait parce qu'ils n'avaient pas le droit d'être ici.

— Oh, je ne sais pas. Ça n'avait rien de nouveau pour lui, non ? On le sait. Ça avait été son métier. De chasser les Noirs, de les maltraiter. De les disperser.

— Il faisait respecter la loi.

— Eh bien, ça n'a pas marché. Deux ans plus tard, les Noirs sont revenus une troisième fois. Cette fois-ci, ton père ne les a pas repérés tout de suite. Aux alentours de Noël 1917, tu pique-niquais avec ta famille près du point d'eau. A un moment donné, semble-t-il, tu es parti tout seul alors que tu n'étais qu'un petit garçon pour t'aventurer le long du lit du ruisseau. Et là, ton père t'a entendu crier. Il a dû croire que tu étais tombé sur un serpent. Ou sur un chien sauvage, peut-être. Quoi qu'il en soit, il a couru à ta recherche. Bien sûr, il avait toujours son arme sur lui. Tout ça ne te rappelle vraiment rien ?

— Quoi donc ? Un serpent ? Un chien ?"

Mais sa fille était loin.

"Personne ne sait exactement combien ils étaient. Mais quand ton père est arrivé, tu leur criais après, complètement terrifié par les Noirs. Ils étaient nus, d'après ce que quelqu'un a raconté à Malcolm, et peints de la tête aux pieds. Je pense que c'étaient les premiers Aborigènes que tu voyais. Mais ton père les connaissait, c'étaient encore ces satanés intrus, nus et sauvages, et ils menaçaient son fils. Il avait son arme. Ce qui s'est passé n'a rien de surprenant. D'autres hommes se sont même joints à lui. Mais tout le monde s'entend pour dire que c'est Daniel McIvor qui a commencé. Les vieilles habitudes ont la vie dure, j'imagine.

— C'est tout ?" L'oncle de William riait. "C'est de la pure affabulation.

— Oh non, répondit Ruth en souriant, c'est bel et bien arrivé. Ensuite, ils ont brûlé les corps. Parce que les temps avaient *un peu* changé : on ne pouvait pas simplement abandonner des cadavres de Noirs comme au bon vieux temps. Alors, ils les ont brûlés. Ou du moins calcinés – apparemment, ils n'ont pas été fichus d'allumer un feu digne de ce nom. Après, ils se sont contentés de jeter les restes dans le ruisseau.

— Sottises ! S'il y avait la moindre vérité là-dedans, mon père serait allé en prison.

— Qui allait le dénoncer ? Ses propres hommes en avaient une peur bleue. Edward White s'en fichait, et Malcolm était trop lâche. Ton père savait qu'il ne craignait rien. Il s'est débarrassé des corps pour qu'il n'y ait aucune preuve. Et, de toute façon, il ne s'agissait que de quelques Noirs. Les autorités estimeraient qu'ils s'étaient simplement échappés de leur mission et avaient disparu. Ce n'était pas la première fois que cela se produisait. Donc, pas de problème.

— C'est un mensonge. Une accusation insultante. Malcolm a tout inventé.

— Il n'y a pas eu que Malcolm. La nouvelle s'est répandue, discrètement. Elizabeth se souvient des rumeurs. Les gens avaient des soupçons, et beaucoup d'entre eux étaient horrifiés. C'étaient des vieillards inoffensifs qu'il avait tués. Des petits garçons."

Le vieil homme secouait obstinément la tête, d'un côté et de l'autre, d'un côté et de l'autre.

"Et dans des endroits comme Powell… Eh bien, les habitants de Powell aimaient à croire qu'ils formaient une communauté civilisée. Elizabeth a dit qu'à compter de ce moment-là ils ont traité ton père en paria."

William vit son oncle cesser brusquement de secouer la tête.

Pour John McIvor, le temps s'arrêta.

Un paria ?

Le déni mourut sur ses lèvres. John se rendit compte qu'il était incapable de parler. Car, avec cet unique mot, la grande énigme de son père était enfin percée à jour. Un homme qu'on avait toujours injurié, dont on s'était toujours méfié, toujours accompagné par des murmures et des sourcils froncés. Et maintenant, enfin, John en connaissait la raison. L'histoire de sa fille pouvait-elle réellement être vraie ? Elle *devait* être vraie. Qu'est-ce qui pouvait expliquer autant de choses ? Une atrocité avait été commise et, au fur et à mesure que la sombre rumeur se répandait, les habitants de Powell s'étaient détournés de Daniel McIvor avec dégoût.

Et de son fils.

John avait l'impression de se noyer, que la chambre était privée d'air. Des souvenirs déboulaient dans sa tête, implacables, chaque affront et chaque mésaventure qu'il avait pu subir, tous irréfutables. Le sens de sa vie, son amertume et ses difficultés, tout avait été déterminé par cette seule action de son père. Et l'incident s'était produit quand il n'était qu'un enfant. Un innocent en pleurs, effrayé.

Ce fut alors comme si un autre gouffre s'ouvrait sous lui. Car si ses propres cris avaient déclenché le massacre, c'était lui le principal responsable, l'auteur involontaire de sa propre chute. Comment supporter cela ? Mais le sol se dérobait à nouveau, il était dans un abysse de souvenirs, loin, très loin dans les recoins de son existence et, le plus terrible de tout, c'est qu'il sentait une odeur de fumée. La chambre et le lit avaient disparu, son corps affaibli avait disparu, le souvenir était total, il vivait à l'intérieur de lui. John sentait une odeur de fumée et pleurait, il n'était qu'un petit garçon serré dans les bras de sa mère, si serré qu'il en suffoquait presque, et elle pleurait elle aussi, il sentait sa poitrine se soulever contre son visage tandis que, quelque part, des hommes criaient, riaient, et des flammes crépitaient.

Venue de beaucoup plus haut, il entendit la voix de sa fille, froide et détachée.

“La question est : à ton avis, pourquoi ces hommes et ces garçons revenaient-ils sans cesse ici ? Ils auraient dû comprendre, dès la première fois, qu'ils n'étaient pas les bienvenus.

— Mensonges, murmura-t-il dans le noir.

— Etait-ce seulement parce qu'ils avaient le mal du pays ? Ou y avait-il autre chose ? Qu'y avait-il de si urgent pour qu'ils doivent revenir ici à peu près à la même époque tous les deux ans, en prenant de tels risques ? Devaient-ils organiser une sorte de rite initiatique ou de *corroboree* ? Se rendre sur un site sacré ? J'imagine qu'on ne le saura jamais. Mais, quelle que soit la raison, ils sont morts pour ça.”

Pour John, ces paroles ne signifiaient rien.

“Oncle John ?”

L'inquiétude qu'il entendit dans la voix le ramena. C'était le garçon, à son chevet. Pas Ruth, pas cette vipère de fille qui lui avait apporté cette horrible révélation. John avait recouvré la vue et il la voyait sourire encore, ses papiers obscènes devant elle. L'orgueil se réveilla en lui, ranimé. Rien de ce qu'elle avait dit ne comptait. Le domaine de Kuran lui appartenait, il l'avait gagné à la sueur de son front. Rien de ce qu'elle pourrait dire ne parviendrait à le priver de cela. Tout ce qu'elle pouvait faire, c'était l'effrayer avec des fantômes. La main de William était posée sur le lit, et John la saisit pour en tirer de la force. Oui, le gamin était à lui, le gamin était venu à son aide. John se hissa contre les oreillers, sentit le sang battre à nouveau dans ses veines.

"Je vais bien maintenant, Will, dit-il en pressant les doigts du jeune garçon. C'était juste une petite crise." Et il regardait sa fille bien en face.

"Ils sont morts en essayant de maintenir leurs traditions, dit-elle.

— Et alors ?" John se sentait à nouveau fort, il avait retrouvé son assurance. "C'était il y a quatre-vingts ans. Ça n'intéresse plus personne aujourd'hui.

— Ça pourrait intéresser du monde." Ruth désigna du menton la radio silencieuse. "Ça pourrait tout changer. Si le projet de loi sur les titres fonciers autochtones est adopté."

44

Pourquoi ces hommes et ces garçons ne cessaient-ils de revenir ici ?

C'était la question qu'avait posée Ruth, et, en l'entendant, quelque chose s'était éclairé dans l'esprit de William. Il vit un enfant de trois ans qui s'aventurait le long d'un ruisseau et tombait sur les Noirs regroupés là. C'était l'endroit qu'il avait escaladé lors de sa dernière et terrible matinée. Il n'y avait rien dans le lit du ruisseau proprement dit, aucune raison pour que les hommes et les garçons cherchent à s'y rassembler.

Mais non loin du ruisseau…

Un site sacré sur lequel ils devaient se rendre ?

L'obscurité envahit la tête de William. Il se trouvait dans un paysage éclairé par la lune, où des cigales chantaient à tue-tête et des ombres jouaient sur l'herbe et les arbres, et où une peur panique l'avait possédé. Un site chargé d'un pouvoir secret. Et, montant la garde à cet endroit, une silhouette émoussée, courbée devant le ciel.

Ce sont les Noirs qui m'ont rêvé, il y a longtemps.

"Mensonges", entendit-il son oncle murmurer.

C'est seulement à ce moment-là que William se tourna vers le lit et prit la main du vieil homme, pour lui dire que ce n'étaient pas des mensonges, qu'il savait pourquoi les Aborigènes revenaient sans cesse, et pourquoi ils étaient si près du ruisseau le jour du pique-nique. C'était à cause de cet endroit. *Leur* endroit.

"Oncle John", dit-il. Mais son oncle agrippait sa main si fort qu'il lui faisait mal aux doigts. Puis le vieil homme se redressa, puisant de la vitalité quelque part, et William retira sa main.

“Cette maudite loi n’a qu’à passer, disait à présent le vieil homme. On a déjà connu ça.”

Sa fille secoua la tête.

“Est-ce que tu as vraiment lu la proposition de loi ?

— Je l’ai lue. Elle ne peut pas m’atteindre.

— N’en sois pas si sûr. Le bail perpétuel de ce domaine a été obtenu dans des circonstances très douteuses. Il y a eu un accord tacite entre les White et le gouvernement. Personne se saura jamais vraiment ce qu’il en est jusqu’à ce que l’affaire passe devant le tribunal. Crois-moi, cette propriété peut très bien relever encore du domaine de la Couronne. Auquel cas elle serait ouverte à la revendication en vertu du Native Title.

— Ouverte à la revendication en vertu du Native Title, répéta l’oncle de William sur le même ton. Et qui porterait l’affaire devant le tribunal ? Tu n’en as pas le droit. Il ne reste plus personne pour le faire.

— Vraiment ?” Ruth affichait un sourire tendu. “Je suis allée à Cherbourg. Il y a dans cette ville des gens qui viennent de cette propriété. Six personnes au moins avec lesquelles j’ai parlé.

— Elles sont *nées* ici ?

— Non, mais leurs parents et leurs grands-parents, oui.

— Ha ! Exactement !

— Exactement quoi ?

— Je ne sais pas à qui tu as parlé, mais ces personnes n’ont jamais mis les pieds au domaine de Kuran. Depuis vingt-trois ans que j’habite ici. Et pas quand j’y habitais avant non plus. Qu’est-ce qu’elles pourraient réclamer ? Elles doivent prouver une présence continue sur cette terre.

— Comment le pourraient-elles ? Le peuple Kuran a été emmené d’ici de force.

— La loi est parfaitement claire. Si ces gens sont partis, et quelle qu’en soit la raison, ils perdent tous leurs droits de faire appel.

— Oh oui, c’est un joli tour légal. Mais dans ce cas précis ils n’ont pas cessé de revenir, n’est-ce pas ? Année après année. Jusqu’à ce que ton père les tue.

— Même si c'est vrai, comment cela leur donnerait-il le droit de faire appel aujourd'hui ? Où est la présence continue depuis cette époque ?

— La présence continue ne signifie peut-être pas ce que tu crois.

— Ça veut bien dire quelque chose, nom d'un chien !"

William était à nouveau appuyé contre le mur. Son regard naviguait entre le père et la fille tandis qu'ils se disputaient, et il comprit qu'ils se moquaient pas mal de ce qui s'était vraiment passé près du ruisseau. Il s'agissait de complètement autre chose. De qui possédait le domaine de Kuran, oui, mais surtout d'une guerre interminable entre eux. Et maintenant ils approchaient du cœur du problème.

"Ils ont fait ce qu'ils ont pu pour maintenir leur présence, insista Ruth. C'était si important pour eux qu'ils ont enfreint la loi à plusieurs reprises pour revenir. Ils ont fait tout ce qui était humainement possible pour rester en contact, et ils se sont fait massacrer pour la peine. *Là*, ils ont cessé de venir.

— Peu importe pourquoi ils ont cessé de venir. Ils ont cessé de venir. C'est terminé.

— Non, ce n'est pas terminé. Cette loi est toute neuve, elle doit être interprétée par des juges. Le peuple Kuran n'a peut-être pas maintenu ici une présence continue, mais si les survivants avancent qu'il y a quatre-vingts ans la totalité de leur population mâle a été tuée en tentant de la maintenir, qu'est-ce qu'il se passera ? Quelle personne humaine ne va pas considérer ça comme une excuse raisonnable, malgré ce que dit réellement la loi ?

— Et comment savent-ils que des gens se sont fait tuer ? railla le vieil homme. Ces femmes de Cherbourg, elles n'y étaient pas. Quelle preuve ont-elles que cela s'est réellement passé ?

— Il y a le journal de Malcolm.

— Aucun tribunal n'acceptera ça. Malcolm n'était pas là non plus. C'est du ouï-dire.

— Pas un tribunal pénal, peut-être. Mais un tribunal chargé des litiges sur les droits autochtones ? C'est complètement différent. Les vieilles lettres, les vieux journaux, les vieilles histoires : c'est exactement le genre de preuves qu'ils vont devoir accepter. Quand on parle de l'histoire aborigène, qu'existe-t-il d'autre ? Et ces vieilles femmes n'ont pas oublié. Elles savent que ces hommes et ces garçons ne sont jamais revenus. Elles savent ce qui a dû se passer.

— Elles ne peuvent pas en être sûres !

— Elles le seront quand je le leur aurai dit. Je leur ai déjà parlé de ton bail et des points faibles qu'il présentait. Alors, tôt ou tard, elles vont faire appel. Et quand ce qu'a fait ton père sera révélé, je pense qu'elles pourront réellement gagner."

Le vieil homme ruminait de rage, incapable de trouver ses mots.

Ruth se pencha en avant.

"Je vais m'assurer qu'elles gagnent. Un jour, tu devras partager cet endroit avec ces gens, que ça te plaise ou non."

En regardant la scène, William sentait le chaos qui faisait rage à l'intérieur de son oncle – la frustration et l'amertume, la haine pour tant de choses et tant de gens, les avocats et les politiciens, le gouvernement, tous ceux qui se mêlaient indéfiniment de ses affaires. Et maintenant il était piégé, acculé par sa traîtresse de fille.

"Tu en serais bien capable !" cria le vieil homme tandis que cédait sa dernière retenue, un doigt osseux pointé vers elle. "Tu les aiderais, juste pour m'embêter. Tu ferais n'importe quoi pour me voler ce qui m'appartient. Mais où est la preuve ? Montre-moi les corps. Montre-moi les os de ces personnes. Tu ne peux pas, hein ? Je connais cette terre mieux que quiconque. Et il n'y a rien, là-bas."

Ruth était impitoyable.

"Il n'y a pas besoin de corps pour revendiquer une terre.

— C'est insensé !

— C'est la loi. Ou ça le sera peut-être, demain."

Blotti contre le mur, William tremblait. Ce n'étaient pas les cris qui l'ébranlaient, ni la haine dévoilée entre le père et la fille. C'était un souvenir soudain des jours qu'il avait passés dans les collines. Ce n'étaient ni une vision ni une hallucination, mais quelque chose de réel. Quelque chose qu'il avait vu et touché.

Son oncle avait dit qu'il voulait une *preuve*.

"Oncle John", commença-t-il.

Mais à ce moment-là on entendit crier au rez-de-chaussée. C'était la voix du Dr Moffat.

"Hou, hou ? Il y a quelqu'un, là-haut ?"

Les yeux du vieil homme s'éclairèrent sous l'effet d'une décision insensée.

"Moffat, rugit-il, montez !" Possédé, il fourrageait dans les tiroirs de sa table de nuit. "Il est temps que tu voies ça, cracha-t-il à sa fille. Tu n'auras absolument plus rien de moi."

Le Dr Moffat apparut sur le seuil. Il les regarda avec surprise.

"Qu'est-ce que vous faites tous ici ?"

L'oncle de William tenait une feuille de papier à la main qu'il brandissait en direction du médecin.

"Moffat, vous êtes juge de paix, non ?

— C'est exact.

— Alors, authentifiez-moi ça."

Le médecin regarda le document, déconcerté.

"Quoi ?

— Signez-moi ce maudit truc ! Pour qu'il soit légal !"

Le Dr Moffat prit le document.

"Mais qu'est-ce que c'est ?

— Mon testament, imbécile. Quoi d'autre ?"

Le testament, pensa William en contemplant le document. Il était enfin là. Une seule page. La raison qui justifiait tous ces longs mois passés au manoir, pendant lesquels il s'était efforcé de plaire à son oncle, à sa mère, à sa cousine. Maintenant que le moment était arrivé, il s'apercevait qu'il s'en moquait. Il n'arrivait pas à penser à autre chose qu'à la preuve, la chose qu'il avait vue, là-bas, dans les collines.

Montre-moi leurs os, avait dit son oncle.

A l'autre bout de la pièce, Ruth se leva.

"Ce testament ne changera rien", dit-elle. Mais son père ne jeta même pas un coup d'œil dans sa direction.

Le Dr Moffat étudiait le document.

"Tout revient au petit…

— Oui, renchérit le vieil homme, au petit."

Et tous les regards de la pièce se tournèrent vers William. Celui-ci ne put que cligner des yeux. Ils ne comprenaient pas. William voyait une lueur blanche, tout au fond de la grotte.

“Signez, dit son oncle au médecin. Signez-moi ça, et c’est fini.

— Vous en êtes sûr ?

— J’en suis sûr.

— Ça ne changera rien”, répéta Ruth.

Mais le Dr Moffat avait posé le testament sur la table basse et griffonnait à l’aide de son stylo.

Le vieil homme se balançait de plaisir.

“Prends-moi le domaine maintenant, dit-il à sa fille en jubilant. Fais-le, si tu l’oses. Sauf que ce n’est pas à moi que tu le prendras. Il est à Will, désormais. Tout repose sur ses épaules. Alors vas-y, va aider tes copines à revendiquer ces terres. Ce n’est pas à moi que tu causeras du tort.”

Elle regarda William, puis à nouveau son père.

“Mais ce n’est qu’un enfant !

— Je sais, répondit le vieil homme en souriant. Mais il est à moi, pas à toi.”

Ruth secoua la tête, si dégoûtée qu’elle n’arrivait pas à parler. Puis, d’un geste de la main, elle réunit ses documents.

“Tu ne peux pas tout mettre sur ses épaules, dit-elle. C’est toi qui dois payer pour ça, et au final c’est toi qui paieras.”

Là-dessus, elle s’en alla, le rire de son père la poursuivant dans le couloir.

Le Dr Moffat avait terminé.

“Voilà.” Il brandit le testament. “Que voulez-vous que j’en fasse ?”

L’oncle de William tendit la main.

“Donnez-le-moi. Ensuite, sortez.

— Je dois encore vous examiner, John, vous ne devriez pas vous énerver comme ça.

— Sortez !”

Le médecin jeta un coup d’œil à William.

“Viens, petit, laissons-le seul.

— William reste.”

Incertain, le Dr Moffat considéra son patient une dernière fois.

“Ruth a raison, vous savez. Ce n’est qu’un enfant. Et il devrait être au lit.” Puis il partit aussi.

Le vieil homme était courbé sur la feuille de papier, au comble de l'extase. Il fit signe à William d'approcher.

"Viens ici, petit. Regarde ça."

William approcha, le secret enflé au fond de lui.

Son oncle tendit le testament.

"Ce n'est pas beau ?"

William le prit, regarda les mots imprimés et les signatures en dessous, celle de son oncle et celle du médecin. Une chose pareille aurait dû être lourde. Elle aurait dû peser autant que les pierres du manoir et les rochers des collines réunis. Au lieu de quoi elle semblait aussi légère que l'air.

"Ton nom, Will, chantonna doucement son oncle. Tu vois ton nom, là ? Tu sais ce que ça veut dire ?"

William hocha la tête. Il savait. Il était le seul à le savoir.

"Oublie ma fille. Oublie ce qu'elle a dit. C'était seulement entre elle et moi. Mais tout t'appartient maintenant, Will. Le manoir et le domaine. Et par conséquent elle ne possède plus rien. Il n'y aura aucune revendication. Elle ne se donnera pas tout ce mal si elle ne peut pas m'atteindre. On l'a eue."

William lui rendit le document.

"Oncle John… dit-il, le gour. Il était vide."

Le vieil homme étudiait à nouveau son testament.

"Je sais.

— J'ai vu une grotte. Je pensais qu'il y avait peut-être de l'eau à l'intérieur.

— Je sais, je sais. Sous la falaise, là où jaillit la source.

— Il n'y avait pas d'eau. Mais j'ai vu…" Il hésita, emporté une nouvelle fois par son souvenir. William comprenait à présent ce qui avait dû se passer. Ils avaient brûlé les corps, avait dit Ruth, mais ils ne les avaient pas brûlés entièrement. Ensuite, ils avaient jeté les restes dans le ruisseau… mais cette partie de l'histoire était fausse. L'eau du ruisseau était trop peu profonde, ou peut-être n'y avait-il pas d'eau du tout. Et il s'agissait d'un crime qui devait être tenu secret. Alors, ils avaient caché les restes là où personne ne les retrouverait jamais, où il y avait toujours beaucoup, beaucoup d'eau. "J'ai cru que c'étaient des bouts de bois, dit-il. J'ai cru que c'étaient des branches mortes tombées des arbres."

Le ton de sa voix poussa le vieil homme à lever les yeux.

"Des bouts de bois ?"

William hocha la tête.

"Mais ils étaient blancs."

Son oncle le fixait à présent intensément tandis que le doute s'épanouissait au plus profond de ses yeux, là où sa santé mentale et sa raison survivaient.

Une tristesse désespérée engloutit William.

"Vous avez dit qu'il fallait une preuve. Une preuve que tout était vrai. La chose qui s'est passée là-bas. Vous avez dit qu'il devait y avoir des os…

— Le gour", souffla le vieil homme.

Pendant un instant, John McIvor se retrouva suspendu dans une eau limpide et froide, tout au fond, les poumons en feu. Le ciel était une cuvette bleue qui avait rétréci au-dessus de lui, sur la berge rocheuse une femme l'attendait, et il était jeune, nageant pour le simple plaisir de nager, avant que tout tourne mal, avant qu'il sorte de l'eau, possède cette femme, conçoive une fille et détruise tout. Rien n'était encore arrivé, il était encore innocent, il s'enfonçait dans l'eau, dans l'obscurité, et là, dans le recoin le plus éloigné, où l'eau glaciale sourdait de la roche, il avait aperçu une lueur blanche.

Le testament lui glissa des mains. Il saisit William par les épaules.

"Les os ? Tu les as vus, là-bas, au fond ?

— J'ai cru que c'étaient des bouts de bois, gémit William. Des bouts de bois et des cailloux. Mais ce n'était pas ça. C'étaient des os. Les os de ces gens. On les a jetés dans le gour.

— Tu n'en sais rien. Tu ne peux pas…

— Elles me l'ont dit, répondit William d'une voix plaintive. Les choses qui vivent dans les collines. Elles ont dit que je les trouverais !"

John le lâcha, médusé.

Un frisson parcourut le manoir, puis on entendit un murmure et un craquement venus du toit. John leva les yeux. Les fenêtres de sa chambre étaient fermées mais il savait qu'après tant de journées de chaleur et d'immobilité, l'air avait fini par bouger à l'extérieur.

"La pluie arrive, dit-il à William. C'est pour ce soir."

John imagina des nuages de pluie sur les collines, de la pluie froide rebondissant sur les rochers et dans le lit des ruisseaux, et des cuvettes se remplissant lentement, cachant ce qu'elles recelaient dans leurs profondeurs. Mais pas pour toujours et, pire, sans le détruire, ainsi que son père aurait dû le détruire toutes ces années plus tôt, quand lui-même n'était qu'un enfant en pleurs dans les bras de sa mère et que des feux brûlaient.

"Ecoute, dit-il. Ce soir, quand tout le monde sera allé se coucher…"

William leva les yeux vers lui.

"Oui ?

— Je veux que tu trouves une pelle, Will. Et des sacs. Va voir dans la remise derrière. Et prends des lampes électriques. On aura besoin de lumière."

Le petit garçon le regardait, perplexe.

"Charge-les dans la camionnette, lui dit John. Quand tout le monde dormira, je viendrai te chercher."

45

C'était la dernière heure avant minuit, le 21 décembre 1993. William était avec son oncle, en route pour le gour.

Ils avaient dû attendre que la mère de William aille se coucher. Toute la soirée, elle avait flotté dans son petit appartement, portée par un véritable bain de gaieté, accrochant des décorations de Noël. Transformée par la nouvelle du testament, elle avait serré William si fort qu'elle l'avait soulevé du sol. Elle s'était ensuite lancée dans la décoration, tendant des guirlandes sur les murs sombres, convaincue que le manoir était beau, que c'était un château, maintenant qu'il avait été légué à son fils. William n'y prit pas part. Un morceau de papier avait été signé, mais pour lui l'héritage était assombri par l'ombre d'un passé malveillant. Un passé dont il restait un chapitre à écrire. Et sa maladie ne faisait qu'empirer les choses. Son oreille l'élançait et l'odeur de chair pourrie allait et venait, étourdissante.

Quand tout avait été silencieux et immobile dans le manoir, son oncle s'était glissé dans sa chambre, comme promis. Comment le vieil homme était-il seulement capable de marcher ? Il ne s'était pas levé de son lit depuis des semaines, mais d'une façon ou d'une autre, il était debout, un squelette boiteux en peignoir, s'accrochant au mur pour se maintenir debout. Et il n'y avait aucun signe de faiblesse dans ses yeux, aucune défaite avouée, juste une folie qui brûlait.

Ils roulaient maintenant à travers les collines. La poussière soulevée par leur passage était rabattue devant eux pour annoncer leur arrivée. Ici, l'air vibrait, animé par des vents capricieux, et une ombre d'un noir d'encre était montée à l'ouest dans le ciel, engloutissant les étoiles. Il n'y avait pas d'éclairs, pas de lueur tremblotante signalant une tempête, mais le vent parlait de lui-même. La pluie était proche. De temps en temps, William penchait la tête par la fenêtre et levait les yeux. La grande nappe de nuages voguait régulièrement vers l'est, très haute, et l'atmosphère était saturée d'humidité, éveillant la peau, faisant chanter la chair impatiente. Mais quand il rentrait la tête dans l'habitacle, tout ce qu'il sentait était sa propre odeur de pourri. Son oncle était douloureusement recroquevillé sur le volant, et ses poumons peinaient tandis qu'il se débattait avec les vitesses. Il ne parlait pas, et William n'avait rien à lui dire. Leur cap était fixé.

La lune s'était levée et passait au-dessus des montagnes, mais elle était comme rétrécie et ne dispensait aucune lumière. William ne reconnaissait aucun des endroits bordant la route où il avait marché ou dormi. Il songea à ses visions. C'étaient elles qui avaient provoqué cette mission nocturne. Etaient-elles encore là dans le noir, au-delà de la portée des phares ? Se tournaient-elles au passage de la camionnette, les yeux brillant de pensées mortes ? Comprenaient-elles ce qui allait se passer, et l'approuvaient-elles ou le condamnaient-elles ? Dans un cas comme dans l'autre, William avait l'impression que quelque chose les suivait dans la nuit. Que le berger avait baissé sa hache et que son compagnon s'était relevé pour que tous deux marchent ensemble dans le sillage de la camionnette. Que l'explorateur avait fait faire demi-tour à son cheval fatigué et que, avec son bruit de ferraille, il était maintenant sur leur trace. Ils venaient tous assister à ce dernier affront. Et, attendant quelque part devant eux, il y avait une créature ancienne et informe, silencieuse sous les étoiles.

Soudain, la piste disparut et là, à la limite des phares, il y eut le saule abritant le banc de pierre. Derrière, une plate-forme rocheuse plongeait dans le noir. L'oncle de William éteignit son moteur et ses phares, et la nuit revint aussitôt.

Haletant, le vieil homme tendit le bras vers la portière.

"Apporte le matériel", dit-il.

William descendit de la voiture. Levant les yeux, il vit que le bord déchiqueté des nuages cernait la lune. Il y eut un coup de vent curieux, et l'ombre du saule dansa. On entendit murmurer quelque chose qui aurait pu être le tonnerre, très loin, mais il n'y avait toujours pas la moindre lueur d'un éclair, seulement des ténèbres d'encre qui avançaient vers eux. Frissonnant, William fouilla à l'arrière du véhicule pour y trouver l'équipement. Son oncle avait déjà disparu dans la nuit. William se précipita après lui, redoutant plus d'être seul que le travail qu'ils étaient venus accomplir ici. Il aperçut le vieil homme qui avançait avec peine parmi les rochers, une silhouette extravagante vêtue d'un peignoir claquant au vent. Ils durent contourner le point d'eau pour arriver de l'autre côté, où la berge était moins haute.

"Lumière", ordonna son oncle d'une voix rauque.

William alluma la lampe électrique qu'il dirigea vers le bas. Le fond sec du point d'eau devint visible, composé de sable, de pierres et de branches mortes. Ils descendirent, le vieil homme accroché à son neveu, puis ils escaladèrent les pierres sous la paroi rocheuse. Le saule ployait au-dessus d'eux, ses vrilles ondulant dans le vent. Mais sous l'arbre qui se balançait un trou s'ouvrait à la base de la falaise et, en bas, rien ne bougeait. A l'entrée, William pointa la lampe électrique, et ils jetèrent un coup d'œil à l'intérieur.

Un os blanc brilla dans le rayon de lumière.

"William, gémit le vieil homme en l'agrippant, William !"

Mais William ne répondit pas. L'odeur fétide de pourri était revenue, comme si elle envahissait la grotte, même s'il savait que les os étaient aussi secs que de la poussière.

"Personne ne doit jamais savoir. Tu comprends, n'est-ce pas ? Ils ne doivent jamais avoir la preuve dont ils ont besoin. Ils ne doivent jamais me prendre cette terre."

William leva les yeux vers le visage du vieil homme et y vit gravée une souffrance infinie, profonde, atroce et désespérée.

"Donne-moi la lampe, petit. C'est toi qui vas devoir y aller. Je ne peux pas descendre là-bas."

Tandis que William s'enfonçait dans le trou, le monde devint pour lui un rêve. Il sentait les sacs dans ses mains, il sentait le poids encombrant de la pelle, mais il s'agissait de choses dénuées de signification. De la lumière lui parvenait d'en haut, mais il avait oublié l'existence de l'air, du ciel et de son oncle. Il était loin sous terre, entouré de roche. Il regardait ses mains qui ramassaient les os. Certains étaient posés sur le sable, d'autres étaient à moitié enterrés et d'autres encore s'effritaient au premier contact. William ne s'autorisait pas à penser qu'ils étaient humains, pas même les dômes blancs qui le fixaient de leurs trous sombres, pas même les rangées de dents semblables à des galets. Il refusait de compter, de jamais savoir ou se rappeler combien d'os il y avait, ni combien de personnes cela représentait. Rejetant tout en bloc, il travaillait en silence et mettait tout ce qu'il trouvait dans les sacs. Quand le sol fut nettoyé, il entendit une voix venir d'en haut lui demandant de creuser. La pelle raclait et mordait la terre, et William avait à peine conscience que c'était lui qui la manœuvrait. Il y eut alors d'autres brindilles blanches, d'autres éclats d'os, et le rêve continua, plus sombre, plus profond et sans fin.

Enfin, il entendit son oncle l'appeler, lui dire que c'était terminé. Le faisceau de lumière vacilla puis disparut, et William se releva dans l'obscurité, traînant les sacs derrière lui. Il était sale. Il avait de la terre dans les cheveux et sous les ongles, comme s'il s'était frayé un passage à main nue pour sortir de la tombe. Il n'y avait plus d'étoiles dans le ciel, plus de lune. Le vieil homme agitait les sacs, et la lumière de la lampe électrique vacillait. William voyait de minuscules gouttes d'eau tomber dans le rayon de lumière, flottant lentement, comme de la neige. Il sentit de petites piqûres froides sur son visage. Il faillit rire. La pluie était arrivée trop tard. Trop tard pour remplir le bassin et engloutir son secret, trop tard pour le laver. Il ne serait jamais propre.

Son oncle continuait de le presser avec la même ferveur : leur travail n'était pas terminé. Engourdi, William s'empara des sacs et les emporta jusqu'à la camionnette. La nuit était-elle pleine d'yeux aux aguets, ses visions l'accompagnaient-elles encore ? Il avait désormais l'impression d'être l'une d'elles, que son propre fantôme hanterait éternellement cet endroit, transportant son fardeau dans un sens et dans l'autre parmi les ombres. La camionnette fut enfin chargée et, assis au volant, son oncle manœuvrait pour s'éloigner et retourner sur la route. Dans les phares, William voyait flotter des gouttes blanches qui ne formaient encore qu'une simple bruine, tourbillonnant en rafales. Elles scintillèrent sur le pare-brise jusqu'au moment où son oncle actionna les essuie-glaces avec un juron, et la vitre devint une tache floue. L'étourdissement menaçait d'emporter William dans l'obscurité, et quelque chose de chaud et d'horrible coulait de son oreille.

Quand il rouvrit les yeux, ils se garaient dans l'allée. Le manoir se dressait dans la lumière des phares, un mur de pierres abîmées et de lierre grimpant, et un crachin froid les enveloppait.

"En avant pour la dernière étape", dit son oncle.

Le vieil homme traîna les sacs jusqu'à la porte d'entrée, boitant comme un ivrogne. William fit le tour du manoir, le visage levé vers le ciel, sentant la terre se transformer en boue sur son visage. Il savait ce que son oncle allait faire, il le savait depuis le début. Les choses qu'ils avaient déterrées ne pouvaient pas être simplement cachées à nouveau. La menace devait être éliminée définitivement. Il arriva à la remise à bois et, se dirigeant à tâtons dans l'obscurité, il ramassa des copeaux de bois dans la sciure. La pluie murmurait sur le toit de tôle. Les bras chargés, il retraversa la cour en titubant, courbé sur le bois pour le protéger, et il entra par la porte de derrière. A l'intérieur, tout était sec et immobile, et la chaleur de la journée persistait. Les couloirs étaient sombres mais William connaissait le chemin, et il savait où serait son oncle. Quand il arriva dans le bureau, il vit le vieil homme agenouillé devant la cheminée, en train de mettre du bois dans l'âtre.

"Encore, ordonna son oncle. Ajoute ça par-dessus."

William empila le bois pendant que son oncle prenait des journaux parmi les tas qui se trouvaient dans la pièce et les bourrait dans l'âtre. Le vieil homme tripota ensuite une boîte d'allumettes. Le feu prit en quelques instants, et des flammes s'élevèrent en crépitant. Son oncle ouvrit les sacs et se mit à jeter leur contenu dans le brasier, son visage flétri illuminé par la ferveur et le triomphe. On aurait dit qu'il riait, mais William n'entendait que le feu qui désormais faisait rage. Les flammes avides palpitaient au rythme de la douleur dans sa tête, comme si la maladie qui le dévorait avait finalement été libérée. Hébété, William porta la main à son oreille et sentit quelque chose d'humide. Il baissa la main et vit du sang sur ses doigts, noir, du sang coagulé strié de filets de pus blancs. C'était horrible et nauséabond, et cela venait de l'intérieur de lui.

William entendit une voix derrière lui, qui criait une question. Il se retourna et vit Ruth, les cheveux ébouriffés par l'oreiller, les yeux écarquillés.

"Disparus, répondit John McIvor en criant, les mains pleines d'ossements. Tu arrives trop tard. Ils ont tous disparu. Ils n'ont jamais été là."

Ruth était horrifiée.

A présent, le vieil homme se hâtait avant que sa fille ait le temps d'intervenir. Il attrapa le dernier sac, se tourna vers le feu – et sa mauvaise jambe céda sous son poids. Il vacilla et, au dernier moment, Ruth tendit la main pour le rattraper. Il bascula en avant dans la cheminée. De la fumée et de la cendre envahirent la pièce. Ruth hurla. Elle attrapa le peignoir de son père et le tira en arrière, éparpillant du bois et des os en flammes partout. Prenant un tas de journaux, elle se mit à taper sur les vêtements du vieil homme, donnant des coups furieux tandis qu'il se contorsionnait.

Elle cria à William :

"Va chercher de l'aide ! Va chercher une couverture !"

Déjà, les flammes se propageaient avec voracité parmi le bric-à-brac. William partit en courant, conscient de crier mais n'entendant pas ses mots. Une couverture, il devait trouver une couverture. Il se précipita dans sa chambre et en prit une dans le placard. Sa mère apparut dans le salon, endormie et désorientée, et il lui cria quelque chose avant de repartir en courant. Mais la distance était si grande, les couloirs si tordus... Il arriva enfin devant la porte du bureau, un rectangle flamboyant d'où s'échappait une fumée épaisse. Il vit Ruth sortir, chancelante, donnant des claques sur ses propres vêtements qui se consumaient. Elle tomba à genoux, prise d'une toux incontrôlable, mais William s'arrêta net et la couverture lui tomba des mains.

Une forme en feu franchit la porte.

Elle était enveloppée de fumée et de flammes – peignoir, pyjama, tous ses vêtements étaient transformés en nappes ondulantes. Et la forme était silencieuse. Ou alors, tout comme le reste de son corps, l'ouïe de William avait cessé de fonctionner, car il ne percevait aucun son. La chose remontait le couloir dans sa direction. Ruth s'écarta de son chemin. La silhouette ne titubait pas, ne trébuchait pas, elle semblait possédée par un calme et une terrible volonté. Des trous sombres au milieu des flammes suggéraient des yeux et une bouche, et sa tête pivotait lentement, à la recherche de quelque chose, exactement comme la première fois que William l'avait vue. Puis le regard de la silhouette tomba sur lui, et elle s'arrêta, solennelle et pourtant horriblement réjouie par sa découverte. La bouche s'ouvrit – un trou noir d'où s'échappait de la fumée. Du fin fond de son épouvante, William eut la certitude qu'elle allait se mettre à parler, qu'elle allait poser la question qu'elle portait en elle depuis si longtemps. Mais au lieu de cela la tête se leva lentement, suppliante, sans avoir posé sa question ni obtenu de réponse, et quelque chose dans la forme céda.

John McIvor s'affala de tout son long aux pieds de son neveu.

Le grondement du feu ébranlait le manoir, et le bureau était la proie des flammes. William se sentit brusquement tiré en arrière, et il vit sa mère qui l'entraînait plus loin. Il vit Ruth se relever péniblement et tituber dans le couloir, fixant avec incrédulité le corps en feu de son père. Puis tout sombra dans le chaos, un mélange confus de fumée, de feu et de panique. William sentit qu'on le poussait d'un côté et de l'autre, des visages apparurent à travers la fumée, et il courut dans le couloir en direction de la porte d'entrée. Il voyait des jets de flammes lécher le plafond, jaillir devant lui, plus vite qu'il pouvait courir. Puis il se retrouva dehors dans l'air nocturne. Un air délicieusement frais sur son visage, et la pluie tombait doucement.

Pendant un moment, William resta seul, figé au bas des marches, les yeux levés vers le manoir. Déjà, toute l'aile ouest flambait : des flammes s'échappaient des fenêtres, les balcons en ruine prenaient feu avec une joie sauvage, le lierre mort s'enflammait au milieu d'un mur brûlant. La pluie n'y pourrait rien, pas même un déluge. Des flammes se propagèrent à toute vitesse sur la façade et grimpèrent sur le toit. William entendit le craquement des ardoises qui se brisaient, puis une série d'explosions et comprit que les munitions de la chambre rouge éclataient sous l'effet de la chaleur. Des débris en feu tombèrent autour de lui, et il alla s'abriter derrière la fontaine. Sa mère et Ruth sortirent par les portes d'entrée, soutenant Mme Griffith entre elles : la gouvernante, pâle et à moitié nue, était à peine reconnaissable. Elles s'éloignèrent du bâtiment en vacillant, et Mme Griffith s'effondra par terre.

Puis, à son grand étonnement, William vit sa mère retourner vers le manoir. Ruth la suivit, les deux femmes se disputèrent en gesticulant, et William ne put que les regarder, hébété. Il avait l'impression que sa mère était une inconnue, une folle barbouillée de cendre qui invectivait le feu de façon insensée. Echappant à Ruth, elle se précipita vers les portes d'entrée puis disparut dans la fumée et l'éclat éblouissant du brasier. Ruth la suivit jusqu'en haut du perron, hésita, fit demi-tour et revint. William vit alors que sa cousine avait le visage blême, les cheveux calcinés, les sourcils réduits en poussière.

"A l'étage, cria-t-elle pour couvrir le grondement des flammes. Elle est montée à l'étage !"

William ouvrit de grands yeux. Le manoir avait enflé sous l'effet du feu, comme si les grands murs se bombaient vers l'extérieur. Pourquoi sa mère était-elle retournée là-dedans ? Il se souvint ensuite de la table de nuit de son oncle et du document que le vieil homme avait caché à l'intérieur. Il se rappela la joie de sa mère en apprenant la nouvelle. Tout ce qu'elle avait toujours voulu, pour elle-même, pour son fils, était consigné sur cet unique bout de papier. Mais la chambre du vieil homme se trouvait tout au fond du manoir, en haut de l'escalier et au bout des couloirs vides où le feu se propageait maintenant. Le monde de William s'était rétréci pour se concentrer sur l'entrée. Mais la façade du manoir était en flammes d'un bout à l'autre, et Ruth le tirait en arrière. Il sentit la peur de sa cousine et, pire, son horreur et sa pitié. Il était à présent hystérique. Sa mère : où était sa mère ?

Pour toute réponse, le grand manoir poussa un gémissement, une plainte longue et angoissée, celle du bois et de la pierre qui se tordaient. Puis, avec une lente majesté, le faîte embrasé du toit commença de s'affaisser. Pendant un épouvantable instant il tint bon, puis un grondement de tonnerre envahit l'espace tandis qu'il s'effondrait d'une aile du manoir à l'autre. Des flammes jaillirent des fenêtres, et une grande boule de feu crachée par les portes d'entrée atterrit dans le jardin noir de fumée et de débris qui volaient. Il ne resta plus qu'un immense feu de joie qui grondait à l'intérieur des murs privés de toit, s'élevait dans la nuit et défiait le ciel détrempé par la pluie.

Ce fut la dernière image que William eut de son héritage. Ruth le fit pivoter pour lui éviter d'assister au spectacle, le tournant face au sud. Il sentit des gouttelettes froides sur son visage. Se dégageant de l'emprise de sa cousine d'un mouvement d'épaules, il se mit à marcher sous la pluie. Il alla jusqu'au bord de la piscine vide. Au-delà, il voyait que tout le flanc de la colline était éclairé par le brasier qui brûlait derrière lui, les arbres rougeoyants devant l'obscurité plus dense de la nuit, telles des sentinelles du domaine assistant en silence à sa chute. William était incapable de verser la moindre larme, mais la scène qui se déroulait devant lui était brumeuse, brouillée par de tristes nappes de pluie. Au loin, dans les plaines, on voyait bouger des lumières, toute une file avec des points bleus et rouges qui tournaient, de lointains sauveteurs fonçant sur la route de Powell. La piscine attendait comme une tombe de le recevoir, et son oreille l'élançait comme si le feu se trouvait dans sa tête. Du sang coula sur sa joue, et la nuit se mit à tourner. William s'allongea prudemment sur le sol. La terre était déjà boueuse à cause de la pluie. Il s'étendit, tourna la tête, et enfonça son oreille dans la terre fraîche. Pendant un moment, il ressentit un soulagement.

Puis le sol s'ouvrit sous lui, et il tomba dans les ténèbres.

ÉPILOGUE

La pluie tombait du ciel de Brisbane en tambourinant.

Ruth McIvor était assise dans le fauteuil de l'hôpital, immobile, et elle regardait le journal posé sur ses genoux. Elle l'avait trouvé abandonné dans le couloir. C'était un numéro de *The Australian* daté du 22 décembre 1993. Un article dominait la première page.

APRÈS MABO, ENFIN UNE VICTOIRE
POUR LE PREMIER MINISTRE

Le Premier ministre, M. Keating, a déclaré hier le début d'une "nouvelle donne" pour les Aborigènes après la décision des Verts d'Australie-Occidentale de soutenir le projet de loi sur les titres fonciers autochtones, entérinant son adoption par le Sénat de bonne heure ce matin.

Après des mois d'incertitude, de négociations tortueuses concernant de multiples amendements, et quarante et une heures de débat au Sénat, les Verts ont annoncé hier qu'ils soutiendraient le projet de loi, lequel a fini par être soumis au vote à minuit.

Quelques minutes après leur déclaration, M. Keating a tenu une conférence de presse pour annoncer que l'adoption de ce projet de loi marquait "la fin du grand mensonge de la terra nullius *et le commencement d'une nouvelle donne… un tournant pour tous les Australiens".*

"Au début du débat, beaucoup de personnes m'ont dit que ce projet n'était pas réalisable, que les intérêts étaient trop conflictuels, qu'il n'y avait pas suffisamment de bonne volonté, a-t-il dit. L'adoption de cette loi démontrera que cette génération d'Australiens ne croit pas à un tel sectarisme…"

Le chef de l'opposition, le Dr Hewson, a affirmé qu'il s'agissait d'"un jour de honte pour le peuple australien", et il a juré que l'opposition ferait "de la loi Mabo – une loi injuste, polémique et préjudiciable – son principal cheval de bataille jusqu'aux prochaines élections".

Le Dr Hewson a déclaré qu'il s'agissait d'une "loi dénuée de scrupules et qui avait perdu de vue les valeurs de l'Australie – un pays uni et démocratique dans lequel tous les citoyens sont égaux devant la loi".

Ruth laissa glisser le journal de ses genoux. Vu l'état de ses mains, elle ne pouvait de toute façon pas l'ouvrir au-delà de la première page. Pendant un moment, elle regarda à travers les vitres mouchetées les nappes de nuages gris dériver au-dessus de la ville. Dehors, le soir tombait. Des lumières brillaient dans les appartements des gratte-ciel. Elle entendait les crissements de la circulation de l'heure de pointe dans les rues humides en contrebas, le vacarme des klaxons et le sifflement des freins à air comprimé des bus et des camions. Mais les bruits étaient lointains, atténués par les vitres épaisses et le murmure de l'air conditionné. Elle bougea avec précaution car elle souffrait encore terriblement. Ses deux mains portaient de gros bandages, et son visage, rouge vif et pelé, était couvert de pommade. Pire que la douleur était l'odeur de fumée. Elle n'arrivait pas à s'en débarrasser : l'odeur était dans ses cheveux, imprégnée dans sa peau, et sa gorge était tapissée d'une couche de suie et de poussière qui lui donnait des accès de toux.

Pourtant, elle savait qu'elle était mieux lotie que le gamin.

William dormait devant elle dans un lit isolé du reste de la chambre par un rideau. Il n'était remonté de la salle de réveil qu'une heure plus tôt, et il n'était pas censé émerger avant le lendemain matin. Le haut de sa tête était entouré de bandages, et une grosse compresse était fixée sur son oreille droite. Son visage, maigre et pâle, paraissait ridiculement petit sous tous ces pansements.

Ruth soupira, et son soupir se transforma en une lente et pénible convulsion. Elle vit des points sombres danser devant ses yeux. Elle n'avait pas dormi depuis l'incendie, et la journée s'étirait derrière elle dans un vague défilé de chambres d'hôpital et de médecins. Les infirmiers qui étaient intervenus sur le lieu du sinistre avaient été les premiers à comprendre que William avait un problème grave. Il était inconscient et du sang coulait de son oreille, épais et dégageant une odeur de pourri. Ruth était montée avec eux dans l'ambulance pour aller jusqu'à l'hôpital municipal de Powell. Mais William avait besoin de spécialistes, si bien qu'à l'aube on l'avait transporté à Brisbane à bord d'une autre ambulance. Cette fois encore, Ruth l'avait accompagné, car qui d'autre pouvait aller là-bas avec lui ? Ils étaient arrivés à neuf heures du matin, et d'autres médecins avaient examiné son oreille. Ils déclarèrent qu'il s'agissait d'une urgence, un bloc fut libéré et, à onze heures, William était opéré.

Sa maladie portait le nom de cholestéatome.

D'après les spécialistes, il s'agissait d'une tumeur qui se développait sur la paroi de l'oreille moyenne. Ce genre d'abcès se formait habituellement quand une petite blessure provoquait une perforation du tympan. Des tissus étrangers venant de l'oreille externe risquaient alors d'envahir la cavité de l'oreille moyenne, où ils pouvaient se fixer et se transformer en grosseur anormale. Cette tumeur n'était pas maligne en soi, expliquèrent les médecins, mais en grandissant elle déformait la cavité, perdait des peaux mortes, hébergeait des bactéries et sécrétait une enzyme qui attaquait l'os. La cavité se remplissait alors de tissus nécrosés, dont certains passaient par la perforation du tympan et provoquaient un écoulement nauséabond. L'odeur était ce qui poussait en général le patient à consulter. Dans le cas de William, cependant, la tumeur s'était développée en toute liberté, creusant un passage depuis l'oreille jusque dans la paroi osseuse de son crâne. Des abcès s'étaient ensuite formés sur son cerveau.

Les chirurgiens étaient confiants, malgré tout. Ils avaient soulagé la pression exercée à l'intérieur de la boîte crânienne et excisé la tumeur. Malheureusement, ils avaient aussi dû retirer la quasi-totalité du conduit auditif interne et ce qui restait de la structure osseuse, de sorte que William serait complètement sourd de l'oreille droite. Les médecins avaient également remarqué que le garçonnet était mal nourri, déshydraté, qu'il avait des contusions sur tout le corps et de graves coups de soleil. Ils auraient signalé son cas aux services sociaux sur présomption de négligence parentale s'ils n'avaient appris la regrettable et récente disparition de la mère de l'enfant.

Ruth avait écouté tout cela, hébétée. Elle était en état de choc, et ses propres brûlures étaient sérieuses. Elle avait marmonné quelque chose à propos d'une mononucléose mais les médecins avaient secoué la tête et, après l'avoir regardée d'un air curieux, ils l'avaient laissée tranquille.

Des rideaux de pluie tombaient derrière la fenêtre.

Ruth toussait à nouveau. Elle aurait dû rentrer chez elle pour se reposer. Le petit allait dormir d'une traite, et elle avait tant de choses à organiser dans les jours à venir. L'enterrement de son père. Et peut-être même l'enterrement de la mère de William, car Ruth ne voyait pas qui d'autre pouvait s'en charger. Viendraient ensuite les enquêtes concernant l'incendie, celle de la police, celle des pompiers, celle des compagnies d'assurances. Et après tout cela, dans plusieurs semaines, il resterait à régler la question de l'héritage.

Ruth aurait soudain eu envie de rire si la peau de son visage n'avait pas été si tendue et si douloureuse. Parce qu'après tout ce qui s'était passé, son père était mort intestat. Le seul exemplaire de son testament avait brûlé avec le manoir. Le domaine de Kuran n'appartenait à personne.

Cela poserait des problèmes, bien sûr. Son père avait assez clairement exprimé ses dernières volontés mais, sans écrit, la propriété ferait l'objet d'un tas de revendications. Mme Griffith, par exemple. Ruth avait vu la vieille femme à l'hôpital de Powell, où elle était soignée pour son intoxication à la fumée. Malgré son état, la gouvernante n'avait rien perdu de sa ténacité maussade. Elle disait déjà à qui voulait l'entendre que John McIvor l'avait exploitée pendant des dizaines d'années, qu'elle lui avait préparé ses repas et fait son ménage pendant plus de vingt ans sans recevoir un sou, et qu'elle avait maintenant droit à une compensation. Et Ruth était convaincue qu'elle ne plaisantait pas.

Ensuite, il y avait William. Le domaine lui appartenait, à présent, si les dernières actions de son père avaient quelque valeur. Mais ce n'était qu'un petit garçon, et ce n'était pas un descendant direct de son père. Ruth pouvait s'opposer à la revendication de William, si elle le désirait, et hériter elle-même de la propriété. Peut-être devrait-elle vraiment le faire. Mais alors qu'elle était assise là, dans cette chambre d'hôpital, cette idée ne provoqua en elle aucun sentiment. Quand son père était en vie, il lui avait paru important de… de quoi ? Lui prendre le domaine ? Mais maintenant, il était parti, et ses propres arguments semblaient vides de sens. Elle se souvenait, avec un vague sentiment de honte, des vieilles femmes qu'elle avait rencontrées à Cherbourg et de la façon dont elles l'avaient regardée parler avec enthousiasme de baux, de terre et de droits. L'expression de leurs yeux pâles. Evaluatrice. Et, malgré toutes ses promesses, incrédule.

Mais ne pouvait-elle pas leur montrer qu'elles avaient tort ? Si la propriété lui revenait de droit, pourquoi ne pas la leur donner ? Elle pouvait retourner à Cherbourg et leur remettre l'acte de cession. Mais elle était assez bonne juriste pour savoir pertinemment que cela ne se passerait jamais ainsi. Mme Griffith allait s'y opposer. Ou peut-être le gamin. Ou, si ce n'était pas eux, quelqu'un d'autre. Un parent oublié allait se manifester ; le gouvernement pourrait même intervenir, mettre en doute la validité des contrats privés établis des dizaines d'années plus tôt et celle des baux censés être perpétuels… Non, si les gens de Cherbourg voulaient vraiment cet endroit, ils devraient déposer une revendication, comme tout le monde. Il s'agissait de six mille hectares de pâturages de première qualité. Dans ce monde, une chose pareille ne se rendait pas comme ça. On devait se battre pour l'obtenir.

Ses pensées s'arrêtèrent brutalement.

C'était une chose que son père aurait pu dire.

Elle regarda William. Un enfant si triste et silencieux. Elle ne pensait pas l'avoir vu sourire un jour. Elle fut prise de pitié, et un poids lui écrasa la poitrine. Etait-elle désormais responsable de lui ? Oh… elle était trop vieille ! Elle ne pouvait pas hériter de ce fardeau !

Il était temps de partir. Ses mains et son visage la faisaient souffrir, et tous ses os étaient endoloris. Elle allait laisser dormir le petit, et ils pourraient peut-être parler plus tard, voir quelles mesures il convenait de prendre. Elle se tourna vers la porte. A ce moment-là, William remua, marmonnant des mots incohérents. Elle hésita. Mais il était sous sédatifs, elle le savait, et trop épuisé sans doute pour faire des cauchemars.

Elle regarda une fois de plus la pluie sur les vitres. Un souvenir lui revint. L'odeur de la terre, du blé et du contact d'une main familière posée sur sa tête, calleuse, et si forte. Tout avait été perdu, tout avait été gâché.

Ruth réprima ses larmes, car ses mains bandées ne lui permettaient pas de les essuyer.

Elle retourna à son fauteuil, et à la longue veille nocturne qui l'attendait.

REMERCIEMENTS

Un grand merci à Annette, Christa et Colette, ainsi qu'à toute l'équipe d'Allen & Unwin, pour leur dur labeur et la patience dont elles ont fait preuve vis-à-vis de ce livre. Idem à Fiona et toute l'équipe de Curtis Brown.

Je remercie particulièrement Michelle de Kretser pour ses scrupuleuses corrections.

Merci également au Professeur Maurice French pour ses conseils, et pour m'avoir permis de puiser dans sa vaste collection d'histoires. Et à Jonathan Richards pour m'avoir fourni des détails plus obscurs.

Merci enfin à mon frère Martin pour ses précisions médicales, et à mon frère Peter pour ses commentaires opportuns sur les captages d'eau.

Toute erreur factuelle et autre imperfection me sont directement attribuables et ne sauraient être reprochées aux personnes mentionnées ci-dessus.

Ouvrage réalisé
par Réjane Crouzet.
Reproduit et achevé d'imprimer
en janvier 2008
par Normandie Roto Impression s.a.s.
61250 Lonrai
pour le compte des éditions
Actes Sud
Le Méjan
Place Nina-Berberova
13200 Arles.

Dépôt légal
1re édition : février 2008.
N° impr. : 07-3966
(Imprimé en France)